AF537447

JÜRGEN SEIDLER
KALTER THRON

ROMAN

K
A
M
P
A

Für den Blick hinter die Verlagskulissen:
www.kampaverlag.ch / newsletter

Hegibachstrasse 2, CH-8032 Zürich
info@kampaverlag.ch
GPSR-Kontakt: Schöffling & Co. Verlagsbuchhandlung GmbH,
Kaiserstraße 79, D-60329 Frankfurt am Main
info@schoeffling.de

Lektorat: René Stein
Umschlaggestaltung: Lara Flues, Kampa Verlag
Umschlagmotiv: © Elisa Baldissera
Satz: Tristan Walkhoefer, Leipzig
Gesetzt aus der Stempel Garamond LT / 1. Auflage 2025
Druck und Bindung: GGP Media GmbH, Pößneck
Auch als E-Book erhältlich
ISBN 978 3 311 12098 8

www.kampaverlag.ch

I

Die nur einen Spaltbreit geöffnete Kirchentür lockte wie ein Abgrund, vermutlich hatte jemand vergessen, sie hinter sich zuzuziehen. Es war einer dieser frühen Berliner Morgen, die noch zu müde sind, um einem etwas zu versprechen. Nur feuchte Dunkelheit, weder warm noch kalt. Peter Ebuk, ein Afrikaner, groß, schlank, Anfang vierzig, kam von gegenüber aus dem Gebäude, in dem die Pastorin wohnte. Er blickte auf die leicht angelehnte Kirchentür. In seiner Brust trug er eine große Nähe und Intimität, als ob sein Herz zu doppelter Größe angeschwollen wäre. Zum dritten Mal hatte er mit ihr eine Nacht verbracht, und dieses Mal war es erfüllend für sie beide gewesen, ihre Körper hatten sich endlich erkannt.

Eigentlich hatte er zu wenig geschlafen, doch sein Kopf war frisch, nur die Beine fühlten sich schwer an. Als sie das erste Mal ganz dicht nebeneinander lagen, als er ihren Geschmack aufnahm, verlor er sich. Er war so aufgeregt, so voller Fragen und Ängste, dass er ihren schönen nackten Körper nur anstaunte. Sie streichelte ihn vorsichtig, lächelte ihn an, aber ihr Zauber erreichte ihn nicht. In dieser ersten Nacht konnte er sich nur entschuldigen und wieder gehen. Beim zweiten Mal dehnte sich die Zeit aus, Larissa und er fanden zusammen, aber noch immer war er erstaunt darüber, dass sie, eine deutsche Pastorin, sich mit ihm einließ. Mit dem Mann aus Uganda, der mit seiner Tochter nach Deutschland geflüchtet war, der sich jeden Tag neu dafür entscheiden musste, dieses Leben zu akzeptieren. Ein Mann, der von sich glaubte, er hätte seinen früheren Stolz in Afrika zurückgelassen. Er erzählte ihr von seiner Arbeit als Polizeichef in dem Land, aus dem er kam. Sie berichtete von einem Dorf, wo sie aufgewachsen war, und von der Stadt im Westen des Landes, wo sie studiert hatte. Vor allem sprach sie abfällig über ihren Ex-Mann Nelson, einen Jamaikaner, den Vater ihrer Tochter. Doch die Vergangenheit war nun nicht mehr wichtig, jetzt gab es nur diesen Moment und ein Lächeln. Irgendwann würden sie ihre Leben voreinander ausbreiten wie einen Teppich, den man ausrollte. Sie hatten sich geliebt, sie waren in eine große gemeinsame Wärme gefallen.

Ebuk drückte die Tür auf und rief leise »Hallo?« in das Kirchenschiff. Eine eigentümliche Kälte kam ihm entgegen, durch die hohen Fenster drang das schwache Licht der Stadt, man konnte die schweren Holzbänke erkennen, den hohen Raum. Es roch nach kalten, feuchten Steinen. Die Kirche war vor fast einhundertfünfzig Jahren erbaut worden, mit den typischen roten Backsteinen und den spitz zulaufenden Fenstern.

Sollte er einfach wieder gehen und die Tür von außen zuziehen? Oder Larissa Bescheid geben? Sie wollte sich noch einmal hinlegen, bevor sie für ihre Tochter Noemi, die mit seiner Tochter Viktoria in die gleiche Klasse ging, das Frühstück machte. Sein Instinkt und die Neugier des Polizisten trieben ihn weiter in die Kirche hinein. Er hatte noch nie nachts, auch nicht tagsüber, so einen großen leeren Raum betreten. Ihm fiel der Pastor aus Kamerun ein, der gerade in der Gästewohnung der Kirchengemeinde lebte. Larissa hatte von ihm erzählt und sich darüber gewundert, dass er morgens in der Kirche beten wollte und dort manchmal ganz allein sang. Ebuk war dem Mann vor zwei Wochen einmal zufällig über den Weg gelaufen, vor dem Gemeindehaus, auf dem ein weißes Schild mit der Aufschrift *Schönes Schöneberg* angebracht war.

Moses Lukong, etwa fünfzig Jahre alt, war schlank, mit

kleinem Bauchansatz, den Kopf glatt rasiert; ein weißer Streifen Bart zwischen Lippe und Kinn akzentuierte sein Gesicht. Er sprach Englisch und kam aus dem anglofonen Teil Kameruns. Auf Ebuk machte er einen sehr ernsthaften Eindruck, war elegant gekleidet, in einen leuchtend blauen Anzug, mit Hemd, Krawatte und weißem Einstecktuch, anders als Ebuk, der sich längst auf den lockeren Kleidungsstil der Berliner eingestellt hatte und meist nur einen Pulli, Jeans und Sneakers trug. Auffallend an Lukong war sein relativ heller Hautton. Zwei Schwarze Männer, der eine aus Ostafrika, der andere aus Zentralafrika, die sich vor dem Haus evangelischer Christen in Berlin trafen.

Moses hatte ihn höflich gegrüßt und einen kurzen, abschätzenden Blick auf Ebuks Beutel geworfen, den er über der Schulter trug. Dort war ein kleiner dicklicher Engel abgedruckt, der sein pausbäckiges Gesicht auf die nackten Arme aufstützte und seine Augen gen Himmel richtete.

»*Your guardian angel?*«, fragte der Mann im blauen Anzug.

Ebuk nahm den Beutel von der Schulter, betrachtete das Bild und lachte. Er antwortete, dies sei ein Beutel seiner Tochter, der in der Küche herumgelegen habe. Vielleicht war es so, das könnte das Bild seines Schutzengels sein. Woher er käme, fragte Moses Lukong weiter. Ebuk hatte sich angewöhnt, »aus Spandau« zu antworten, aber das wäre zu unhöflich gewesen, also erzählte er in kurzen Sätzen seine Migrationsgeschichte aus Uganda. Es gefiel Moses, dass sein Gegenüber in Berlin Polizist werden würde. Ob er denn einen deutschen Pass habe, wollte er wissen. Ebuk bestätigte, ja, er und seine Tochter seien Deutsche geworden. Ein deutscher Pass sei ein guter Pass, befand Moses. Erst ein Pass mache einen zum Menschen, jeder Mensch, der sein Land verlassen will, wisse das. Wo er selbst herkomme, wurden viele Dörfer und Häuser von der Polizei niedergebrannt. Viele Tote, Tausende Flüchtlinge. Die Menschen hätten keine Papiere mehr. Wie sollten sie nachweisen, wer sie waren? Wie sollten sie an Pässe kommen? Zum Glück hatte man ihn verschont, er war Pastor und stammte aus einer adligen Familie. Ebuk wollte von Moses wissen, was er in Berlin mache. *»I want our throne to come back home«*, sagte er und schaute ihn herausfordernd an, als wollte Ebuk ihn an dieser Aufgabe hindern. Mit dem Rätsel, um welchen Thron es ging, grüßte er, ging los, so als ob er ein dringendes Rendezvous hätte, und ließ Ebuk stehen.

Als er später Larissa von der Begegnung erzählte, erklärte sie ihm, dass ein wertvoller Thron eines Kameruner Herrschers im wieder aufgebauten Berliner Schloss stünde, dem Humboldt Forum. Diesen Thron hatte vor über hundert Jahren Sultan Ibrahim Njoya dem deutschen Kaiser Wilhelm II. zum Geschenk gemacht, um ihn davon abzuhalten, sein Königreich zu überfallen und ihn umzubringen, so wie es die deutschen Kolonialherren in anderen Gegenden Kameruns getan hatten. Moses hatte ihr erzählt, er würde mit Museumsleuten und Politikern über die Rückführung dieses Throns verhandeln. Wenn der Thron zurückkäme, so seine Hoffnung, könnte Frieden nach Westkamerun zurückkehren. Dort gab es seit Jahren bewaffnete Auseinandersetzungen zwischen Aufständischen, die einen eigenen Staat forderten, und den Soldaten der Zentralregierung aus dem französischsprachigen Teil Kameruns. Hunderttausende Menschen waren vertrieben, Tausende getötet und massenhaft Frauen vergewaltigt worden.

Ebuk schaltete die Taschenlampenfunktion auf seinem Telefon an und leuchtete zwischen die Reihen der Bänke. Zunächst gab es nichts und niemanden zu sehen, nur diese Gemeinde von Schatten, die sich zum stillen Gebet eingefunden hatte. Immer wieder drehte er sich um.

Dann erkannte er vor dem Altar eine Silhouette auf dem Boden, zu der er sich hinabbeugte und ihr ins Gesicht leuchtete. Es war ein Schwarzer, männlich, regungslos lag er da, Blut glänzte auf seinem Kopf, ein grauer Streifen Bart zwischen Mund und Kinn war zu sehen. Neben ihm ein großes silbernes Kreuz, an dem ebenfalls Blut klebte. Damit musste Moses Lukong erschlagen worden sein. Ebuk fühlte mit zwei Fingern den Puls an dessen Hals. Der Körper war noch warm, aber sein Herz schlug nicht mehr. Der Mann war tot. In seinem grauen Trainingsanzug, den er sich für seine einsame Morgenandacht angezogen hatte, wirkte er wie ein zufälliger Besucher, der sich in eine Kirche verirrt hatte. Die toten Augen in seinem runden Kopf starrten nach oben. Ebuk richtete seinen Blick in das hohe Kirchendach, hoch zu dem Gott, zu dem Moses Lukong gerade noch gesprochen hatte, aber er sah nur graue Dunkelheit. Er machte ein paar Aufnahmen des Opfers.

In Ebuks Ohren begann es zu rauschen, wie Wind in den Ästen von hohen Bäumen. Die Erinnerung an den Brandenburger Wald sprang ihn an, es war Nacht, und es regnete, der Sturm peitschte gegen die Baumkronen, es knarrte und wimmerte. Ebuk rannte durch diesen Wald, stolperte, fiel hin, stand wieder auf, Stimmen verfolgten ihn. Seine ermordete Frau Prudence hatte nach ihm gerufen. Das war über drei Jahre her.

Den Liebhaber, der gerade noch aus dem warmen Bett einer betörenden Frau kam, gab es nicht mehr. Jetzt war er als Polizist gefordert, der seine Sinne auf einen Tatort, auf Spuren und auf den Täter richten musste. Er ging durch den dunklen Altarbereich, leuchtete mit seinem Smartphone in alle Ecken, aber es war niemand zu sehen. Der Mörder des Pastors aus Kamerun musste durch die Tür geflüchtet sein, durch die Ebuk gerade die Kirche betreten hatte.

Er sollte jetzt zwei Dinge tun, nein drei. Erstens musste er auf der nächsten Polizeidienststelle anrufen und den Tod von Moses Lukong melden; sie würden den Kriminaldauerdienst verständigen und die Mordkommission hinzuziehen. Dann musste er Larissa informieren, damit sie sich schnell anziehen konnte, bevor die Polizei auftauchte. Diese würde sie, wie ihn auch, mit Fragen überhäufen. Dass dies alles sehr unangenehm werden würde, war ihm klar. Und dann musste er seiner Tochter Viktoria Bescheid sagen, dass er heute Vormittag nicht zu Hause sein könnte. *Bin schon unterwegs, komme nicht zum Frühstück. Ich wünsche dir einen schönen Tag*, textete er. Ihr zu erklären, wo er die Nacht verbracht hatte, würde auch nicht ganz einfach werden.

Dabei hatte diese ganze Geschichte vor etwa vier Wochen mit Viktoria begonnen: Peter Ebuk hatte die Wohnungstür aufgeschlossen und in die dunkle Wohnung nach Viktoria gerufen, aber keine Antwort bekommen. Er schleppte die beiden Einkaufstaschen in die Küche, stellte sie ab und ging zu ihrer Zimmertür, klopfte, schaute hinein, aber sie war nicht da. Endlich hatte er es einmal geschafft, einzukaufen und rechtzeitig nach Hause zu kommen. Er wollte ihr zeigen, was er alles erbeutet hatte, sie überraschen. Cornflakes mit Schokoflocken, die sie liebte, Orangensaft, Aufbackbrötchen, Käse, Humus, Oliven, Äpfel, Gemüse, sogar Pizza hatte er mitgebracht. Keine Wurst, kein Fleisch, sie war mittlerweile Vegetarierin, dafür ein paar Flaschen Bier für sich. Er ging in sein Schlafzimmer, zog sich um und schlüpfte in die schwarze Trainingskleidung. Zurück in der Küche drehte er die Heizung auf und stellte die Einkäufe in den Kühlschrank und die Regale. Wo war sie denn nur? Ihm war eingefallen, dass sie ihm gesagt hatte, sie würde mit ihren Freundinnen für die Mathearbeit lernen. Aber möglicherweise war sie bei Ethan, ihrem amerikanischen Freund. Er hatte ihn nur einmal gesehen. Sie hatte versprochen, ihn bald einmal mitzubringen, damit sie sich kennenlernen könnten. Noch war sie fünfzehn, in ein paar Monaten würde sie sechzehn sein. Sie war ein kluges, schönes Mädchen, das auf Jungs eine starke Anziehung ausübte. Solange sie auf dem Gymnasium gute Leistungen erbrachte, würde er ihr nicht reinreden. Hauptsache, hatte er ihr eindringlich gesagt, sie verhüte und bekomme kein Kind. Noch zwei Jahre, dann würde sie ihr Abitur machen und studieren können.

Bei ihm waren es nur noch ein paar Monate, dann würde er seinen Abschluss an der Polizeiakademie in der Tasche haben. Dann war er nicht mehr Kommissaranwärter und Praktikant, sondern ein richtiger deutscher Polizist. Seine Tochter und er, die beiden Geflüchteten aus Uganda, wo er einmal Polizeichef war, hatten es geschafft, Asyl in Deutschland zu bekommen. Nach den dramatischen Ereignissen, die zum Mord an seiner Frau während ihrer Flucht aus Uganda geführt hatten, und Viktorias Entführung in einem brandenburgischen Dorf waren sie nach Berlin gezogen, weil Viktoria unbedingt dort leben wollte. Um ihm den Weg zur Polizei freizumachen, hatten sie sogar einen deutschen Pass erhalten. Jetzt waren sie Deutsche. Er vermied es, sie ständig auszufragen, mit wem sie zusammen war, was sie gemacht hatte, wenn sie nach Hause kam, und wohin sie ging. Er wollte ein cooler Daddy sein, aber das klappte meistens nicht, er machte sich ständig Sorgen, ob es seinem Kind auch wirklich gut ging. In diesem Land hatte er zum ersten Mal das Wort »alleinerziehend« gehört, eine Zuschreibung, die für viele Mütter und Väter in dieser Stadt galt. In Viktorias Schule gab es kaum noch die klassischen Familien, wenige verheiratete Paare mit Kindern, alle waren irgendwie zusammengewürfelt. Sie nannten es Patchwork. Man begegnete ihm, dem Schwarzen Mann aus Uganda, der gut Deutsch sprach und sich allein um seine charmante und kluge Tochter kümmerte, mit höflichem Respekt. Auch wenn es einige der Eltern in ihrer Schulklasse merkwürdig fanden, dass er unbedingt Polizist werden wollte.

Gerade tippte er ihre Nummer, um zu fragen, wann sie komme, ob sie Lust auf Gemüsepizza habe, als er angerufen wurde. Es war die Nummer der Polizeiwache, wo er vor einigen Monaten für seine Praxisausbildung im Dienst gewesen war. Die Kollegin, deren Stimme er gleich erkannte, fragte sehr förmlich nach seinem Namen und ob er der Vater von Viktoria Ebuk sei. Er bestätigte, und sofort schlug sein Herz schneller. Viktoria sei auf der Polizeiwache, er solle bitte vorbeikommen, um sie abzuholen. Was denn passiert sei, fragte er eilig und laut. Sie wurde in eine Straftat verwickelt, es wäre besser, wenn er sich beeilen würde. Was denn für eine Straftat, wollte er wissen. Komm einfach vorbei, du weißt ja, wo, sagte die Frau jetzt weniger förmlich und legte auf.

Da hockten sie dann, drei fünfzehnjährige Mädchen nebeneinander auf einer Holzbank, auf der schon viele Kriminelle gesessen hatten. Der Polizeiabschnitt war für Schöneberg zuständig, einen Teil der Stadt, in der neben sogenannten gutbürgerlichen Einwohnern auch viele ärmere Menschen mit Migrationsgeschichte lebten. Dort wurde in bestimmten Straßenabschnitten an Silvester das Zünden von Böllern verboten, anders als zum Beispiel in Neukölln. In diesem Revier lag auch die Kirchengemeinde, die Larissa Boden, die eigentlich Larissa *von* Boden hieß, als Pastorin leitete. Ihre Kirche und das Gemeindehaus waren von Straßen umringt, auf denen sich schon seit Jahrzehnten Prostituierte ihr Geld verdienten, das dann von ihren Zuhältern kassiert und oft in Drogen umgesetzt wurde.

Neben Viktoria saß ihre Freundin Noemi, die ihre braunen Haare streng nach hinten gebunden hatte, und Amira Faizan, ein Mädchen aus Ägypten, das ein dunkles Kopftuch trug. Die Mädchen flüsterten miteinander, als nach und nach ihre Eltern eintrafen, um sie abzuholen. So lernten sich Peter Ebuk, Larissa Boden und Nour Faizan kennen, die Verantwortlichen für die Erziehung dieser Mädchen. Frau Faizan goss einen Schwall Vorwürfe in arabischer Sprache über ihre Tochter, als sie vor ihr stand. Amira saß ganz aufrecht, hatte ihre Augen halb geschlossen, ihre langen angeklebten Augenwimpern zeigten waagerecht von ihrem Gesicht weg. Sie verzog keine Miene. Als ihre Mutter geendet hatte, gingen die langen Wimpern nach oben, sie zog eine Augenbraue hoch und blickte dann kurz zu Ebuk und Larissa Boden.

»Können wir jetzt endlich gehen?«, fragte Amira. Sie klang etwas genervt, so als ob ihr Chauffeur wieder einmal zu spät gekommen sei.

Auf die Gruppe kam die diensthabende Elke Schreitmüller zu, die Ebuk angerufen hatte und die ihm jetzt ganz unkollegial die Hand gab.

»Guten Abend, Herr Ebuk. Sie sind Frau von Boden, die Mutter von Noemi? Und Sie Frau Faizan, die Mutter von Amira?«

Als die drei Elternteile das bestätigt hatten, bat Frau Schreitmüller sie kurz, mit ihr zu kommen. Sie habe bereits die Aussagen der drei Mädchen und des Opfers protokolliert.

»Kann mir mal jemand sagen, was hier überhaupt los ist?«, fragte die Pastorin empört. Das hätte Ebuk auch gerne gewusst, aber er war völlig hin- und hergerissen zwischen der Erleichterung, Viktoria wohlbehalten auf einer Polizeiwache zu finden, und der Scham, dass seine Tochter als Delinquentin festgesetzt worden war. Viktoria schaute ihn mit diesem Blick an, mit dem sie ihn immer weich bekam. Tat es ihr bereits leid, weil sie ihn in diese peinliche Situation gebracht hatte?

»Bist du okay?«, fragte er sie streng.

Sie nickte. »*I'm sorry*«, flüsterte sie.

»Ich spreche kurz mit euren Eltern. So lange wartet ihr noch. Dann könnt ihr zusammen gehen«, sagte Frau Schreitmüller zu den drei Mädchen.

Amira ließ einen scharfen Zischlaut hören, gefolgt von einer Anweisung ihrer Mutter, die wie eine Ohrfeige klang, sodass sie ihre Wimpern wieder auf Halbmast klappte.

Sie setzten sich in einem der funktionellen Besprechungsräume um einen grauen Tisch, beleuchtet von einem kalten Licht. Die Polizistin schlug eine gelbliche Mappe auf, bedruckt mit dem Emblem der Berliner Polizei.

»Also. Ihre drei Hübschen haben einen Jungen abgezogen, einen Sechzehnjährigen. Sie haben ihm sein Handy, eine silberne Kette, ein Armband, seine Hose, seine Jacke und seine Schuhe abgenommen.«

»Wie bitte? *Abgezogen*?«, fragte Larissa Boden nach.

»Bestohlen. Sie nennen es Jungs abziehen. Warum machen das drei Gymnasiastinnen? Die wissen doch, dass das nur Ärger bringt. Die sind ja keine Mädchengang. Aber wer weiß?«

»Wer ist der junge Mann, den sie beklaut haben?«, wollte Ebuk wissen.

»Ich kann Ihnen den Namen nicht nennen, Kollege. Er hat noch keine Anzeige erstattet.«

Frau Schreitmüller schaute Ebuk tadelnd an, er kannte doch die Vorschriften. Sie drehte sich zu Nour Faizan und Larissa Boden.

»Ich vermute mal, Ihre Töchter kennen den jungen Mann. Es sieht nach einem Racheakt aus. Sie rannten ihm mit einer Schere hinterher. Seine Sachen haben sie einfach auf die Straße geworfen, wo Autos drübergefahren sind. Das Handy ist kaputtgegangen. Eine Funkstreife kam zufällig vorbei, ihre Töchter versuchten noch wegzurennen, aber bei unseren Kollegen, keine Chance. Falls es zu einer Strafanzeige wegen Diebstahl und versuchter Körperverletzung kommt, geht die Sache an die Staatsanwaltschaft. Das kann Ihnen der Kollege Ebuk alles ganz genau erklären.«

»Wieso sagen Sie immer Kollege?«, fragte die Pastorin.

»Ich bin Polizist«, erkläre Ebuk.

»Kommissaranwärter«, ergänzte Frau Schreitmüller.

»Ich mache in ein paar Monaten meinen Abschluss, gehobener Dienst«, setzte er selbstbewusst entgegen.

Die zwei Mütter schauten Peter Ebuk aufmerksam an.

»Du musst das Mädchen in den Griff kriegen, Peter. Das kommt bei deinen Ausbildern nicht gut an. Das weißt du«, ermahnte ihn die Polizistin.

Ebuk und die beiden Frauen verabredeten sich für den nächsten Abend. Larissa Boden lud in ihre Wohnung im Gemeindehaus ein, das galt auch für die Töchter.

Peter Ebuk erfuhr von Viktoria, was geschehen war. Sie hatten Dennis Schulte, so hieß der junge Mann, beim Edeka in der Nähe ihrer Schule kennengelernt. Dort kauften sie sich manchmal in der Mittagspause etwas zu essen. Auch eine Gruppe von Jungs, Schüler aus einer Berufsschule in der Nähe, kam dort vorbei und quatschte sie an, wollte wissen, auf welche Schule sie gingen und ob sie ihre Handynummern bekommen könnten. Sie würden ihre Handynummern doch nicht an irgendwelche Trottel aus Friedenau rausrücken, erklärte Viktoria empört. Aber in der nächsten Woche trafen sie sie wieder und dann erneut. Inzwischen hatten die Typen herausbekommen, wie sie hießen, und sie ausgecheckt. Dann bekamen sie Dickpics, richtig eklig. Sie stellten die Berufsschüler zur Rede, blockierten ihre Nummern und forderten sie auf, das zu unterlassen. Einer von ihnen entschuldigte sich sogar, aber es hörte nicht auf. Die Mädchen entschieden gemeinsam, sich zu wehren. Sie fanden heraus, wie die Typen hießen und wo sie wohnten. Dennis war der Erste, dem sie an diesem Abend auf der Straße auflauerten.

»Hast du diese Fotos noch?«, fragte Ebuk seine Tochter.

»Nee, gelöscht!«

»Vielleicht kann man die wieder herstellen? Falls dieser

Dennis oder seine Eltern Anzeige erstatten und es zu einer Verhandlung kommt, wären diese Fotos als Beweise wichtig.«

»Der stellt keine Anzeige, der Pisser!«

»Please!«

»Wir müssen uns doch wehren. Das ist sexuelle Belästigung.«

»Du hättest es mir zeigen und mir davon erzählen müssen. Du hast schließlich einen direkten Draht zur Polizei.«

»Hm.«

»Warum hast du mir das nicht erzählt?«

»Weil es erniedrigend ist. Hey, Papa, da schickt mir ein Junge ständig seine Pimmelfotos. Und dann wärst du hingegangen und hättest ihn was … ermahnt?«

»Ich hätte mir ihn und seine Eltern vorgeknöpft. Ja, selbstverständlich!«

»Seine Eltern hätten dich ausgelacht. Da kommt ein Schwarzer Polizist und erzählt ihnen von den Dickpics ihres Sohnes? Das ist peinlich!«

»Vielleicht wäre ich zusammen mit den Müttern deiner Freundinnen hingegangen.«

»Unsere Aktion war viel wirkungsvoller. Die Typen sind wir los, die schicken uns nichts mehr.«

»Was war das mit der Schere?«

»Echt jetzt? Wir haben gedroht, ihm den Schwanz abzuschneiden, wenn er ihn noch mal schickt.«

Ebuk musste lachen. Das war seine Tochter! Er konnte ihr nicht mehr böse sein, er umarmte sie. Als er sie nach ihrem amerikanischen Freund fragte, ob sie ihm von diesen Vorfällen erzählt habe, wurde sie fast panisch. Auf keinen Fall, der dürfe das nicht erfahren. *Never ever!*

Ebuk war es inzwischen gewohnt, Elternabende zu besuchen und sich mit anderen Vätern und Müttern über Klassenausflüge, Umbaumaßnahmen, Schulessen und dergleichen abzustimmen. Gewissenhaft achtete er darauf, immer alle Schreiben, die von der Schule kamen, zu beantworten und zu den Versammlungen zu gehen, bei denen Elternvertreter gewählt wurden und die Lehrer aus der Klasse berichteten. Die ersten Jahre, als sie in Brandenburg lebten, hatte er ebenfalls diese Treffen besucht. Dort kamen Eltern zusammen, die sich schon lange kannten, die zum großen Teil in die gleiche Schule gegangen waren. Er war so etwas wie der geduldete Exot gewesen. Doch in Berlin, auf der internationalen Schule, die nach Nelson Mandela, einem seiner Helden, benannt worden war, gab es Eltern aus verschiedenen Ländern. Die Klassenlehrerin war eine Inderin, die Physik unterrichtete. Viktoria beschwerte sich oft bei ihm, dass die Frau schwer zu verstehen sei, und ahmte ständig ihr indisches Englisch nach.

Sie nahmen um den Esstisch Platz, der in der Mitte des Raums stand. Das Zimmer war nicht besonders groß, es hingen zwei abstrakte Gemälde an der Wand, eine große Pflanze stand in einer Ecke, kein Sofa, kein Fernsehgerät. Der Tisch bestand aus massivem Holz, genau wie die sechs Stühle, auf denen Kissen mit afrikanischen Stoffbezügen lagen. Auf dem Tisch standen Flaschen mit Mineralwasser und alkoholfreiem Bier, eine Schale mit Nüssen und ein Teller mit Apfelschnitzen. Eine herbe Frische von Kräutern und Kokosöl lag in dem Zimmer, was Ebuk gleich sympathisch fand. Larissa Boden trug eine weiche, dunkle Stoffhose und einen hellen Pullover, Nour Faizan kam in Jeans und einem dunklen Hoodie, die schwarzen Haare trug sie hinter dem Kopf zusammengebunden. Die drei Mädchen hingen auf ihren Stühlen nebeneinander, lachten über einen Mathematiklehrer, der sich offenbar verrechnet hatte. Larissa, die alle willkommen hieß, schlug vor, sich mit den Vornamen anzusprechen, dem Peter und Nour gleich zustimmten.

Ebuk war von Larissas strahlenden Augen fasziniert. Sie hatten einen dunklen Glanz, von dem eine Art altes Wissen ausging. Der Mund war weich und entschieden zugleich. Ihre sanften und sicheren Bewegungen gaben ihm das Gefühl, aufgehoben zu sein. In ihrer Stimme schwang ein tiefer Ton mit, der ihn berührte. Sie erinnerte ihn an jemanden, den er vielleicht einmal gekannt hatte, an den er sich aber nicht mehr erinnern konnte. Was von Larissa ausging, musste älter sein, eine Ahnung von Vergangenheit, als ob sie sich schon einmal getroffen hätten. Was natürlich nicht sein konnte. In die Wohnung einer Pastorin eingeladen zu werden, erschien ihm als eine Auszeichnung, als ob er jetzt erst ankäme in diesem Land und den Zugang zu einem exklusiven Zirkel erhielte. Viktoria, die seine Unsicherheit spürte, legte für einen Moment ihre Hand auf seine und nickte ihm zu. *Entspann dich*, war die Botschaft ihrer Geste. Nour fühlte sich sofort wie zu Hause, sie kommentierte die Einrichtung und fragte gleich, warum es kein Sofa gab. Und wie schwer es sei, in Berlin eine gute Wohnung zu finden. Aus ihren Kommentaren zu den Räumlichkeiten und dem Haus war leicht herauszuhören, dass sie Architektin war, aber gerade keine Anstellung fand. Dann schauten die Frauen ihn an und fragten, in welchem Stadtteil er wohnen würde. Er antwortete: in Spandau, drei Zimmer, Küche, Bad. Für Viktoria wäre es leider etwas weit in die Schule, aber zu der Polizeiakademie, wo er viel Zeit für den praktischen Teil seiner Ausbildung verbringen würde, wäre es nah. Ja, er sei Polizist, sagte er, schon lange, schon in Uganda, aber er musste mit Viktoria fliehen, weil er eine Bande von Kinderhändlern hatte auffliegen lassen. Sie blickten ihn voller Fragen an, aber er lächelte nur, mehr würde er nicht erzählen.

»Also dann. Schön, dass ihr gekommen seid. Ich dachte, es wäre gut, über das zu sprechen, was vorgefallen ist«, begann Larissa.

»Der Typ hat uns Schwanzfotos geschickt, und das haben wir abgestellt. Das ist passiert«, schleuderte Noemi ihrer Mutter entgegen. Sie hatte ein zartes Gesicht, aus der die offenen Augen ihrer Mutter blickten. Ihre Haut war braun, ihr Haar hatte sie in Cornrows geflochten.

»Das habe ich verstanden. Aber wie kam es dazu und was folgt daraus? Vielleicht sollte jede von euch etwas dazu sagen?«, fragte die Pastorin mit freundlicher Stimme. Sie schaute Viktoria an.

»Ja, die wollten was von uns, aber wir nichts von denen. Irgendwie sind sie an unsere Nummern gekommen und haben uns dann diese Fotos geschickt. Richtig eklig«, antwortete Viktoria möglichst sachlich.

»Also sie wollten Kontakt zu euch aufnehmen«, setzte Larissa nach.

»Die wollten uns ficken«, hielt Noemi ihr patzig entgegen. Larissa ließ diese Aussage nachhallen, und als keiner am Tisch etwas dazu sagte, fragte sie nach.

»Hm. Die Frage, die ich mir gestellt habe, ist, warum es zu dieser extremen Reaktion der Jungen kam. Wie siehst du das, Amira?«

Das angesprochene Mädchen setzte ein möglichst ausdrucksloses Gesicht auf, blickte ihre Mutter an.

»Diese Jungs. Wir haben erst ganz normal mit ihnen gequatscht. Auf welche Schule geht ihr so? Wo hängt ihr ab? Welche Musik. So was. Und dieser Dennis. Er hat mich gefragt, ob ich ihm bei seinen Hausaufgaben helfen kann«, begann sie zu erzählen.

»Wie kommt er denn darauf?«, wollte ihre Mutter wissen.

»Er ist nicht so gut in der Schule«, antwortete sie trocken.

»Und?«

»Nichts und. Ich habe mir sein Deutschheft angesehen.«

»Was hast du?« Die Stimme von Nour schwoll etwas an.

»Ich habe einen Aufsatz von ihm gelesen und ihm gesagt,

dass er ja nicht mal richtig Deutsch kann und dass ich mit dummen Jungs nichts anfangen kann. Ich habe ihm sein Heft zurückgegeben …«

Noemi und Viktoria lachten los.

»Du kannst ja nicht mal richtig Deutsch. Mit dummen Jungs fang ich nichts an«, Noemi machte Amira nach. Amira zog eine Augenbraue hoch und grinste. Auch Peter Ebuk lächelte.

»Wie kannst du denn einem Jungen in dem Alter ins Gesicht sagen, dass er dumm ist?«, empörte sich Nour, Amiras Mutter.

»Ich sage, was ich denke«, stellte Amira fest.

»Ja, das ist eben manchmal ein Problem. Wie willst du jemals …«

»… einen Mann finden?«, fragte Amira.

»Nein! Das wollte ich nicht sagen. Durchs Leben kommen.«

»Überlass das mal mir. Ich schaff das schon«, gab sich Amira abgeklärt.

»Also, ich versuche das mal zu verstehen. Dennis fühlte sich verletzt, und dann ging es mit den Fotos los?«, fragte Larissa nach.

»Es waren ja noch drei andere dabei. Die sind auch nur peinlich«, meinte Viktoria.

»Es eskalierte also. Hab ihr euch gegenseitig was geschickt? Auf WhatsApp?«

Ebuk sah seine Tochter an.

»Es ging hin und her, ja.«

»Und irgendwann kamen diese Bilder«, stellte Ebuk fest.

»Ja.«

»Ihr habt nicht noch mal versucht, mit ihnen zu reden?«, wollte Larissa wissen.

»Natürlich. Wir wollten sie zu einem Gebetskreis einladen, aber das haben sie abgelehnt!«, attackierte Noemi ihre Mutter und schaute sie wütend an. Viktoria rutschte unruhig auf ihrem Stuhl hin und her.

»Cool bleiben«, ermahnte Amira ihre Freundin.

»Ich verstehe, dass du wütend bist, Noemi«, sagte Larissa leise.

»Du verstehst immer alles. Mein Gott! Sie schickten erigierte Schwänze. Vermutlich nicht mal die eigenen. Willst du sie sehen?!«

»Du hast sie noch auf deinem Smartphone?«, fragte Ebuk nach.

Noemi lehnte sich zurück und verschränkte die Arme.

»Das könnte relevant sein. Ich habe Viktoria das auch schon gefragt. Das ist ganz klar sexuelle Nötigung. Verstoß gegen die sexuelle Selbstbestimmung, fällt unter Paragraph 177. Wir hatten das neulich im Unterricht, in Rechtskunde.«

»Ja genau«, kam von Noemi, die sich von Ebuk unterstützt fühlte.

»Aber ihr hättet es euren Eltern gleich sagen müssen«, ergänzte Ebuk.

»Wir hätten Anzeige gemacht!«, stimmte Nour zu.

»Anzeige erstattet. Mama. Bitte, du hast noch nie jemanden angezeigt.«

»Wir haben uns auf unsere eigene Art gewehrt«, stellte Viktoria fest.

Ebuk nickte. »Es ist nicht gut, wenn du mit einer Schere jemanden verfolgst«, meinte er.

»Ich war ja nicht allein.«

»Ihr wart drei gegen einen«, sagte Larissa.

Noemi sprang von ihrem Stuhl auf. Ihre Mutter schaute sie an, aufmerksam, ruhig, offenbar an die Gefühlsausbrüche ihrer Tochter gewöhnt.

»Nur für den Fall, dass von diesem Dennis und seinen Eltern Anzeige erstattet wird, bitte ich dich, Noemi, die Bilder zu speichern und auch die, ähm, Kommunikation. Vielleicht wäre es gut, ihr fertigt zusammen ein Protokoll an«, schlug Ebuk vor.

»Das heißt, wenn etwas von denen kommt, können wir etwas dagegensetzen«, stimmte Nour ihm zu.

»Da kommt nichts mehr. Ich schwöre«, sagte Amira. Den letzten Satz sagte sie sehr bestimmt, und Noemi setzte sich wieder.

»Das wäre gut. Aber ich bitte dich trotzdem, den Vorschlag von Peter hier anzunehmen«, sagte Larissa.

»Ja, machen wir«, stimmte Viktoria ihrem Vater zu.

»Dann war's das jetzt?«, fragte Noemi in die Runde. »Wir gehen in mein Zimmer und schreiben ein Protokoll.«

Sie stand erneut auf, ihre Freundinnen taten es ihr gleich, und zusammen zogen sie ab. Larissa atmete hörbar aus, als die drei Mädchen das Zimmer verließen. Nour kommentierte, dass sie in einem schwierigen Alter seien. Larissa stimmte ihr zu, manchmal wüsste sie nicht, wie sie Noemi erreichen könnte. Sie verweigere sich ihr, verschließe sich ganz, sie wisse oft nicht weiter. Vielleicht wäre es einfacher mit einem Vater in ihrer Nähe, aber der lebe in Jamaika. Nour nickte und sagte, dass der Vater von Amira an Krebs gestorben sei. Sie habe wieder geheiratet, einen Deutschen, aber Amira käme mit dem Mann nicht zurecht. Larissa blickte Peter aufmerksam an, als ob er ihnen helfen könnte. Er verstand nicht wirklich, welche Konflikte die beiden Frauen mit ihren Töchtern austrugen. Amira und Noemi waren offenbar wütend auf ihre Mütter. Lag das wirklich nur daran, dass ihre Väter nicht mehr da waren? Ebuk konnte sich das nicht vorstellen. Er machte sich Vorwürfe, dass seine Tochter keine Mutter hatte und er nur ein armseliger Vater war, der sich bemühte, der Tochter die emotionale Wärme einer Mutter zu geben. Aber vielleicht war Viktoria einfach viel stärker als er selbst.

So hatte das mit Larissa und ihm angefangen. Jetzt blieb Ebuk noch einen Moment neben dem toten Mann aus Kamerun stehen, um seine Gedanken zu ordnen und den inneren Aufruhr in den Griff zu bekommen. Moses Lukong war ermordet worden, das stand fest. Aber was war geschehen? War es ein heimtückischer Schlag auf den Kopf gewesen, oder war es zu einem Kampf gekommen? Vermutlich hatte Moses den Angreifer gehört, als er allein und in sein Gebet versunken war. Er hatte sich bestimmt umgedreht und den Eindringling bemerkt, es musste einen Kampf gegeben haben. Ebuk wagte nicht, die Leiche und deren Wunden genauer zu betrachten, um keine Spuren zu zerstören, aber auch, um keine zu hinterlassen. Er schien seitlich am Kopf einen Schlag abbekommen zu haben.

Noch einmal ging er um den nüchternen steinernen Altar herum, an dessen Längskante ein dunkler, nasser Fleck zu sehen war, der Blut sein konnte. Er bückte sich, leuchtete in alle Ecken und in die Fugen des Bodenbelags. Ein einzelner Stuhl stand abseits, zur Seite gerückt. Hinter einem der Stuhlbeine glänzte etwas, und Ebuk ging näher. Er fand eine dünne Halskette mit einem kleinen goldenen Kreuz. Die Kette war gerissen, das Kreuz lag auf dem Boden wie ein verlorenes Geschenk. Ebuk kniete sich hin, gerne hätte er es in die Hand genommen, aber er hatte weder Gummihandschuhe noch einen Stift dabei, also machte er nur mehrere Aufnahmen mit seinem Smartphone. Auf dem Kreuz konnte er ein paar eingravierte Wörter sehen. Er vergrößerte die Aufnahme auf seinem Bildschirm. *Iglesia del Crucifijo* stand da, und vermutlich war die dunkle Stelle auf *Iglesia* ein Blutfleck.

Ebuk richtete sich wieder auf. So ein goldenes Kreuz hatte er schon oft als Schmuck an Männern gesehen. Hatte Moses seinem Mörder diese Kette vom Hals gerissen, und war sie dann hinter das Stuhlbein geschlittert? Könnte das bedeuten, dass der Angreifer auch ein Christ war? Was wollte er so früh am Morgen hier in der Kirche? Möglicherweise traf er nur zufällig auf Moses Lukong und wollte eigentlich Larissa hier treffen. Der Gedanke, dass sie das Ziel eines Mordanschlags gewesen sein könnte, schockierte Peter Ebuk. In seinem Kopf knallten Schüsse, ein Motorrad mit zwei Männern drehte auf und raste über die Straße, vorbei an hupenden Autos. Er sah seine tote Frau Prudence vor sich, die in ihrem Blut auf dem Asphalt lag. In Brandenburg hatte es eine Frau gegeben, Jana, für die er Gefühle entwickelte hatte. Auch sie war ermordet worden. Ebuk schüttelte den Kopf. Das durfte nicht noch einmal passieren. Eine kalte Angst ergriff ihn. Was, wenn er wieder versagte? Wenn er wieder eine Frau an seiner Seite verlieren würde?

Erneut schaute er in den großen dunklen Raum, in dem über Jahrzehnte gläubige Menschen gebetet, ihren Gott um Unterstützung angefleht oder um Vergebung gebeten hatten. Wenn es diesen Gott gab, dann musste er ihm helfen, den Mörder des kamerunischen Pfarrers zu finden. Er würde Larissa beistehen, sie beschützen, sie war mit Sicherheit in Gefahr.

Ebuk verließ die Kirche, zog die Tür hinter sich zu, aber ohne den Türgriff mit seinen Händen zu berühren. Von ihm würden hoffentlich keine Spuren in der Kirche zu finden sein.

Eilig lief er zurück in das Wohngebäude der Gemeinde, klingelte und rief gleichzeitig Larissa an. Ihre warme Stimme erklang. Sanft fragte sie, ob er etwas vergessen habe. Sie nannte ihn *mein Lieber*. Er stehe unten an der Tür, es sei dringend.

Nachdem sie geöffnet hatte, schaute sie in ein Gesicht voller Angst und Sorge und begriff sofort, dass etwas Schlimmes geschehen war.

»Die Kirchentür stand auf. Das hat mich gewundert. Ich bin reingegangen«, begann er, und sie lächelte.

»Du hast Herrn Lukong getroffen und dich erschreckt!«

»Das habe ich. Er ist … er liegt vor dem Altar. Er ist tot.«

Larissa blickte ihn verwundert an. »Was? Nein. Er hat sich …«

Ebuk fasste sie mit beiden Händen an den Schultern. Sein Blick war jetzt klar. »Er liegt dort. In seinem Blut. Er ist ermordet worden.«

Larissa brauchte einige Sekunden; dann fasste sie sich und schlüpfte in einen grauen Trainingsanzug.

Sie eilten beide nach unten, Larissa zog sich Schuhe über, nahm sich eine Jacke, ging voraus über die kalte Straße und schloss die seitliche Tür auf. Die kühle Dunkelheit des Kirchenraums bremste sie. Ebuk hörte in die Stille, folgte Larissa mit neuer Wachheit. Das Licht seines Mobiltelefons beleuchtete den Toten am Altar.

Geschockt blieb Larissa stehen. Mehrere Sekunden standen sie so, wie Statuen. Sie wollte nähertreten, doch Ebuk legte ihr eine Hand auf die Schulter und hielt sie zurück.

»Hast du die Polizei gerufen?«, fragte sie leise.

Ebuk schüttelte den Kopf.

»Lass uns rausgehen«, sagte er.

Vor der Kirchentür wählte er auf seinem Mobiltelefon den Notruf, nannte seinen Namen und beschrieb, was er entdeckt hatte und wo der Tote zu finden war. Larissa und er gingen zurück und warteten vor dem Haus.

Es dauerte nicht lange, dann hielt eine Funkstreife mit Blaulicht vor dem Eingang des Gemeindehauses. Zusammen empfingen sie die uniformierten Polizisten und zeigten auf die Kirche. Larissa bat Ebuk, ein Auge auf Noemi zu haben, die bestimmt gleich aufstehen würde, und begleitete die Polizisten hinüber zur Kirche. Diesmal schaltete sie das Deckenlicht im Kirchenraum an. Die großen Fenster erwachten im Berliner Morgen.

Ebuk ging in die Küche, füllte Wasser und Kaffee in den Espressokocher, stellte ihn auf den Herd.

Oben in der Wohnung ging eine Zimmertür auf. Das musste Noemi sein, die jetzt die Treppe herunterkam. »Was machst du denn hier?«, fragte Noemi, als sie in die Küche trat. Er schaute sie ernst an, nickte nur.

»Ich wusste es. Du und Mama. Echt jetzt? Und warum ist die Polizei vor dem Haus?«

Sie klang genervt, ihre Haare standen ab, ein großes T-Shirt hing an ihr herunter, die Beine waren nackt.

»In der Kirche. Da liegt ein Toter«, sagte Ebuk leise.

»Was? Ein Toter? Ein Dealer? Eins von den Mädchen?«

Ebuk war für einen winzigen Moment von ihren Fragen irritiert. Vielleicht lag es nahe, einen Toten mit dem kriminellen Umfeld der Kirche in Verbindung zu bringen.

»Es ist Moses Lukong.«

»Was? Der? Warum?«

»Das kann ich dir nicht sagen. Deswegen ist die Polizei gekommen.« Er blickte sie aufmerksam an.

»O mein Gott! Und Mama?«

»Sie spricht gerade mit den Polizisten.«

Noemi nickte, dachte nach. Es waren viele neue Informationen auf einmal. Sie zog sich schnell an und entschied sich, zum Ort des Geschehens zu eilen, nach unten, zu ihrer Mutter. Vom Herd vernahm er sprudelnde Töne, der Kaffee ergoss sich in die obere Hälfte der Espressokanne. Ebuk schaute sich um, in dieser Küche hatte er schon ein paar Mal gestanden, aber er war nie alleine gewesen. Zum ersten Mal hatte er ohne sie Kaffee zubereitet. Er nahm die heiße Kanne vom Herd. Es fühlte sich an, als würde er nicht nur das Kaffeekochen beenden. Er befüllte zwei Tassen mit Espresso und ging ebenfalls vors Haus, wo Larissa und Noemi standen. Er reichte Larissa eine der Tassen. Einer der Polizisten, ein junger Mann, blickte ihn an, dann erkannte er ihn.

»Genau. Du bist doch … Bist du nicht der Ebuk?«

So nannten sie ihn. Für die Kolleginnen und Kollegen, mit denen er gelernt und gearbeitet hatte, war er einfach nur *der Ebuk*. Es klang wie der Name eines Tiers, das immer wieder auftauchte. Der Fuchs, das Reh, der Hund, der Quereinsteiger, der in Deutschland Polizist werden wollte. Der Ebuk.

»Guten Morgen«, sagte Peter Ebuk und gab dem Kollegen die Hand.

Larissa hatte instinktiv den Arm um Noemi gelegt. Als Peter Ebuk neben Larissa trat, schob sie den Arm der Mutter von sich weg.

»Ich bin privat hier«, sagte Ebuk dem Mann in der Uniform.

»Ah. Okay. Kanntest du den Mann?« Er zeigte mit dem Kopf zur Kirche, wo der Tote lag.

»Er war in unserer Gemeinde zu Gast«, antwortete Larissa für Ebuk. Sie drehte sich von ihm weg, als ob auch er nur ein zufälliger Gast war, so wie der ermordete Moses aus Kamerun. Mit ihrer Antwort zeigte sich der Polizist zufrieden.

»Die vom KDD kommen gleich, die von der Mordkommission bestimmt auch. Deren Büros sind ja nicht weit von hier«, erklärte er.

Ebuk stand neben der Frau, von deren warmem Körper er sich vor Kurzem erst gelöst hatte. Auf einmal kam es ihm unpassend vor, hier zu sein. Für Larissa wurde die Situation mit seiner Anwesenheit nicht gerade einfacher. Auch Noemi wollte nicht, dass ohne ihr Einverständnis ein Mann an der Seite und im Bett ihrer Mutter auftauchte.

Wieder einmal fühlte Ebuk sich verloren, allein in diesem fremden grauen Land, mitten in einer großen Stadt. Er würde sich einmischen müssen, sonst würde er scheitern. Nicht nur er wäre dann verloren, sondern auch Viktoria. Das konnte er nicht zulassen.

2

Die Reise ans Meer
Aufgeschrieben im Jahr 1930 von Ibrahim Njoya, Mfon der Bamum.

Als die Weißen in Bamum ankamen, sagten die Bamum, lasst uns Widerstand leisten, lasst uns sie vertreiben. Nein, sagte Njoya. Ich, Njoya, hatte einen Traum, in dem ich sah, was die Weißen den Bamum antun würden. Wenn wir gegen die Weißen in den Krieg ziehen, werden alle Bamum ausgelöscht werden. Nur einige wenige werden überleben, und sie werden unglücklich sein. Und Njoya selbst nahm die Waffen, die Gewehre und Speere, aus den Händen seines Volkes entgegen. Als die Weißen ankamen, führte ich keinen Krieg gegen sie. So trug Njoya zum Glück der Bamum bei.

Hört gut zu, denn ich, Njoya, euer König, Sultan und Mfon des Volkes der Bamum, berichte von meiner Reise zum Palast der Deutschen. Damals begab sich der König der Bamum zum ersten Mal aus dem Land der Bamum, um den Geburtstag des Königs der Deutschen, den sie Kaiser nannten, zu feiern. Er brachte dem großen Kaiser Geschenke mit, denn dieser Deutsche war wie ein Vater zu den Bamum.

Lasst mich beginnen mit einem dieser Tage vor der Reise. Ich, Njoya, saß an dem breiten Tisch, wo der Tee für mich schon bereitstand. Die Vögel hatten begonnen, ihr vielstimmiges Konzert anzustimmen. Am Morgen öffneten sich die Blüten, der eigentümliche Geruch des jungen Tages breitete sich aus, die ersten Feuer wurden entzündet, die Hähne krähten, und warme Sonnenstrahlen wanderten über die Hügel. Ruhig betrachtete ich mein Land, bald würden mich meine zahlreichen Aufgaben rufen. Vor allem die Planung der großen Reise lastete auf mir. Einer der Diener brachte gebratene Eier und eine in Scheiben geschnittene Mango. Wie fast immer aß ich allein, denn es gehört sich nicht, mir, dem Sultan und König, beim Essen zuzusehen. Und trotzdem lade ich manchmal Gäste zu mir an den Tisch. Denn die Bamum sind ein gastfreundliches Volk.

Der Morgen ist eine gute Zeit für mich, um zu schreiben, in der Schrift, die ich zusammen mit meinen Gelehrten über viele Jahre entwickelt und den Bamum gebracht habe. So wie die Weißen und die Araber ihre Schrift haben, so gibt es ein Alphabet für die Bamum. In dem Buch Sang'aam habe ich euch über die Geschichte unseres Volkes geschrieben, und in Lewa Nuu Nguet werdet ihr über die Liebe lesen. Nicht nur Männer sollen es lesen, sondern vor allem auch Frauen, denn es ist wichtig, dass auch sie ihre erfüllenden Momente haben, das stärkt die Liebe und die Verbundenheit von Mann und Frau. Wenn die Körper und die Seelen von Männern und Frauen sich gut verstehen, stärkt es den Zusammenhalt des Volkes.

An diesem Tag, von dem ich erzähle, verstaute ich meine Papiere und ging in einen anderen Raum, um mich ankleiden zu lassen. Außer in der Nacht, wenn ich bei einer meiner Frauen liege, sind immer Männer in meiner Nähe, die mir folgen. Diese Männer müssen verschwiegen sein, denn manche meiner Aufträge bleiben geheim. So wie der Nachbau meines Throns Mandu Yenu in den Werkstätten in der Nähe des Palastes geheim bleiben musste. Ich wollte erfahren, wie weit die Schnitzer und Perlenkünstler bereits gekommen waren. Sie arbeiteten abgeschirmt von all den anderen Künst-

lern meines Hofes, und sie hatten schwören müssen, nichts von ihrer Aufgabe zu verraten. Aber Gerüchte machten bereits in all den Gängen und Zimmern des Palastes die Runde. Ich, Njoya, würde eine große Reise machen, bis ans Meer, erzählte man sich, um dort mit dem deutschen Gouverneur den Geburtstag des deutschen Kaisers zu feiern. Genau das hatte ich vor. Auch Sabiatou, eine meiner Lieblingsfrauen, die die letzte Nacht mit mir verbrachte, fragte mich, ob sie mit mir reisen könnte. Sie bat mich, sie mitzunehmen ans Meer, dort wo die Weißen wohnten, sie wollte mehr über die Welt erfahren. Außerdem könnte sie mich nicht so lange allein lassen, denn noch hätte sie kein Kind von mir empfangen.

Es wurde auch erzählt, berichtete Sabiatou mir, dass ich meinen Thron, auf dem vor mir bereits sechzehn Könige der Bamum gesessen hatten, dem deutschen Kaiser zum Geschenk machen wollte. Alle glaubten, der weiße Kaiser würde eine Nachbildung des Throns bekommen, das hätte ich, der Mfon, mit dem weißen Hauptmann Glaunig vereinbart. Stimmte das? Ich ging nicht weiter auf Sabiatou und die Gerüchte im Palast ein. Sie müsse sich gedulden, bat ich sie. Aber abzuwarten war für Sabiatou eine schwere Aufgabe, weil sie lebendig, neugierig, klug und schön war. Deshalb hatte ich sie auch zu meiner Lieblingsfrau genommen.

Die Weißen, die vor fast zehn Jahren in meinem Königreich aufgetaucht waren, staunten immer über die Größe und Höhe des Palastes, und vor allem bewunderten sie den kunstvollen Thron. So einen schönen bunten Thron hatten ihre Könige in Europa nicht, sagten sie.

Auch der deutsche Missionar Martin Göhring, dem ich erlaubt hatte, eine eigene Kirche in einem der Höfe des Palastes zu bauen, um Anhänger für seine Religion zu begeistern, schwärmte von dem Thron. Immer wieder hatten dieser Mann und die anderen deutschen Missionare mich gedrängt, meinen Thron nach Deutschland zu geben, ihn zu verkaufen, damit die Weißen in ihrem Land sehen könnten, zu welch großartigen Kunstwerken die Schwarzen fähig sind. Aber einen Thron kann man nicht verkaufen. Er gehört zu einem König wie dessen Kopf, und ohne König brauchte man auch keinen Thron. Ohne König ist ein Thron nur ein hübscher Stuhl.

Als ich in die Werkstatt kam, sah die Fußbank schon fertig aus. Sie hatte die Form eines offenen, rechteckigen Gehäuses, das bis zum Knie reichte. Die obere Fläche, da, wo ich meine Füße abstelle, sind mit hellen Kauri-Muscheln aus dem Indischen Ozean belegt. In der nach vorn offenen Fußbank kauern fünf Figuren in gebückter Haltung hintereinander, verbunden durch ihren linken Arm, der auf der Schulter des Vordermanns liegt, ihre Gesichter schauen den Betrachter an. Die Figuren sind mit türkisfarbenen, schwarzen und beigen Perlenschnüren verziert. Auch die beiden Figuren, die rechts und links ganz vorne auf der Fußbank angebracht werden, sahen schon gut aus. Sie halten Gewehre in ihren Händen, mit denen sie uns Könige beschützen. An der doppelköpfigen Schlange, die sich unter der Sitzfläche des Throns zusammenrollen sollte, wurde noch geschnitzt. Auch an den beiden Figuren, die hinter dem runden Sitz stehen werden und deren Gesichter den Kopf des Monarchen überragen, wurde noch gearbeitet. Es sind Zwillinge, Adlige, die große Kraft symbolisieren. Der männliche Zwilling wird seine rechte Hand ans Kinn führen, um dem König seine Ehre zu erweisen, die Frau wird eine Schale mit Kolanüssen in den Händen tragen, als Zeichen für die Gastfreundschaft der Bamum.

Die Schnitzer beugten ihre Rücken vor mir und berichteten von ihren Arbeitsfortschritten. Auf meine Frage, wie lange sie noch brauchen würden, bis der Thron fertig sei, bekam ich ausweichende Antworten. Nji Mama Pekekne, einer meiner Begleiter, verlangte, dass der Thron in vier Wochen fertiggestellt sei. Denn dann würden wir an die Küste abreisen. Der

Nachbau des Throns musste außerdem noch in Kisten sicher verpackt werden, auch die galt es anzufertigen. Ob sie überhaupt eine Vorstellung davon hätten, wie aufwendig diese Reise werden würde, wie viele Träger sie brauchten, um den Thron zu transportieren, fragte Monliper NjiMonjab, der andere meiner Begleiter.

Da schauten die Handwerker betreten auf den Boden und fingen an, Entschuldigungen zu murmeln. Ich, Njoya, hob die Hand, und das Gerede und Geraune verstummte. Wie immer krähten die Hähne, und irgendwo waren die Rufe von Frauen zu hören. Ich bat die Männer, die große Künstler sind, ehrlich zu sein, sie würden nicht bestraft werden. Der Mann, der die Arbeiten anleitete, trat einen Schritt vor und erklärte mir, sie hätten nicht genügend von den blauen Perlen, die erst aus Europa kommen müssten. Leider gab es zurzeit im ganzen Königreich Bamum nicht genug davon, sie rechneten mit einer weiteren Lieferung aus dem Norden erst in ein paar Monaten. Deswegen, sagte er, wäre es ihnen unmöglich, den Thron in vier Wochen fertigzustellen, die Schuld läge nicht bei ihnen. Ich, Njoya, fragte nach, ob sie andere Perlen hätten, ähnliche, ein anderes Blau, ob sie nicht selbst solche Perlen anfertigen könnten. Als ich den Thron beauftragt hatte, hatten sie mir nichts von diesem Mangel gesagt. Wieder entschuldigten sie sich, sie dachten, es gäbe genug davon, aber dann stellte sich heraus, dass dem nicht so war. Vielleicht kamen auch welche abhanden, vermutete der Mann. Ich, Njoya, fragte nach, ob er glaubte, es wären Perlen aus der königlichen Werkstatt gestohlen worden. Sie wussten es nicht. Die Männer zeigten mir ihre Vorräte an Perlen, ich sah selbst, dass sie nicht ausreichten.

Ihr wisst, wie es ist, wenn plötzlich das Herz schneller schlägt und heißes Blut in den Kopf schießt? So ging es mir in diesem Moment. Ich atmete tief ein, denn ein König sollte seine Gefühle nicht zeigen.

Ich drehte mich um und verließ mit meinen Begleitern die Werkstätten. Wenn der Thron nicht fertig werden würde, könnte ich mein Versprechen, das ich dem deutschen Kaiser gegeben hatte, nicht einhalten. Das betrübte mich sehr, denn was ich, der Mfon, sage und verspreche, ist wie ein Gesetz, es kann nicht zurückgenommen werden. Der Geburtstag des deutschen Kaisers, von Wilhelm II., sollte groß gefeiert werden, und ich, König und Sultan von Bamum, war in den Palast des Gouverneurs, des Stellvertreters des Kaisers, in Buea eingeladen.

Sollte es mir nicht gelingen, das Geburtstagsgeschenk für den deutschen Kaiser zu überbringen, würden einige an meinem Hof und nicht wenige meiner königlichen Berater frohlocken. Sie waren strikt gegen solch ein wertvolles Geschenk für die Weißen, die Freundschaft der Bamum mit den Deutschen sahen sie nicht gern. Sie verstanden nicht, dass diese Freundschaft zwischen unseren Völkern von gegenseitigem Nutzen sein würde. Die Deutschen werden uns für den Thron, den ich ihrem Kaiser schenke, Gewehre geben, moderne Waffen. Damit werden wir uns gegen unsere Feinde verteidigen können. Das hoffte ich damals.

Ich, Njoya, bin der siebzehnte Mfon im Palast, auch wenn ich jetzt auf einem Hügel in Jaunde, auf Mont Plaisant, in einem Palast des königlichen Exils auf französischem Mandatsgebiet, leben muss.

Ich bin ein Mann, der gleichzeitig einen Elefanten auf dem Kopf, ein Nilpferd auf dem Rücken, einen Büffel auf seinem rechten Arm, eine Gazelle auf seinem linken Arm und eine Riesenschlange um seine Nieren tragen muss. Ich mache das für mein Volk, das ich liebe.

Als ich noch ein Kind war, wurde mein Vater in einer Schlacht mit den Nso getötet. Sie haben ihm den Kopf abgeschlagen, und seinen Schädel konnte ich nur mithilfe der deutschen Schutztruppe wiederbekommen, als sie mit mir zusammen gegen die Nso in den Kampf zogen. Die Ahnen und ihre Geister sind für die Bamum sehr wichtig. Als ich den Kopf meines Vaters endlich in den Händen halten konnte, war ich den Deutschen dankbar. Ich konnte sehen, wie effektiv die Deutschen und ihre Schwarzen Soldaten in die Schlacht zogen und welche großartigen Gewehre sie hatten. Damals, nach dem Tod meines Vaters, hatte meine Mutter Njapndunke als Regentin geherrscht, zusammen mit dem obersten Berater Gbetnkom Ndomube. Als ich, Njoya, alt genug war und den Thron bestieg, zettelte Gbetnkom einen Aufstand gegen mich an. Er wollte mich stürzen, um mit meiner Mutter weiterregieren zu können. Da waren mir die Deutschen ebenfalls behilflich. Ich habe diesen Mann niedergeworfen. Ein König der Bamum kann nur der Sohn eines Königs sein.

Die Reise, die mir im Jahr 1908 bevorstand, hatte den gesamten Hof in eine nervöse Anspannung versetzt. Ihr kennt die Stunden vor der Geburt eines Kindes, wenn die Frau umhergeht und Schmerzensschreie ausstößt. So ging es uns in den Tagen vor dieser Reise.

Ich war noch nie an der Küste, ich hatte noch nie zuvor mein Königreich verlassen, außer wenn ich in eine Schlacht ziehen musste. Es würde mehrere Wochen dauern, bis wir das Schloss des deutschen Gouverneurs erreichten. Allein der Thron brauchte sechzig Träger, für die anderen Geschenke, das Elfenbein, das die Deutschen so liebten, die Zelte, die Kleidung, die Verpflegung – für all das mussten weitere einhundertfünfzig Männer mitkommen. Auch wollte ich mindestens zwanzig Soldaten dabeihaben.

Als ich zu den Werkstätten der Schneider ging, hörte ich die Gesänge aus der Kirche des weißen Missionars. Ich, Njoya, sollte mich mit ihm beraten. Göhring hatte mir schon einmal gesagt, die Deutschen könnten sich meinen Thron auch mit

Gewalt nehmen, wenn sie das wollten. So kam ich auf die Idee mit der Kopie. Aber vielleicht würden sich die Deutschen ja mit anderen Geschenken begnügen. Sollte ich ihnen mehr Elfenbein und Diamanten geben? Wollten sie Jungfrauen aus unserem Volk haben? Sollte ich auch diesem Gouverneur eine meiner Töchter geben? Seinem Vorgänger, dem Gouverneur von Wiedekamer, hatte ich eine Tochter geschickt, damit sie die Sprache und Gebräuche der Deutschen kennenlernte. Ich freute mich darauf, sie wiederzusehen und zu sprechen. Würde aus unserer Freundschaft dann eine Familie werden? Warum wollten sie unbedingt meinen Thron?, fragte ich mich. Sie hatten doch selbst zahlreiche Kunstwerke. Ich wollte von den Deutschen nur Waffen, um unsere Feinde abzuschrecken. Ich, Njoya, hasse den Kampf und den Krieg, ich diene meinem Volk mit unserer eigenen Schrift, mit den Schulen, die wir überall im Land errichtet haben, mit einer guten Verwaltung, mit Gerechtigkeit, mit neuen Bauten und neuer Architektur, mit Schriften zur Pflanzenkunde und zur Liebe. Aber ich kann all diesen für unser Volk so wichtigen Beschäftigungen nur nachgehen, wenn Frieden herrscht, den zu bewahren ich Waffen brauche. Deswegen habe ich die Deutschen ins Land gelassen, anstatt gegen sie zu kämpfen. Andere Könige, wie Dika Akwa und Manga Ndumbe von den Douala an der Küste, hatten ständig Auseinandersetzungen mit dem deutschen Gouverneur, der ganz in ihrer unmittelbaren Nähe residierte. Jahre später begannen die Deutschen und die anderen Weißen in Europa, miteinander Krieg zu führen. Kurz vor diesem Krieg wollte Rudolf Manga Bell, der Sohn von Manga Ndumbe Bell, mit mir, dem Mfon der Bamum, und anderen Königen ein Bündnis gegen die Deutschen eingehen. Die Deutschen behaupteten, er habe einen Botschafter zu mir geschickt, einen gewissen Ndame, der behauptete, er sei mit Rudolf Manga Bell verwandt, was sich als Lüge herausstellte. Es gab nie einen Boten, den Bell geschickt hat. Rudolf Manga

Bell war wie ein Bruder, die Deutschen wie ein Vater. Wie könnten wir zusammen gegen unseren Vater kämpfen? Ich erzählte dem Missionar Göhring von diesem Ndame und den Überlegungen Bells, weil ich Zweifel hatte. Ich wollte seinen Rat hören, damals war Göhring mir wie ein Freund. Doch Göhring oder ein anderer Deutscher behaupteten, ich, der Mfon der Bamum, habe Bell an die Deutschen verraten. Sie haben ein Telegramm fingiert, in dem stand, König Njoya hätte Rudolf Manga Bell, den eigenen Bruder, angezeigt. Die Deutschen erklärten, der König der Douala und Ngosso Din, sein engster Freund, hätten Landesverrat begangen, sie wurden aufgeknüpft und weitere 180 Douala getötet. Diese großen Männer mussten ihr Leben für ihr Land geben. Noch immer fühle ich tiefe Trauer und Scham für deren Tod. Habe ich diese Schuld auf mich geladen, weil ich den Frieden mit den Deutschen wollte?

Nur zehn Jahre später mussten die Deutschen unser Land verlassen, weil sie in Europa ihren großen Krieg verloren hatten. Dann kamen die Engländer mit ihren Maschinengewehren und die Franzosen, die mich gezwungen haben, in Jaunde im königlichen Exil zu leben.

Vielleicht hätte der Weg, den Bell gehen wollte, uns vor den Weißen bewahrt, und er würde noch in seiner Stadt und ich in meinem geliebten Foumban leben.

Ich bin wie eine Frau, die Weißen sind wie Männer. Was kann ich anderes tun, als zu gehorchen?

Wenn jemand stärker ist als du selbst, dann solltest du deine Tasche in die Hand nehmen und hinter dem Stärkeren hergehen. Das habe ich meinen Leuten immer gesagt.

Die Schneider zeigten mir eine Uniform, die sie nach den Fotografien, die ich ihnen gegeben hatte, angefertigt haben. Die Jacke reichte bis zu den Hüften, auf der Vorderseite hin-

gen quer geflochtene Kordeln an großen Knöpfen. Sie hatten diesen weichen Stoff, der Samt heißt, verarbeitet. Die Hose ging bis zu den Waden, meine Füße würden in Lederstiefeln stecken. Mir gefiel, was sie mir zeigten, und ich wollte dieses europäische Kleidungsstück gleich anprobieren. Es passte gut, auch wenn ich mich etwas eingeengt fühlte. Die schwarzen Stiefel, die auch die Waden umschlossen, hatte ich schon ein paar Mal getragen. Sie sind sehr praktisch, wenn man durch Gestrüpp gehen muss. Meine Begleiter lobten mich, die Uniform stünde mir hervorragend, ich sähe aus wie ein Deutscher, nur mit Schwarzer Haut. Ich erinnere mich, ich musste lachen. Ob es das wohl jemals geben würde? Einen Schwarzen Deutschen?

Ich erkundigte mich, ob die Schneider genügend Stoff für die Uniformen meiner zwanzig Soldaten hätten, die mit mir reisen würden. Sie zeigten mir ihre Lager und bestätigten, dass sie ausreichend Samt hatten. Nun ja, sagten sie, nicht ganz, aber für zehn Soldaten sollte es reichen, erklärten sie. Gut, dann eben zehn Uniformen. Leider gab es nicht genug Lederstiefel für meine Männer. Stiefel hatten nur die Deutschen und ich, Njoya, der König.

Ich habe mich entschlossen, zu den Weißen zu reisen, dann werde ich besser verstehen, wie sie leben und was für Menschen sie sind. Ich werde meinem Volk davon erzählen. Ihr werdet von Njoya erfahren, was geschah, auch wenn ich einmal nicht mehr bin.

3

Noch war die Spurensicherung nicht eingetroffen, und auch die Kolleginnen und Kollegen des Dezernats 11 vom Landeskriminalamt, Delikte am Menschen, brauchten noch eine Weile. Ebuk fasste Larissas Arm, drückte ihn leicht, sie blickte zu ihm, ihr Gesicht wirkte gefasst, doch in ihren Augen glänzte eine tiefe Sorge. Er glaubte, eine Bitte um Nähe darin zu sehen. Ganz leicht nickte er ihr zu, um ihr zu versichern, er würde ihr beistehen und sie beschützen. Dann zeigte er mit dem Kopf zum Haus, aus dem sie gerade gekommen waren. Dorthin würde er zurückgehen, während sie hier warten musste, im Zentrum des Geschehens. Seine Geste sollte ihr sagen: *Vertrau mir, aber um dich zu beschützen, kann ich hier nicht einfach stehen bleiben.* Er wusste, er musste die wenigen Minuten nutzen, die er Vorsprung hatte. Durch seine bisherige Ausbildung an der Polizeiakademie hatte er großes Vertrauen in die Fähigkeiten der Polizei Berlins, dieser mächtigen Institution, gefasst. Bald würde er einen Schwur auf diesen Staat, auf die Bundesrepublik Deutschland und deren Grundgesetz leisten, er würde geloben, treu zu dienen. Aber vor diesem Land kamen seine Tochter und die Frau, in die er sich verliebt hatte. Würde nicht jede deutsche Polizistin, jeder Polizist genauso denken und fühlen? Er würde nicht einfach abwarten können und aus der Ferne zusehen, wie die Kollegen ermittelten, auch wenn sie bestimmt sehr erfahren und gut waren. Was, wenn der Mörder wieder zuschlug? Wenn Larissa sein Ziel war?

In ihrer Wohnung hing ein graues Metallkästchen, er nahm sich den Schlüssel für »Gäste«, ging die Treppe wieder hinunter, weiter durch den ausladenden Hof hinter den Häusern und dem Gemeindezentrum zur Linken. Ebuk betrat durch die Hoftür das dreistöckige Haus, von dem er wusste, dass sich dort die Gästewohnung befinden musste. Er stieg die steinerne Treppe hoch, schaute auf die Klingelschilder der Mietwohnungen. Im ersten Stock gab es ein nachlässig aufgeklebtes Klingelschildchen, auf dem *Gemeinde* stand. Der Schlüssel passte, und Ebuk trat ein. Er achtete darauf, keinerlei Fingerabdrücke zu hinterlassen, auch zog er seine Schuhe hinter der Eingangstür aus und schlich auf Socken durch die Räumlichkeiten. Schnell überblickte er Küche und Bad, die ihm unauffällig erschienen. In Letzterem nahm er einen bizarren Geruch wahr, eine Mischung aus einem herben, schweren Parfum und dem chemischen Duft von WC-Steinen. Es gab eine Dusche, die aber an diesem Morgen noch nicht benutzt worden war. In der Küche stand nur ein leeres Glas neben dem Spülbecken, in dem noch ein paar Tropfen von dem Wasser glänzten, das Moses vor seinem frühen Kirchgang getrunken hatte. Ebuk zog die Kühlschranktür auf, die Finger unter dem Pulloverärmel verborgen. Mehrere Flaschen Bier, eine Packung mit geschnittenem Brot, eine Plastikdose mit Hering in Sahnesoße, ein angebrochenes Glas Erdbeermarmelade, eine Dose mit süßer Kondensmilch, auf dem *Milchmädchen* stand, und zwei nicht mehr ganz frische Äpfel waren darin. Auf einem Regal, neben Tassen, deren Henkel alle gleichmäßig ausgerichtet waren, war ein Glas Nescafé zu sehen. Seit er in Deutschland lebte, hatte er diesen Kaffee nicht mehr getrunken. Er erinnerte sich, wie er früher mit einem Fingernagel die goldene Folie, die den Inhalt des Glases überspannte, am Rand entlang einritzte. Ein singender Ton entstand, die Folie krümmte sich, und es strömte einem der Duft von Nescafé entgegen. Da, wo er herkam, galt es als ein Zeichen von Modernität, den importierten Kaffee zu trinken. Man gab einen gehäuften Löffel in eine Tasse, goss etwas von der dickfließenden, süßen Kondensmilch auf das Pulver und füllte dann das Gemisch mit heißem Wasser auf. Er war einfach und praktisch zuzubereiten. Die Kaffeebohnen, die man auf den großen Plantagen in Uganda erntete, wurden exportiert. In dem Land, in dem er jetzt lebte, trank man Filterkaffee oder wie bei Larissa Espresso aus Mokkakannen.

In einem anderen Zimmer stand ein schmales Bett, die Bettdecke war zurückgeschlagen. Über den dunkel gestrichenen Dielen lag ein schmaler, bunter Teppich, geknüpft aus Stoffresten. Die grünen Vorhänge waren nur zur Hälfte zugezogen. Durch eine Gardine fiel ein mageres graues Licht ins Zimmer. Die Einrichtung wirkte schlicht und schmucklos. Ein abgetragener Schlafanzug mit kariertem Muster lag auf dem Bett. An der Wand, über dem Kopfende, hing ein Kreuz aus Messing. Es gab einen weißen Kleiderschrank und einen Schreibtisch, auf dem neben allerlei Papieren ein Smartphone lag. Vor dem Schreibtisch ein Stuhl, über dessen Lehne hing ein weißes Hemd. Auf einer Tür des Kleiderschranks, der offen stand, war innen ein großer Spiegel angebracht. Mehrere Hemden und der blaue Anzug, den der Mann getragen hatte, als ihm Ebuk begegnet war, hingen auf Bügeln. Ihm kam ein Geruch aus Staub und Schweiß entgegen, überlagert von diesem starken, herben Parfüm. Die Männer, die er in Deutschland kennengelernt hatte, benutzten fast nie Parfüm, nur gelegentlich Rasierwasser. In den Fächern lagerte wenig Wäsche. Unten, auf dem Boden des Schranks, ein zugeklappter, einfacher Koffer. Ebuk zog ihn heraus und entriegelte ihn. Es fanden sich darin zwei Hemden mit kräftigen Mustern und dazu passende weite Hosen. Vermutlich hatte der Mann bei seiner Anreise afrikanische Kleidung getragen. Auf den bunten Stoffen lag eine kartonierte Kladde, die abgeschabt aussah und schon durch viele Hände gegangen sein musste. Als er sie aufschlug, entdeckte er einen Stoß vergilbter Papiere, die in einer Schrift beschrieben waren, die er noch nie zuvor gesehen hatte. Einzelne Buchstaben, die aus aufrechten Zeichen bestanden, waren erkennbar. Manche der Buchstaben hatten merkwürdige Kringel an ihrem oberen und unteren Ende oder bestanden aus kleinen Treppchen, andere besaßen die Anmutung von römischen Ziffern oder arabischen Schnörkeln. Satzzeichen gab es keine, dafür Unterstreichungen. Das Papier machte den Eindruck, einige Jahrzehnte alt zu sein, die Ränder waren nicht gerade geschnitten, sondern brüchig. Das Papierformat entsprach keiner ihm bekannten Norm. Vorsichtig, den Pulli weiter über die Finger der rechten Hand gezogen, legte er die Blätter auf dem Boden aus und fotografierte sie, eines nach dem anderen. Danach packte er die Kladde zurück in den Koffer. Merkwürdig. Wieso hatte Moses Lukong diese Papiere mit nach Deutschland gebracht? Zwischen den bunten Kleidungsstücken fand Ebuk einen unverschlossenen beigen Briefumschlag. Nur zwei Buchstaben standen darauf, ein A und ein G. Er klappte ihn auf und entdeckte einige längere, glatte blonde Haare. Mehr war nicht in dem Umschlag. Was hatte es damit auf sich?

Die Seiten abzulichten, hatte Zeit gekostet, er durfte nicht zu lange in der Wohnung bleiben. Er trat zum Schreibtisch, auf dem er eine kleine Bronzeskulptur entdeckte. Sie war höchstens zehn Zentimeter hoch und stellte zwei Männer dar, die in einer Art Zweikampf miteinander verbunden waren. Die Körper, Beine und Arme bestanden aus dünnen Messingröllchen, nicht dicker als Salzstangen. Die Köpfe und Hände waren stärker ausgeformt. Der eine Mann, ein Zahnarzt, der eine Mütze trug, stocherte mit einem Instrument im Mund des anderen Mannes herum, der dessen Handgelenke fest umklammert hielt. Sie hatten die Knie etwas gebeugt, für einen besseren Stand. Die Füße waren auf einem ovalen Rund befestigt. Weshalb hatte Moses Lukong gerade so eine Figur aus seiner Heimat mitgebracht? Hatte er Zahnschmerzen oder war er Zahnarzt? Oder war er selbst ein Bronzekünstler?

Schnell schaute Ebuk die Papiere auf dem Schreibtisch durch, es waren Notizblätter, auf denen Namen standen und Telefonnummern. Er fotografierte auch diese Papiere ab und überlegte, was er mit dem Smartphone machen, ob er es einfach liegen lassen oder es einstecken sollte. Praktischerweise lag die aufgerissene Verpackung einer deutschen Prepaidkarte gleich daneben. Ebuk unterdrückte den Impuls, das Smartphone an sich zu nehmen. Er schaltete es ein, und es leuchtete auf, es gab keine Sicherung mit Fingerabdruck, Pincode oder Ähnlichem. Er klickte auf die Anrufliste und machte auch von diesen Telefonnummern Aufnahmen. Vielleicht würden die Kontakte von Moses eine Spur zu seinem Mörder weisen. Dann huschte er wieder aus der Wohnung, schlüpfte schnell in seine Schuhe und eilte über den Hof. Er hoffte darauf, dass die Aufmerksamkeit der anderen Bewohner auf das Geschehen vor dem Haus ausgerichtet war und ihn niemand entdeckt hatte.

Larissa und Noemi standen immer noch zusammen, neben ihnen eine Kollegin von der Schutzpolizei, die sich Notizen machte. Mehrere Kollegen der Spurensicherung betraten in weißen Schutzanzügen die Kirche. Dann hielt ein ziviler Wagen, aus dem eine Frau und ein Mann ausstiegen, die Gesichter entschlossen. Die Frau war vermutlich um die vierzig Jahre alt, trug eine knappe Lederjacke und eng anliegende Kleidung, an den Füßen weiße Sneakers. Ihre schwarzen Haare hatte sie streng nach hinten gebunden. Die Augenbrauen und Wimpern waren stark akzentuiert. Der Mann wirkte etwas älter, hager, vielleicht um die fünfzig, kurze Haare, die wie eine Bürste vom Kopf abstanden. Er steckte in einem Anzug. »Kripo«, flüsterte die Frau in Uniform neben Larissa. Die beiden Ermittler in Zivil streiften sich blaue Schutzhüllen über ihre Schuhe und betraten die Kirche durch die Seitentür, die Ebuk am Morgen offen vorgefunden hatte. Kurz danach kam die Frau mit den schwarzen Haaren wieder heraus und ging auf die Polizistin neben Larissa zu.

»Guten Morgen. Das sind die Pastorin der Kirche, Larissa von Boden, und ihre Tochter Noemi. Frau von Boden hat den Toten entdeckt«, begann die Polizistin.

Die Kommissarin nickte nur kurz zu Larissa, ihr Blick hatte sich auf Ebuk geheftet.

»Und wer sind Sie?«, fragte sie ihn schroff.

»Peter Ebuk, Polizeianwärter.«

»Und was tun Sie hier?«

»Ich bin privat hier. Meine Tochter geht mit Noemi in die gleiche Klasse.«

»Das beantwortet nicht meine Frage. Kannten Sie den Toten?«

»Ich bin ihm einmal kurz begegnet.«

Die Ermittlerin blickte Ebuk prüfend an. Er verstand sofort, seine Anwesenheit warf viele unangenehme Fragen auf.

»Waren Sie auch in der Kirche?«

»Ja, ich habe Larissa begleitet. Die Kirchentür stand auf, das war merkwürdig, da haben wir zusammen nachgesehen. Danach rief ich die Kollegen an.«

Ebuk nickte in Richtung der beiden Polizisten vom Streifenwagen. Die Ermittlerin fixierte ihn noch einen Moment, dann wandte sie sich an Larissa.

»Wie standen Sie zu dem Toten?«

»Er war in unserer Kirchengemeinde zu Gast«, antwortete die Pastorin.

»Dann hatte er hier ein Zimmer?«

»Eine Gästewohnung.«

»Ich habe mich noch gar nicht vorgestellt, ich bin Hauptkommissarin Leyla Kaplan. Mein Kollege Rüter«, sagte sie, nickte zu dem Mann mit den Stoppelhaaren und streckte Larissa die Hand entgegen. Die Frauen gaben sich die Hand. Das Gesicht der Hauptkommissarin wurde für einen Moment etwas weicher.

»Larissa von Boden.«

»Was heißt zu Gast? Woher kam der Mann?«

»Aus Kamerun.«

»Sie auch?«, drehte sich Leyla Kaplan zu Ebuk.

»Ich, äh, wohne in Spandau, meine Tochter und ich kommen aus Uganda.«

»Na dann. Wenn Sie Polizeianwärter sind ... Wir sprechen uns noch.« Es klang wie eine Drohung. Sie gab der uniformierten Polizistin ein Zeichen mit dem Kopf, die gleich auf Ebuk zuging. Die Kommissarin lächelte Noemi an, erkundigte sich nach ihr und war mit der Antwort, die Tochter der Pastorin habe die Nacht über geschlafen, zufrieden.

»Ich möchte jetzt die Wohnung des Verstorbenen sehen.«

Larissa nickte, drehte sich um, Noemi und die Kommissarin folgten ihr. Die Polizistin notierte sich Adresse und Telefonnummer von Ebuk.

Für einen Moment schaute er noch dem Treiben der Spurensicherung zu. Gerne wäre er in die Kirche und an den Tatort gegangen, hätte mit anderen Ermittlern über das Geschehen gesprochen. Aber er war als Erster dort drin gewesen. Jetzt kam er sich wie ein Dieb vor, der sich an einen verbotenen Ort gestohlen hatte. Er ging los, über den großen freien Platz vor der Kirche, und bog nach links auf die kurze Straße ein, die zum U-Bahnhof Nollendorfplatz führte. Den Bahnhof überspannte eine Kuppel aus Stahlringen, die in der Nacht in Regenbogenfarben leuchtete. Er mochte dieses bunte Symbol für die Offenheit dieser Stadt, für die Freiheit, alle Formen von sexuellen Orientierungen leben zu dürfen. Wenn er einen Artikel über seine Heimat las, wurde vor allem über das Verbot von homosexuellen Beziehungen geschrieben. Warum mussten diese christlichen und muslimischen Männercliquen um den Präsidenten sich so brutal gegen Minderheiten verbünden? Wie kamen sie dazu, die intimsten Bedürfnisse und Begegnungen der Menschen kontrollieren zu wollen? Den Hass auf Homosexuelle hatten die christlichen Engländer in ihr Land gebracht. Jetzt nutzten die einstigen Kämpfer für die Unabhängigkeit die Gesetze der Kolonialisten, um das eigene Volk zu knebeln. Sein schönes Land wurde durch diese furchtbaren, korrupten Männer entwürdigt. Uganda galt nicht mehr als die Perle Afrikas, sondern als ein finsterer Ort der Unterdrückung. Ob er, der vertriebene Polizist, jemals würde zurückkehren können? Es war seltsam, dass er gerade jetzt eine tiefe Sehnsucht nach seiner Heimat verspürte.

Die Gleise einer der U-Bahn-Linien verliefen bis zu diesem Bahnhof oberirdisch und tauchten hier wieder in den Untergrund ab. Unter dem Viadukt, da, wo sich die Gleise in die Erde neigten, gab es einen alten verwitterten Brunnen, bei dem sich aus dem Halbrund des Beckens ein Wesen aus dem Untergrund schob. Man sah dessen Kopf, der sich dem Betrachter entgegenreckte, der Oberkörper schien auf den Oberschenkeln zu liegen, die Knie und Schienbeine waren zu sehen, rechts und links fanden die großen Hände, zwischen den dicken Fingern Schwimmhäute, Halt auf den Steinen. Das Wesen war kahlköpfig, die Augen weit aufgerissen, der Mund in die Breite gezogen, unter dem Kinn hingen Tentakel. Es war, als ob sich die Kreatur aus dem Untergrund in die oberirdische Welt drücken wollte. Der halbrunde Brunnen vor dem Wassergeist war ausgetrocknet, Müll lag in dem leeren Becken, in das das Wesen aus der Tiefe einmal sein Wasser gespukt hatte. Ebuk zog sein Smartphone aus der Tasche und betrachtete die Aufnahmen, die er gemacht hatte. Den toten Mann in der Kirche, die Blätter mit der merkwürdigen Schrift, die Telefonnummern. Würden sich Zusammenhänge zwischen dem Mord an Moses Lukong, dem geheimnisvollen Manuskript und den Telefonnummern zeigen? Oder wurde der Mann erschlagen, weil er zur falschen Zeit in der Kirche war? Erneut bedrängte Ebuk die Frage, ob der Mörder es auf Larissa abgesehen hatte. Oder auf die Priester der Kirche?

In der U-Bahn, die ihn nach Spandau bringen würde, setzte er sich neben eine ältere Dame, die in einer großformatigen Zeitung las. Auf ihrem faltigen Gesicht zeichnete sich eine mit kantigen schwarzen Rändern umrahmte Brille ab. Sie schickte ihm aus den Augenwinkeln einen winzigen freundlichen Blick, so als ob sie es genehmigen würde, dass er neben ihr Platz nahm. Auf der Sitzbank gegenüber saßen drei Männer und eine Frau, alle so um die dreißig. Einer der Männer hatte ein asiatisches Aussehen, er drehte den Kopf immer wieder zu seinen Gesprächspartnern rechts und links von ihm. Sie erzähltem ihm lebhaft und etwas umständlich auf Deutsch und schlechtem Englisch die Geschichte eines Mannes, der einen anderen Mann zu sich nach Hause eingeladen hatte. Der Eingeladene wollte getötet und von dem anderen aufgegessen werden, berichteten sie. *»A man-eater, a cannibal?«*, fragte der Asiate. Dabei schaute er Ebuk mit aufgerissenen Augen direkt an. Die Frau bestätigte, ja, und das hier in Deutschland, sagte sie, es waren zwei weiße Männer. Da lachte der Angesprochene nervös und schüttelte den Kopf.

»Geht das ein wenig leiser!? Das ist ja unappetitlich«, herrschte jetzt die Frau neben Ebuk die Gruppe an.

»Sorry«, sagten sie und standen auf, als die Station Deutsche Oper angesagt wurde, wo sie ausstiegen.

»Kein Benehmen«, kommentierte die Frau mit der markanten Brille und las mit herabgezogenen Mundwinkeln weiter in ihrer Zeitung. Es setzten sich andere Fahrgäste auf die Bank gegenüber, sie schauten auf ihre Smartphones und interessierten sich nur für sich und ihre eingehenden Nachrichten. Was war jetzt zu tun?, überlegte Ebuk erneut. Er musste auf jeden Fall heute zur Polizeiakademie, er durfte nicht fehlen, nicht heute, obwohl er zu spät kommen und sich eine Rüge einhandeln würde. Er sollte mit der Leiterin sprechen, überlegte er, mit Antje Sokowitz, die ihm bisher immer offen und wohlwollend begegnet war. Auf ihre Anregung hin hatte er Vorträge über die Polizeiarbeit in Uganda gehalten. Zunächst zierte er sich, weil er nicht vorgeführt werden wollte. Doch Viktoria hatte ihm geholfen, sein Referat auszuarbeiten, und ihn aufgefordert, stolz und selbstbewusst aufzutreten. Als er dann zu sprechen anfing, war er auf einmal ganz unbefangen, er trug frei vor, sprach über die Strukturen in dem Land, aus dem er kam, hob die Stärken der ehrlichen Polizisten hervor, aber verheimlichte auch nicht die Korruption in dem Polizeikorps, das er geleitet hatte. Als er endete, erntete er großen Beifall von den anderen Polizeischülern.

Die Leiterin der Polizeiakademie hätte die Macht und den Einfluss, ihm eigene Ermittlungen zu erlauben. Er musste gute Gründe vorbringen, neben der Mordkommission selbst aktiv zu werden. Die Kommissarin mit dem türkischen Namen war ihm sehr misstrauisch begegnet. Wenn sie die Ermittlungen leitete, musste sie ebenfalls ihre Zustimmung geben. Er könnte sich bei den Prostituierten umhören, die nachts in der Nähe der Kirche um Kunden warben. Einem Schwarzen Mann würden sie vermutlich weniger misstrauisch begegnen als einem weißen. Vielleicht könnte er sich als Dealer ausgeben. Aber vielleicht gab es schon genügend verdeckt arbeitende Polizisten in der Szene? Als er in dem dortigen Polizeiabschnitt seinen praktischen Pflichtkurs ableistete, hatte er von Kolleginnen gehört, die engen Kontakt zu den Prostituierten hielten. Sollte er der Kommissarin beichten, dass er ein Verhältnis mit Larissa von Boden hatte? Was würden sie über ihn denken? Oder über Larissa?

Ein Schwarzer Pastor wird ermordet aufgefunden, und ein anderer Schwarzer liegt in ihrem Bett? Wenn er die Ermittlungen leiten würde, würde er sofort einen Zusammenhang herstellen. Das Naheliegende wäre, ein Eifersuchtsmotiv zu vermuten.

Nachdem auch Noemi von ihrem Verhältnis erfahren hatte, konnten Larissa und er kein Geheimnis mehr aus ihrer Beziehung machen. Sobald sie die Pastorin verhörten, würde sie über ihre gemeinsame Nacht sprechen. Das könnte ihn schützen, je nachdem, für wann die Rechtsmedizin den Todeszeitpunkt von Moses Lukong feststellte. Sollte sie allerdings aussagen, er wäre der Erste am Tatort gewesen, hätte er wirklich ein Problem.

Ebuk kam in einen Unterrichtsraum, wo an langen Tischen seine Mitstudierenden saßen. Wie fast immer lag eine nüchterne Atmosphäre in kaltem Licht über dem Raum, der keine Fenster hatte. Leise summte eine Klimaanlage. Vorn an einem Tisch stand die Lehrerin für Forensik, Elke Scholtau, die die heutige Lehrstunde zur Spurenkunde hielt. Sie klickte auf ihren Computer, der vor ihr stand, und rief ein Bild auf, das nun auf einem Whiteboard erschien.

»Im Bereich der Formspuren unterscheiden wir Eindruck- sowie Abdruckspuren. Diese entstehen durch Materialverlust oder den Auftrag von Material … Guten Morgen, Herr Ebuk.«

Ebuk wollte sich auf einen freien Platz schleichen, wurde aber von Frau Scholtau entdeckt. Durch ihre Anrede richteten sich die Blicke der anderen auf ihn, manche schauten hämisch, andere belustigt.

»Es tut mir leid, Frau Dr. Scholtau, ich wurde …«

Sie machte nur eine Handbewegung, mit der sie ihm seine Entschuldigung abschnitt. »Was würden Sie sagen, Herr Ebuk. Haben wir es hier mit einer Abdruck- oder einer Eindruckspur zu tun?«, fragte sie ihn.

Ebuk trat einen Schritt auf das Whiteboard zu. Er konzentrierte sich und suchte in seinem Gedächtnis nach Bildern von ähnlichen Spuren.

»Das könnte der Abdruck einer Reifenspur auf einem Blutfleck sein, vermutlich vergrößert. Interessant wäre, das Negativ zu sehen, also den Eindruck, dann könnte man sagen, ob sich der Reifen bewegt hat, also abgerollt wurde. Und wie schnell«, sagte Ebuk.

»Sehr gut! Hatten Sie bereits mit derlei Spuren zu tun?«

Ebuk nickte. »Ja, hatte ich.«

»Dann war das also leicht für Sie. Definieren Sie bitte, was ist eine Spur?«, fragte sie nach. »Das könnte übrigens auch eine Frage in Ihrer Klausur sein, meine Damen und Herren.«

»In einer Spur können sich Straftaten widerspiegeln, also die für uns Polizisten wichtigen Ereignisse. Spuren liefern uns Informationen«, brachte Ebuk hervor.

»Sie haben ihre letzten Stunden offenbar mit einem Lehrbuch verbracht. Ja, Spuren sind ein Informations- und Speichermedium. Nächstes Mal kommen Sie bitte wieder pünktlich.«

Sie nickte ihm zu, er durfte sich setzen. Er folgte aufmerksam den weiteren Ausführungen der Dozentin über Formspuren, den mechanisch entstandenen Spuren wie Reifenspuren oder Schuhabdrücke. Doch immer wieder schoben sich die Bilder von der dunklen Kirche und dem toten Moses Lukong vor die Projektion auf dem Whiteboard vor ihm. Er stellte sich vor, wie die Kriminaltechniker starke Lampen aufgestellt hatten und den Boden der Kirche absuchten. Vermutlich waren jetzt überall diese gelben Aufsteller mit Nummern zu sehen. Er fasste mit beiden Händen auf seinen Bauch, wo sich auf einmal eine heiße, saure Flüssigkeit immer wilder drehte. Es war gut möglich, dass auch er Spuren hinterlassen hatte. Als er die Kirche betrat, wusste er nicht, was ihn erwartete, er hatte sich nah zu dem Toten gebeugt.

Möglicherweise war er in sein Blut am Boden getreten. Das Wort Abdruckspur hallte in ihm nach. Er unterdrückte den Impuls, seine Schuhe auszuziehen und die Profile nach Blutresten abzusuchen. Am besten entsorgte er seine Sneakers, wie dumm von ihm, dass er daran nicht gedacht hatte. Die Hochgefühle der letzten Nacht, das Glück, das ihn ausgefüllt und unbeschwert gemacht hatte, waren die Ursache für seine Unvorsichtigkeit, das wurde ihm jetzt bewusst.

Nach der Stunde, als er über den Flur ging, war ihm, als ob seine Sohlen brennen würden und er hier, in der Polizeiakademie, Fußabdrücke hinterlassen würde. Er vermied es, mit seinen Kommilitonen zu sprechen, und gab vor, sich unwohl zu fühlen.

Plötzlich eilte eine junge blonde Frau hinter ihm her und rief seinen Namen. »Hallo, Herr Ebuk!? Herr Ebuk?«

Wieder drehten sich einige Köpfe zu ihm. »Du bist heute gefragt, Peter«, hörte er den Kommentar einer Kommilitonin.

Die Frau, die nach ihm rief, war die Sekretärin der Leiterin der Polizeiakademie. Sie schaute etwas ungehalten zu ihm hin, weil er ihre Rufe nicht gleich gehört hatte, und bat ihn, ihr zu folgen.

Im Büro der Chefin, das funktionell eingerichtet war, traf er neben Antje Sokowitz auf zwei weitere Personen. Ihre harten, unbeweglichen Gesichter sahen aus wie die lauernder, gefährlicher Tiere. Leyla Kaplan und Hans-Georg Rüter, ihr hagerer Kollege mit den hochstehenden Haaren, nickten nicht einmal, als er den Raum betrat.

»Hallo, Herr Ebuk«, begrüßte ihn Antje Sokowitz, »Frau Kaplan und Herr Rüter haben Sie schon kennengelernt?«

Ebuk murmelte eine Begrüßung, er ahnte sofort, was auf ihn zukommen würde.

»Setzen Sie sich bitte, Herr Ebuk«, sagte Sokowitz.

»Ich habe den beiden Kollegen von der Mordkommission

berichtet, dass Ihr Studium und Ihre Mitarbeit ganz wunderbar klappen. Sie haben sich gut eingefuchst …«, fuhr sie fort, doch Leyla Kaplan unterbrach sie.

»Wir glauben, Sie haben uns angelogen! Sie waren zuerst in der Kirche, oder nicht?«, fragte sie.

Kaplans Frage klang nicht laut, hatte aber einen bedrohlichen Unterton. Ebuk antwortete nicht sofort. Er schaute Sokowitz an, dann den Mann neben ihr und wieder Kaplan. Sie waren wirklich schnell, die beiden deutschen Ermittler.

»Haben Sie ein Verhältnis mit Frau von Boden?«, hakte sie nach.

»Wir müssen wissen, wer zuerst am Tatort war«, sagte Rüter, »wegen der Zuordnung von Spuren, die wir gefunden haben.«

Noch immer konnte Ebuk nicht antworten, Erinnerungen an Verhöre in Uganda kamen auf, als man ihm vorhielt, einen Mörder und Kinderschlächter auf der Flucht erschossen zu haben, anstatt ihn zu verhaften. Damals hatte er gelernt, ruhig zu bleiben, zu atmen, zu warten, bis sein hämmernder Herzschlag sich wieder normalisiert hatte. Man hatte ihn angeschrien, ihm gedroht, aber er war ruhig geblieben. Während dieser Verhöre war ihm bewusst geworden, dass sie nur der Auftakt zu Schlimmerem waren, zu Bespitzelung und Verfolgung. Er hoffte, dass es hier, in diesem Land, anders sein würde. Wenn er der Ermittler wäre, würde er ebenfalls versuchen, einen Verdächtigen mit Fragen in die Enge zu treiben und auf emotionale Reaktionen hoffen, aus denen man seine Schlüsse ziehen konnte. So hatten sie es in der Polizeiakademie gelernt und trainiert. Er räusperte sich, auch er konnte ein hartes Gesicht machen und seine Gefühle dahinter verbergen.

»Ich möchte nichts über meine privaten Beziehungen aussagen. Ihre Fragen, ob und wann ich an diesem Tatort war oder nicht, klingen, als ob Sie mich verdächtigen. Sie konstruieren hier zu früh etwas. Schwarzer Mann erschlägt anderen Schwarzen Mann. Ist es das, was Sie denken? Sie sollten Ihre Biases, Ihre Vorurteile hinterfragen. Das lernen wir hier.«

»Ich konstruiere hier gar nichts, Herr Ebuk. Ich habe Ihnen nur eine ganz einfache Frage gestellt. Waren Sie als Erster am Tatort?«, schnauzte Kaplan ihn an.

»Ich versichere Ihnen, ich habe nichts, gar nichts mit dem Tod von Moses Lukong zu tun«, war Ebuks Antwort.

»Selbstverständlich gilt für Sie die Unschuldsvermutung«, äußerte sich Rüter und nickte ihm zu.

»Na ja, es ist schon merkwürdig, dass Sie die Ermittlungen der Kollegen nicht unterstützen, Peter«, meinte Sokowitz.

»Bitte? Ich habe seinen Tod sofort gemeldet. Selbstverständlich bin ich behilflich«, sagte Ebuk nachdrücklich, »der Tod des Priesters aus Kamerun wirft tatsächlich viele Fragen auf. Das einzige Mal, als ich ihn getroffen habe, erzählte er mir, er wolle den Thron eines Königs aus Kamerun, der in einem Berliner Schloss steht, zurück in seine Heimat bringen.«

»Der Thron im Humboldt Forum?«, fragte die Leiterin der Polizeiakademie.

»Ich weiß es nicht, ich kann Ihnen nicht mehr dazu sagen«, antwortete Ebuk.

Der Mund von Leyla Kaplan hatte sich inzwischen zu einer Linie zusammengeschoben, als ob sie an einer Scheibe Zitrone lutschen würde. Rüter zog die Augenbrauen hoch, seine Haare standen noch aufrechter nach oben.

»Was denn für ein Thron?«, fragte er.

»Wir werden die Spuren auswerten. Ihr Verhalten ist mehr als merkwürdig, das muss ich schon sagen«, stellte Kaplan fest und stand auf. Die beiden Ermittler gaben der Chefin die Hand, nickten Ebuk zu und verließen den Raum. Auch

Ebuk stand auf, doch Sokowitz bedeutete ihm, sich wieder zu setzen.

»Sie wissen, dass Sie als Anwärter für den gehobenen Dienst über jeden Zweifel erhaben sein müssen. Bisher habe ich Sie als hervorragenden Mann gesehen. Aber das hier gefällt mir nicht. Meinen Sie wirklich, Sie reiten sich rein, wenn Sie den Kollegen sagen, was heute Morgen geschehen ist?«

Sie schaute Ebuk prüfend an. Dieses Brennen in seinem Bauch, als ob er zu scharf gegessen hätte, verstärkte sich wieder.

»Sie wissen ja, es gab immer wieder Skandale in unserer Akademie. Ich will jetzt nichts beschwören, ich möchte nur, dass hier gute Polizistinnen und Polizisten ausgebildet werden. Verstehen Sie?«

»Ja, Frau Sokowitz.«

»Gut, dann werden Sie auch verstehen, wenn ich Sie für zwei Wochen beurlaube. Dann sind die Kollegen mit ihren Ermittlungen weiter. Vielleicht ist der Täter dann gefasst, und wir sehen uns wieder.«

»Aber …«

»Es gibt offenbar enge persönliche Beziehungen zwischen Ihnen und der Pastorin. Sie müssen da für einen Moment zur Seite treten, schon zu Ihrem eigenen Schutz. Wenn keinerlei Schatten auf Sie fällt, dann machen Sie weiter, dann heißt es Schwamm drüber, und Sie werden ein guter deutscher Polizist.«

Ebuk erhob sich, blieb einen Moment lang stehen, schaute durch die Frau vor sich hindurch, verabschiedete sich leise und ging. Er war in seinem Leben schon ein paar Mal geschlagen worden, er kannte den Schmerz, den ein Fausthieb hinterließ. Er wusste, wie man wieder aufstand und zurückschlug oder wegrannte, aber gegen diese verbalen Schläge, die als Verdächtigungen, vorgeschobene Enttäuschung und passiv-freundliche Aggression ausgeteilt wurden, konnte er sich nicht wehren. In seinem Kopf breitete sich eine graue Mattigkeit aus, sein Denkvermögen war getrübt. Er fühlte sich auf einmal sehr müde.

Schlagartig wurde er wach, als er seine Wohnung betrat und aus der Küche Geklapper, das Kichern von Viktoria und die Stimme eines Jungen hörte.

»Hallo!?«, rief er in den Flur. Eigentlich sollte seine Tochter noch gar nicht zurück sein, aber gelegentlich fiel der Unterricht aus. Seine Ankunft verursachte eine plötzliche Stille und danach eine hektische Aktivität. Ebuk sah zwei Schwarze, halb nackte, nur mit Unterwäsche bekleidete Körper aus der Küche durch den halbdunklen Flur in Viktorias Zimmer huschen.

»Papa!«, rief sie ihm vorwurfsvoll entgegen, als auch schon ihre Zimmertür knallte. Er ging in die Küche, wo ihn ein ziemliches Durcheinander empfing. Der Herd war mit Tomatensoße bekleckert. Zwei Töpfe standen herum, die für die Zubereitung einer einfachen Nudelspeise verwendet worden waren. Auf dem Tisch zwei Teller mit Speiseresten und aufgeschlagene Schulbücher, daneben die Smartphones der beiden Jugendlichen. Er ließ sich auf einen der Küchenstühle fallen, unfähig, sich über seine Tochter zu ärgern, die offenbar nach oder während der Schulzeit mit ihrem Freund ins Bett ging und dann Spaghetti kochte und die Küche verwüstete. Wenige Minuten später tauchte Viktoria auf, inzwischen angezogen, hinter ihr grinste Ethan ihn an. Der Junge griff sich sein Telefon vom Küchentisch, begrüßte ihn mit »Hallo, Mr. Ebuk«, flüchtete in den Flur zurück, Viktoria folgte ihm, sie küssten sich, flüsterten kurz, dann schlug die Wohnungstür.

»Was machst du hier?«, fragte ihn seine Tochter verärgert. Was sollte er antworten? Er blieb stumm, erschöpft schaute er ihr zu, wie sie die Teller abräumte, die Töpfe vom Herd nahm, den Wasserhahn aufdrehte und mit einem Schwamm die Spritzer bearbeitete.

»Hast du keine Schule? Oder hast du geschwänzt, um mit Ethan ins Bett zu gehen?«, fragte er.

»Unterricht fiel aus. Was ich mit Ethan mache, ist meine Sache!«, antwortete sie scharf und pfefferte den Spülschwamm ins Waschbecken.

»Stimmt das? Du und Larissa?«, attackierte sie ihn.

»Das ist meine Sache«, echote er schlapp.

»Warum wusste ich das nicht? Und was ist mit dem Toten in der Kirche? Das ist ja schrecklich!«

Viktoria stemmte die Hände in die Hüften und funkelte ihn an. Wie sie so vor ihm stand und ihn herausforderte, erinnerte sie ihn an seine Mutter, als er noch ein Junge war. In genau dieser Haltung hatte sie ihn zur Rede gestellt, wenn er etwas angestellt hatte. Viktoria musste die Gene ihrer Großmutter haben. Ein Lächeln stieg in ihm auf. Es war gut, dass Viktoria wissen wollte, was mit ihm los war.

»Mit Larissa ist es wunderbar. Ansonsten, *a big mess*!«

Viktoria blickte in die müden, traurigen Augen ihres Vaters, trat auf ihn zu und umarmte ihn. In wenigen Sätzen berichtete er von dem toten Pfarrer in Larissas Kirche, dem Verdacht, der auf ihn gefallen war, und der zweiwöchigen Suspendierung von der Polizeiakademie.

»Das darfst du dir nicht gefallen lassen! Auf keinen Fall! Du wirst selbst ermitteln und das Schwein finden.«

Er spürte, wie seine Augen feucht wurden. Es war großartig, dieses Mädchen als Tochter zu haben, die so selbstständig, mutig und klug war. Er nickte, nahm ihre Hand.

»Ich werde in den nächsten Tagen viel unterwegs sein, auch nachts. Ich weiß noch nicht, wo das alles hinführt. Ich möchte auch dich und Larissa und Noemi schützen. Dieser Mann ist nicht einfach so erschlagen worden. *Could you please take care and make things going?*«

»Ja, Taata. Aber ich habe auch mein Leben.« Sie klang jetzt versöhnlicher.

Er mochte es, wenn sie ihn Taata nannte, eine in Uganda übliche Form, den Vater liebevoll anzusprechen. Sie machte sich wieder an die Töpfe, spülte die Teller ab, fragte ihn, ob er auch etwas essen wolle, es wäre noch genügend da, aber er winkte ab.

»Ethans Eltern. Sie haben gefragt, wann wir uns alle einmal treffen. Sie würden uns gerne einladen.«

»Ja, schön, gerne. Kannst du ihnen sagen, dass sie sich noch etwas gedulden müssen, weil ich im Moment sehr beschäftigt bin?«

Viktoria nickte.

Er hatte bisher keine großen Anstrengungen unternommen, die drei Zimmer in der Sozialbauwohnung einzurichten, in der sie untergekommen waren. Es gab ein Wohnzimmer mit einem grün-grau gemusterten Sofa und zwei Sesseln, einem passenden niedrigen Tisch und einem Schränkchen, auf dem ein Fernsehgerät stand, das sie allerdings kaum benutzten. Sie hatten die Möbel fast alle kostenlos über Kleinanzeigen-Portale bekommen. In dieser Stadt gab es überall Menschen, die ihre Zimmer neu einrichteten und die überflüssigen Möbel einfach verschenkten. Man musste nur vorbeikommen und sie abholen. Wenn Ebuk und Viktoria auftauchten, hielt man sie sofort für bedürftige Flüchtlinge, denen man noch weitere Dinge schenken konnte. So waren sie auch in den Besitz von Kochtöpfen, Tellern und Küchenutensilien und einigen hässlichen Bettbezügen gekommen. Es war Viktoria, die darauf Wert legte, die Räume wohnlich zu gestalten. Sie hängte Plakate, Postkarten oder Tücher auf; manchmal fragte sie ihn, wie es ihm gefallen würde, meistens staunte er nur und stimmte zu. Sein eigenes Zimmer diente ihm zum Schlafen und zum Studium.

Es gab ein schmales Bett, einen Schreibtisch, einen Stuhl, einen Sessel, auf dem die Kleidung lag, ein Bücherregal und einen weißen Kleiderschrank. Aus einer Zeitschrift, in der eine Reisereportage über Uganda abgedruckt war, hatte er sich zwei Fotos von Fischern am Viktoriasee ausgeschnitten und an eine Wand geheftet. Von Viktoria hatte er ein altes *Alien*-Filmplakat zum Geburtstag geschenkt bekommen. Die Filmreihe hatte seine Frau Prudence geliebt und früher oft angeschaut. Die Stimme von Ellen Louise Ripley, der Hauptfigur, war damals für ihn zur Stimme von Prudence geworden.

Er sank auf seinen Schreibtischstuhl, klappte seinen Laptop auf und lud von seinem Smartphone die Fotos herunter, die er von dem Toten in der Kirche und von dem seltsamen Manuskript gemacht hatte. Er suchte im Internet nach Übereinstimmungen oder Übersetzungen der fremden Satzzeichen, aber fand zunächst keine Hinweise, die ihm weiterhalfen. Allerdings gab es Bilder von einem Thron des Sultans Njoya aus Kamerun, der »Mandu Yenu« genannt wurde und der im Berliner Humboldt Forum stand. So erfuhr er, dass dieser kamerunische König irgendwann zum Islam übergetreten war, obwohl er es auch mit dem Christentum versucht hatte. Aber weil er mit 631 Frauen verheiratet war und diese nicht einfach verstoßen wollte, wurde es nichts mit dem Christentum. Dafür erfand er eine eigene Religion sowie eine Schrift für sein Volk, die *Schümom*-Schrift. Ebuk erkannte die Übereinstimmung von einigen Zeichen aus dem Manuskript mit dieser geheimnisvollen Schrift. Warum befanden sich diese Seiten im Besitz von Moses Lukong? Und was stand darin?

Ein erster Versuch, die Namen zu den Kontakten auf Moses' Telefon zu recherchieren, war nicht aufschlussreich, er nahm sich vor, sich dafür mehr Zeit zu nehmen. Ebuk schob all die Fotos und Daten des Manns aus Kamerun auf einen

USB-Stick und löschte das Material auf seinem Computer und Mobiltelefon.

Wenn Leyla Kaplan ihm derart misstraute, konnte es gut sein, dass sie auch versuchen würde, gegen ihn zu ermitteln. Das war nicht ganz einfach, ein deutscher Richter würde einer Durchsuchung bei einem Polizeianwärter nur zustimmen, wenn ein konkreter Verdacht vorlag. Doch Ebuk wollte sichergehen und alle möglichen Spuren beseitigen, die auf seine eigenen Ermittlungen hinwiesen.

Er klopfte an Viktorias Zimmertür, die ihn nicht hörte. Er trat ein, sie saß an ihrem Schreibtisch und trug Kopfhörer. Vor ihr lag ein Schulbuch mit mathematischen Formeln. Er tippte ihr auf die Schulter, erschreckt drehte sie sich um und sah ihn verwundert an. Aus ihren Kopfhörern, die sie jetzt abstreifte, klang Musik mit hämmernden Beats.

»Wie kannst du lernen, während du Musik hörst?«, fragte Ebuk.

»Das ist Mathe.«

»Sag mal, hättest du Lust, mich ins Humboldt Forum zu begleiten? Dort sind Objekte ausgestellt, die deutsche Militärs in Kamerun erbeutet haben. Vor über hundert Jahren.«

»Ist das dieses nachgebaute Schloss in Mitte?«, fragte Viktoria nach.

»Ja.«

»Und warum willst du dorthin?«

»Der Tote aus der Kirche, er kam aus Kamerun.«

»Aha. Das heißt, du fängst an zu ermitteln?«

Ebuk lächelte sie an.

»Ich komme mit. Sag's mir an, wenn du gehst.« Sie zog ihre Kopfhörer wieder auf.

»Ich bin dann mal weg!«, rief Ebuk ihr zu. Sie nickte nur und konzentrierte sich wieder auf die Formeln vor sich.

Im Flur packte er seine Sneakers, die er tagsüber getragen hatte, in eine Plastiktüte, dann verließ er die Wohnung.

Es war nicht weit bis zum nächsten Penny-Markt, neben dem sich auch ein Spielplatz befand. Einen seiner Schuhe entsorgte er in einem Mülleimer neben dem Supermarkt, den anderen in der Nähe des Spielplatzes. Er berührte seine Hosentasche, durch deren Stoff er den USB-Stick fühlte. Noch hatte er keine Idee, wo er ihn verstecken könnte.

Für den Abend hatte sich Ebuk mit seinem Freund, den er nur Dr. Jim nannte, verabredet. Der Mathematiker Jim Kwamena Adkupo kam aus Ghana und lebte schon zwanzig Jahre in Berlin. Ebuk hatte ihm eine Nachricht geschickt, er müsse ihn dringend sprechen, eine private Sache, ob er heute Abend Zeit hätte. *I call you, bro* erhielt er als Antwort. Aber er wollte mit ihm nicht am Telefon sprechen, er müsse ihn sehen, antwortete er. *No problem. What about 8 at Ninos?*

Ebuk stimmte zu, um 20 Uhr würde er in dem italienischen Restaurant sein, in das Jim so gerne ging. Wann immer sich eine Gelegenheit bot, wollte der Freund italienisch essen. Seine Frau Rebecca hatte ihn ermahnt, nicht so viele Kohlenhydrate zu sich zu nehmen, er sollte anfangen, auf seine Linie zu achten, aber das ließ er nicht gelten, denn Pasta waren nun mal sein Lieblingsessen. Man müsse tun, was man liebte, war seine Überzeugung, man sollte genießen, nur dann kam man gestärkt durchs Leben. Das galt vor allem für sie als Afrikaner, die in einem fremden Land lebten. Wenn sie sich hier zu sehr verbiegen würden, bekämen sie eine schlimme Krankheit, Krebs oder so, behauptete er. Rebecca, seine Frau, hielt dagegen, hielt seine Ausführungen übers Essen für kompletten Unsinn und führte adipöse Menschen an, die ferngesteuert von Zucker und schlechten Fetten seien.

Selten gingen Ebuk und Jim in eines der afrikanischen Lokale in Berlin. Aus Sentimentalität bestellte Ebuk sich dann Matoke, ein ugandisches Gericht aus grünen Bananen und Huhn. Jim weigerte sich, ghanaisches Fufu zu essen, Maisbrei mit zerstoßenem Maniok, das mit scharfem Huhn oder Fisch serviert wurde. Er behauptete, er bekäme von diesem Essen Blähungen, das würde er seiner Frau nicht antun wollen. Doch Ebuk vermutete, seine Ablehnung von ghanaischem Essen war eine Art Borniertheit. Weil er schon so lange in Deutschland lebte, konnte er afrikanisches Essen nicht mehr richtig goutieren, obwohl der Mathematiker immer große Reden über koloniale und postkoloniale Prägungen schwang. Beim Essen machte er allerdings eine Ausnahme; zu diesem Thema hatte er eine ganz eigene Theorie. Genauso wie das klassische deutsche Essen mit Kartoffeln, Kraut und Fleisch die Küchen in der Welt nicht erobern konnte, so war es nach Jims Meinung auch mit Fufu, Matoke oder Jollof Reis. Italienische und chinesische, indische und thailändische Küchen, die hatten Weltniveau. Eine These von ihm lautete, es würde eine offensichtliche Korrelation zwischen organisiertem Verbrechen und hoch entwickelter Küche geben. Als Beweis führte er an, dass in Berlin vor einigen Jahren die vietnamesischen Zigarettenhändler aufgeflogen waren, und nur kurze Zeit danach kam es in der ganzen Stadt zu einer Zunahme an vietnamesischen Restaurants. Weil die Deutschen seit der Naziherrschaft nicht mehr fähig wären, eine funktionierende Verbrecherorganisation aufzubauen, würde niemand in der Welt ihr Essen haben wollen. Ob Ebuk diese Art von Zusammenhängen auch an seiner Polizeiakademie diskutieren würde? Dr. Jim nannte das *Out-of-the-box*-Denken. Die dunkle Seite der Globalisierung, führte er aus, also die Organisierte Kriminalität, hatte zu einem starken Wachstum ausländischer Restaurants geführt. Warum? Weil es die beste Form war, um Geld zu waschen und Drogen zu schmuggeln. Man konnte schließlich nicht jede Büchse Tomaten oder jeden Sack Reis aufschneiden, um dort nach Kokain zu suchen. Afrikanische Kartelle, so seine These, wären noch nicht entwickelt genug, um für ein Fufu-Gericht einen Michelin Stern zu bekommen. Wenn das einmal geschehen würde, wenn man an jeder Ecke Berlins anstatt Currywurst oder Döner Jollof Reis kaufen könne, dann hätte die erfolgreiche Eroberung des Westens durch die Afrikaner seinen Anfang genommen. Jim lachte schallend über seine eigene Theorie, vor allem, wenn er sich die Empörung der deutschen Rechten über Jollof Reis vorstellte. Jedes Mal, wenn Ebuk diesen Mann traf, wurde ihm warm ums Herz, wenn er seinen wilden Theorien zuhören durfte und sein Lachen aus den Augen springen sah. Wenn es mehr Menschen wie Jim in Ghana gäbe, müssten die Menschen dort ein fröhliches Volk sein.

Er hatte Jim und seine Frau eines Nachts in der Nähe des Spandauer Forsts kennengelernt. Es war dunkel gewesen, und er sah sich gezwungen, zu Fuß nach Hause zu gehen, weil sein Fahrrad einen Platten hatte. Auf dem Weg traf er auf diesen Afrikaner, der eine lange Metallstange, an der ein Mikrophon befestigt war, in die Zweige eines Baums hielt. Neben dem Mann stand eine weiße Frau, die einen großen Kopfhörer trug und mit der Hand ein Aufnahmegerät umklammerte. Als Ebuk stehen blieb und sich erkundigen wollte, was sie hier Seltsames machten, legte der Schwarze einen Finger auf seinen Mund und grinste ihn an. Er solle noch einen Moment warten und hören, gab er ihm zu verstehen. Plötzlich stieß ein Vogel rhythmische Laute aus, dann zwitscherte er und sang eine bezaubernde Melodie. Die Frau nickte, klickte auf ihr Gerät, und Jim lachte. »Eine Nachtigall!«, rief er aus. Jetzt blickte auch die Frau zu Ebuk und erklärte, dass sie Vogelstimmen aufnehmen würden und es in Berlin viele Nachtigallen gäbe. »Sie kommen aus Ghana! Dort lernen sie den Rhythmus. Im April fliegen sie nach Berlin, bleiben hier, solange es warm und schön ist, zwitschern herum und suchen sich ein Weibchen. Anschließend hauen sie wieder ab. So habe ich es auch gemacht! Nachtigallen sind Afrikaner. Die Deutschen nennen sie Zugvögel.« Die Frau lachte und schüttelte den Kopf. »Ich habe den hier nicht mehr ziehen lassen, jetzt muss er mein Mikrophon halten«, erklärte sie.

Ebuk hielt den Mathematiker aus Ghana für einen der klügsten und fröhlichsten Menschen, den er je in seinem Leben kennengelernt hatte. Ebuk verstand meistens nicht genau, womit sich sein Freund beschäftigte. Er erforschte mathematisches Denken bei vor-kolonialen Völkern, schrieb Papers über Wahrscheinlichkeitstheorie und Quantenphysik. Er kämpfte gegen den Glauben des Westens an, dass so etwas wie die universelle Objektivität der Mathematik existiere. Es gäbe nicht nur eine Mathematik, sondern viele Mathematiken, zitierte er einen wichtigen Gelehrten. Nach der modernen Quantenphysik sei grundsätzlich alles Zufall, es könne nur berechnet werden, mit welcher Wahrscheinlichkeit ein Ereignis eintrete.

Seine Frau Rebecca war Ornithologin und im Gegensatz zu ihrem Mann sehr bodenständig. Sie hatten zusammen einen neunzehnjährigen Sohn, der nach seinem Abitur aufgebrochen war, um in Australien umherzureisen, was Rebecca gut fand, Jim aber für Zeitverschwendung hielt.

An der Wand des italienischen Restaurants hingen verschiedene Fotografien von berühmten Gästen, die hier schon gegessen hatten. Am besten gefiel Jim ein Foto mit dem Schauspieler Bruce Willis, denn er hatte den Mann selbst einmal hier bei Nino gesehen. Als Jim und Rebecca eines Abends hier waren, kam plötzlich Bruce Willis herein, um seine Pizza abzuholen. Er grinste, als er erkannt wurde, und winkte den Gästen im Lokal, einige machten Fotos. Jim hatte sich daraufhin einige Filme aus der *Die-Hard*-Reihe angesehen, die er Ebuk sehr ans Herz legte.

Sie setzten sich an einen Tisch und wurden aufs Freundlichste von einem der Kellner begrüßt. Jim bestellte ein Tagesgericht mit Nudeln und Mineralwasser, er trank keinen Alkohol; Ebuk entschied sich für eine Pizza und ein großes Bier.

»Was ist los mit dir? Du siehst aus, als ob du die Nacht bei einer Frau verbracht hast und sie dich anschließend verprügelt hat.«

Jim lachte, doch Ebuk wunderte sich.

»Woher weißt du das schon wieder?«

»Du warst bei einer Frau?«

»Ja, ich habe mich verliebt.«

»Ey, Ey, Ey, Yippie. Endlich! Und? Hat sie dich verprügelt?«

Wieder lachte Jim laut. Er trug wie meistens ein gestreiftes Hemd, das immer irgendwie verknittert war. Vermutlich bügelte er seine Hemden nicht, nur wenn er sie aus der Reinigung abholte, waren sie ohne Falten. Auf seinem Schwarzen Kopf zeigten sich erste graue Haare. Um seinen rechten Arm hatte er ein rotes Lederarmband gewickelt.

Der Kellner brachte die Getränke und freute sich über den fröhlichen Mann, der seit Jahren zu Gast kam. Ebuk wartete, bis er wieder weg war, und nahm einen Schluck von seinem Bier. »Schlimmer. Ich habe einen toten Afrikaner in ihrer Kirche gefunden.«

»Sie hat eine Kirche? *She is a priest?*«

Ebuk nickte und berichtete, was vorgefallen war und warum er den Polizisten nicht erzählen wollte, dass er als Erster den Toten entdeckt hatte.

»Aber das war dumm von dir«, sagte Jim, »mit deinem Verhalten bestätigst du doch ihre Vorurteile. Weil du Angst vor deren Rassismus hast, bestätigst du ihn. Warum wartest du nicht am Tatort und rufst die Polizei? Du bist doch selbst Polizist.«

»Noch nicht ganz. Deswegen habe ich nicht angerufen. Damit es keinen Ärger gibt. Außerdem dachte ich, ich könnte mich an den Ermittlungen beteiligen. Wenn ich aber am Tatort rumstehe, bin ich verdächtig und kann nichts dagegen machen. Ich frage mich, ob es der Mörder nicht auf den Priester, sondern auf Larissa abgesehen hat.«

»Sie heißt Larissa? *The priest*? Geht sie so früh morgens beten?«

»Nein, aber der Mörder könnte doch dort auf sie gelauert haben. Dann tauchte der andere Priester auf, und es kam zum Streit.«

»Aber warum? Ist sie reich? So wie bei uns die Priester in Ghana?«

»Ich glaube nicht, dass sie reich ist. Nein, sie kümmert sich um die Prostituierten, die in der Nähe der Kirche auf den Strich gehen.«

»Aha, dann hat ein Zuhälter es auf sie abgesehen?«

»Ich weiß es nicht.«

»Du musst Antworten finden!«, stellte Jim fest.

Er war jetzt verwandelt, das heitere Gesicht war einer überlegenden Miene gewichen. Der nachdenkliche Wissenschaftler kam zutage. Ebuk betrachtete die Verwandlung des Freundes.

»Die zwei Kollegen von der Mordkommission haben sich erkundigt, was ich bei Larissa mache und ob ich schon vor ihr in der Kirche war«, sagte Ebuk.

»Ja, klar, das würde ich auch wissen wollen!«

»Aber ich habe es ihnen nicht gesagt, und jetzt wurde ich suspendiert, bis der Fall aufgeklärt ist.«

»Autsch. Wenn sie eine Pastorin ist, wird sie sagen, dass sie mit dir im Bett war. Dann hast du doch ein Alibi.«

»Das schon. Aber wegen der persönlichen Beziehung ziehen sie mich aus dem Verkehr. Sie verdächtigen mich, wie ich es vermutet habe. Schwarzer Mann erschlägt Schwarzen Priester aus Eifersucht.« Ebuk sprach leise und eindringlich.

»Hm. Who gonna help you?«, zitierte Jim einen Dialog aus *Die Hard*.

»*We gonna help ourselves*«, antwortete Ebuk.

»*And who do we not want to help us?*«, fragte Jim.

»*White people.*«

»*That's right.*«

Beide mussten grinsen, denn es war nicht das erste Mal, dass sie sich diese und andere Dialoge aus *Die Hard* vorgesagt hatten. Es war seltsam, aber in Ebuks Kopf nisteten sich immer wieder Bruchstücke anderer Stimmen ein. Vielleicht war das eine Psychose, eine seltene Krankheit, oder er konnte sich einfach Stimmen gut merken. Möglicherweise sprachen Geister aus einer anderen Welt mit ihm, hatte er sich überlegt. Jim hatte er davon noch nichts erzählt, vermutlich würde er es als koloniale Prägung abtun. Afrikaner hören Stimmen von Geistern, Weiße sammeln Fakten. Allerdings sprachen keine unbekannten Geister zu ihm, sondern Figuren aus Filmen oder Romanen. Eigentlich ganz unterhaltsam, solche Begleiter zu haben.

»Viktoria meinte, ich solle selbst ermitteln«, berichtete Ebuk.

»Sie ist klüger als du«, freute sich Jim.

Dann wurde das Essen serviert. Still und genussvoll führte Jim die ersten Bissen zum Mund, nachdenklich schnitt Ebuk ein Stück von seiner Pizza ab.

»Also, was ist das für ein Toter? Was hat er in der Kirche gemacht? Woher kommt er?«, fragte Jim, während er langsam seine Gabel im Teller drehte. Ebuk fasste zusammen, was er über den Mann aus Kamerun und dessen Bemühungen wusste, den Thron Mandu Yenu des Sultans Njoya aus dem Berliner Schloss zurückzubringen. Ebuk ließ nicht unerwähnt, dass dieser Njoya 631 Frauen gehabt hatte.

»Was? Dann besteht das halbe Volk aus seinen Kindern und Enkeln. Die Zahl ist interessant!«

Jim trank Wasser und dachte kurz nach. Wieder konnte man in seinen Augen die Verwandlung sehen. Sie stellten sich von trüb und heiter auf scharf und hell ein. Es war, als ob der Mann seine Augenfarbe wechseln könnte, während er überlegte. Vielleicht begab er sich in ein anderes Universum, wo er rechnete.

»Es geht um eine Frau. Diese Zahl 631 ist selbstverständlich nicht die tatsächliche Anzahl seiner Frauen. Es ist eine Primzahl, eine sogenannte Engelszahl, die nur durch sich selbst teilbar ist. Die Zahl steht für weibliche Kraft, nicht für die Anzahl der Frauen. Wie heißt der Thron? Mandu Yenu? Das sind bestimmt zwei Frauennamen!«

»Du meinst, der Mörder ist eine Frau?«

»Keine Ahnung. Aber es hat mit einer Frau zu tun«, sagte Jim sehr bestimmt und aß weiter. Jetzt war er wieder im Universum des italienischen Restaurants.

»Nun, es hat immer irgendwie mit einer Frau zu tun«, meinte Ebuk, »wie bei den meisten Männern, und wenn es nur um ihre Mütter geht.«

»Normalerweise beträgt diese Art von Wahrscheinlichkeit allerdings nur fünfzig Prozent. Aber in deinem Fall erzählt mir die geheimnisvolle Zahl von deinem kamerunischen König, dass es eine höhere Eintrittswahrscheinlichkeit gibt.«

»Diese deutschen Wörter, die sich an der Hand halten.«

»Großartig oder?« Jim wollte ein weiteres zusammengesetztes deutsches Substantiv zum Besten geben, doch Ebuk bremste ihn.

»Was meinst du mit eingetreten? Die Frau?«

»Das Ereignis natürlich! Also der Mord.«

Ebuk schnitt ein weiteres Stück seiner Pizza ab, steckte es in den Mund und kaute darauf herum. Er merkte nicht, ob das, was er im Mund hatte, schmeckte oder nicht. Was sein Freund da aus der Anzahl der Frauen des Sultans abgeleitet hatte, ergab für ihn keinen Sinn. Das half ihm nicht weiter.

»Soll ich den Kollegen nun sagen, dass ich den Toten gefunden habe und nicht Larissa?«

»Dafür ist es zu spät. Du bist freigestellt. Auf was wartest du noch? Du musst selbst ermitteln. Wann stellst du uns Larissa vor? Wir könnten euch zum Essen einladen.«

»In diese Phase sind wir noch nicht eingetreten.«

»Verstehe. Erst mal das Verliebtsein, der Sex, das Suchen nach Gemeinsamkeiten, dann folgt der Schritt in die Öffentlichkeit.« Jim lächelte verständnisvoll und wischte sich den Mund ab.

»Bei uns musst du noch einen Mord in die Aufzählung mit aufnehmen«, merkte Ebuk an.

»Du hast recht, das könnte alles ändern. Die Wahrscheinlichkeit dafür ist allerdings sehr hoch«, meinte Jim.

»Für was?«

»Für die Veränderung in eurer Beziehung. Dieser Mord könnte die entscheidende Prüfung für euch sein. Entweder wird die Verbindung dann noch inniger, oder sie scheitert. Soll ich es dir ausrechnen?«

Ebuk schüttelte den Kopf. »Das ist mir alles zu allgemein. Ich brauche konkrete Antworten, Spuren und Fakten, sonst bin ich verloren – *das* ist ziemlich wahrscheinlich, da gibt es nichts zu rechnen.«

Der Kellner brachte zwei Teller mit Pannacotta an den Tisch. Dabei wackelte er mit der Süßspeise und erklärte, dass eine Pannacotta genau so wackeln müsse, dann wäre sie perfekt.

»Moment. Wo wir über Fakten reden, mein Freund«, sagte Jim und blickte Ebuk aufmerksam an, »angenommen, wir würden einen Neunzig-Grad-Winkel auf diese Pannacotta zeichnen und Roberto würde dann damit herumwackeln. Wäre der Winkel dann immer noch neunzig Grad? Oder ein bisschen mehr oder weniger als neunzig Grad?«

Roberto stellte die beiden Teller vor den Männern ab. Auch er war gespannt auf die Antwort.

»Ich weiß schon, die Realität ist relativ«, antwortete Ebuk.

»Aha«, machte Jim.

»*Eh, Seniori.* Pannacotta ist Pannacotta, sie ist weich und schmackhaft, wie eine schöne Frau.«

Jim lachte sein Lachen, verlangte die Rechnung und zahlte für sie beide, wie er es immer machte. Vor dem Restaurant verabschiedeten sie sich, Jim umarmte seinen Freund Ebuk. Er schaute ihm ernsthaft in die Augen.

»Du musst kein Held werden, du weißt schon, sonst verlässt dich die Frau, und du musst wieder alleine essen. Finde einfach das Arschloch, das den Mann aus Kamerun umgebracht hat.«

Ebuk klingelte bei Larissa, nachdem er sein Kommen über WhatsApp angekündigt hatte. Als sie sich gegenüberstanden, betrachtete sie ihn aufmerksam und umarmte ihn innig. Sie nahm ihn an der Hand und zog ihn in das Wohnzimmer, wo es kein Sofa und keine Sessel gab. Dort standen eine halbe Flasche Wein, ein Glas, der Computer war aufgeklappt, daneben ein Stapel Papiere. Es sah nach einer Nachtschicht aus.

»Hast du Hunger? Willst du ein Glas?«

»Danke, ich war mit einem Freund essen. Nein, keinen Wein, eher einen Espresso. Ich will noch mal los.«

Sie ging voraus in die Küche, wo er schon am Vormittag gestanden hatte, und bereitete die silberne Mokkakanne vor, füllte das Wasser ein, löffelte das Kaffeepulver in den runden Behälter und schraubte die Teile wieder zusammen. Ebuk liebte es, ihr zuzuschauen. In ihren Tätigkeiten zeigten sich ihre Klarheit und Geradlinigkeit sowie die Anmut ihres Körpers. Nachdem sie die Kanne auf die Herdplatte gestellt hatte, fragte sie ihn, wo er denn noch hinwolle.

»Ich will mich da draußen umschauen.«

Sie nickte, sie verstand, schließlich war er Polizist.

»Wie war dein Tag?«, fragte sie.

»Wir hatten Spurenkunde ... danach. Man hat mich

suspendiert, für wenigstens zwei Wochen, bis der Fall aufgeklärt ist.«

»Was heißt suspendiert? Damit du ermitteln kannst?«

»Nein. Eher rausgeworfen, bis geklärt ist, ob ich der Mörder von Moses Lukong bin oder nicht.«

»Was? Das ist doch absurd! Ich habe dieser Kommissarin gesagt, dass du bei mir warst. In meinem Bett.«

Den letzten Satz sagte sie weich und leise, als ob an den Worten noch eine Erinnerung haften würde.

»Sehr gut. Wahrscheinlich laufe ich deswegen noch frei herum, weil man einer weißen Pfarrerin mehr glaubt als einem Schwarzen, der unbedingt deutscher Polizist werden will.«

»Glaubst du, die Ermittler ticken so?«

Ebuk zuckte mit den Schultern, drehte sich zum Schrank und nahm sich eine Tasse heraus. »Du auch?«

»Nein danke. Ich kann nicht schlafen, wenn ich nachts Kaffee trinke.«

»Hast du der Kommissarin auch gesagt, dass ich den Toten als Erstes entdeckt habe?«

»Nein, natürlich nicht.«

»Gut. Danke«, sagte Ebuk leise, »aber es war ein Fehler. Professionell wäre gewesen, wenn ich in der Kirche auf die Kollegen gewartet hätte. Aber ich war noch so voll von dir. Von dieser Nacht. Seit langer Zeit war ich das erste Mal wieder glücklich, und dann liegt da dieser Mann. Mein erster Impuls war, es dir zu sagen.«

Hinter ihnen blubberte der Espresso. Larissa umarmte Ebuk, presste sich an ihn.

»Du dachtest, der Mörder könnte sich im Haus verstecken und mir etwas antun wollen?«

»Es war irrational.«

»Aber das könntest du doch immer noch erklären.«

»Nein. Das geht sie nichts an. Außerdem öffnet es nur Tür

und Tor für zahlreiche Spekulationen. Nein, es ist gut so. Es verschafft mir die notwendige Freiheit.«

Larissa nahm die Kanne von der Platte und goss die heiße Flüssigkeit in die kleine Tasse.

»Aber meinst du denn, du bekommst allein mehr heraus als die gesamte Berliner Mordkommission?«

»Das nicht, aber ich werde mir zunutze machen, weswegen sie mich verdächtigen: wegen meiner Hautfarbe. Auf der Straße vor deiner Kirche bin ich einer von denen, die hier angeschwemmt wurden. Diese Menschen werden weder Frau Kaplan noch dem Mann mit der Bürste auf dem Kopf erzählen, was sie wissen und gesehen haben, weil sie Bullen sind, von denen sie schon oft verhört oder schikaniert wurden.«

»Du bist doch auch Polizist!«

»Bin ich, aber ich rieche anders.«

Sie legte ihm die Hand auf die Brust. »Du riechst ganz wunderbar.«

»Und Noemi?« Ebuk trank den Espresso aus und goss sich nach.

»Du bist der Vater ihrer Freundin, vermutlich mag sie dich. Auch weil du die gleiche Hautfarbe hast wie ihr Vater. Aber weil ich ihr nicht gleich erzählt habe, dass wir uns ineinander verliebt haben, betrachtet sie das mal wieder als Beweis, dass ich ihr nicht vertraue.«

»Sie liebt dich und ist dir nah. Das habe ich gesehen. Sie sucht ihren Platz in dieser Welt, wie Viktoria auch. Das ist nicht leicht in dieser Stadt.«

»Pass gut auf dich auf, Peter.«

Sie streichelte ihm über das Gesicht, er lächelte. Sie küssten sich nicht, er nickte nur leicht, dann trank er die zweite Tasse aus und verschwand wieder. Sein Herz war wie ein Glas, das Larissa mit ihrer Liebe aufgefüllt hatte. Diese warme Flüssigkeit, die sich in ihm ausgebreitet hatte, musste er beschützen. Für seine neue Liebe würde er den Mörder finden.

Die Nacht empfing ihn mit einem kalten Wind. Als er aus dem Haus trat und vor sich die dunkle Silhouette der Kirche sah, fröstelte Ebuk. Er zog seinen dunklen Blouson enger um sich, steckte die Hände in die Seitentaschen, zog die Schultern hoch. Obwohl er sich selbst für diesen Schritt entschieden hatte, fühlte es sich so an, als ob er rausgeschmissen, vor die Tür geschickt worden wäre. Er stand am Rand eines Waldes, den er nicht kannte, er wusste nicht, welche Tiere es hier gab, welche Geister hier lebten, wo es gefährlich war, über welche Wege er gehen musste. Der Himmel war dunkel, keine Sterne zu sehen. Auf dem weiten Platz um die Kirche waren ein paar Sitzgelegenheiten verteilt, dicke Holzbohlen ruhten auf Trägern aus Metall. Auf einer dieser Bänke saß ein Mann, vornübergebeugt, wie schlafend im Sitzen. Zur Straße hin stand ein schmales Holzhäuschen, auf dem *Eco Toilette* zu lesen war. Es war ihm schon einmal aufgefallen, aber er hatte bisher nicht darüber nachgedacht, warum auf einem Gehsteig in der Nähe der Kirche ein Klohäuschen stand. Die Kirche und ihr Turm wurden mit orangenen Scheinwerfern angestrahlt, ein trotziges Monument aus einer anderen Zeit. Die Straßenlaternen bestanden aus weißen Kugeln, die zwei junge Frauen, die auf dem Gehsteig auf- und abgingen, spärlich beleuchteten. Einige der vorbeifahrenden Autos verringerten ihre Geschwindigkeit. Die Fahrer betrachteten die Frauen, die ihre Körper in eigentümliche Positionen verdrehten, um sich anzubieten. Einer der Fahrer ließ die Scheibe der Beifahrertür herunter, eines der Mädchen kam näher, bückte sich, um den Mann besser sehen zu können, doch gleich ging die Scheibe wieder hoch. Das Mädchen rief ihm etwas hinterher, aber der Fahrer beschleunigte und fuhr davon.

Ebuk setzte sich in die Nähe des schlafenden Mannes. Noch hatte er keinen Plan, wie er vorgehen wollte. Er musste erkunden, wer nachts unterwegs war. Die Menschen, die sich am Tag auf den Wegen und Straßen hier aufhielten, waren völlig andere als diejenigen, die nachts aus ihren Häusern gekrochen kamen. Es war wie im Wald, die Tiere der Nacht zeigten sich erst, wenn es dunkel wurde. Seit er seinen Dienst in der Polizeiwache absolvierte, war er schon ein paar Mal mit den Kollegen in einem Streifenwagen hier entlanggefahren. Sie nannten das »Präsenz zeigen«, aber ihre Fahrten unterschieden sich nicht groß von den Männern, die ebenfalls Ausschau hielten. Die Prostituierten versteckten sich nicht vor den Polizisten, sie riefen ihnen frech zu, machten obszöne Gesten, winkten ihnen hinterher. Prostitution war nicht mehr verboten, hatte Ebuk gelernt. Es gab einige Berliner Straßen wie diese, die traditionell für den Straßenstrich genutzt wurden. Mit der Prostitution eng verwoben war die Drogenkriminalität, die Zuhälter und Dealer arbeiteten Hand in Hand. Die einen schafften junge Frauen heran, die anderen die Drogen, die sie mit ihrer Sexarbeit finanzierten.

Der Mann neben Ebuk richtete sich auf. Langsam drehte er den Kopf zu Ebuk.

»Hast du 'ne Kippe?«, fragte er.

Ebuk zuckt mit den Schultern, als ob er ihn nicht verstanden hätte.

»Zigaretten?«, setzte der Mann nach und machte eine Bewegung mit Zeige- und Mittelfinger vor seinem Mund. Ebuk betrachtete den Mann, der zwar nicht abgerissen aussah, seine Haare aber schon länger weder geschnitten noch gewaschen zu haben schien. Unter seinem alten Cordanzug trug er einen dicken, bunt gemusterten Pullover. Die Frage nach Zigaretten brachte Ebuk auf die Idee, sich ein Päckchen zu besorgen. Vielleicht sollte er auch verbergen, dass er Deutsch sprach. Der Mann richtete sich auf und intonierte mit tiefer Stimme eine Liedzeile.

»Du gehst nicht mehr los, verliebter Frauenheld, Tag und Nacht kehren sich um …«, sang er. Seine Töne klangen professionell, so, als ob er eine Ausbildung genossen hätte, doch dann musste er stark husten und setzte sich wieder hin.

»Hey Jolo!«, rief ihm eines der Mädchen von der Straße aus zu.

»Irina«, krächzte der Mann mit heiserer Stimme und winkte ihr. Sein kurzes Ständchen schien ihn erschöpft zu haben. Die Menschen, die nachts hier unterwegs waren, kannten sich, stellte Ebuk fest.

»Sie mag Mozart«, erläuterte der Mann.

»Jolo?«, fragte Ebuk.

»Joachim Lobenhusen, Jolo eben. Und du? Wo kommst du her? Afrika oder Amerika?«

»Uganda, *Sir.*«

»Aha, aus einem Land, wo sie *Sir* sagen. Wie die Engländer.«

Ebuk stand auf, er beschloss, die Gegend zu erkunden, zu schauen und zu versuchen zu verstehen, wer hier unterwegs war.

»Bye«, sagte er zu dem Mann. Jolo beugte sich wieder nach vorn, strich mit einer Hand über den Asphalt vor sich, als ob er dort etwas suchen würde.

Ebuk lief an dem Toilettenhäuschen vorbei, das von einem starken Uringeruch und einer Ansammlung von gebrauchten Papiertaschentüchern, Zigarettenkippen, kleinen Kartons, auf denen graphische Anweisungen für den Gebrauch von Kondomen vermerkt waren, sowie kleineren und größeren Papiertütchen umgeben war. Er blickte zu Irina. Die kleine Frau trug helle Sneakers mit hoher Sohle, Strumpfhosen und einen kurzen Rock. Ihr Hoodie hing an ihrem Oberkörper wie eine alte dünne Decke, die schwarzen Haare waren auf dem Kopf zu einem hochstehenden Dutt zusammengeknotet. Neben ihr ging wieder ein Autofenster runter.

»Na, Süßer«, rief sie in das Auto, »Blasen zehn, Ficken zwanzig, Pension fünfzig.«

Ebuk konnte nicht verstehen, was der Mann in dem Wagen antwortete, aber die Scheibe ging wieder hoch. Die Frau stieß einige Verwünschungen in einer Sprache aus, die Ebuk nicht verstand. Er ging weiter, an der anderen Frau vorbei, die auf- und abschritt. Sie schaute Ebuk prüfend an, offenbar war er kein potenzieller Freier, er ging zielstrebig weiter. Er kam an einem dunklen Gebäude vorbei, dessen Fassade von großen steinernen Säulen geprägt war. Ein Mann pinkelte durch eine Gittertür, die den Eingang zu dem Haus sicherte. Sein Urin suchte sich seinen Weg über den Gehsteig.

Das nächste Haus, ganz aus Glas und Stahl, klebte ganz eng als moderner Gegenentwurf neben dem alten Gebäude. Drei Elektroroller lagen davor, übereinander gefallen, zwei grüne Lichter blinkten wie Hilfe suchende Augen von Außerirdischen. Hinter Vorhängen, die die ganze Höhe der Fenster einnahmen, schimmerte Licht. Auf der gegenüberliegenden Straßenseite waren ebenfalls moderne Wohngebäude hochgezogen worden. Ihre Fassaden zeigten sich einladend, farblich mit hellem Braun und Weiß gegliedert. Ein Versprechen von modernem Wohnen, mit dem die Architekten Investoren und Eigentümer angeworben hatten. Kleine Balkone luden die betuchten Bewohner ein, einen Blick auf das menschliche Elend auf der Straße vor ihnen zu werfen. Vermutlich nutzten die meisten diese kleinen Austritte vor ihren Fenstern, um dort Dinge abzustellen, die sie nicht brauchten und die sie irgendwann an Flüchtlinge verschenken würden.

Ebuk ging weiter zu einem Café, vor dem junge Männer standen. In der einen Hand hielten sie einen Pappbecher, in der anderen eine Zigarette. Aufmerksam überprüften sie das Geschehen auf der Straße, grüßten auch mal einen Fahrer in den vorbeifahrenden Autos, aus denen dumpfe, rhythmische Töne erklangen. Ebuk kamen zwei junge Männer mit dunklen Haaren entgegen.

»Hast du Gras?«, fragte der eine.

Ebuk schaute sie verblüfft an.

»Gras? *Weed?*«

»No weed«, antwortete Ebuk.

»Ein Dealer ohne Gras. Pillen, G?«

»I'm a tourist, sorry.«

»Scheiße, Mann. Warst du ficken?«

Sie lachten anzüglich. Ebuk machte einen Schritt zur Seite, um die Männer vorbeizulassen, und ging weiter.

Vor den geparkten Autos am Straßenrand patrouillierten Frauen, die offenbar mehr in ihr Outfit investieren konnten. Eine von ihnen trug lange weiße Stiefel und eine rote Jacke, in ihren Haaren glänzten lange blonde Extensions. Der rote Mund einer anderen Frau ging auf und zu, sie knatschte auf einem Kaugummi, hatte rote Haare, die sie immer wieder aufschüttelte, wenn ein teurer Wagen vorbeifuhr. Vor den Hauseingängen, an denen Ebuk vorbeikam, lagen leere Kondompackungen, schimmerten Pfützen von Urin und Erbrochenem.

Wieder wurde Ebuk angesprochen, diesmal von einem älteren Paar, als er an einem Straßenschild vorbeikam, auf dem *Kurfürstenstraße* stand.

»Sorry, Sir. We are looking for Kurfürstendamm.«

Die Worte des Mannes – er trug ein New-York-Yankee-Baseballcap und praktische Kleidung mit vielen Reißverschlüssen – kamen tief aus seinem Hals, er war offenbar Amerikaner. Die Frau hatte ihre blonden Haare hinter dem Kopf zusammengebunden, ihre Füße steckten in breiten Sneakers. Beide verfolgten irritiert, wie aus der geöffneten Tür eines weißen BMW harte Technobeats zu hören waren und die Prostituierte mit den roten Haaren einstieg.

Sie lächelten ihn an, offenbar hielten sie Ebuk für einen Einheimischen, der Englisch verstand, weil er Schwarze Haut hatte. Ebuk erklärte ihnen, dass die Straßennamen zwar ähnlich klingen würden, aber die Straßen völlig andere wären. Der Kurfürstendamm sei ein breiter Boulevard weiter im Westen der Stadt, hier gäbe es nur Wohngebäude.

»A residential area?«, fragte die Frau.

Ebuk bestätigte, lächelte ebenfalls. Sie könnten weiter hier entlanggehen, es würde sich allerdings ein wenig anfühlen, wie durch einen unbekannten nächtlichen Wald zu spazieren. Wenn sie abenteuerlustig wären, sollten sie das tun, ansonsten sollten sie ein Taxi oder ein Uber zum Kurfürstendamm nehmen. Sie bedankten sich für seinen Rat, traten den Rückzug an und winkten den vorbeifahrenden Taxis auf der Potsdamer Straße.

Ebuk ging auf der anderen Seite langsam zurück Richtung Kirche. Vor den modernen Wohngebäuden mit den schicken Eingangstüren lag weniger Müll, aber auch hier standen Frauen, die ihre Körper anboten. Ein schlanker Mann trat aus einer der Haustüren, er war wie ein Läufer gekleidet, kurze Hosen über glatten schwarzen Leggings, ein enges Shirt, auf dem Kopf eine wollene Mütze. In seinen Ohren steckten weiße Kopfhörer. Der wohlhabende Bewohner, der die Vorgänge und Menschen auf den Gehsteigen nicht wahrnehmen wollte, verfiel in einen leichten Trab. Niemand achtete auf ihn, keiner sprach ihn an. Er legte einen Stopp vor einem Späti ein, vor dem zwei Schwarze junge Männer standen. Ebuk sah, wie der sportliche Mann die beiden Schwarzen ansprach, die aber bedauernde Gesten machten, worauf der nächtliche Jogger seinen Lauf wieder aufnahm. Als Ebuk an den beiden dunkelhäutigen Männern vorbeiging und den Späti betrat, verfolgten sie ihn mit misstrauischen Blicken. Ebuk kaufte sich eine Flasche Wasser, ein Päckchen Zigaretten und ein kleines Feuerzeug. Als er wieder herauskam, schubsten die beiden ihn, schnalzten mit der Zunge, ein Laut, der ihm anzeigen sollte, dass er hier nichts verloren hatte. Ebuk fragte sie, warum sie sich so unhöflich verhielten, er hätte nur Zigaretten gekauft. Böse schauten sie ihn an. »*Piss off!*«, sagten sie nur.

Als Ebuk wieder an der Kirche ankam, tigerte Irina noch immer auf und ab. Sie schien jetzt schneller zu gehen, wirkte getrieben, blickte nur noch nach unten, manchmal hielt sie sich an einem der geparkten Autos fest, um einen Schwindel abzuwehren, dann nahm sie ihren Gang wieder auf. Ebuk lenkte seine Schritte an der Kirche vorbei. Hinter dem Gebäude bildeten Sträucher und Bäume, deren Äste von eisernen Stangen gestützt wurden, eine kleine Grünanlage. Er bückte sich zu einem Schild, das neben einem Gebüsch in die Erde gesteckt worden war. *Bitte keine Lebensmittel in die Anlage – das lockt die Ratten an*, war da zu lesen. Es gab keine Bänke oder Sitzgelegenheiten. Ein Karton lag ausgebreitet unter einem der Büsche, er musste einem der Obdachlosen als Unterlage gedient haben. Ebuk zog den Karton hervor, schüttelte ihn aus und setzte sich. Was machte er hier? Wie konnte er begreifen, was um diese Kirche und dort auf der Straße vor sich ging? Prostitution und Drogen gingen Hand in Hand, das wusste er schon vorher. Aber wie hing der Mord in der Kirche damit zusammen? Wurde Moses erschlagen, weil er Drogen genommen und diese nicht bezahlt hatte? Oder ging es um eines der Mädchen? Hatte er einer von ihnen etwas angetan, und sein Mord war die Rache eines Zuhälters? Vermutlich war es kein geplanter Mord. Eine Auseinandersetzung, die dann eskalierte, war dem Schlag auf den Kopf des Priesters vorangegangen. Die Menschen, die nachts hierherkamen, kannten sich untereinander. Er sollte mit einer dieser Frauen oder mit diesem Jolo sprechen und deren Vertrauen gewinnen. Als er das Terrain erkundete, wurde er für einen Dealer gehalten oder für einen Englisch sprechenden Anwohner. Wenn er sich allerdings als Drogenhändler ausgab, dann bekäme er ziemlich schnell Ärger mit Leuten, die ihre angestammten Plätze verteidigen wollten, wie die beiden Schwarzen, die ihn angerempelt hatten.

Er zog die Knie nah an seinen Körper, es wurde kälter, und er machte die Augen zu. Ebuk legte seinen müden Kopf auf die Arme, und der Schlaf schickte ihm Bilder aus einem Märchen, das seine Mutter ihm einmal erzählt hatte.

Ein Mädchen war von ihrer bösen Tante und dem Onkel im Mabira-Wald ausgesetzt worden. Es schlief in den Blättern eines Baumes, und als es aufwachte, graste unter ihm eine Herde Büffel. Sie fragte die Tiere, ob sie ihr Milch geben könnten, denn sie wäre sehr hungrig.

Das Mädchen tat den Büffeln leid, und sie schlugen ihr vor, ihnen zu ihrem Kraal zu folgen, dort würde sie jeden Tag Milch bekommen und hätte eine Hütte für sich allein.

Zunächst war sie sehr froh, bei den Büffeln zu sein, doch irgendwann wurde sie traurig und bekam Heimweh. Da rief der große Büffel den Rat der Tiere zusammen und stellte die Frage, was sie tun könnten, damit das Mädchen, das bei ihnen lebte, glücklich würde.

Eine alte Schildkröte, die schon einige Jahre geschlafen hatte, wachte auf und kroch zu den anderen Tieren. »Das Mädchen wird glücklich sein, wenn ihr dem Mädchen das Herz wegnehmt. Es ist das Herz einer Frau, das all den Ärger in der Welt verursacht. Wenn sie nicht mehr lieben kann, gibt es keinen Ärger mehr. Wenn sie kein Herz hat, wird sie wieder glücklich sein.«

Also schnitten sie dem Mädchen das Herz heraus, schlugen es in Bananenblätter ein und hängten es ganz hoch in eine Zeder, bauten ihr eine Hütte unter dem Baum, und von diesem Tag an weinte das Kind nicht mehr. Das Herz hing weit oben, wo es niemand erreichen konnte.

Aber das Mädchen veränderte sich. Jeden Tag machte es sehr unfreundliche Dinge, es ärgerte die anderen Tiere und lachte, wenn sie sich verletzten. Sie schubste die kleinen

Tiere in die Teiche, wenn sie trinken wollten, sie kletterte in die Bäume und warf die Küken aus den Nestern, und wenn die Mutter weinte, lachte sie sie aus …

Ebuk wachte auf, als sich vor seinem Bauch etwas bewegte. Er öffnete die Augen und entdeckte eine Katze, die sich vor seinem Körper eingerollt hatte, eine Pfote lag über ihrem Kopf, offenbar schlief das Tier. Wach geworden, dachte Ebuk über das Mädchen nach, dessen Herz in einen Baum gehängt worden war.

Viele Jahre waren vergangen und das Mädchen zu einer wunderschönen Frau herangewachsen. Aber sie hatte keine Freunde unter den Tieren, niemand mochte sie, sie gingen ihr aus dem Weg, denn ihre Augen machten ihnen Angst. Eines Tages kam ein Jäger in den Wald, entdeckte die Frau und verliebte sich augenblicklich in sie. Aber sie lachte ihn aus und warf Steine nach ihm. Ein Hase gab ihm den Rat, in den Baum zu klettern und das Herz, das dort in Bananenblättern eingeschlagen war, zu stehlen. Als er ganz oben im Baum angekommen war und das Herz in seine Arme nahm, wachte die Frau in ihrer Hütte auf und bekam große Angst. Sie weinte, denn sie spürte, wie jemand ihr Herz berührt hatte. Sie ging vor die Hütte und traf auf den Mann, der ihr Herz in den Armen trug. Sie bat ihn, auch sie in seine Arme zu nehmen.

So fanden die beiden zusammen, verließen den Wald und lebten glücklich in der Stadt.

Ebuk spürte das warme Tier, das neben ihm Schutz gesucht hatte, der Geruch der feuchten Erde stieg ihm in die Nase, doch über den Rücken drang ihm die Kälte bis auf die Knochen, und er begann zu schlottern. Vorsichtig richtete er sich auf, trank aus der Wasserflasche und betrachtete die schwarz-weiß gefleckte Katze, die weiterschlief. Er schaute auf sein Mobiltelefon, es war drei Uhr nachts. Dann kroch er aus dem Gebüsch, stand auf und lief an der orange beleuchteten Kirche vorbei, blickte hinüber zur Wohnung, wo Larissa schlief, und sah Licht hinter dem Vorhang von Noemis Zimmer. War sie jetzt noch wach? Könnte es sein, dass sie erst spät nach Hause gekommen war? Könnte sie mit Viktoria unterwegs gewesen sein? Er würde nachfragen.

Auf einer der Bänke mit den dicken Holzbohlen lag Irina. Er beugte sich zu ihr, um zu sehen, ob sie schlief und es ihr gut ging. Als er nähertrat, klappten ihre Augen auf, ohne dass sie sich bewegte.

»Was?!«, zischte sie. Es klang bedrohlich.

»Ich wollte nur sehen, ob es Ihnen gut geht«, antwortete Ebuk auf Deutsch.

»Wie kann es einem hier gut gehen, Idiot. Hau ab!«

»Es ist kalt.«

»Blasen zwanzig, ficken in der Pension fünfzig. Da ist es wärmer.«

Ebuk setzte sich an das andere Ende der Bank und schüttelte den Kopf.

»Was willst du hier? Hast du Gras?«, fragte Irina. Sie sprach leise, müde, als ob sie keine Kraft hätte.

»Ich suche Arbeit.«

»Arbeit. Ey. Wo kommst du her?«

»Uganda, Afrika. Und du?«

»Bulgarien, Europa.«

»Oh, du hast einen europäischen Pass? Das ist Gold wert.«

Sie zischte wieder etwas, was er nicht verstand.

»Gestern wurde einer von euch erschlagen, in der Kirche dahinten.«

Ebuk nickte traurig. »Ja, er war ein guter Mann.«

»Du kanntest ihn?«

»Ein Priester. Er hat für mich gebetet«, sagte Ebuk.

»Amen. Warum sprichst du so gut Deutsch?«

»Hab ich in Uganda gelernt, bevor ich herkam. Mit meiner Tochter. Und du?«

»Ich war Deutschlehrerin.«

»Hast du Kinder?«

Irina antwortete nicht. Mühsam setzte sie sich auf, kramte in einer Umhängetasche herum, bekam zwei Farbfotografien zu greifen, die sie Ebuk zeigte.

»Meine beiden Kleinen.«

Die Fotografien zeigten zwei Mädchen, das eine etwa vier Jahre, das andere etwas älter, vermutlich sechs Jahre alt. Sie lachten, hübsche Mädchen, man sah ihre Zahnlücken. Irina steckte die Fotos wieder ein. Ebuk sah jetzt zum ersten Mal in ihr Gesicht. Ihre schwarz umrandeten Augen waren rot, glänzend, die Schminke verschmiert, auf den schmalen Lippen war ein blasses Rosa zu sehen, die Wangen eingefallen. Der Kopf hing nach vorne wie bei einem Geier. Sie wippte leicht hin und her.

»Hast du Kippen?«, fragte sie.

Ebuk zog das Päckchen hervor, pulte umständlich die Zellophanhülle ab, klopfte zwei Zigaretten hervor. Eine davon gab er Irina, die andere steckte er sich in den Mund. Er gab ihr Feuer, zündete seine Zigarette an, paffte aber nur. Es war lange her, dass er geraucht hatte.

»Ich bin Peter.«

»Irina.«

Sie rauchten.

»Kanntest du den Priester?«, fragte Ebuk.

»Nö, ich hab ihn ein paar Mal gesehen. Der ist oft früh in die Kirche.«

»Warst du auch mal beten?«

»Pff. Gott fickt mich.« Sie spukte den Satz aus.

Ebuk sah zu ihr hin.

»Ich lass mich ficken, damit Gott meine Mädchen nicht fickt. Er kann nur eine von uns haben, der Scheißkerl.« Irina schaute Ebuk an, sie grinste hässlich.

»Warum er wohl getötet wurde?« Ebuk sagte das vor sich hin, als ob er laut nachdenken würde.

»Ist halt gefährlich hier, weiß doch jeder.«

»Immer so allein in der Kirche. Das war dumm von Moses.«

»So hieß er?«

Ebuk nickte.

»Das Mädchen von nebenan, die Kleine von der Pfarrerin, die hab ich nachts hier auch schon gesehen.«

»Die Pfarrerin hat eine Tochter?«

»Fast so Schwarz wie du.« Irina trat ihre Zigarette aus. »Die war nachts auch schon in der Kirche. Ich finde, Mädchen sollten sich nachts nicht rumtreiben«, fügte Irina hinzu. Sie legte sich wieder auf die Bank und zog ihre Jacke über sich.

Was Irina da gesagt hatte, alarmierte Ebuk. Konnte das stimmen? Noemi trieb sich nachts in der Kirche herum? Was hatte sie da gemacht?

Er stand auf, ging ein paar Schritte und schaute erneut zu dem Wohngebäude gegenüber. Das Licht in Noemis Zimmer war jetzt erloschen. Schließlich wandte er sich der Straße zu, die zum U-Bahnhof Nollendorfplatz führte, wo die stählerne Kuppel in den Farben des Regenbogens leuchtete. Es war, als ob er den Wald wieder verlassen würde, in den er vor vielen Stunden, als er aus Larissas Wohnung kam, eingetreten war. Er hatte Kontakt zu den nächtlichen Bewohnern aufgenommen, hatte sogar ein paar Stunden im Wald geschlafen, es war ihm nichts geschehen. Und er hatte eine wichtige Information erhalten. Ebuk nahm sich vor, bald wiederzukommen, um mehr zu erfahren.

Als er in der U-Bahn saß, erinnerte er sich an das Ende des Märchens.

Die Versammlung der Tiere verurteilte die alte Schildkröte zum Tod, weil sie einen schlechten Rat erteilt hatte. Denn das ist das Gesetz im Mabira-Wald: Wenn ein Tier einen schlechten Rat gibt, muss es getötet werden. Die Tiere schickten einen Boten zu dem jungen Paar, der ihnen berichtete, was die Tiere entschieden und getan hatten. Sie waren froh, was sie hörten, denn, so erzählte Ebuks Mutter, das Herz einer Frau bringt die Freude in die Welt, und die glücklichen Tränen einer Frau sind wie der Regen im Frühjahr, der die Erde schön macht.

Er schlief nur wenig, dann hörte er Viktoria, die ins Bad ging und anschließend in die Küche. Ebuk stand auf und setzte sich zu ihr an den Tisch.

»Du siehst scheiße aus«, sagte seine Tochter, »du solltest noch etwas schlafen.«

»Mach ich, ich wollte dir Guten Morgen sagen.«

»Guten Morgen, Taata. Willst du einen Kaffee?«

Er lächelte vor sich hin, freute sich über ihre Freundlichkeit. Viktoria trank morgens nur ein Glas Hafermilch.

»Danke, ja«, sagte er.

Sie füllte den Wasserkocher auf und schüttete Kaffeepulver in einen Filter.

»Vielleicht sollten wir auch so eine Espressokanne kaufen. Der schmeckt eigentlich besser.«

»So wie bei Larissa?«, fragte Viktoria.

Ebuk nickte. »Was hast du heute in der Schule?«, wollte er wissen.

»Wir schreiben 'ne Bioklausur. Dann noch Mathe und Deutsch. Ätzend.«

»Hast du gestern noch mit Noemi gelernt?«

»Nee, die ist gerade komisch, immer müde.«

»Warum?«

»Keine Ahnung, ich schätze, sie chattet nachts mit ihrem Dad in Jamaika.«

»Ah, okay.«

Das Wasser kochte, und Viktoria goss den Kaffee auf.

»Und du?«, wollte sie wissen.

»Ich habe mich umgesehen, bei der Kirche.«
»Auf dem Straßenstrich? Üble Gegend.«
»Ja.«
Viktoria schaute ihn aufmerksam an, doch sie sah an seinem Gesicht, dass er keine weiteren Auskünfte geben würde.
»Danke für den Kaffee. Ich wünsch dir viel Erfolg bei deiner Klausur«, sagte er ihr.
»Danke. Bye.«
Sie runzelte leicht die Stirn, sie sah besorgt aus, dann ging sie los.

Er legte sich noch einmal auf sein Bett, schloss die Augen, dachte an Larissa, doch die Bilder seiner Begegnungen mit den Menschen auf der nächtlichen Straße schoben sich vor sie. Wo sie wohl die Tage verbrachten? Wo schliefen diese Menschen, bis es Nacht wurde und sie wieder loszogen? Was war mit dieser Katze? Wem gehörte sie?

Er setzte sich auf, rieb sich über den Kopf, ging ins Bad, duschte, erst warm, dann kalt. In der Küche schnitt er sich zwei Scheiben Brot. Kauend holte er seine Hose, aus der er den USB-Stick herauszog, den er vor sich auf den Küchentisch legte. Ob Leyla Kaplan und ihre Kollegen weitergekommen waren? Was hatten die Spuren in der Kirche ergeben? Er wusste, es würde mindestens zwei, wenn nicht drei Tage dauern, um sie auszuwerten, um DNA-Spuren zu entdecken, diese mit Profilen in der DAD, der DNA-Analyse-Datei des Bundeskriminalamts, zu vergleichen. So wie er auch, würden sie den Täter im kriminellen Umfeld des Tatorts, der Kirche, vermuten. Sie hatten ihre Informanten, möglicherweise würden sie einige Drogenhändler und Zuhälter verhaften und unter Druck setzen. Ihm kamen die beiden afrikanischen Jungs vor dem Späti, die ihn als Bedrohung betrachteten, in den Sinn. Ob sie Dealer waren oder Zuhälter? Oder beides? Die Telefonnummern auf dem Smartphone von Moses Lukong könnten ihn vielleicht zu seinem Mörder führen, doch die Polizei hatte viel bessere Möglichkeiten, diese Kontakte zu überprüfen. Wenn er es schaffen würde, den Mörder zu überführen, würde er auf jeden Fall in den deutschen Polizeidienst aufgenommen werden. Er spürte, wie sein Ehrgeiz, Anerkennung als Ermittler zu bekommen, stärker als seine Sorge um Larissa war. Musste er sich das vorwerfen?

Er setzte sich an seinen Computer und rief die Rückwärtssuche zu den Telefonnummern auf. In Berlin hatte Moses Anschlüsse mehrmals gewählt, zu denen es keine weiteren Informationen gab. Zu einer Nummer, von der er auch zurückgerufen worden war, fand er die Adresse eines Anwalts im Stadtteil Neukölln. Ein weiterer Kontakt führte zum Humboldt Forum. Zwei Nummern hatten eine Vorwahl aus dem Bundesland Mecklenburg-Vorpommern, zu denen er allerdings keine Namen oder Adressen fand. Es gab auch eine Nummer mit der Ländervorwahl aus Kamerun. Diesen Kontakt wollte er auf keinen Fall anrufen, es könnte sich um einen Verwandten handeln. Fragen nach Moses Lukong würde Ebuk nicht beantworten wollen.

Ebuk tippte die Nummer des Anwalts ein, aber er wurde abgewimmelt. Fragen zu ihren Mandanten könnten sie selbstverständlich nicht beantworten. In Mecklenburg-Vorpommern meldete sich eine Frau, die Ferienwohnungen auf Gut Wolkenstein verwaltete. Sie fragte, wann der Urlaub geplant sei. Ebuk sagte, er rufe auf eine Empfehlung hin an, er wisse noch nicht genau, wann er komme, erkundigte sich nach der Anschrift und dem Preis pro Zimmer. Er recherchierte die Adresse und fand heraus, dass dieses Gut zum Besitz der Familie von Wiedekamer gehört. Was hatte Moses Lukong dort gewollt? Die von Wiedekamer, so fand er heraus, waren ein altes deutsches Adelsgeschlecht, einer der Vorfahren dieser Familie war Anfang des zwanzigsten Jahrhunderts Kolonialgouverneur in Kamerun gewesen.

Beim Humboldt Forum meldete sich das Sekretariat der Generaldirektion des ethnologischen Museums. Ebuk fragte nach Moses Lukong, aber auch hier konnte ihm niemand Auskunft über Besucher geben. Bei einer anderen Nummer in Berlin fragte eine Gesprächspartnerin auf Französisch, wer er sei, und als er den Namen Moses Lukong nannte, folgte ein Zischen, dann wurde aufgelegt. Viel herausgefunden hatte Ebuk also nicht. Er musste an den Anwalt herankommen und erfahren, was Lukong auf Gut Wolkenstein gewollt hatte.

Er hatte ein paar Stunden geschlafen und sich dann für die Nacht, die er vor sich hatte, vorbereitet. Ebuk zog sich wärmer an, ein T-Shirt, einen Pullover und eine Jacke, dickere Socken, kräftige Schuhe. Sich in Schichten von Kleidung zu hüllen, hatte er in den dunklen Monaten gelernt, die er in diesem Land verbracht hatte. Noch war es nicht Winter, aber der Oktober kündigte schon die kalte Jahreszeit an, auch wenn es noch einige warme Tage gab.

Viktoria hatte er nur kurz gesehen, sie wollte sich noch mit Freunden treffen, nicht lange, sie versprach früh nach Hause zu kommen, sie werde vernünftig sein, wie sie versicherte, und ihn informieren, falls etwas passieren sollte. Noemi zählte wohl nicht zu diesem Freundeskreis, dafür Amira und auch Ethan. Ebuk hatte auch mit Larissa telefoniert, die ihm erzählte, sie habe eine Verabredung mit ihrer Band. Eine Gruppe von Pastorinnen und Pastoren hatte sich zusammengetan, um Soul zu spielen. Larissa war die Sängerin der Band *True Believe*. Sie probten gerade Stücke von Amy Winehouse, wie Ebuk wusste.

In den ersten Wochen ihrer Begegnung hatte er sie einmal in einem Konzert in einem kleinen Club auf der Bühne gesehen. Er stand weiter hinten, an eine Wand gelehnt. Sie beugte sich mit ihrem ganzen Oberkörper in seine Richtung und fesselte ihn mit ihren Augen, während sie den Song »Use Me« von Bill Withers sang. Ihre Stimme hatte sich wie ein warmer Wind um ihn geschlungen und ihn in ein unbekanntes, verwunschenes Land entführt. Die Sonne schien durch rauschende Blätter auf einen warmen Sandboden. Sie ließ die Musik in harmonischen Bewegungen durch ihren Körper gleiten. Als das Stück endete, lächelte sie für ihn.

Larissa berichtete, die Polizei habe ihr vorgeschlagen, Überwachungskameras um und in der Kirche anzubringen. Bisher hatte sie sich dagegen gesträubt, aber nach dem, was geschehen war, läge eine andere Situation vor. Sie hatte mit dem Bischof und anderen Pfarrern der Stadt gesprochen und klang sehr müde dabei, sie hätte vorsichtiger sein müssen, sagte sie. Moses einfach den Schlüssel für die Kirche zu geben, war ein Fehler, schließlich würden sie in einer gefährlichen Gegend leben. »Ich trage auch Schuld an seinem Tod«, sagte sie. Es war eine kalte, nüchterne Aussage, auf die Ebuk nicht gleich reagieren konnte. Er kannte Larissa noch nicht lange genug, um zu verstehen, wie sie in solchen, für sie schwierigen Situationen reagierte.

»Nein«, sagte er, »wir werden den Mörder finden.«

»Das ändert nichts. Er ist tot, erschlagen in meiner Kirche.«

»Aber es ist nicht deine Schuld«, versuchte er ihr Mut zu machen.

Sie antwortete ihm nicht, beide schwiegen.

»Du musst auf dich aufpassen, Peter«, sagte sie leise, »überlass das der Polizei.«

Gerne hätte er sich erklärt, ihr gesagt, er sei die Polizei, aber in einer dummen Lage, außerdem müsse er sie beschützen, denn vielleicht hatte es der Täter nicht auf Moses, sondern auf sie abgesehen, auch wenn dies eine irrationale Angst von ihm sei, aber sie schlummerte in ihm, da schon zwei Frauen, für die er Gefühle hatte, ermordet worden waren, seine Frau

Prudence, die er geliebt hatte, und Jana, mit der vielleicht eine Zukunft möglich gewesen wäre. Der Tod lauerte in der Nähe von Frauen, die er liebte. Möglicherweise war dies sein Schicksal, dem er nur entkommen konnte, wenn er diesmal rechtzeitig den Täter zu fassen bekam.

»Hast du seine Familie verständigt?«, fragte er, um ihr Schweigen zu durchbrechen.

»Ja, seine Schwester will herkommen.«

»Das ist gut. Dann können wir mehr über Moses erfahren.«

»Gute Nacht, Peter.«

»Gute Nacht, Larissa.«

Der Proberaum der musizierenden Berliner Pastoren befand sich in einem Kellergeschoss des Gemeindehauses von Larissas Kollege Andreas Herder, der eine Gemeinde in Berlin-Mitte betreute. Der Mann war groß, schlaksig, trug seine grauen Haare kurz geschnitten, um den Mund ließ er einen Bart stehen, im linken Ohr steckte ein silberner Ohrring, den er aber zu offiziellen Anlässen wie Hochzeiten, Predigten und Beerdigungen abnahm. Herder war der Bassist der Band. Die Gitarre spielte Elias Schmidtlein, ein junger, etwas beleibter Mann mit langen dunklen Haaren, die er in einem Pferdeschwanz zusammenhielt. Er absolvierte sein Vikariat, den praktischen Teil der Pfarrerausbildung, in einer Kirche in Zehlendorf. Am Schlagzeug saß Robert Sartorius, der an der theologischen Fakultät der Humboldt Universität lehrte, ein drahtiger Mann Mitte vierzig.

Die vier Bandmitglieder versuchten, einmal in der Woche zusammenzukommen und zu proben, was nicht immer klappte. Oft kamen kirchliche oder private Angelegenheiten dazwischen, aber trotzdem hatten sie es geschafft, sich ein ordentliches Repertoire an Songs zu erarbeiten. Sie wurden zu Kirchenfesten eingeladen oder traten in kleineren Clubs auf, wo Theologiestudenten sich trafen. Die Band war Larissas Projekt, sie hatte die Musiker zusammengebracht. Schon als junge Frau hatte sie Musik gemacht und war als Sängerin aufgetreten. Als sie die Stelle in Berlin-Schöneberg antrat, suchte sie nach einem eigenen Wärmepol, einer ganz persönlichen Ausdrucksmöglichkeit in der von ihr als kalt empfunden Stadt.

Es war ihre Idee, Amy Winehouse in ihr nächstes Programm aufzunehmen. Ihre Lieder waren nicht leicht zu singen, aber sie liebte die Melancholie und Sehnsucht, die von dieser Musik ausging.

Ein Soul-Feeling verströmte der Raum nicht gerade, eher eine feuchte Kälte; an der Decke hingen zwei Neonleuchten, die Wände wurden immer mal wieder weiß gestrichen, aber die Farbe blätterte regelmäßig ab. Andreas Herder hatte ein paar ältere Polstermöbel von Ikea hier abgestellt, die er nicht mehr nutzte. Nur das Schlagzeug auf einem Teppich, ein Verstärker, die schwarzen Musikboxen und Mikrophonständer machten den Ort zu einem Proberaum.

Larissa bat die drei Männer, sich zu setzen und ihr zuzuhören, denn es sei etwas Schreckliches in ihrer Kirche geschehen: Der Pastor aus Kamerun, der in ihrer Gemeinde zu Gast war, sei ermordet worden. Ja, in ihrer Kirche, vor dem Altar. Es sei alles ganz furchtbar, sie könne gar nicht damit umgehen. Selbstverständlich habe die Polizei ihre Arbeit aufgenommen, nach Spuren gesucht und begonnen, Menschen in der Nähe der Kirche zu vernehmen. Die drei Männer blickten sie entsetzt an. Ein Mord in ihrer Kirche? Wie war das möglich?

»Gibt es schon einen Verdacht?«, fragte Herder.

Larissa schüttelte den Kopf.

»Und was denkst du? Das ist ja ganz grauenhaft!«, drängte er sie. Larissa blickte ihn aufmerksam an. Der Mann war ganz blass geworden.

»Ist ein kriminelles Umfeld bei dir in der Kurfürstenstraße«, kommentierte Elias, der Mann mit den langen Haaren.

»Das hilft jetzt auch nicht«, meinte Sartorius, »man muss abwarten, was die Polizei sagt. Man sollte niemanden vorschnell verdächtigen.«

»Das habe ich nicht so gemeint, aber dort gibt es nun mal Prostitution und Drogenhandel. Ist so«, wehrte sich Elias.

»Bitte!«, mahnte Larissa.

»Lasst uns beten«, sagte Herder leise, der sichtlich erschüttert wirkte. Er faltete die Hände, die anderen machten es ihm nach, senkten die Köpfe.

»Ach wie flüchtig, ach wie nichtig ist der Menschen Leben! Wie ein Nebel bald entsteht und auch wieder bald vergeht, so ist unser Leben. Ach wie nichtig, ach wie flüchtig sind der Menschen Tage …«, betete er.

»Amen«, unterbrach ihn Larissa.

Erstaunt sahen die anderen sie an, denn das Gebet war noch nicht zu Ende.

»Können wir einfach eine Minute still sein? Das fände ich jetzt am besten.«

Sie nickten, senkten erneut die Köpfe, und nach einer guten Weile schauten sie sich erneut an, unsicher, was sie jetzt tun sollten.

»Ich kann heute nicht singen«, erklärte Larissa, »ich habe mich auf ›Love is a losing game‹ vorbereitet, aber ich kann das jetzt nicht.«

Die drei Männer äußerten ihr Verständnis, fragten, ob sie einen Gedenkgottesdienst plane. Sie wolle die Ankunft der Schwester des Verstorbenen abwarten und sich mit ihr absprechen. Sie bedankte sich bei ihren Bandmitgliedern, sagte, sie hätte das nicht am Telefon erklären wollen. Noch einen Moment saßen sie schweigend zusammen, unsicher, ob sie wirklich gehen sollten. Dann standen sie auf, Herder schaltete das helle Licht aus, und stiegen aus dem Keller nach oben, traten auf die dunkle, schmale Straße, die nur von zwei weit voneinander stehenden Straßenlaternen beleuchtet war. Larissa verabschiedete Elias und Sartorius mit einer Umarmung und bat Andreas Herder, noch einen kurzen Moment zu bleiben. Sie standen dicht an der Hauswand, während die beiden anderen sich entfernten.

»Glaubst du, dass dieser Spanier …«, begann Herder leise.

»Ich weiß es nicht, Andreas. Aber es könnte sein.«

»O Gott. Der Mann wurde erschlagen? Vor dem Altar? Stell dir vor, du oder ich wären dort gewesen.«

»Wenn es einen von uns getroffen hätte, wäre das nicht schlimmer als dieser Mord!«

»Nein, natürlich nicht. Ich meine nur, wenn die es auf uns abgesehen haben, auf uns Pastoren.«

»Das glaube ich nicht. Möglicherweise geht es um die Drogen.«

»Hast du, also, hast du Kontakt zu diesen Leuten, diesem Spanier?«

»Nein!«

»Und was sollen wir jetzt machen?«, fragte Herder. Seine große Gestalt zitterte, vielleicht weil es kalt war oder aus Angst.

»Wir sollten das Zeug irgendwie wieder loswerden«, meinte Larissa.

»Nur wie?«

»Lass es verschwinden. Gib der Polizei einen Hinweis.«

Er nickte in die Dunkelheit. Beide dachten über die Konsequenzen dieser Tat für sie nach.

»O Gott! Das ist alles so furchtbar«, flüsterte Herder.

Larissa legte ihm eine Hand auf den Arm, verabschiedete sich und versprach, in Kontakt mit ihm zu bleiben.

Wieder war Ebuk durch diesen imaginären Vorhang in eine nächtliche Welt getreten, wo sich Menschen trafen, die ihre eigene Sprache sprachen und für die andere Regeln zu gelten schienen. Es war kein dunkler Wald, wie er es letzte Nacht empfunden hatte, denn hier wuchs nichts, es gab keine fruchtbare Erde, kein Grün, kein Gedeihen, hier gab es keine Bäume, auf denen ausgesetzte Mädchen Schutz finden konnten. Hier trafen sich Frauen, denen von Männern das Herz herausgeschnitten worden war, die ihre Körper verkauften.

Er begann seine Tour erneut vor der Kirche, setzte sich auf die Bank und beobachtete das Geschehen. Aus der Holzkabine, der Eco Toilette, kam ein gedrungener Mann, zog sich den Reißverschluss seiner Hose hoch, nach ihm zeigte sich die Frau mit der zu großen Jacke, Irina. Sie spukte aus, wischte sich über den Mund und steckte sich einen Kaugummi hinein. Ein dünner Kerl auf einem Fahrrad, der einen weißen schnittigen Helm trug, fuhr langsam an ihr vorbei. Sie rief ihm ihre Preise zu, er hielt an, redete kurz mit ihr, dann stieg er wieder auf und fuhr weiter. Irina stellte sich an die Straße, lehnte sich an ein Auto, eine andere Frau stellte sich zu ihr, reichte ihr eine Trinkflasche aus Metall, und sie wechselten ein paar Worte. Ebuk machte sich auf, überquerte die Straße, lief an den modernen Wohnhäusern entlang zu dem Späti. Heute schienen die beiden Schwarzen jungen Männer nicht da zu sein, eine Gruppe kräftiger Kerle mit kurzen Haaren hielt Stellung und überwachte die Straße. Eine Frau, die zwischen den Autos stand, sah ihn, drehte sich zu ihm um, sprach ihn an. Sie war klein, bekleidet mit einem hellblauen Blouson, in zerrissenen Jeans und Schnürstiefeln. Sie sah anders aus, unscheinbarer, jünger auch als die anderen Frauen vom Straßenstrich. Für einen Moment war er überrascht, blickte zu ihr, sah Piercings und Tattoos in ihrem Gesicht und schüttelte den Kopf, ging weiter, bis er zu Woolworth an der Potsdamer Straße kam. Er entdeckte erneut die Prostituierte, die ihre roten Haare immer wieder aufschüttelte. Er war erst die zweite Nacht hier unterwegs, aber die Leere und Kälte dieses Ortes sprangen ihn diesmal härter an. Der Müll vor den Hauseingängen, die Kondompackungen, auch die Anzahl der übereinander gefallenen Scooter schien gestiegen zu sein, der Gestank nach Urin und Erbrochenem und Abgasen war intensiver. Wieder ging er an der Kirche entlang und durch die kleine Grünanlage, die dahinter lag wie eine verborgene Oase. Dort hatte er letzte Nacht die Katze getroffen. Er bückte sich, hob die Zweige hoch, unter denen der Karton lag, schaute nach, ob sie sich hier verborgen hatte.

Ein Fußtritt warf ihn um, ein weiterer Tritt traf ihn in die Seite, er stöhnte auf, rollte sich unter das Gebüsch, aber die Angreifer ließen ihn nicht entkommen. Sie waren zu zweit. Einer hatte sein Bein zu fassen bekommen, zog ihn über den Boden, der andere hielt ihm ein Messer vors Gesicht. Es waren die beiden Schwarzen Männer, die ihm aufgelauert hatten.

Ebuk richtete sich auf. *»Easy, brother«*, sagte er.

Der mit dem Messer lachte böse, der andere warf Ebuk eine Schlinge um den Hals und zog zu. Ebuk hielt die Hände in die Höhe, er wollte keinen Kampf.

»Was willst du hier?«, fragte der Typ mit dem Messer.

»Nichts, ich wollte hier schlafen«, brachte Ebuk heraus.

»Du hast dich schon gestern hier herumgetrieben. Du hast hier nichts verloren. Klar?«

Er verpasste Ebuk einen wuchtigen Hieb in den Bauch, der Mann mit der Schlinge hielt ihn fest. Ebuk kippte nach vorne, röchelte. Es gelang ihm, sich zu konzentrieren, vorsichtig richtete er sich wieder auf. Er spannte seine Halsmuskulatur an, machte eine schnelle Drehung und erwischte den Mann hinter sich mit dem Ellbogen am Kopf. Er kippte nach hinten, die Schlinge glitt ihm aus den Händen. Der andere stürmte mit dem Messer auf Ebuk zu. Er machte eine Ausweichbewegung, bekam den Arm des Angreifers zu fassen und drehte ihn auf den Rücken. Vor Schmerz ließ der Mann sein Messer fallen. Ebuk kickte es weg, es landete unter den Zweigen. Das Krav-Maga-Training, der Kampfsportart der israelischen Streitkräfte, an dem er an der Polizeiakademie teilgenommen hatte, machte sich nun bezahlt.

»Ich hab dir gesagt, ich will hier nur schlafen, Arschloch«, machte Ebuk klar.

Aus dem Schatten der Grünanlage trat ein weiterer Mann, auf seinem Glatzkopf schimmerte leicht das orangene Licht der Kirche, sein Gesicht war durch einen schwarzen Bart nur halb erkennbar. In der Hand hielt er eine Pistole, die auf Ebuk gerichtet war.

»Nicht schlecht«, sagte er leise, »lass ihn los.«

Ebuk schubste den Mann vor ihm von sich weg, der sich sofort umdrehte und ihm mit der Faust ins Gesicht schlug.

Ebuk fiel um, er stöhnte, es tat weh, Blut lief ihm aus dem Mund, er stand wieder auf.

»Hey, das war unfair«, kommentierte der mit der Pistole und fragte dann: »Wer bist du? Du kannst kämpfen und einstecken.«

»*Fuck*«, gab Ebuk von sich.

»Also?«

»Joel, aus Uganda.«

»Wie lange bist du schon hier?«

»Drei Monate.«

»Du schläfst hinter der Kirche?«

»Nur letzte Nacht.«

»Nur letzte Nacht?«, fragte der Mann mit der Pistole nach.

»Sag ich doch.«

»Am Anfang gibt es immer auf die Fresse. Aber ich kann gute Leute gebrauchen. Nur hier nicht, da sind die beiden Penner. Warum sprichst du Deutsch?«

»Hab ich gelernt, bevor ich hierherkam.«

»Echt? Nicht schlecht. Und was hast du sonst noch drauf?«

»Ich war mal Sportler, dann im Knast.«

»In Uganda? Wegen was? Hast du jemanden gekillt?«

Der Mann sprach mit einem Akzent, den Ebuk dem Italienischen oder Spanischen zuordnete. Er blickte ihn nur finster an, antwortete ihm nicht.

»Papiere?«

Ebuk schüttelte den Kopf. Bevor er heute Abend die Wohnung verlassen hatte, hatte er lediglich einen Zwanzigeuroschein eingesteckt. Es war so eine Ahnung gewesen, die sich jetzt bestätigte.

»Hast du schon mal gedealt?«

»No, Sir.«

»Ihr beiden, verpisst euch. Du kommst mit mir.«

Er wedelte mit seiner Pistole. Ebuk zögerte, wartete einen Moment, bis sich die beiden Schwarzen verkrümelt hatten. Unter dem Busch traute sich jetzt die Katze hervor und strich Ebuk um die Beine. Er bückte sich und streichelte ihr den Kopf. Der Mann lachte.

»Ist das deine Katze?«

»Nein, ich kenne sie nicht.«

Ebuk ging auf den Mann zu, der seine Pistole hinter sich in den Gürtel steckte.

»Ich bin Uribe. Also los. Da lang.«

Ebuk ging vor dem Mann her, der etwas schräg hinter ihm folgte. Nach einigen Metern betätigte er einen Wagenschlüssel, und die Blinklichter eines schwarzen vw-Bus gingen an.

»Einsteigen«, befahl Uribe.

Ebuk zögerte, blieb hinter dem Auto stehen.

»Wo bringst du mich hin?«, fragte Ebuk.

»Zu deinem neuen Arbeitsplatz.«

Ebuk blickte den Mann an.

»Du kannst auch abhauen, aber von der Gegend hier würde ich mich in Zukunft fernhalten. Wie du willst.«

Ebuk entschied sich, öffnete die Beifahrertür und stieg ein.

Sie fuhren los. Ebuk wunderte sich, dass ihm keine Maske übergezogen wurde. Er konnte sehen, dass sie Richtung Norden fuhren, nach Brandenburg.

»In der Kirche wurde ein Schwarzer erschlagen«, sagte Ebuk, als sie schon ein paar Kilometer unterwegs waren.

»Wer hat dir das denn erzählt?«, wollte der Bärtige wissen.

»Eine Frau von der Straße.«

»Eine der Nutten? Die reden Scheiße. Hast du sie gefickt?«

»Nein. Ich habe ihr eine Zigarette gegeben.«

»Katzen streicheln, Zigaretten verschenken. Was bist du denn für ein Typ?«

Ebuk antwortete ihm nicht.

»Das ist der Billigstrich. Die sind Dreck. Ich würde die nicht mal mit der Kneifzange anfassen«, ätzte der Mann.

»Sie sagte, er war ein Pastor. Wie kann man einen heiligen Mann erschlagen?« Ebuk klang vorwurfsvoll, fast empört. Er drehte sich zu Uribe, um seine Reaktion zu sehen.

»Ich kann Samariter und Pfaffen nicht leiden. Sie sind mir scheißegal!«, platzte es aus Uribe heraus.

Ebuk blickte in die Nacht, auf die roten Lichter der Autos vor ihnen, die Lichtreklame der großen Supermärkte am Stadtrand. Er überlegte, ob er den Mann weiter provozieren sollte, aber vermutlich würde er dann dichtmachen und ihn rauswerfen.

»Du hast schlechte Erfahrungen mit ihnen gemacht. Verstehe«, sagte er nur.

»Was weißt du denn, was für Erfahrungen ich gemacht habe? Bist du jetzt auch noch Psychologe, oder was?«, schimpfte Uribe.

»Schon okay«, lenkte Ebuk ein.

Sie fuhren auf der Autobahn A 114 Richtung Nordosten, dann bogen sie auf die Landstraße L 100 ab. Ebuk merkte sich die Bezeichnung der Straßen und der Ortschaften, durch die sie kamen. Sie kamen durch einen Ort, der Basdorf hieß, dann durch Wandlitz. Ebuk staunte noch immer, wie gut alle Straßen und Orte in diesem Land ausgeschildert waren. Uribe kannte den Weg auswendig, er nutzte kein Navi. Manchmal gab sein Mobiltelefon Töne von sich, dann schaute er darauf. Einmal kam ein Anruf für ihn.

»Ja?«, fragte er. Ebuk konnte nicht genau hören, was der Anrufer sagte, aber er hörte den dunklen Klang eines selbstbewussten Mannes, der Uribe Fragen stellte.

»Ich habe damit nichts zu tun. Ich schwöre es euch. Ich habe die Jungs im Griff, keine Angst.«

Wieder die dunkle Stimme.

»Ich hab das im Griff, Mann.«

Uribe hörte erneut zu.

»Klar fragen jetzt die Bullen nach ... Ja, okay.«

Er brummte noch ein paar Zustimmungen in sein Telefon, dann legte er auf; Ebuk konnte sehen, wie sein Gesicht härter wurde. Er schlug mit der Hand auf das Lenkrad, fluchte: »*Fuck*«, und fuhr weiter.

Nach weiteren zwanzig Minuten, in denen sie nichts gesprochen hatten, kommentierte Ebuk: »Das ist ganz schön weit weg von Berlin.«

»Du bekommst hier ein Bett und tust, was wir dir sagen. Wir organisieren hier vor allem den Transport. Die Ware muss umgepackt werden, in größere und kleinere Portionen für die Leute auf der Straße.«

»Und ihr bezahlt mich dafür?«

»Was denn sonst?! Das ist unser Geschäft.«

Ebuk nickte.

Sie erreichten Klosterfelde und bogen auf den Klosterfelder Damm ab und dann auf eine dunkle, schmale Straße, bis sie ein flaches einstöckiges Haus erreichten, eine Art Zweckbau, umgeben von Wald. Die Rollläden vor den Fenstern waren geschlossen, es drang kein Licht nach draußen. Uribe parkte hinter dem Gebäude neben einem kleinen

Lastwagen, auf dem *Dein Obst und Gemüse aus der Region* stand. Sie stiegen aus. Hunde kläfften lauthals, als sie sich dem Haus näherten. Ebuk schaute sich nach den Tieren um, die in der Nähe des Hauses offenbar an Leinen gehalten wurden.

Uribe bemerkte es. »Hast du Angst vor Hunden?«

»Nein, ich hab keine Angst«, antwortete Ebuk. Bilder von Hunden aus dem Land, aus dem er kam, blitzten auf. Tagsüber scheuten sie den Kontakt mit Menschen, suchten ihr Fressen, wurden von Kindern mit Steinen beworfen. Nachts taten sie sich zu Rudeln zusammen, heulten und kläfften, knurrten und bellten, wenn man in ihre Nähe kam.

Es gab mehrere kleine Räume, die Türen standen offen, überall drang helles Licht heraus. Um lange Tische arbeiteten Männer und einige Frauen. Sie zerteilten große dunkle Platten in kleinere Mengen und füllten den Inhalt in Tütchen unterschiedlicher Größe ab. Im Hintergrund lief treibende Musik.

Uribe stapfte Ebuk voraus, bis sie zu einem Zimmer kamen, wo ein Mann und eine Frau weißes Pulver abwogen. Beider Oberarme zierten viele Tattoos, sie waren vermutlich Ende dreißig, die Haare der Frau hatten ein mattes Pink.

»Das ist Renate. Sie ist die Chefin hier. Der da ist Igor«, begann Uribe, »das ist Joel aus Uganda.«

»Hallo«, sagte Ebuk.

Renate trat auf ihn zu und musterte ihn skeptisch.

»Spricht er Deutsch?«, fragte sie.

»Er spricht Deutsch und Englisch«, antwortete Ebuk und lächelte vorsichtig.

»Immerhin. Hast du dich geprügelt?« Sie schaute sich die Verletzung in seinem Gesicht an.

»Er kann gut kämpfen. Ich will, dass ihr ihn einarbeitet, damit er weiß, was hier passiert. Dann teilt ihr ihn für die Wache ein. Das ist nicht sicher genug hier.«

Renate drehte sich weg von Ebuk. »Wo haste den aufgelesen?«, wandte sie sich an Uribe.

»Ich doch egal. Es gab Ärger in der Kurfürstenstraße.«

»Ist deine Verantwortung. Dann wohnt er auch hier?«

»*Sí*«, antwortete Uribe.

»Dann komm mal mit. Tütchen packen. Ist nicht besonders schwer.«

Renate nickte Ebuk zu, und er folgte ihr in einen Raum, wo ein Mann und zwei Frauen an einem Tisch saßen. Sie waren alle schon etwas älter, hatten verlebte Gesichter und graue Haare. Sie entnahmen einer großen Plastikschüssel kleine gelbliche Klumpen, legten sie auf eine Waage, zerteilten sie und steckten sie in Papiertütchen, die sie zuklebten.

»Hier ist Crack und Freebase, nebenan ist Koks. Ist nicht schwer. Setz dich. Das ist Joel.«

Ebuk begrüßte die anderen am Tisch, die ihn misstrauisch anschauten und nur murmelten. Renate ging wieder aus dem Raum. Ebuk zog sich Plastikhandschuhe über und begann damit, Crack in kleine Tütchen zu packen. Er hörte, wie die Chefin mit Uribe sprach. Kurze Zeit später sah er ihn über den Flur gehen. Die Haustür fiel zu, der VW-Bus wurde gestartet und fuhr weg.

Ebuk sprach die Leute am Tisch an, fragte sie nach ihren Namen, aber sie antworteten ihm nicht. Nach etwa einer Stunde war die Plastikschüssel leer, und ein Haufen mit Tütchen lag auf dem Tisch. Die drei riefen Renate, die jedem von ihnen hundert Euro auszahlte und die drei anderen nach Hause schickte, es sei schon spät. Offenbar wohnten sie in der Nähe, sie schlichen einfach davon. Wieder bellten die Hunde. Ebuk musste mithelfen und die abgepackten Drogen in Obstkisten schichten. Sie wurden mit einer Folie bedeckt, auf die verschiedene Gemüse wie Karotten, Sellerie, Gurken und Tomaten gelegt wurden. Die Kisten kamen in den Transporter. Renate ging zu den Hunden und befahl ihnen, ruhig zu sein, sie hätten zu arbeiten. Die Tiere verhielten sich daraufhin tatsächlich ruhig. Als sie mit dem Verladen der Kisten fertig waren und der Transporter wegfuhr, wies Renate Ebuk ein kleines Zimmer zu, wo eine Pritsche mit einer Matratze stand, auf der eine Decke und ein Kissen lagen. Sie sagte ihm, er könne hier schlafen. Dann zeigte sie ihm die Toilette. Es gab auch eine Küche, wo er sich Brot, Wurst und ein Bier nehmen konnte. Sie erklärte ihm, sie und Igor würden hinten schlafen, morgen würde sie ihn richtig einweisen. Schließlich ließ sie ihn grußlos in der Küche stehen.

Ebuk schaute sich in der schmutzigen Küche um, Geschirr stand in der Spüle, zwei Kästen Bier in der Ecke. Auf dem Tisch lag ein Laib Graubrot, daneben ein Messer, mit dem er sich zwei Scheiben abschnitt. Im Kühlschrank befanden sich kleine geräucherte Würste, die er ebenfalls mitnahm. Auch eine Flasche Bier öffnete er für sich. Er war schon aus der Küche, doch dann drehte er sich um und steckte auch das Brotmesser ein.

Er setzte sich auf die Pritsche, biss von dem Brot ab und trank sein Bier. Die Würste hatte er auf den Boden gelegt, die sollten die Hunde bekommen. Es roch feucht, das Zimmer war schmutzig, es gab nur eine Glühbirne an der Decke. Vor dem Fenster hing ein Rollladen, aber kein Gurt an der Wand, um ihn hochziehen zu können. Ebuk spürte die Erschöpfung, gerne hätte er sich auf die fleckige Decke gelegt und geschlafen, aber er musste hier raus. Er schaltete das Licht aus, lauschte in die Dunkelheit, und als es still war und auch die Hunde zu schlafen schienen, machte er sich auf, von hier wieder wegzukommen. Zum Glück gab es keine Fensterverriegelung. Mit dem Messer konnte er einzelne Lamellen des Rollladens hochhebeln, sodass er darunterfassen und ihn hochschieben konnte. Mit dem Messer und den Würsten in der Hand schlängelte er sich aus dem Fenster, bevor er den Rollladen langsam wieder runtergleiten ließ. Einen Moment blieb er stehen, horchte in die Dunkelheit. Lagen die Hunde auch nachts an der Leine? Er machte ein paar Schritte, es knackte unter seinen Schuhen, als das Bellen begann. Schnell ging er weiter, umrundete das Haus, fand die Straße. Einer der Köter nahm die Verfolgung auf und kläffte ihm nach. Ebuk warf eine der Würste nach ihm, aber offenbar war das Tier gut abgerichtet, es mochte die Wurst genauso wenig wie Ebuk. Er entschied sich, sich dem Kampf zu stellen, griff sich einen dicken Knüppel aus dem Forst neben der Straße und drehte sich dem Tier entgegen. Der Hund baute sich ihm gegenüber auf, knurrte böse, bereit Ebuk anzugreifen, was auch gleich geschah. Als das Vieh auf ihn zusprang, wehrte Ebuk ihn mit einem Schlag ab, hob die Hand mit dem Messer und stach zu, bis der Hund abließ und jämmerlich jaulte. Ebuk hielt das Messer fest, und einen Moment blickte er auf das Tier, doch er konnte kein Mitleid haben. Hätte er sich nicht gewehrt, wäre er jetzt verletzt oder tot. Von dem Haus, aus dem er geflohen war, gab es keine Rufe, es blieb still.

Dann rannte er in den Wald, in die Dunkelheit. Die Bäume standen licht. Wieder einmal musste er durch den Brandenburger Forst flüchten, durch eine Waldplantage, in der Bäume in Reih und Glied standen. Hier gab es keine Stimmen, die zu ihm sprachen, kein nächtliches Mysterium, es nervte einfach, sich hier durchkämpfen zu müssen. Er kam gut voran, sein Marsch dauerte nicht zu lange, bis er wieder auf eine Straße kam. Er verließ sich auf seinen Orientierungssinn, wandte sich nach rechts und ging weiter. Schließlich erreichte er den kleinen Ort Klosterfelde und fand den dortigen Bahnhof. Die Bahnhofsuhr zeigte vier Uhr an, er musste noch fast eine Stunde warten, bis der erste Zug nach Berlin abfahren würde. Müde legte er sich auf eine der Bänke, schloss die Augen, bis das Geräusch des einfahrenden Zuges RB 27 ihn wieder weckte. Drei andere Reisende warteten jetzt ebenfalls am Bahnsteig, aber sie interessierten sich nicht für ihn. Froh, entkommen zu sein, bestieg er einen der zwei beheizten Waggons; er bezahlte beim Schaffner die Fahrt nach Berlin, wo er S-Bahn-Anschluss ins Zentrum haben würde. Als der Zug losfuhr, schloss er die Augen, er sah den abgerichteten Hund, wie er auf ihn lossprang und wie er ihm in den Hals stach. Schade, dass er sich nicht mit den Würsten begnügt hatte, wie es in Filmen immer erzählt wurde. Keine halbe Stunde später erreichte er Berlin-Karow, wo er in die S-Bahn steigen konnte.

Auch wenn es früh morgens war und er sich wie zerschlagen fühlte, er musste Larissa sehen und ihr berichten, was um ihre Kirche herum vorging. Vielleicht wusste sie vom Drogenhandel, der von Uribe und seinen Männern beherrscht wurde. Seinen Hass auf »Pfaffen« empfand Ebuk als bedrohlich, und es war gut möglich, dass es hier einen Zusammenhang mit dem Mord gab. Auch würde er mit Leyla Kaplan sprechen, ihr von der Begegnung mit Uribe berichten und das Versteck der Dealer nennen müssen. Jetzt, da er ihr als Liebhaber der Pastorin bekannt war, würde sie sich vermutlich nicht wundern, wenn er sich nachts in der Nähe der Kirche umschaute und Informationen sammelte. Vielleicht konnte er durch seinen kleinen Undercover-Einsatz die Kollegen unterstützen. Möglicherweise hatten sie Uribe bereits im Visier. Allerdings machte Uribe einen sehr selbstsicheren Eindruck, ohne Furcht vor Belästigungen durch die Polizei. Eher gab es noch andere, die ihn unter Druck setzten.

Als Ebuk am Nollendorfplatz ankam, herrschte noch wenig Verkehr, auch zu Fuß waren nur vereinzelt Menschen unterwegs. Ebuk schaute sich zur Bank mit den Holzbohlen um, aber sie war verwaist. Er hatte Larissa sein Kommen angekündigt, ihr Einverständnis für seinen frühen Besuch war ein verschlafenes »Ja, gut« gewesen. Er schickte ihr eine

WhatsApp-Nachricht, dass er vor der Tür stand, er wollte nicht klingeln, nicht Noemi begegnen. Müde empfing sie ihn in der hellen Küche und wollte wissen, ob er einen Kaffee trinken wolle oder einen Tee. Sie betrachtete ihn genauer und entdeckte die Wunde in seinem Gesicht, verursacht durch den Faustschlag, musterte seine schmutzige Kleidung. Larissa fragte besorgt nach, aber er wiegelte ab, es sei nicht schlimm.

Nachdem er sich eine Tasse genommen und die heiße Brühe eingefüllt hatte, setzte er sich zu ihr.

»Ich bin heute Nacht mit ein paar Drogendealern aneinandergeraten, die um die Kirche unterwegs sind«, begann er seine Erzählung.

»Das ist Sache der Polizei, Peter«, sagte sie schnell.

»Ich weiß, dass hier Streife gefahren wird und sie schnell da ist, wenn sie gerufen wird. Ich hatte hier auch schon Dienst … Es gibt da so einen Typen mit schwarzem Bart, Glatze, spricht mit italienischem Akzent oder so ähnlich. Kennst du den Mann?«

Larissa antwortete ihm nicht, sie stand auf und ließ sich am Spülbecken ein Glas Wasser ein.

»Nein«, antwortete sie kurz und trank, »können wir das später bereden? Ich bin müde, ich habe nicht gut geschlafen und einige wichtige Termine vor mir. Du kannst hierbleiben, wenn du willst.« Sie sprach entschieden, reckte den Kopf etwas vor, nickte ihm zu, um seine Zustimmung einzuholen. Ebuk zeigte sich einverstanden. Der Mord an Moses Lukong in der Kirche markierte den Beginn einer radikalen Veränderung in ihrer noch jungen Beziehung. Den Wochen der Vorsicht, den Versuchen, körperliche Nähe zu finden, den ersten Gesprächen, dem aufregenden Abtasten, dem Suchen nach Gemeinsamkeit, dem Erzählen der Lebensgeschichte, die am Beginn ihrer Beziehung standen, war nun eine große Nüchternheit gewichen. Die Schönheit der

Frau, die vor ihm in der nächtlichen Küche stand, konnte er weiter sehen und empfinden, aber die graue Sachlichkeit, mit der sie ihm gerade begegnete, erinnerte ihn an die furchtbaren Gespräche mit Prudence; sie hatte ihm einst vorgeworfen, mit Prostituierten geschlafen zu haben, und ihm gedroht, sich von ihm zu trennen, wenn er sich nicht änderte. Ihre klaren Ansagen damals hatten ihn erschüttert und aufgerüttelt, er hatte sich besonnen und seine Polizeiarbeit wieder mit großem Nachdruck aufgenommen. Seine Ermittlungen führten schließlich zur Aufdeckung eines Rings von Menschenhändlern, die Kinder an betrügerische Magier verkauften, die brutale Rituale an ihnen durchführten. Deren Kunden zahlten ihnen viel Geld, weil sie sich durch diesen monströsen Zauber, bei dem viele Kinder getötet wurden, Wohlstand, Macht, Heilung von Krankheiten oder Fruchtbarkeit erhofften. Als er sie verhaften und ins Gefängnis werfen ließ, stellten sie ihm nach, bedrohten ihn, und er musste sein Land verlassen.

»Er sagte, er hasst Pfaffen«, sagte Ebuk und stand auf.

»Du hast mit ihm gesprochen?«

»Er hat versucht, mich zu rekrutieren.«

Larissa schaute ihn entsetzt an. Sie nahm ihn an der Hand, schien jetzt zu begreifen, dass er sich für sie in Gefahr begab. Ebuk entzog sich ihr, ging ins Bad, wusch sich, zog sich aus, ging in ihr Zimmer, wo er unter ihre Decke kroch. Sie kam zu ihm, streichelte ihn, suchte ihre Kleidung zusammen und ging ins Bad.

Als Ebuk aufwachte, war es hell, er schaute auf sein Handy, es zeigte zehn Uhr. Die Anstrengungen der Nacht, den Kampf mit den Männern, die Auseinandersetzung mit dem Hund, die Flucht, all das spürte er jetzt. Langsam stand er auf, ging ins Bad, duschte, zog sich wieder an. In der Wohnung war es ruhig, weder Larissa noch Noemi schienen da zu sein. Er schickte Viktoria eine Nachricht, dass er in Ordnung sei und später nach Hause kommen würde. Vielleicht könnten sie zusammen zu Abend essen.

Dann fiel ihm noch ein, dass sie gestern eine Biologieklausur geschrieben und er sich noch nicht erkundigt hatte, wie es gelaufen war. Es sei alles gut gegangen, schrieb sie ihm. Er erinnerte sich an Viktorias Kommentar zu ihrer Freundin Noemi, die gerade komisch und müde sei, an Irinas Hinweis, das Mädchen aus dem Pfarrhaus sei nachts in der Kirche gewesen, auch an das Licht im Zimmer des Mädchens dachte er.

Es war einer dieser Impulse, denen er folgen musste, als ob ihn eine unbekannte Macht an die Hand nehmen würde. Er ging die Treppe hoch, wo Noemis Zimmer lag. Er klopfte an ihre Tür, und als er keine Antwort bekam, öffnete er und trat ein. Anders als bei Viktoria hatte Noemis Zimmer etwas von einer Höhle. Ein Teil des Vorhangs war zugezogen, es drang nur wenig Licht ein. Überall Kleidungsstücke auf dem Boden. Ihm fiel ein Trikot auf, auf dem ein schwarzes V abgebildet war und darüber ein fünfzackiger Stern in Pink. Das Trikot trug die Rückennummer 7. Er schaute es sich an, roch daran, es war gewaschen, legte es zurück, hob ein Paar Fußballschuhe auf, drehte sie um, doch an den Stollen klebte keine Erde und kein Gras. Sie waren schon lange nicht mehr benutzt worden. Neben dem Bett standen Kerzen, auch auf dem Schreibtisch, wo ihr Laptop lag, daneben zwei Lautsprecher und Kopfhörer. Über fast die gesamte Breite einer Wand waren wilde Graffiti zu sehen, bunte Linien und Schriften wechselten sich ab. Als er näher trat, sah er, dass es sich um eine aufgeklebte Farbtapete handelte. Über einer hölzernen Kiste lag ein buntes Tuch, darauf stand eine Sisha, die aber offenbar noch nicht benutzt worden war. Anstatt eines Schranks gab es einen Kleiderständer, an dem sie ihre Pullover, Hosen und Kleider aufgehängt hatte. In einem offenen Regal waren die Wäsche, Bücher und kleinere Dinge verstaut. Das Bett bestand aus einer breiten Matratze, die auf dem Boden lag. Langsam schaute sich Ebuk um, er wusste gar nicht, wonach er suchen sollte. Er nahm die Wasserpfeife und das Tuch von der Kiste hoch und öffnete sie. Hier lagerten alte Puppen und Kuscheltiere, Haarbänder, Aquarelle und allerlei Krimskrams. Vorsichtig hob Ebuk die Sachen an, neugierig darauf, was ein deutsches Mädchen in seinem Leben so alles ansammelte. Eine blaue Plastiktüte, wie man sie zur Aufbewahrung von Gefriergut verwendet, fiel ihm auf. Er griff danach, öffnete sie, schaute hinein. Eine große Anzahl bunter Pillen, außerdem einige Tütchen mit weißem Pulver und andere, die braungrünliches Gras enthielten, kamen zum Vorschein. Ebuk klappte die Kiste wieder zu. Das Tuch und die Wasserpfeife stellte er nicht wieder zurück. Langsam ging er aus dem Zimmer, stieg vorsichtig die Treppe hinab, in der Hand hielt er die blaue Tüte mit den Drogen vor sich, wie eine Bombe, die es noch zu entschärfen galt. Der Fund erschütterte ihn, da kam keine Freude auf, kein Gefühl von Entdeckerstolz, er schmerzte. In der Küche legte er die Tüte auf den Küchentisch. Wie es Larissa in der letzten Nacht gemacht hatte, öffnete er den Wasserhahn, füllte ein Glas und trank. Dann setzte er sich und starrte das blaue Gebilde vor sich an. Was bedeutete das? Woher hatte Noemi all diese Drogen? Was machte sie damit? Wollte sie sie verkaufen? Den Dealern vor der Kirche Konkurrenz machen? Oder verkaufte sie sie in der Schule?

Er schickte Larissa eine Nachricht, er müsse sie dringend sprechen, sie solle bitte kommen. Sie antwortete, sie habe eigentlich keine Zeit, bat ihn, ihr eine Sprachnachricht zu schicken. Sie müsse kommen und selbst sehen, er habe etwas gefunden, gab er ihr zur Antwort. Dreißig Minuten später stand sie vor dem Küchentisch, auf dem die blaue Tüte lag.

»Schau rein«, sagte er.

Sie öffnete die Tüte, zuckte leicht zurück. »Woher hast du das?« Ihre Frage klang scharf.

»Aus Noemis Zimmer.«

»Du warst im Zimmer meiner Tochter?«

»Das ist hier nicht die Frage, Larissa. Die Frage ist, warum versteckt Noemi eine Tüte mit Drogen in ihrem Zimmer und woher hat sie sie? Vor allem, was hat sie damit vor?!«

Larissa setzte sich und starrte auf die Tüte. Sie atmete tief ein, stützte ihren Kopf in die Hände.

»Da draußen hat mir eine Frau erzählt, dass sie Noemi gesehen habe, wie sie nachts in die Kirche ging. Warum?! Was macht sie nachts dort?« Ebuk stellte seine Fragen klar, nicht laut, aber sie mussten beantwortet werden.

»O Gott!« Larissa sah auf. Ebuk blickte in ein Gesicht, aus dem alle Weichheit verschwunden war.

»Ich muss denen sagen, dass ich nicht kommen kann.«

Sie wählte eine Nummer und informierte ihr Gegenüber, sie habe gerade von einem tragischen Ereignis erfahren, um das sie sich umgehend kümmern müsse, es täte ihr leid, aber jetzt könne sie nicht. Dann legte sie auf.

»Das habe ich nicht gewollt«, flüsterte sie. Sie stand auf, ging in der Küche auf und ab, wie ein Huhn, das einen Fluchtweg sucht.

»Ich brauch einen Moment«, sagte sie und verließ die Küche. Ebuk folgte ihr ins Wohnzimmer mit dem runden Tisch, wo sie sich vor ein Fenster stellte.

Ebuk stand am anderen Fenster und schaute, wie sie auch, auf die Kirche, deren rote Steine an diesem Vormittag grau wirkten. Er hörte, wie sie schluckte, wie sie sich mit der Hand durchs Gesicht fuhr, um die Tränen abzuwischen. Sein erster Impuls war, zu ihr zu gehen und sie zu trösten, aber zunächst musste sie bereit sein, ihm zu sagen, was sie wusste. Wenn ein Mensch seine innere Erschütterung nicht mehr verbergen konnte, war er meist bereit, seine Geheimnisse preiszugeben. Das hatte er in vielen Verhören erfahren. Er durfte nicht drängen, sonst ging die Öffnung, durch die man in das Innere schauen konnte, schnell wieder zu. Er gab ihr den Moment, um den sie gebeten hatte. Dann nahm er ihre Hand und führte sie zu einem der Stühle am Tisch. Er setzte sich ihr gegenüber. Es war das erste Mal, dass er diese Frau, deren Lächeln er liebte, weinen sah. Ebuk nahm ihre Hände und wartete, bis sie ihn anschaute. Sie entzog ihm ihre Hände wieder, suchte ein Taschentuch in ihrer Hose, schnäuzte sich.

»Sie muss diese Drogen gefunden haben. Drüben. Ich wusste das nicht.«

»Du glaubst, sie hat die Drogen in der Kirche gefunden?« Da sie nicht antwortete, hakte Ebuk nach. »Es gab dort ein Versteck mit Drogen, von dem du gewusst hast?«

»Ich habe nie nachgesehen.«

»Aber du wusstest, es gab ein Versteck?« Ebuk fragte dringlicher, seine Empörung konnte er nicht ganz verbergen. Sie antwortete nicht sofort.

»Mit seinem Geld kann ich den Mädchen da draußen helfen. Wohnungen anmieten, damit sie sich was Eigenes aufbauen können.« Larissa sprach leise, unsicher, so als ob sie erst jetzt merken würde, was sie da angerichtet hatte.

»Er bezahlt dich dafür, dass er in der Kirche ein Depot unterhalten kann«, stellte Ebuk fest, »als ich dich heute früh gefragt habe, hast du gesagt, du kennst ihn nicht. Du hast mich angelogen!«

Er lehnte sich auf dem Stuhl zurück, sein Blick ging zum Fenster und zum Gotteshaus gegenüber. Es war ungeheuerlich, was sie da vor ihm ausbreitete.

»Noemi hat von ihrem Fenster aus die Dealer gesehen, die Nachschub aus ihrem Depot besorgten. Eines Nachts hat sie selbst nachgesehen und diese blaue Tüte gefunden. Sie hat sie mitgenommen und in ihrer Kiste versteckt.«

Ebuk richtet den Blick wieder auf Larissa. Als er aussprach, was ihre Tochter getan hatte, weinte sie wieder.

»Vor zwei Tagen, als Moses früh morgens in die Kirche ging, um zu beten, waren die Dealer vielleicht da und haben ihn abgepasst. Sie wollten ihre Ware wieder zurück, und vermutlich kam es zum Streit, weil Moses Lukong nichts von irgendwelchen Drogen wusste. Dann erschlugen sie ihn mit dem Kreuz vom Altar. Könnte so gewesen sein.« Ebuk stellte nüchtern den möglichen Tathergang fest.

Larissa weinte laut, tiefe Schluchzer stiegen in ihr auf und schüttelten sie. Er konnte sie nicht trösten, er war selbst geschockt, geradezu verstört, was er entdeckt hatte. Ebuk atmete tief durch, wandte sich ihr zu, umarmte sie, hielt sie fest, bis sie sich etwas beruhigt hatte.

»Das wollte ich doch nicht«, schluchzte sie.

»Nein. Aber es ist passiert.«

Er stand auf, ging zum Fenster, drehte sich um, ging auf und ab, dann setzte er sich wieder zu Larissa.

»Sie sind überall da draußen. Sie waren schon vor mir da. Diese Straße, der Strich, die Drogen, die Gewalt. Ich muss damit zurechtkommen. Sie sind stärker als ich und meine Kirche.« Wie bei einem Erdbeben Steine aus einer Wand fielen, schlugen ihre Entschuldigungen auf den Boden.

»Sie sind skrupellos und böse. Aber du machst Geschäfte mit ihnen«, empörte sich Ebuk.

»Das sagt sich so leicht.«

»Haben sie dich bedroht?«

»Sie sind eines Tages aufgetaucht, nach dem Gottesdienst. Sie waren zu zweit. Sie haben sich in der Kirche umgesehen, wie Touristen. Sie wüssten von meiner Tochter, sagten sie, wollten niemandem wehtun«, Larissa machte eine kleine Pause, »sie könnten mir Geld geben, damit könnte ich etwas Sinnvolles machen, Gutes tun.«

»Du hast nicht mit der Polizei geredet?«

»Die sind hier seit Jahren unterwegs. Es ändert sich nichts. Hätte ich Wachschutz anfordern sollen? Als Pastorin? Einen Leibwächter für Noemi?«

Wenn Menschen sich mit Kriminellen einlassen, wenn sie wissen, dass es falsch ist, was sie tun, dann erklären sie, es gäbe keinen anderen Ausweg. Ebuk kannte diese Reden, er wollte nicht darauf eingehen.

»Ob Noemi klar ist, was sie angerichtet hat?«, fragte er.

Sie blickte ihn mit ihren geröteten Augen an, schüttelte den Kopf. »Nein, natürlich nicht«, antwortete sie.

»Wir müssen sie fragen. Vor allem, was hatte sie mit den Drogen vor?«

»Ja.«

»Sie chattet nachts mit ihrem Dad in Jamaika?«

»Ich glaub schon.«

»Was macht ihr Vater?«

»Musik.«

Larissa schienen die Überlegungen zu Noemis Vater nicht so wichtig zu sein, sie war mit sich und ihrer Tochter beschäftigt. »Können wir erst mit Noemi sprechen, bevor du die Mordkommission informierst?«

Sie redete mit Ebuk wie eine Verurteilte, die mit dem Richter einen Deal über ihr Strafmaß aushandeln wollte.

»Bisher gibt es nur einen Verdacht. Du hast ihn nicht getötet, Larissa.«

»Kann ich bitte für mich allein sein?«, bat sie ihn. Die Frau, die eine Gemeinde in einer der schwierigsten Gegenden der Stadt leitete, die allein ihre Tochter erzog, schrumpfte vor seinen Augen wie Wolle, die zu heiß gewaschen und zu Filz wurde. Er stand auf.

»Bleibst du da, bis Noemi kommt?«, wollte sie von ihm wissen.

»Ja.« Ebuk schloss die Tür hinter sich, zog sich in das Schlafzimmer zurück und legte sich auf das Bett. Er begann, seine Vermutung, Moses könnte nach einem Streit von Uribe erschlagen worden sein, zu hinterfragen. Hätte der Drogenhändler nicht genau wissen wollen, wo seine Ware hingekommen ist? Solche Leute wussten doch, wie man jemanden wie Moses zum Reden bringt. Unter Druck hätte Moses alles gesagt, alles zugegeben, alles abgestritten, je nachdem, was sie hören wollten. Er hätte sie vermutlich mit in seine Wohnung genommen und ihnen gezeigt, dass es dort nichts zu holen gab und er die Drogen nicht gestohlen hatte. Ihn zu töten, half nicht, die verschwundene Ware zurückzubringen. Uribe, das hatte er erfahren, war kein Dummkopf, zwar emotional und aufbrausend, aber Ebuk konnte sich nicht vorstellen, dass er so unbeherrscht war, einen Priester im Affekt zu erschlagen. Seinen Hass auf Pfaffen schloss er als Motiv aus. Uribe hatte Ebuk nicht im Verdacht gehabt, etwas mit den verschwundenen Drogen zu tun zu haben. Auch wirkte er keineswegs nervös, als er auf ihn getroffen war. Er und die beiden Afrikaner hatten ihm aufgelauert, weil sie dachten, er würde sich auf ihrem Terrain breitmachen wollen. Oder hatten sie ihn im Verdacht, mit den abhandengekommenen Drogen zu handeln? Als Uribe ihm abgekauft hatte, dass er nur ein harmloser Flüchtling war, der Katzen streichelte und Gefühle für einen toten Priester zeigte, nahm er ihn einfach mit. Es blieb allerdings die Frage, ob Uribe Anstrengungen unternahm, um seinen Stoff wieder zurückzubekommen. Möglicherweise hatte er so viel von dem Zeug, da kalkulierte er einen gewissen Schwund einfach mit ein und wollte nach dem Tod des Priesters keinen weiteren Staub aufwirbeln. Waren Kaplan und Rüter bereits hinter ihm her? Hatten sie ihn schon befragt?

Ebuk dachte auch über Moses nach. Was für ein Mensch war er gewesen? Er schien recht eitel zu sein. Manche Priester traten sehr selbstbewusst auf, weil sie große Menschenmassen begeistern konnten, sie glaubten, sie hätten göttliche

Macht, waren selbstverliebt. Warum wollte er unbedingt diesen Thron zurückbringen? Das war doch eher die Aufgabe der Regierung oder der legitimen Nachkommen dieses Sultans Njoya. Was hatte sein Kontakt zu einem Anwalt zu bedeuten? Was hatte er in Deutschland wirklich gewollt? Und dann gab es noch dieses geheimnisvolle Manuskript in seinem Schrank. Warum hatte er es mitgebracht? Auch gab es Spuren, die Ebuk nicht entschlüsseln konnte, wie die Fingerabdrücke auf dem Kettchen mit dem Kreuz und die blonden Haare in dem Briefumschlag.

War dieser Mann wirklich nur zufällig erschlagen worden, weil er zur falschen Zeit am falschen Ort war? Könnte es sein, dass sein Aufenthalt in Deutschland direkt mit dem Mord zu tun hatte?

Ebuk machte sich klar, dass er im Moment nur Vermutungen anstellen konnte. Ein Verdacht konnte helfen, die Ermittlungen in die richtige Richtung zu lenken, aber es brauchte konkrete Beweise, um einen Mörder zu überführen.

Noemi kam etwa zwei Stunden später nach Hause, lief die Treppe hoch, rief ein leichtes »Hallo« in die Wohnung. Ebuk stand vom Bett auf, ging nach unten, wo er Larissa und Noemi in der Küche antraf. Noch immer lag der blaue Beutel auf dem Küchentisch. Als Ebuk eintrat, wurde sie zornig.

»Ihr wart in meinem Zimmer!«, empörte sie sich. Ebuk blieb an der Tür stehen, wartete, denn es war an Larissa, ihre Tochter zur Rede zu stellen. Noemi gab zu, den Beutel mit den Drogen aus einem Versteck in der Kirche genommen zu haben. Sie hatte gesehen, wie nachts immer wieder »komische Typen« dort herumschlichen, rein- und rausgingen, offenbar durch diese kleine Tür, hinter der die Kirchentechnik untergebracht war. Da ging sie dann selbst nachsehen, wollte wissen, was sie dort machten, und fand diesen Beutel mit Drogen. Sie nahm ihn mit, »na ja, diese Leute dürfen unsere Kirche nicht als Lager nutzen«. Sie blickte ihre Mutter mit großen Augen an, um zu sehen, wie ihre Ausrede bei ihr ankam.

»Warum hast du mir das nicht gleich gesagt?«, wollte Larissa von ihr wissen.

»Das wollte ich ja, aber du und Peter … Du warst seit Langem einmal wieder froh, da wollte ich dir keine Sorgen machen, und dann gestern der Tote.« Noemi versuchte, glaubhaft zu klingen, immer wieder warf sie einen Blick zu Ebuk.

»Spielst du eigentlich Fußball?«, fragte er sie.

Noemis Gesicht verdunkelte sich, aber sie antwortete nicht.

Ebuk überlegte nicht lange. »Du wolltest also die Drogen dem Kreislauf entziehen«, sagte er scharf, und als sie nickte, trat er an den Küchentisch, nahm den Beutel, ging damit ins Badezimmer und hob den Toilettendeckel an. Noemi eilte hinter ihm her, gefolgt von ihrer Mutter. Ebuk öffnete die blaue Plastiktüte und schüttete die Pillen in die Kloschüssel. Noemi sprang zu ihm hin, wollte ihn abhalten.

»Bist du wahnsinnig! Nein. Hör auf!«, rief sie laut.

Ebuk hielt sie mit seinem Rücken von sich ab, sie versuchte, ihn von der Toilette wegzuziehen, aber es gelang ihr nicht. Er fischte die kleineren Plastiktütchen aus dem Wasser der Toilette, öffnete auch diese und entleerte ihren Inhalt. Schließlich betätige er die Spülvorrichtung. Wasser strömte in die Schüssel. Die bunten Pillen, das weiße Pulver und die gelben Crackstücke tanzten auf dem Strudel, die meisten wurden sofort verschluckt.

»Hör auf damit! Das darfst du nicht!«

Ebuk drehte sich um, verschränkte die Arme vor der Brust und blickte Noemi herausfordernd an.

»Jetzt können diese Drogen niemandem mehr schaden.«

Noemi klatschte mehrmals auf seinen Oberkörper und seine Arme.

»Scheiße!« Noemi hatte Tränen in den Augen.

»Jetzt kannst du uns sagen, was du mit dem Zeug vorhattest«, meinte Ebuk ruhig. In der Tür des Badezimmers stand Larissa, die der Konfrontation ihrer Tochter mit Ebuk verwirrt zuschaute. Ebuk spülte erneut, damit auch wirklich alles, was in der Tüte war, in der Berliner Kanalisation verschwand. Noemi ging auf ihre Mutter zu, um aus dem Badezimmer zu flüchten, doch sie blieb stehen.

»Noemi. Bitte. Deswegen ist ein Mensch getötet worden.«

»Lass mich raus!«

Larissa warf Ebuk einen Blick zu, er gab ihr ein Zeichen, und sie ließ ihre Tochter gehen, die die Treppe hochstürmte. Ebuk bückte sich und sammelte die leeren Plastikhüllen ein.

»Ich werde das hier auch verschwinden lassen. Sprich mit ihr, frag sie, was sie damit wollte.«

Sie standen im Badezimmer, dessen Wände in einem dunklen Grau gekachelt waren, auf dem Boden lagen zwei grüne Matten, auf dem Duschvorhang schimmerten Wassertropfen, die Beleuchtung über dem Spiegel warf ein behagliches Licht in den Raum.

Larissa rührte sich nicht, in ihrem Gesicht konnte er sehen, wie widersprüchliche Gedanken und Fragen durch ihren Kopf zogen.

»Es könnte sein, dass Uribe oder jemand von seinen Leuten weiter nach dem Zeug suchen. Du und Noemi seid hier erst mal raus. Du wusstest von keinem Versteck, und Noemi hat nichts genommen. Mach ihr das klar.« Ebuk sprach eindringlich.

Larissa konzentrierte sich, um zu begreifen, was er ihr gerade vorschlug.

»Ihr müsst aus der Schusslinie. Ihr wisst von nichts, habt nichts genommen.«

»Ich habe Geld angenommen«, erwiderte Larissa zaghaft.

»Hast du. Eine Spende an die Kirchengemeinde, um den Prostituierten da draußen zu helfen. Bestimmt ist das Geld ordentlich verbucht?« Als Larissa nickte, musste Ebuk grinsen. »Ich vermute, die Kollegen nehmen die Drogenhändler und die Zuhälter genau unter die Lupe. Ein Mord an einem Priester ist eine hässliche Sache, auch wenn es ein Schwarzer war«, überlegte Ebuk. »Uribe und seine Leute werden euch hoffentlich erst einmal nicht auflauern. Aber ihr müsst natürlich vorsichtig sein. Wie die Dinge zusammenhängen, wird sich herausstellen.«

»Du hast gesagt, es wäre eindeutig«, wandte sie ein.

»Das habe ich nicht. Ich kann nur Vermutungen anstellen, ich kenne die Spuren nicht und habe keine Beweise«, hielt Ebuk ihr entgegen. Er umfasste die Plastiktütchen in seinen Händen. »Ich geh dann mal. Rufst du mich an? Nachdem du mit ihr gesprochen hast?«

Larissa schien überfordert. »Kannst du nicht mit ihr reden?«, fragte sie zögernd.

Ebuk schnaufte verärgert, schüttelte den Kopf und ging an Larissa vorbei, ohne ihr zu antworten. Diese Frau war ihm auf einmal völlig fremd. In seinem Hals steckte ein Klumpen, der sich nicht schlucken ließ, er wollte nur weg von diesem Ort, dieser Kirche, der Pastorin, die ihre Moral an Drogenhändler verkauft hatte. Seit einigen Jahren versuchte er, in diesem Land ein neues Leben aufzubauen, er wollte Polizist werden, Verbrechen bekämpfen. Jetzt war er in einen Mordfall hineingezogen worden, weil er sich in diese Frau verliebt hatte. Er musste aus diesem Haus und diesem fremden Wald irgendwie wieder herausfinden.

4

Im Tempel der Weißen hörte ich Gesänge. Als ich das Haus betrat, das sie Kirche nennen, drehten sich die Sänger zu uns um, verstummten und verneigten sich. Göhring senkte seine beiden Arme, mit denen er dirigierte, und bestimmte, wer die Stimme erheben durfte, wer die hohen Töne und wer die tiefen Töne zu singen hatte. Die Gesichter der Menschen, die hier zusammengekommen waren, sahen oft eigentümlich aus, wenn er sie aufforderte einzuhalten, wie bei einem Pferd, bei dem die Zügel angezogen werden, obwohl es weiterlaufen möchte. Ich mochte diese Gesänge, sie klangen freundlich, sie glichen dem Wind, der durch die Gräser in unserem Land weht. Wenn die Bamum singen und ihre Trommeln schlagen, dann tanzen die Menschen zu den Rhythmen, die Christen verharren an einer Stelle und bewegen sich nicht.

Göhring schickte alle Anwesenden weg, denn es kommt nicht oft vor, dass Njoya, der Sultan, bei ihm vorbeikommt. Wir setzten uns zu ihm und berieten, was zu tun war. Njoya berichtete, der Thron würde vor dem Beginn unserer Reise nicht fertig werden. Njoya konnte stattdessen dem Kaiser mehr Elfenbein und Diamanten zum Geschenk machen, was zusammen genommen viel mehr Wert sei. Wie ich befürchtete, bestand Göhring auf dem Präsent für den Kaiser, denn ich, der Sultan und König der Bamum, hatte es versprochen. Erneut sprach er von den guten Beziehungen zwischen unseren Völkern. Njoya sagte ihm, die Bamum bräuchten gute Gewehre, um sich auch in Zukunft verteidigen zu können. Doch sein Gesicht verriet mir, dass er, ein Priester, nicht der richtige Mann für dieses Thema war. Er lobte die friedlichen

Beziehungen zwischen den Bamum und den Deutschen. Nicht überall in Kamerun, so nannten die Deutschen das von ihnen eroberte Land, ginge es so friedlich zu wie hier.

Göhring versprach, mit uns zu reisen, was mich freute, denn ich kannte die Gebräuche der Weißen nicht und verstand ihre Sprache noch nicht gut genug. Es werde viele Tage dauern, bis wir am Meer ankämen, aber ich würde es nicht bereuen, erklärte er mir.

Als wir wieder vor der Kirche der Weißen standen, entschied ich mich. Was sollte ich anderes tun? Es blieb nur noch eine einzige Möglichkeit: Ich würde den Thron aus meinem Palast zerlegen, ihn in große Kisten packen und an die Küste tragen lassen. Njoya selbst wird den Thron, auf dem seine Väter saßen, den Deutschen bringen.

Mit schwerem Herzen ging ich an den Häusern der Frauen vorbei, wo ich lauten Streit hörte. Wir kamen zum Palast von Na Njapndunke, der Mutter von Sultan Njoya. Mit ihr sprach ich regelmäßig über Angelegenheiten des Landes, so wollte ich auch jetzt ihren Rat hören, denn es ist gut, wenn die Älteren mit den Jüngeren ihre Gedanken teilen. Doch wir konnten unser Gespräch nicht gleich beginnen, denn der Streit der Frauen, der mir schon ans Ohr gedrungen war, wurde vor meiner Mutter ausgetragen. Chandinli, meine Favoritin, von der ich zwei Söhne hatte, und Sabiatou, die zweite Lieblingsfrau, stritten sich darüber, wer mich auf der Reise begleiten durfte. Offenbar wollte meine Mutter nur einer meiner Frauen erlauben, mit mir zu kommen, denn die Deutschen verstanden nicht, warum der König der Bamum viele Frauen hatte. So wie ihre Religion nur einen Gott zulässt, so sollen die Männer auch nur eine Frau haben und eine Frau nur einen Mann. Zumindest müsste es so aussehen, dass ich nur eine Sultana habe, wenn ich in den Palast der Weißen komme. Njoya wollte sich dem Rat der Namfon nicht anschließen. Wir haben die Religion der Fulbe angenommen, den Islam, der den Männern viele Frauen erlaubt, sagte ich ihr. Es wird eine Zeit kommen, in der ich, Njoya, den Bamum eine eigene Religion vorschlagen werde. Doch noch war es nicht so weit. Die Bamum werden ihre Traditionen nicht aufgeben, nur weil sie den Deutschen erlaubten, in ihr Land zu kommen. Zu den Bamum gehört ein Mfon, der viele Frauen hat, so wie es schon immer gewesen ist in unserem Land.

Beide Frauen sollen mit auf die Reise kommen, entschied ich, Njoya, der Sultan. Chandinli und Sabiatou freuten sich und ließen uns allein. Meine Mutter warnte mich, denn Sabiatou, die jüngere, die ich sehr in mein Herz geschlossen hatte, mochte Chandinli nicht. Ich solle mich gut vorsehen, wenn ich gerade diese beiden mitnehmen würde. Meine Mutter war eine starke und umsichtige Frau. Doch hinter ihren Warnungen verbargen sich ihre Sorgen um ihren Sohn, den das Land der Bamum brauchte. Als ich ihr meine Entscheidung mitteilte, dem Kaiser den alten Thron zu schenken und nicht das Duplikat, wurde sie sehr traurig. Das sei kein Geschenk, sagte sie, dies sei Diebstahl. Überall würden die deutschen Soldaten unser Land ausrauben. Auch bei unseren Nachbarn halten sie Ausschau nach heiligen Schätzen, die sie dann einfach nehmen, weil sie die besseren Gewehre haben. Sie betrachten unsere Figuren, unsere Masken, unsere Tabakspfeifen, auch unsere Throne als tote Gegenstände, die sie nach Belieben in ihrem Land herumzeigen können. Das sagte meine Mutter, die Namfon Njapndunke. Es ist kein totes Holz, das ein Künstler geschnitzt hat, wenn wir uns eine Maske vor das Gesicht halten und damit tanzen, es ist angefüllt mit dem Lebendigen unserer Ahnen, der Geister und Götter dieser Welt. Wenn wir all das herschenken, geben wir uns selbst weg. Die Bamum sind Menschen, die gerne Geschenke geben, denn sie lieben es, Freude zu bereiten und Freunde zu machen. Aber die Deutschen schenken uns nichts zurück. Sie wollen ständig Geschenke von uns, aber wenn wir sie ihnen nicht geben, nehmen sie sich einfach, was sie haben wollen. Sie sind Diebe, sagte sie. Wenn wir sie nicht beschenken, brennen sie unsere Häuser nieder und töten uns.

Damit das nicht geschieht, sagte ich ihr, habe ich die Deutschen friedlich empfangen. Ich erinnerte sie, dass uns die Deutschen mit ihrer Armee geholfen haben, den Schädel von Nsangou, dem Tita Nfon, meinem Vater, von den Nso zurückzubekommen. Dafür erhielten sie jetzt den Thron von Njoya, den Thron, auf dem schon mein Vater saß. Ich fragte sie, ob sie mich begleiten wolle, aber sie lehnte ab. Dies sei zu beschwerlich für sie, durch die heißen Wälder und Täler, über die Berge, die vielen Nächte in Zelten. Das wollte sie nicht auf sich nehmen. Sie gab mir auch zu verstehen, dass sie das Heiligste unseres Landes, den Thron, den niemand berühren darf, außer der König und Sultan, nicht zu den Weißen begleiten will, die ihn außer Landes schaffen werden. Die Geister, die dich beschützen und in diesem Thron wohnen, werden nicht mehr für dich da sein, warnte sie. Es wird eine Zeit kommen, da musst auch du dein Land verlassen, genauso wie dein Thron, drohte mir Namfon Njapndunke.

Meine Mutter hatte leider recht. Heute, da ich diesen Bericht schreibe, lebe ich im Exil, in das mich andere Weiße verbannt haben. Ob es anders gekommen wäre, wenn ich den Thron nicht weggeben hätte? Wäre mein Volk glücklicher, wenn wir gekämpft hätten? Habe ich es richtig gemacht, mich mit Dieben, wie Namfon Njapndunke die Deutschen nennt, einzulassen?

Es lagen weitere aufregende Wochen vor uns, aber dann begann endlich unsere Reise. Durch das Tor, durch das die Straße nach Bamenda führt, vorbei an der hohen Mauer und über die beiden tiefen Gräben davor, die unsere schöne Stadt Foumban beschützen, zog unsere Expedition hinaus, beglei-

tet von viel Volk. Njoya hörte hinter sich die Klänge der Flöten, die während seiner Abwesenheit gespielt wurden, um die Bewohner zu erinnern, dass der Sultan nicht anwesend war. Mein Herz wurde schwer, auch wenn ich mit großer innerer Spannung den Weg beschritt, der vor uns lag. Schon Tage vor unserem Aufbruch waren Späher und Sklaven mit Zelten, Nahrung, Geschirr und all den Dingen, die während einer Reise gebraucht werden, losgezogen, damit wir nach jeder Etappe untergebracht und gut versorgt sein würden. Für den Transport des Throns waren sechzig Männer auserkoren worden, es ritten mit mir zweiundzwanzig Soldaten, einige Adlige, wie Nji Mama Pekekne, Monliper NjiMonjab, Sekretäre, Pastor Göhring, seine Frau und Kinder, meine beiden Lieblingsfrauen, Chandinli und Sabiatou, und ihre Dienerinnen sowie einhundertfünfzig Träger. Auch eine meiner Töchter, Tabea Manuore, wollte mich unbedingt begleiten, und ich hatte zugestimmt. Sie war damals vierzehn Jahre alt, klug und hatte viele Talente. Früh hatte sie gelernt, in unserer Sprache zu schreiben, sie zeichnete gut, und vor allem interessierte sie sich für Sträucher, Bäume und Blumen. Auf unserer Reise, sagte sie mir, könnte sie viele andere Gewächse kennenlernen und sie zeichnen, das wäre für uns alle eine große Bereicherung.

Zunächst ging es durch unser Land, eine Vielzahl von Vögeln begleitete uns, denn so eine lange Karawane gab es sonst nur zu sehen, wenn wir in den Krieg zogen. Aber wir hatten friedliche Absichten. Uns wurde vorhergesagt, dass wir heil und gesund wiederkommen würden. Ngam, die heiligen Spinnen, die in der Erde leben, hören, was unsere Ahnen ihnen sagen. Ich, Njoya, habe Ngam gefragt, ob wir eine gute Reise haben werden, und sie hat mir mitgeteilt, es werde alles gut gehen, auch wenn es nicht einfach werden würde.

Der Fluss Noun bildet die Grenze zwischen den Bamum und dem Volk Mba Lekeo – oder wie sie heute heißen, den

Bamiléké. Früher hat es mit den Bamiléké viele Konflikte gegeben, auch Kriege, aber die sind inzwischen beigelegt. Unsere Karawane wird niemand angreifen, weil jeder weiß, dass die Deutschen auf unserer Seite sind. Um den Fluss zu überqueren, mussten die Boote immer wieder hin- und herfahren. Das dauerte lange, wir verloren viel Zeit. Als wir endlich bei unserer ersten Unterkunft ankamen, waren alle sehr müde.

Die nächsten Tage waren gut, wir kamen voran, unsere Pferde liebten es, auf den roten Wegen zu traben. Anstatt der vielen fröhlichen Gespräche, die den Beginn unserer Reise geprägt hatten, wurden wir alle stiller, gaben unseren Augen mehr zu sehen und den Ohren mehr zu hören. Die Bäume und Felder, die wir erblickten, unterschieden sich noch nicht sehr stark von dem Land, aus dem wir kamen, auch die Vögel waren dieselben, aber es schien, als ob sie andere Lieder anstimmten. Die Affen, die uns begegneten, kreischten laut, sie hüpften um uns herum, sie kletterten auf die Bäume und erzählten sich, was sich ereignete. Die Menschen aus den Dörfern kamen angerannt, riefen uns zu, zeigten mit den Fingern auf uns, verneigten sich, staunten. Sie liefen neben uns her und wollten uns ihre Bananen, ihre Nüsse, ihr Gemüse und ihr Fleisch verkaufen. Für viele von ihnen wurde es ein gutes Geschäft, denn die vielen Menschen, die mit Njoya und seinem Thron unterwegs waren, mussten versorgt werden. Das ist keine leichte Aufgabe, sie erfordert kluge Händler und Kenntnisse, denn in fremden Ländern muss genau ausgesucht werden, was an Essbarem gekauft wird. Wir tauschten das Palmöl, das die Bamum in guter Qualität herstellen und das überall gefragt ist, gegen all die Dinge, die wir unterwegs brauchten.

Doch nicht immer ging es gut. Einige von den Trägern und den Soldaten bekamen Bauchschmerzen, sie konnten nicht halten, was sie gegessen hatten. Schnell waren sie erschöpft und konnten ihre Tätigkeiten nicht mehr verrichten. Als auch meine Lieblingsfrau Chandinli von dieser Krankheit befallen und immer schwächer wurde, überlegte ich mit meinen Beratern, was zu tun war. Wir führten Heilkräuter mit uns, die wir den Kranken verabreichten, doch diese halfen nicht sofort. Ein Ort, wo wir ruhen könnten, wäre die beste Medizin. Wir schickten also Reiter aus, um den König der Koung-Khi, Fotso Messudom, der in der nahen Stadt Bandjoun lebte, zu bitten, ihn besuchen und dort für ein paar Nächte rasten zu können. Vor vielen Jahren gab es einen Krieg zwischen dem damaligen König Kamga und den Bamum, aus dem die Bamum nicht siegreich hervorgingen. Die Bamum und Fon Kamga unterzeichneten einen Waffenstillstand, aber mir war nicht bekannt, wie sein Sohn, König Fotso Messudom, uns gesinnt war. Fo Fotso hatte bereits von unserer Reise gehört. Wie sich herausstellte, war er ein aufrichtiger junger Mann, der wie Mfon Njoya seit einigen Jahren sein Land gut regierte. Er schickte eine Gruppe von Männern auf Pferden, die uns mitteilten, wir seien willkommen. Sie führten unsere Karawane über Wege, die wir nicht allein gefunden hätten, denn im Reich der Koung gilt es einiges zu beachten. Es gibt viele heilige Wälder, die nur diejenigen betreten dürfen, die dazu berechtigt sind und dafür die Erlaubnis haben. Kommen Fremde durch diese Wälder, die sich nicht stark von den anderen Wäldern unterscheiden, können sie es mit bösen Dämonen zu tun bekommen. Eine Reise kann dann furchtbar enden. Wir wurden angewiesen, in der Nähe des Palastes unsere Lager aufzuschlagen. Fotso Messudom empfing Mfon Njoya in seinem Palast, der aus einer riesigen Kuppel besteht, die so hoch wie ein großer Baum ist. Das Dach ist mit langen Palmblättern bedeckt, die Kuppel ist ringsum von vielen Pfählen gestützt, die alle verziert sind. Diese hohen Pfosten sehen denjenigen, die vor unseren Palästen stehen, sehr ähnlich. König Messudom hieß mich willkommen, offenbar gefiel es ihm, mich zu treffen und in seinem Palast zu empfangen.

Ich berichtete ihm vom Ziel meiner Reise, dem Besuch des deutschen Gouverneurs an der Küste. Er war beeindruckt von dem großen Gefolge, mit dem ich unterwegs war, und fragte, ob seine kundigen Frauen den Kranken, die mit mir gekommen waren, helfen sollten, und ich stimmte gerne zu. Die Heilerinnen brauten aus den Pflanzen aus ihren Wäldern einen besonderen Sud, den sie meiner erkrankten Frau, den Trägern und Soldaten gaben. Schon nach zwei Tagen ging es ihnen besser. Sobald Chandinli wieder gehen konnte, suchte sie mich auf und erhob schwere Beschuldigungen gegenüber Sabiatou, meiner anderen Frau. Sie gab ihr die Schuld an der Krankheit, sie habe sich mit den Köchinnen zusammengetan, und diese hätten ihr verdorbenes Essen und verdorbene Getränke verabreicht. Ich sollte sie sofort zurückschicken, bevor diese Frau auch mich und die gesamte Karawane in Gefahr bringe. Ich staunte über diese Vorwürfe, hatte ich doch gehofft, die beiden Frauen würden sich durch die gemeinsame Reise besser kennenlernen und verstehen. Aber ich hatte mich getäuscht. Njoya bat einige seiner Männer, die für die Sicherheit zuständig waren, die Köchinnen zu befragen, ob sie Anweisungen von Sabiatou erhalten hätten. Die Frauen verneinten, und auch Sabiatou bestritt energisch, irgendetwas mit den Erkrankungen zu tun zu haben, sie fühle sich selbst schlecht, sagte sie. Es müsse etwas mit dem fremden Essen und Wasser zu tun haben, das wir unterwegs zu uns genommen hatten. Sie war traurig, die Anschuldigungen von Chandinli zu hören, sie hoffte, es würde ihr bald besser gehen. Vielleicht hätte die Erkrankung auch ihren Kopf befallen, meinte sie. Ich beriet mich, was zu tun war, und hörte die Heilerinnen des Königs der Koung an. Sie kannten diese Erkrankungen der Gedärme auch von Menschen ihres Volks, bis zur vollständigen Erholung könnte es länger dauern, sagten sie. Njoya entschied sich, Chandinli und ihre Sklavinnen wieder zurück nach Foumban zu schicken, denn die Strecke, die jetzt vor uns lag, wäre beschwerlicher als die bereits zurückgelegte. Es gab großes Geschrei und Beschuldigungen, aber einen Tag später machte sich meine zweite Lieblingsfrau, begleitet von zwei unserer Soldaten, auf den Weg zurück. Einige unserer Kranken blieben bei den Koung, die versprachen, sie zu pflegen. Sich gegenseitig zu helfen, ist der beste Weg, Freundschaften zu schließen. So erging es auch Njoya und König Messudom, die sich lange Freundschaft versprachen.

Bald mussten wir einige Berge besteigen und sie auf gewundenen Wegen wieder hinunterklettern, oft führten wir die Pferde, damit sie sich nicht verletzten. Wir blickten auf ein Land mit einem endlosen grünen Dach, einzelne Bäume ragten daraus hervor. Am Horizont türmte der Himmel viele Wolken auf, die uns dunkel und bedrohlich erwarteten. Noch einmal übernachteten wir auf einem Hügel, wo uns ein kühler Wind erfrischte, dann stiegen wir ab in einen dichten Wald mit hohen Bäumen, durch dessen Blätter das Licht der Sonne nur schwer hindurchdrang. Wir hatten von den Elefanten gehört, die hier lebten, aber am meisten machten uns viele kleinere Tiere zu schaffen, Mücken, die uns zu Tausenden umschwärmten. Wir kamen in eine Welt, die wir noch nicht kannten. Zahlreiche Blätter und Lianen wanden sich an den Baumstämmen hinauf. Insekten schwirrten durch das grüne Dickicht, auf den Baumstämmen krabbelten lange Karawanen von Ameisen. Auf ihren Rücken trugen sie winzige Blattstücke zu ihrem Bau. Rote und gelbe Blüten reihten sich auf, halfen dem Blick, sich in diesem vielfältigen Grün zu orientieren. Der Boden dieses Waldes war kaum zu sehen, überall lagen Blätter, wuchs eine großblättrige Pflanze oder eine Ansammlung von Pilzen. Tabea, meine Tochter, blieb immer wieder zurück, um eine besondere Pflanze oder einen Baum abzuzeichnen.

Gelegentlich tropfte es aus den Baumkronen. Es war feucht

und dunstig, doch das dichte Blätterdach spendete Schatten. Familien von Affen turnten in den Bäumen, kreischten laut, spielten, beobachteten aufmerksam, wer ihren Wald besuchte. Die Stämme der Bäume waren so dick, ein einziger Mann konnte sie nicht umfassen. Die Haut war jetzt immer feucht. Die Hitze lastete auf uns, und oft sehnten wir uns in unser Land zurück, wo die Sonne ebenfalls eine starke Kraft entfaltet, aber der Atem frei ist. Die Menschen aus den Dörfern, die uns hier empfingen, sahen kräftig aus. Die starken Muskeln der Männer glänzten, sie trugen nur wenig Kleidung am Körper, genauso wie die Frauen auch. Einige der Männer hatten sich mit Bemalungen verziert und trugen Spieße, aber sie näherten sich uns nicht, blickten uns nur an, ohne preiszugeben, was sie empfanden. Wir glaubten, zwischen den Blättern noch mehr Augen zu sehen, aber nicht alle Bewohner des Waldes zeigten sich. Njoya sprach mit einigen der Häuptlinge aus den Dörfern der Bakoko. Sie erzählten von ihren Versuchen, die Deutschen aus ihrem Land zu vertreiben. Immer wieder hatten sie ihre Expeditionen angegriffen, aber die Deutschen rächten sich brutal an ihnen, brannten ihre Dörfer nieder, töteten sie und raubten sie aus.

Es ging langsam voran, die Abstände zwischen den Orten, wo wir ein Lager errichteten, wurden geringer. An einem der Abende erreichten wir einen kleinen See, wo unsere Vorhut unsere Zelte aufgestellt hatte. Auf dem See schwammen Blätter von Wasserpflanzen, die so groß waren, wie ein Mann lang ist. Als die Sonne einen letzten Rest von orangefarbenem Licht schickte, leuchtete dieser Ort mit seinen besonderen Pflanzen wie verzaubert. Fast jeden Abend, wenn meine Kräfte es zuließen, bat ich einen Sekretär und oft auch meine Tochter zu mir, und gemeinsam hielten wir fest, welche besonderen Bäume und Pflanzen wir tagsüber gesehen hatten und welche davon wir noch nicht kannten. Auch befragten wir die Menschen, die hier lebten, welche Namen sie den

Pflanzen und Bäumen gaben. Was auf unserer Erde wächst, hat mich Zeit meines Lebens besonders interessiert. Ich empfand es immer als ein erstaunliches Wunder, wie aus einem kleinen Korn ein gewaltiger Baum erwachsen kann oder eine Pflanze uns Kraft gibt, uns heilt oder einfach zauberhafte Blüten austreibt, die wir bestaunen dürfen. Die Aufzeichnungen über all die Pflanzen, die ich auf meiner Reise gesehen habe, werde ich meinen anderen Schriften über Gewächse hinzufügen.

Die strengen Regeln, die sonst im Palast in Foumban gelten, wurden lockerer, je länger wir unterwegs waren. So hatte es sich Sabiatou nach einiger Zeit zur Gewohnheit gemacht, in mein Zelt zu schlüpfen und bei mir zu nächtigen. An jenem Abend, bei dem besonderen See, kündigten ihre Schreie und das Getrappel von Füßen Sabiatous Kommen an. Sie hatte in ihrem Zelt Besuch von einer grünen Schlange bekommen, vor der sie zu mir flüchtete. Zahlreiche Schlangen von unterschiedlicher Größe und Farbe bewohnen diesen Wald. Ihr Gift und ihre Kraft sind zu Recht gefürchtet. Manche von ihnen lassen sich von einem Baum fallen, wenn sie eine Beute sehen, andere schlängeln sich unter den dichten Blättern auf dem Boden entlang, um unerkannt zuschlagen zu können. Die Führer aus dem Wald, die uns begleiteten, hatten uns gezeigt, wie wir mit Stöcken und durch kräftiges Auftreten die Schlangen abhalten können, sich uns zu nähern. Schnell beruhigte sich die verängstigte Sabiatou wieder, lachte und beschimpfte den aufdringlichen Eindringling. Wir saßen noch lange und sprachen über die Eindrücke, die wir während der vergangenen Tage und Nächte gesammelt hatten. Es waren lebendige Gespräche, ich bewunderte ihren scharfen Blick, ihre klugen Kommentare zu den Menschen, die wir trafen, und auch ihre warmherzigen Beobachtungen über die, die uns begleiteten. Wir lachten und bedauerten manches Missgeschick. Dann legten wir uns nieder und entspannten uns.

In dieser Nacht hatte ich einen Traum, der mir noch heute in Erinnerung ist.

Die Zwillinge, die männliche Figur mit dem blauen und die weibliche mit dem roten Kopf, die auf meinem Thron hinter dem König stehen, waren lebendig geworden. Sie bewegten sich in einem bizarren Tanz auf dem See mit den riesigen Blättern. Der Mann schwenkte das Trinkhorn für Palmwein und die Frau die Schale mit Kolanüssen, als hätten sie zu viel Palmwein getrunken. Immer wilder geriet ihr Tanz, sie sprangen auf den Blättern auf und nieder, stießen sich ab, drehten sich in der Luft, tauchten in das Wasser ein und stiegen wieder auf. Es war, als ob ein unbekannter Wahnsinn sie erfasst hätte, als könnten sie nicht mehr gebändigt werden. Nichts konnte sie halten. Dann krachten sie ineinander, stürzten in das schwarze Wasser und versanken. Ich konnte zusehen, wie sie langsam untergingen und vom Schlick des Sees verschluckt wurden. Verstört wachte ich auf, die Bilder dieses Tanzes setzten sich in meinem Kopf fest. Aber erst jetzt, nach vielen Jahren, erzähle ich von diesem Traum. Auch Sabiatou, die neun Monate später ein Mädchen zur Welt brachte, habe ich nicht berichtet, was ich in dieser Nacht gesehen habe. Sabiatou ist während der Geburt meiner Tochter gestorben.

Wenn die Sprache dem Dunklen, das in einem Menschen gärt, eine Form gibt, wird es oft Wirklichkeit, als ob die Götter und die Ahnen erst dann hören und verstehen, was in dem Menschen vorgeht, den sie begleiten. So ist es auch mit Träumen. Als ich den Traum hatte, eine Schrift für die Bamum zu erfinden, sprach ich diesen Traum aus und begann die Arbeit, zusammen mit den Gelehrten an meinem Hof. Heute gibt es die Schrift Mfemfe, *wir haben viele Schulen im Land gegründet und unsere eigene Schrift gelehrt. Dieser Traum wurde Wirklichkeit. Doch über den Traum der Zwillinge wollte ich nicht sprechen. Heute weiß ich, der Geist der beiden Figu-*

ren hat sich in dieser Nacht von ihnen gelöst und ist untergetaucht. Mein Thron steht heute in einem fernen Land, in einem Haus im Land der Deutschen, wo jeder ihn ansehen, bewundern und berühren kann. Sollte der Thron aber eines Tages den Weg zurück in unser Land finden, werden sich die Geister aus den tiefen Wassern dieses Sees im Wald lösen, ihren alten Platz auf dem Thron einnehmen und den künftigen König beschützen.

5

Ebuk entsorgte die leere blaue Plastiktüte und die kleineren Behältnisse in einer der orangenen Mülltonnen auf dem Weg zur U-Bahn. Er wusste, dies war ein Fehler und verstieß gegen alle Regeln der Polizeiarbeit, denn möglicherweise vernichtete er damit Beweise. Doch dieser Schmutz durfte nicht an Larissa und Noemi kleben bleiben, zumal auch deren Fingerabdrücke auf den Plastiktüten waren. Er hätte das Noemi nicht einfach durchgehen lassen dürfen, weiter mit ihr sprechen müssen, aber es war Sache von Larissa, sie zur Rede zu stellen, sie war die Mutter, er nur ein Liebhaber.

Er ging wie betäubt über die Straße, es war, als lastete eine schwere Last auf seinem Rücken. Wie sollte er dieses Gewicht jemals wieder loswerden? Er könnte einfach von dieser Gegend und von dieser Kirche wegbleiben, Larissa und Noemi nicht mehr wiedersehen, warten, bis der Mordfall aufgeklärt war, seine Ausbildung zu Ende bringen und seinen Dienst tun. Aber er spürte, obwohl ihn Larissa enttäuscht hatte, konnte er die Liebe, die er für sie empfand, nicht einfach abstreiten.

In der U-Bahn, auf dem Weg zurück in seine Wohnung, wurde ihm seine Verwirrung bewusst. Er musste sich entscheiden, sagte er sich, entweder verstand er sich als ein rationaler Polizist, der in einem Mordfall ermittelte, oder als Liebhaber dieser Frau, die seine Gefühle durcheinanderwirbelte. Es war nicht gut für ihn, beides zu sein. Nachdem er aus der U-Bahn-Station in seinem Stadtteil ausgestiegen war, kam er an dem Supermarkt vorbei, wo er normalerweise seine Besorgungen machte. Manchmal kaufte er sich auch ein paar Flaschen Bier für den Abend, stärkere Spirituosen hatte er bisher nicht angerührt. Trotz seiner eigenen Ermahnung, die Dinge rational anzugehen, nahm er sich eine Flasche Gin aus dem Regal und kaufte eine Tragetüte, denn mit einer Flasche Schnaps im Arm wollte er nicht nach draußen treten.

Am Küchentisch in seiner Wohnung schraubte er die Flasche auf und goss sich ein ordentliches Glas ein. Auf der Zunge lag ein erdiger Geschmack, das Getränk brannte etwas im Hals. Früher, in Uganda, hatten sie Waragi getrunken, eine nationale Gin-Marke, die dort in verschiedenen Geschmacksrichtungen verkauft wurde. Er mochte die Sorte Waragi, die nach Kokosnuss schmeckte. Wenn er davon trank, fühlte er sich selbstbewusster, stärker, die Dinge wurden leichter. Seit er in Deutschland lebte, hatte er keine *spirits* getrunken. Ins Deutsche übersetzt, könnte man sie als Getränke, in denen Geister hausen, bezeichnen. Es gab eine Zeit, da hatte er mit seinen Freunden ziemlich viel Waragi konsumiert, gefeiert, gelacht und getanzt. Prudence verachtete ihn, wenn er nach Alkohol stinkend nach Hause kam. Aber er hatte geglaubt, ein Recht auf Spaß zu haben, wo er doch gerade ein wichtiger Mann geworden war, immerhin Polizeichef. Ebuk schenkte sich ein weiteres Glas ein, trank es schnell, sah die Gesichter der Männer und Frauen vor sich, mit denen er damals gearbeitet hatte, der Freunde und der Freundinnen, mit denen er nachts in den Kneipen gesoffen hatte. Wie gut würde es ihm tun, wenn er sie jetzt treffen könnte, wenn er ihre Musik hören, wenn er tanzen könnte, wenn die Frauen ihre runden Hinterteile vor ihm drehten, in die Hände klatschten und laut lachten. Das offene Lachen seiner Landsleute fehlte ihm. Die Ugander, die er in Berlin manchmal traf, waren mit einer grauen Lasur aus Melancholie überzogen. Nur Jim hatte dieses Strahlen, wenn er einen Witz machte, die Deutschen kommentierte oder über andere

Afrikaner herzog. Er musste schnellstmöglich mit ihm reden, er brauchte seinen Rat, wie er aus seiner verfahrenen Situation wieder herauskommen konnte. Ebuk tippte auf seinem Smartphone, suchte nach Musik von Sheebah Karungi, stand auf und begann in der Küche umherzutanzen, vorsichtig, ungeübt und schon etwas benebelt. Die Musik war eher ein Plärren, aber der Klang war ihm egal, die Stimme der ugandischen Sängerin und die Rhythmen taten gut. Er nahm die Flasche zum Mund, bewegte sich aus der Küche in sein Zimmer und wieder zurück, zog kleine Kreise in der Wohnung, hörte die Klänge, die immer entfernter aus dem Smartphone kamen. Irgendwann legte er sich auf sein Bett, so wie er war, schloss die Augen und fiel bald in einen unruhigen Schlaf. In seinem Nebel vermischten sich die lachenden Gesichter seiner Polizeikollegen mit Bildern eines jungen Mannes, dem ein Messer in der Brust steckte und der neben einer Straße lag. Ebuk stand mit seinen Leuten lauthals lachend um den Toten herum.

An diesem Abend fand ein Treffen von vier Personen statt, die der Mord an Moses Lukong auch aufgeschreckt hatte. In einer exklusiven Villa im Stadtteil Dahlem trafen sich drei Männer und eine Frau. Aurora Gräfin von Wiedekamer, eine Dame Anfang sechzig, strahlte eine höfliche, freundliche Strenge aus. Sie trat mit der Selbstsicherheit ihres Titels auf, achtete aber darauf, nicht arrogant zu wirken. Ihre grau-blonden Haare wurden von einem grünen Band gehalten, eine Perlenkette lag um ihren hellen Hals. Ihr Mann, Friedrich von Wiedekamer, der Graf, war von seiner ganzen Erscheinung her wie ein Gegenentwurf zu ihr. Der kräftige, imposante Mann hatte seine dichten langen weißen Haare hinter dem Kopf zusammengebunden, die struppigen Augenbrauen waren noch schwarz, um seinen Mund wuchs ein kräftiger Bart, ebenfalls weiß. Unter einer braunen Lederjacke trug er ein kariertes Flanellhemd, dazu eine schwarze Cordhose und kräftige Lederschuhe. Professor von Dikewitz, im Alter der Gräfin, Präsident der staatlich verwalteten Schlösser und Museen, trug stets ein sauberes Einstecktuch, seine Lederschuhe glänzten, um seinen Mund spielte meistens ein verbindliches Lächeln. Der dritte Mann, Hans Schafferer, überragte die beiden anderen um die Länge seines Kopfes, er wirkte immer etwas gedrungen, wenn er sprach, vermutlich, weil er glaubte, sich bücken zu müssen, um sein Gesicht auf die Höhe seiner Gesprächspartner zu bringen. Er leitete die ethnologische Sammlung im Humboldt Forum, galt als ausgewiesener Kenner von Masken und Tänzen afrikanischer Völker. Seine schwarzen Haare waren kurz und praktisch geschnitten, die stoppeligen Barthaare zeigten seinen Versuch, unkonventionell zu wirken.

Sie trafen sich in einem Salon, in dessen Zentrum eine Bastmatte auf einem erhöhten Podest ausgerollt war, darauf drei goldfarbene Kissen. Etwas abseits davon standen ein schwarzes schlankes Ledersofa und zwei Sessel, ebenfalls in spartanischer Eleganz. Zwei tiefrote japanische Schränke, deren Oberfläche glänzte, bildeten markante Punkte an zwei Wänden, vor der dritten Wand wurden in einer Vitrine Artefakte beleuchtet. Ein großes Fenster über die gesamte Breite der Wand ging zum Garten hin, wo einige Lampions Lichtpunkte setzten. Die Gräfin und ihr Mann hatten auf dem Ledersofa Platz genommen, die beiden anderen Männer auf den dazugehörigen Sesseln. Professor von Dikewitz lobte den japanischen Whisky, den er von seiner letzten Ostasien-Reise mitgebracht hatte. Doch nur er und der Graf tranken von der goldenen Flüssigkeit in den geschliffenen Gläsern. Schafferer und die Gräfin nahmen mit Wasser vorlieb.

Frau von Wiedekamer bedankte sich für die kurzfristig

eingeräumte Möglichkeit, sich zu treffen. Die Polizei habe sie angerufen, berichtete sie, es ging um einen toten Schwarzen Pastor, der bei ihnen im Gut zu Besuch war. In seinem Telefonverzeichnis hatte sich ihre Nummer befunden.

»Ein angenehmer Gast«, bemerkte ihr Mann. Frau von Wiedekamer blickte ihn umgehend strafend an. Jedenfalls, fuhr sie fort, sei dieser Schwarze Pastor bei ihnen aufgetaucht und habe frech behauptet, sie wären miteinander verwandt. Seine Urgroßmutter, eine Tochter von König Njoya, und der Urgroßvater ihres Mannes hätten Zwillinge gezeugt.

»Was durchaus möglich ist, der Mann war Gouverneur des Kaisers und glaubte, sich alles erlauben zu können«, ergänzte der Graf.

»Bitte Friedrich! Das war impertinent, wir haben das besprochen. Das darf uns nicht egal sein.«

Friedrich von Wiedekamer nahm einen Schluck Whisky, offenbar zufrieden über die Empörung seiner Frau. Sie wolle nicht, ergänzte sie, dass ihre Familie mit diesen Leuten in verwandtschaftliche Beziehungen gezwungen werde. Außerdem behauptete dieser Mann, dieser Schwarze, es gäbe einen Vertrag, den von Wiedekamers Nachfolger, der damalige Gouverneur Reitz, mit Sultan Njoya unterzeichnet hätte. Danach müsste der Perlenthron wieder zurückgegeben werden, und weil der Pastor selbst ein Urenkel dieses Njoya sei, habe er Anspruch auf den Thron. Der damalige Gouverneur Reitz hätte sich verpflichtet, sich persönlich für die Einhaltung des Vertrags einzusetzen.

»Das finde ich aufregend, deswegen habe ich meine Frau ausnahmsweise nach Berlin begleitet. Gibt es geheime Bestände? Existiert ein solcher Vertrag?«, wollte Herr von Wiedekamer wissen.

Schafferer, der auf seinem Sessel hin- und herruckelte, fragte besorgt nach, ob es sich bei dem toten Mann um einen gewissen Moses Lukong handeln könnte.

»Ja, genau, er wurde wohl in einer Kirche in Berlin-Schöneberg ermordet«, informierte ihn der Graf.

»Das ist ja schrecklich. Du kanntest ihn?«, meinte der Professor, der sich an Schafferer wandte.

»Ja, er wurde bei uns vorstellig mit einem Manuskript von Njoya, in dem dieser von solch einem Vertrag sprechen würde.«

»Was ist das für ein Manuskript?«, wollte Dikewitz wissen.

»Es soll ein Reisebericht sein, aber in der von Njoya erfundenen Schrift abgefasst. Darin würde von diesem Vertrag gesprochen. Dieser Pastor wollte mit einer Übersetzung wiederkommen.«

»Das ist ja wirklich unangenehm. Durch den Tod dieses Mannes bekommt das Thema der Rückgabe des Throns eine gewisse politische Brisanz«, äußerte sich der Professor.

»Er wurde ermordet«, kommentierte der Graf.

»Aber doch nicht wegen des Throns!«, wandte seine Frau ein.

»Wir werden die Archive zur deutschen Kolonialgeschichte durchsehen. Unbestritten ist, dass dieser Thron ein Geschenk an Kaiser Wilhelm II. war«, ergänzte Dikewitz.

»Es gibt also keine geheimen Verträge zu diesem Thron?«, fragte Friedrich von Wiedekamer.

Dikewitz blickte Schafferer an.

»Nein, nicht dass ich wüsste, aber wir werden selbstverständlich nachsehen«, antwortete Schafferer.

Der Graf bediente sich aus der Flasche und goss sich einen weiteren Whisky ein.

»Wir und andere Familien haben sehr viel Geld in den Wiederaufbau dieses Schlosses gesteckt«, erklärte die Gräfin. »Es ist wirklich schön geworden, bis auf die hässliche Rückseite. Wo kämen wir hin, wenn die königlichen Sammlungen jetzt in der Welt verteilt werden würden? Was soll dann aus dem kaiserlichen Schloss werden?«

»Ich war immer dagegen. Du hast dein eigenes Geld dafür rausgeworfen, meine Liebe«, entgegnete ihr Mann und nahm einen Schluck.

»Gespendet, Sie haben für die Rekonstruktion der Fassade gespendet, Frau von Wiedekamer. Dafür sind wir sehr dankbar. Das Humboldt Forum wurde vom Bund bezahlt, aus Steuergeldern«, stellte Schafferer fest.

»Jetzt lassen Sie mal die Spitzfindigkeiten, Schafferer. Es gibt die Restitutionsdebatte, und wir müssen uns mit dem Kolonialismus beschäftigen. Das tun wir intensiv«, meinte Dikewitz.

»Ich habe ja nichts gegen Debatten, aber all diese Leute, die jetzt aus unseren früheren Kolonien ankommen, denen geht es doch nicht um die Schätze, die unsere Vorfahren gesammelt haben. Die wollen doch nur unser Geld«, ereiferte sich die Gräfin. »Entschuldigen Sie, aber das ist für mich ein emotionales Thema. Wir arbeiten hart an der Erhaltung unserer Schlösser. Wissen Sie, was allein die Sanierung der Fenster in unserem Schloss gekostet hat? Das haben wir selbst bezahlt, wir bekamen keinen Cent vom Denkmalschutz! Das ist doch deutsche Geschichte, die Schlösser, die Wälder, die Kirchen. Ich habe gerne einen Pastor aus Kamerun empfangen. Aber die Behauptung, wir wären verwandt mit irgendeinem dahergelaufenen Schwarzen. Schauen Sie nicht so, Schafferer! Ich habe das N-Wort nicht gesagt! Ich bin nicht von gestern! Aber das ist infam«, ereiferte die Frau sich.

»Wo wir über Sammlungen und Kolonialismus sprechen, wir haben auf unserem Gut noch eine große Anzahl von Kunstwerken, Masken, Elfenbein und so weiter, die mein Urgroßvater, der Herr Gouverneur, in Kamerun zusammengerafft hat. Können wir die Ihrem Museum schenken?«

»Bist du jetzt von allen guten Geistern verlassen? Niemals!«

»Wo wir schon mal hier sind, kann ich das doch fragen.«

»Du weißt genau, welchen Ärger du mit deinem Sohn bekommst. So kurz vor der Heirat.«

»Das muss ich entscheiden.«

»Nein, das ist eine Familiensache.«

»Also«, mischte sich der Professor in den Streit des Ehepaars ein, »Frau von Wiedekamer, ich verstehe Ihre Besorgnis, aber wir werden das Humboldt Forum nicht leichtfertig ausräumen, nachdem wir es gerade eben eingeräumt haben. Da bin ich mir mit der Politik einig«, antwortete der Präsident der Schlösser und Museen.

»Ach, das sind doch alles nur Opportunisten«, entgegnete sie und hielt ihm das Glas hin.

»Bisher gab es keinerlei Ersuchen der Regierung aus Kamerun, den Thron zu restituieren«, bestätigte Schafferer.

Der Professor goss der Frau einen Fingerbreit japanischen Whisky in ihr Glas, den sie gleich hinunterstürzte.

»Was meinte der Pastor genau mit der Verwandtschaft?«, fragte der Ethnologe nach.

»Ach. Unsinn ist das«, sagte sie, »es gab ja keine Frauen in den Kolonien, keine deutschen Frauen. Und dann sind da Hunderte Männer, es ist heiß, und diese Schwarzen Mädchen. Da kann schon mal was passieren. Aber deswegen sind wir doch mit diesen Leuten nicht verwandt! Schauen Sie bitte in Ihre Archive oder lassen Sie es. Dieser Thron bleibt in Berlin. In unserem Schloss.«

Neben ihr lachte Graf Friedrich von Wiedekamer laut. »Der Whisky ist wirklich gut!«

Sie standen auf und verabschiedeten sich höflich voneinander. Die Gräfin und der Graf stiegen in einen schwarzen SUV. Dikewitz nahm Schafferer zur Seite, raunte ihm zu, er möge bitte sensibel mit der Angelegenheit umgehen, und wenn er etwas finden sollte, sich zuerst an ihn wenden. Die Ministerin sei sehr empfindlich, man wolle keinen neuen Skandal, wie mit den Benin-Bronzen. Schafferer nickte nur.

Viktoria weckte Ebuk auf, rüttelte an ihm. Draußen war es bereits dunkel, als er die Augen öffnete und einen Moment brauchte, um zu verstehen, wo er war und wer an ihm zog.

»Tataa! Was ist los?! Du hast getrunken!«, empörte sich Viktoria.

»*I was back home ...*«, antwortete er mit schwerer Zunge. Ebuk richtete sich auf, der Körper fühlte sich schwer an. Die Bilder der lachenden Polizisten waren immer noch da, sie schmerzten, wie sein Kopf. Hatten sie wirklich über einen erstochenen Mann gelacht?

»Du musst aufstehen!«, forderte ihn seine Tochter auf. Warum sollte er aufstehen? Er würde lieber liegen bleiben, so wie er war, in den Klamotten, die er schon länger nicht mehr gewechselt hatte. Aber er musste auf die Toilette.

Nachdem er sich erleichtert hatte, sah er sein graues Gesicht mit den Stoppeln im Spiegel, die tiefen Ringe unter den Augen, die trüb und rot glänzten. Er roch unangenehm, säuerlich. Als er aus dem Bad kam, duftete es nach Kaffee. Ebuk schlurfte in die Küche, wo Viktoria herumhantierte. Auf dem Küchentisch stand die Flasche Gin, sie war leer. Sein Telefon lag daneben.

»Ich habe versucht, dich anzurufen, auch Larissa hat es versucht. Aber du musstest offenbar saufen.«

Ebuk setzte sich schwer auf einen Stuhl, zog das Gerät zu sich heran, tippte darauf, aber es blieb schwarz.

»Akku ist alle«, murmelte er, »ich hab Musik gehört.«

»Du musst mitkommen. Noemi ist verschwunden. Wir müssen sie suchen«, sagte seine Tochter bestimmt.

Er zuckte nur die Schultern.

Viktoria stellte eine Tasse Kaffee vor ihn hin. »Trink. Zieh dich um.«

Kaffee zu trinken, schien eine gute Idee zu sein. Aber was hatte er mit Noemi und Larissa zu tun? Nichts. Vorsichtig nippte er an dem heißen Kaffee, verzog das Gesicht. Das Zeug war stark, aber es tat ihm gut.

»Sie könnte in einem Club sein. Keine Ahnung. Ich komm nicht alleine rein. Ich brauch dich.«

»Sie ist Larissas Tochter«, sagte er leise.

»Ja, aber sie ist meine Freundin und die Tochter deiner Freundin. Also!«

Freundin? Dieses Wort verstärkte seine Kopfschmerzen. Er hatte keine Freundin, er schüttelte den Kopf.

»Bitte Papa! Habt ihr euch gestritten? Was ist denn nur los mit dir?«

Viktoria setzte sich neben ihn, sie war verwirrt, umklammerte seinen Arm mit beiden Händen. Er drehte sich zu ihr und sah in ihre großen dunklen Augen. Sie war aufrichtig besorgt. Eigentlich wollte er doch ein guter Polizist sein, aber heute hatte er dem Gin nicht widerstehen können und sich treiben lassen.

»Seit wann ist sie denn verschwunden?«, fragte Ebuk vorsichtig.

»Es ist ein Uhr nachts! Sie geht nicht an ihr Handy.«

»Schon so spät? Du musst ins Bett.«

»Erst wenn wir Noemi gefunden haben.«

»Und warum braucht ihr mich dazu?«

»Weil ... Du bist ein Mann. Schwarz. Bulle. Du weißt, wie man jemanden findet!«

Geschickt, dachte er, sie sprach seine Eitelkeit an. Als Viktoria einmal verschwunden war, in der Nähe von Rheinsberg, hatte er zwar herausfinden können, wer sie entführt hatte, aber befreit hatte sie sich selbst. Er trank die Tasse Kaffee aus und fühlte sich etwas besser, dann duschte er sich, nahm zwei Schmerztabletten und zog sich frische Klamotten an. Viktoria schob ihn vor sich her, bis sie auf der Straße standen, sie hatte bereits ein Uber angefordert. Es ging durch die nächtliche Stadt nach Kreuzberg.

»Warum sucht Larissa nicht nach ihr?«, fragte er.

»Weil Noemi sofort abhauen würde, wenn sie ihre Mutter sieht. Du weißt doch, wie die beiden drauf sind.«

»Ihre Mutter ist nicht ganz unschuldig daran.«

»Kann ja alles sein. Trotzdem will ich sie finden.«

»Warum? Die kommt schon wieder«, meinte Ebuk, aber er war selbst nicht überzeugt.

Viktoria seufzte und gab sich zerknirscht. »Also gut.« Sie zeigte ihm auf ihrem Telefon eine WhatsApp-Nachricht von Noemi: *Sorry darling, ich habs verkackt, ich muss den Stecker ziehn. See ya in a better world.* Es folgten noch einige Emojis mit Küssen.

Sie hielten an der Straße, an der etwas zurückgesetzt ein flaches Gebäude stand, vor dem eine Gruppe Jugendlicher herumlungerte. Vor der Einlasstür war ein kräftiger Mann postiert, der offenbar keine Kälte kannte, nur ein T-Shirt trug, um den Hals mehrere schwere Ketten, auf den Armen zahlreiche Tattoos. Ebuk zeigte ihm kurz seinen Polizeiausweis, sagte ihm, er suche eine Freundin seiner Tochter, sie kämen gleich wieder raus. Der Mann nickte nur. An einer langen Bar klebten die Besucher an ihren Drinks, durch einen weiten Flur ging es in einen großen Raum, wo sich zu bunten Lichtern und wummernder Musik Gestalten hin und her bewegten. Ebuk blieb an einer Wand stehen und überließ es Viktoria, nach Noemi Ausschau zu halten. Sie deutete ihm an, es auf den Toiletten zu versuchen. Als sie wiederkam, schüttelte sie den Kopf. Beim Rausgehen traf sie eine junge Frau, die Ebuk bekannt vorkam und die ihm zunickte. Viktoria sprach kurz mit ihr, bekam als Antwort ein Wort ins Ohr gesagt. Dann zog Viktoria ihren Vater nach draußen.

»Wer war das?«, fragte er, als sie wieder miteinander sprechen konnten.

»Amira.«

»Ach ja? Ich hätte sie nicht erkannt.«

»Sie trägt im Club keine Kopftücher.«

»Was hat sie dir gesagt?«

»Birgit, Spree«, antwortete Viktoria missmutig.

Ebuk verstand nicht, was sie damit sagen wollte. Der Fluss, der Berlin durchquerte, war lang, wo sollten sie da nach einem Mädchen suchen?

Doch bevor Ebuk seine Frage stellen konnte, tippte Viktoria auf ihrem Telefon und ging voraus zur Straße. »Ich glaub, ich weiß, wo sie ist.«

Es dauerte nicht lange, und erneut hielt ein japanisches Auto neben ihnen, in das sie einstiegen.

»Wer ist Birgit?«, fragte der Vater seine Tochter.

»Ein Club.«

»Den kennst du auch?«

»Ist doch jetzt egal, oder?«, war ihre Antwort.

Er wollte widersprechen, aber eigentlich hatte sie recht. Sie lebte in dieser Stadt, ging aus, übernachtete bei Freundinnen, zumindest sagte sie ihm das, hatte einen Freund, mit dem sie ins Bett ging. Was sollte er ihr da mit Altersgrenzen kommen? Solange in der Schule die Noten stimmten.

»Wie lief eigentlich deine Bioarbeit?«

Sie hielten vor einer roten Ampel, Viktoria blickte erstaunt zu ihm herüber, der Fahrer, ein asiatisch aussehender Mann, blickte in den Rückspiegel.

»Du hast schon einmal danach gefragt.«

»Wirklich? Um was ging es?«

»Stoffwechsel in der Zelle. Energieumsatz. So was.«

»Hat Noemi auch mitgeschrieben?«

»Nein, sie hat sich entschuldigen lassen.«

Es ging die Skalitzer Straße entlang, links neben der Fahrbahn ragte die stählerne Konstruktion der U-Bahn empor, die hier überirdisch fuhr. Sie kamen gut voran, an der U-Bahn-Station Schlesisches Tor bogen sie nach rechts ab.

Zahlreiche Leute waren unterwegs, standen vor den Döner-Buden und Restaurants am Straßenrand.

»Du kannst uns bei der ARAL rauslassen«, wies Viktoria den Fahrer an. Hundert Meter weiter stiegen sie in dem kalten Licht vor der Tankstelle aus. Erstaunlich, wie gut sie sich auch hier auskannte, wie selbstbewusst sie sich in der Stadt bewegte. Sie erreichten ein Haus, das vor langer Zeit aus Klinkersteinen erbaut und das mit reichlich bunten Sprays verziert worden war, links von ihnen schimmerte dunkel das Wasser eines Kanals, der von der Spree abging. Vor dem Club Birgit standen zwei große Frauen, die auch in der Nacht Sonnenbrillen trugen. Missmutig schauten sie auf den Polizeiausweis von Ebuk, hörten sich an, was er und Viktoria zu sagen hatten.

»Ihr habt fünf Minuten, dann kommt ihr wieder raus. Geht das klar?«

Ebuk und Viktoria stimmten zu. Sie gingen durch eine Art Biergarten, wo die Besucher auf Holzbänken saßen. Ein Fahrzeug, ein Transporter, dem das Hinterteil abgeschnitten worden war, ragte in den nächtlichen Himmel. Auf einem Karussell, das sich nicht drehte, schaukelten einige müde Gestalten auf Sitzen, die an Metallketten hingen. Viktoria und Ebuk bewegten sich eilig an den Besuchern vorbei, versuchten die Gesichter zu erkennen, doch Noemi war nicht auszumachen.

Sie schoben sich durch den rot beleuchteten Innenbereich des Clubs, wo sich aneinandergedrängt die Tanzenden bewegten. Viktoria entdeckte einen jungen Mann mit nacktem Oberkörper, der in Trance zu sein schien. Sie stupste ihn an, nahm ihn an der Hand und zog ihn aus der wogenden Menge. Ebuk beobachtete, wie sie ein paar Worte wechselten, die Hände an den Ohren des anderen zu Trichtern geformt. Dann tauchte Viktoria wieder bei Ebuk auf und geleitete ihn ins Freie. Sie verließen das Clubgelände und traten wieder auf die schmale Straße namens Schleusenufer.

»Leo, ihr Ex-Freund. Sie war hier«, berichtete Viktoria. Sie dirigierte ihren Vater die immer dunklere Straße entlang, die zu einem Werksgelände führte. Hier wurde tagsüber Beton gemischt. Am Ende der Sackgasse konnte man über die breite Spree nach Friedrichshain, zur Ostberliner Seite der Stadt, sehen. Hier befanden sich eine rot-türkis gestrichene Notrufsäule und eine breite Holzkonstruktion mit kleinen quadratischen Öffnungen, ehemaligen Schießscharten: ein alter Beobachtungsstand der Berliner Polizei, aus der Zeit, als Berlin noch geteilt war. Viktoria ging darum herum, kletterte über eine metallene Absperrung, Ebuk folgte ihr, es ging eine schmale Böschung hinunter zu dem Kanal, der vom Fluss abging. Dort, auf einer schmalen Ufereinfassung aus Beton, konnten sie die dunkle Gestalt von Noemi sehen. Ihr Oberkörper wippte im Takt ihrer Musik aus den Kopfhörern. Viktoria machte Ebuk ein Zeichen zurückzubleiben und setzte sich neben ihre Freundin. Langsam drehte sich Noemi zu ihr hin, und ohne etwas zu sagen, legte sie ihren Kopf auf Viktorias Schultern, die sie umarmte und festhielt. Ebuk kam dazu, setzte sich auf die andere Seite neben Noemi. Langsam und verwundert blickte sie zu ihm, sie lächelte beseelt in ihrem von Drogen benebelten Körper.

»Dad«, lallte sie, *»I hear your music.«*

Noemi streifte ihre Kopfhörer ab und reichte sie Ebuk. Als er sie entgegennahm, erkannte Noemi ihn.

»Du bist gar nicht mein Papa«, stellte sie mit ihrer schleppenden Stimme fest. Aus den Kopfhörern tönte leise Reggae. »Lass uns schwimmen gehen«, sagte sie und beugte sich vor zum schwarzen Wasser des Kanals. Ebuk und Viktoria fassten sie gleichzeitig um ihren Oberkörper.

»Besser, wir gehen mal nach Hause«, schlug Viktoria sanft vor. Sie schafften es, die fast willenlose Noemi die Straße entlangzuführen. Ebuk hatte ihr wieder die Kopfhörer auf die Ohren geschoben, er hielt die junge Frau fest, während Viktoria ein Uber organisierte. Auf der Fahrt von Kreuzberg nach Schöneberg sprachen sie wenig, die vorsichtigen Versuche von Viktoria, ihre Freundin zum Reden zu bringen, blieben fruchtlos. Ebuk, der vorn neben dem Fahrer saß, schaute auf die lebendige nächtliche Stadt. Die Verantwortlichkeit und die Entschlossenheit, mit der Viktoria sich ihrer Freundin annahm, stimmten ihn froh.

Larissa schloss ihre Tochter dankbar in die Arme, sie hatten sie von ihrem Kommen vorab informiert. Viktoria schlug vor, bei Noemi zu übernachten und mit ihr zusammen am nächsten Tag zur Schule zu gehen. Weder Larissa noch Ebuk hatten Einwände. Als die beiden Mädchen die Treppe hochgegangen waren, berührte Larissa Ebuk und bedankte sich bei ihm. Sie standen im Hausflur, sie fragte, ob er hereinkommen wolle, aber er verneinte.

»Was ich nicht verstehe«, sagte Ebuk, »warum sie nachts in die Kirche gegangen ist. Woher wusste sie von dem Depot?«

»Das habe ich sie auch gefragt. Von ihrem Fenster aus kann sie nicht sehen, was diese Leute da gemacht haben. Sie hat gemeint, sie hätte die Katze gefüttert.«

»Die Katze?«

»Es gibt da eine Katze, die nachts um die Kirche herumstreunt«, bestätigte Larissa.

Ebuk nickte, er hatte das Tier auch gesehen.

»Wurde sie von einem der Typen angesprochen?«

»Ich glaube nicht, ich weiß es nicht.«

»Sie werden nach dem verschwundenen Stoff suchen, das ist dir schon klar?« Ebuk fasste Larissa mit beiden Händen an den Schultern, um ihr deutlich zu machen, wie schwierig die Situation war, in die sie geraten war.

»Die Nacht da draußen, die hat Augen. Melde dich bei mir, wenn es einen Kontaktversuch bei dir oder Noemi gibt.«

Larissa versprach es.

»Hat sie dir wenigstens gesagt, was sie mit dem Zeug wollte?«, erkundigte sich Ebuk.

»Sie wollte es zu Geld machen.«

»Aber warum braucht sie so viel Geld? Weißt du, was das Zeug wert war? Bestimmt zehntausend Euro!«

»Sie wollte ihren Vater damit unterstützen.«

»*Really*? Ihren Vater in Jamaika?«

»Er ist wieder einmal pleite.«

»Aber das ist doch Unsinn. Du glaubst ihr das?«

»Nein«, antwortete sie leise.

»Vielleicht solltest du ihr ein Ticket kaufen und sie zu ihm schicken.«

»Nach Kingston? Die geht da unter.«

»Oder sie lernt ihren Vater besser kennen. Nicht meine Sache. Ich schau mich noch ein wenig um. Gute Nacht.«

Ebuk drehte sich von ihr weg, obwohl er sie lieber umarmt hätte und bei ihr geblieben wäre.

»Peter«, sagte sie leise, »bitte, gib gut auf dich acht.«

Er hob nur die Hand, schaute nicht zurück. Sie sollte nicht sehen, wie weh es ihm tat, sie allein zu lassen und selbst allein zu sein.

Als er vor das Wohn- und Gemeindehaus trat, atmete er tief ein, er warf einen Blick hoch zu dem Fenster, wo Noemi ihr Zimmer hatte und sie nun hoffentlich mit Viktoria schlief. Auf der Bank, auf dem großen Platz vor der Kirche, sah er eine Gestalt sitzen, die ihm bekannt vorkam. Er ging zu ihr und setzte sich neben sie.

»*Hello, Mr. Jolo*«, begrüßte Ebuk den Mann.

Nur langsam wandte sich Jolo zu Ebuk um, er betrachtete ihn verwundert, offenbar erkannte er ihn nicht wieder.

»Sie haben«, sprach Ebuk ihn nun auf Deutsch an, »mir vorgesungen. Etwas mit einem Frauenhelden, vor zwei Nächten. Es klang professionell.«

Der Mann starte vor sich auf den Boden. »Hast du Kippen?«, fragte er nur.

Diesmal konnte Ebuk aushelfen und bot ihm eine Zigarette aus seinem Päckchen an, das schon ziemlich verdrückt war. Auch fand er das Feuerzeug in seiner Jacke und entzündete damit die Zigarette.

»Aus dem Figaro«, sagte er jetzt.

»Wer ist das?«, fragte Ebuk.

»Du kennst nicht den Figaro? Die Mozart-Oper? Habt ihr keine Opern in Amerika?«

»Uganda, *Sir.*«

»Ah, jetzt. Ich hab dich schon mal gesehen. Waren wir zusammen engagiert? Weißt du, hier oben … Pfft.« Er zeigte mit einem Zeigefinger auf seinen Kopf, in dem es offenbar einige Leerstellen gab.

»Was meinen Sie mit engagiert?«

»Auf einer Bühne. Wo denn sonst! Wien, Frankfurt, Berlin?«

»Nein, *Sir.*«

»Bist du einer von denen?« Der Mann nickte zur Kirche hin. »Die Drogen ruinieren die Stimme. Rauchen übrigens auch. Aber was soll's! Ich bin eh draußen.«

»Was wissen Sie von den Drogenhändlern?«, fragte Ebuk.

»Sie sind so Schwarz wie du.«

Ebuk nickte. »Sind die jede Nacht hier?«, fragte er nach.

Jolo stand auf und intonierte erneut eine Liedzeile aus dem Figaro.

»Mein Herz wird von Sorgen und Zweifeln zernagt«, sang der Mann, doch ein Husten unterbrach seine Darbietung. Er nahm einen Zug, drehte sich zu Ebuk und blickte ihn erstaunt an. »Bist du der neue Priester? Den anderen aus Afrika haben sie getötet.«

»Wer hat ihn getötet?«, drängte Ebuk.

Der Mann streckte den kleinen Finger und den Zeigefinger

seiner linken Hand in die Höhe und hielt sich die Hand hinter den Kopf. Die Finger ragten wie kleine Hörner über seine schmuddeligen Haare. »Der Teufel«, sagte er nur, stand auf und schlurfte davon.

Ebuk blieb sitzen, unschlüssig, ob er sich weiter umhören, sich überhaupt weiter um die Aufklärung des Mordfalls kümmern sollte. Er saß nur wieder hier, weil er Viktoria geholfen hatte, Noemi zu finden. Sein Körper war müde und schwer, die Flasche Gin arbeitete noch in ihm, Larissa und ihre Tochter bescherten ihm inzwischen nichts als Kopfschmerzen und Ärger. Seine trüben Gedanken schreckten ein wollenes Knäuel auf, das um seine Beine strich. Die Katze.

»Über dich haben wir vorhin noch gesprochen«, flüsterte er zu dem Tier.

Er stemmte sich hoch und schaute der Katze nach, die sich jetzt in raschen Sprüngen zur Kirche hinbewegte.

»Hey!«

Sie lockte ihn, wie sie das anstellte, verstand er nicht. Die Katze verschwand im Schatten des großen Gebäudes. Er ging ihr nach, sie blieb zweimal stehen, drehte sich nach ihm um, wollte sehen, ob er ihr folgte. Dann bog sie in die kleine Grünanlage hinter der Kirche ein und hielt vor dem Gebüsch an, unter dem er vor zwei Nächten die Pappe gefunden und geschlafen hatte. Diesmal lag dort jemand anders. Die Katze richtete den Schwanz steil auf, hob eine Pfote an und ließ einen tiefen Laut hören. Ebuk kannte sich mit Katzen nicht aus, aber es klang bedrohlich, was das Tier von sich gab. Vermutlich beschwerte sie sich, weil sich ein anderer auf ihrem Schlafplatz breitgemacht hatte. Der Mensch, der da im Dunkeln lag, bewegte sich nicht. Ebuk schaltete die Taschenlampe auf seinem Smartphone ein und leuchtete unter das Gebüsch. Die Katze sprang in dem hellen Licht zur Seite, knurrte. Auf dem Karton war ein roter Fleck zu sehen, der unter dem Rücken der Person entstanden war.

»Hallo!«, versuchte es Ebuk.

Er beugte sich vor, es war ein Schwarzer. Er fasste ihn an der Schulter und zog ihn zu sich, zog kräftiger, bis der Mann auf dem Rücken vor ihm lag. Die toten Augen schauten in das Geäst über ihm. Am Hals klaffte eine Wunde, aus der Blut gelaufen war, auch auf der Brust, unter der geöffneten Jacke, konnte er zwei Einstiche sehen. Der da tot vor ihm lag, war der junge Mann, der ihn in der letzten Nacht angegriffen und gegen den er sich zur Wehr gesetzt hatte. Ebuk wich zurück und richtete sich auf. Die Fratzen seiner Polizeikollegen in Uganda, die er heute in seinem Rausch gesehen hatte, blitzten wieder vor seinem geistigen Auge auf. Warum hatten sie damals gelacht? Hatte er die Uniformjacke falsch herum angezogen, in die Hose gemacht, war er gestürzt? Sie hatten nicht wegen des erstochenen Mannes mit dem Messer in der Brust gelacht, sie hatten seinetwegen gelacht. Er hatte die Stimme eines anderen Polizeichefs nachgeäfft, eines Mannes aus dem Nachbardistrikt, den sie alle für unfähig hielten. Die Leiche lag in dessen Revier, er hatte ihn verständigt, doch er bestritt seine Zuständigkeit. »*None of my business*«, hatte der Idiot gesagt. Ebuk fand dieses Verhalten verantwortungslos, er hatte die Hände zusammengelegt, an sein Gesicht gehalten und angedeutet, dass der Kollege lieber weiterschlafen wollte. *None of my business*. Deswegen hatten sie gelacht, nicht wegen des Opfers.

Die Katze blieb dicht neben ihm stehen, knurrte weiter, der Tote gefiel ihr ganz und gar nicht. Erneut bückte sich Ebuk und betrachtete den Mann. Vermutlich war er Mitte zwanzig, er hatte schmale Züge, eine gerade Nase, volle Lippen, drei parallele Schnitte, vermutlich von seinem Stamm in seiner Jugend als ein Initiationsritual zugefügt, prangten auf seiner linken Wange. Auf einer Kopfseite hatte er sich mehrere Muster in die Haare rasiert. An seinem linken Armgelenk trug er Bänder mit kräftigen bunten Perlen, Beads, die vermutlich auf seine Herkunft verwiesen. Vorsichtig tastete Ebuk die Taschen seiner Jacke und seiner Hose ab. Er fand ein Portemonnaie mit wenig Geld, in dem ein grünliches Ausweispapier steckte, das ihn als Kofi Boateng auswies und die *Aussetzung der Abschiebung (Duldung)* verkündete. Seine Duldung in Deutschland endete in einem Jahr, vermutlich hatte er eine »Ausbildungsduldung« bekommen, ging also irgendwo zur Schule oder machte eine Lehre. Kofi Boateng kam aus Ho, einer Stadt in Ghana. Ebuk nahm sich vor, seinen Freund Jim danach zu fragen. Ein Smartphone trug der Tote nicht bei sich, vermutlich hatten seine Mörder es an sich genommen. Ebuk machte ein paar Fotos von der Leiche.

Er wählte eine Nummer, beschrieb genau, wo er den Mann gefunden hatte. Ja, er würde dort warten, sagte er und bat darum, Kommissarin Leyla Kaplan zu benachrichtigen. Diesmal würde er nicht kopflos von einem Tatort wegrennen. Er war jetzt wieder Polizist, der zwei Morde an Schwarzen Menschen aufklären musste. Was hatte der Mann hier gemacht? Wollte er zusammen mit seinem Kumpel nachsehen, ob das Depot wieder aufgefüllt worden war? Hatten sie sich gegenseitig verdächtigt, für den Diebstahl verantwortlich zu sein? Wurden sie von Uribe angestachelt? Wo befand sich sein Kumpan jetzt? Könnte er der Mörder sein?

Ebuk sah sich um, leuchtete unter das Gebüsch, das Licht seines Telefons fiel auf den Zaun und die kleine Tür hinter der Kirche. Die Öffnung im Zaun wie auch die Tür zum Technikraum waren nur angelehnt. Die Katze strich an ihm vorbei und schlüpfte durch den Türspalt. Ebuk folgte ihr nicht; er hörte die Sirene eines Martinshorns näherkommen. Von der Straße aus, die das Gotteshaus wie ein U umschloss, wurden jetzt die zuckenden blauen Lichter des Polizeiautos in den kleinen Park geworfen. Ebuk ging auf die beiden Kollegen zu, die ausgestiegen waren und zwei kräftige Taschenlampen angeschaltet hatten.

»Guten Abend«, sagte Ebuk.

»Ach, schon wieder der Ebuk!«

»Ich habe im Gebüsch einen Toten entdeckt«, erklärte Ebuk dem Polizisten, den er erst vor zwei Tagen, als er neben Larissa stand, begrüßt hatte, und seiner Kollegin. Die Frau und der Mann in der Uniform glotzten ihn an wie eine bizarre Erscheinung. Ebuk zeigte mit dem Finger in den kleinen Park, der Polizist folgte dem Licht seiner Stablampe und kam gleich wieder zurück.

»Schon wieder ein Schwarzer«, meinte er.

»Habt ihr Frau Kaplan verständigt?«, erkundigte sich Ebuk.

»Das hat vermutlich die Zentrale gemacht«, bekam er als Auskunft.

»Was machst du denn hier draußen, mitten in der Nacht?«, fragte die Polizistin.

»Ich sehe mich um«, antwortete Ebuk. Er blickte in zwei Gesichter, die völliges Unverständnis ausstrahlten.

Leyla Kaplan kam allein in einem Zivilfahrzeug. Sie war ungeschminkt, die schwarzen Haare hinter dem Kopf zusammengebunden, dicke Jacke, Jeans, Sneakers, missmutig, müde. Als sie aus dem Auto stieg, blickte sie Ebuk nur an, ihr Gesicht blieb undurchdringlich, vermutlich war sie verärgert, erneut in der Nähe dieser Kirche auf ihn zu treffen. Sie zog sich blaue Überschuhe und Handschuhe an, nahm sich eine der Stablampen, besah sich den Toten, die Pappe, auf der er lag, leuchtete den Boden ringsum ab, schaute unter die Büsche. Dann kam sie zu Ebuk und den Polizisten zurück.

»Haben Sie den Toten gemeldet?«

Ebuk nickte.

»Immerhin. Zwei tote Schwarze in zwei Tagen. Und jedes Mal treffe ich Sie an. Gibt es da vielleicht einen Zusammenhang?«, fragte sie schnippisch.

»Hören Sie auf mit Ihren idiotischen Verdächtigungen!«

»Dann erzählen Sie mir doch mal, was Sie hier nachts treiben«, gab die Kommissarin zurück, »hier im Park?«

Ebuk war gereizt, wie kam diese Frau dazu, ihn zu verdächtigen. Vermutlich lag es an seiner Hautfarbe, Schwarze Männer, die sich gegenseitig umbringen.

»Setzen wir uns ins Auto«, schlug Kaplan vor. Sie war in einem unauffälligen Toyota gekommen, einem Dienstwagen der Kripo. Sie drehte sich zu Ebuk, er schaute auf das Haus, wo seine Tochter, ihre Freundin und eine Frau, in die er sich verliebt hatte und der er nicht mehr vertrauen konnte, schliefen.

»Meine Tochter ist fünfzehn«, begann er seinen Bericht, »sie schläft dort drüben, bei ihrer Freundin Noemi, die heute Abend, oder besser gestern Abend, verschwunden ist. Wir haben sie heute Nacht zusammen gesucht, in irgendwelchen Clubs in Kreuzberg. Viktoria glaubte, Noemi würde sich etwas antun. Wegen ihres Vaters, ein Jamaikaner, der in Jamaika lebt. Mädchen in diesem Alter haben manchmal seltsame Ideen. Haben Sie Kinder?«

»Meine Tochter ist fünf, mein Sohn acht.« Sie sagte das ohne Emotion, ganz sachlich.

»Larissa und ich. Die Mutter von Noemi. Aber das wissen Sie ja schon. Nachdem der Pastor aus Kamerun erschlagen wurde, habe ich mich die letzten Nächte hier umgesehen. Der Täter könnte es auf die Frau abgesehen haben, in die ich mich verliebt habe. Dachte ich.«

»Wie kamen Sie darauf?«

»Sie ist auch Pastorin«, antwortete Ebuk knapp.

Die Kommissarin reagierte nicht auf seine Antwort.

»Das war eine Vermutung. Weil er offenbar mit dem Kreuz erschlagen wurde«, redete Ebuk weiter.

»Das haben Sie festgestellt, nachdem sie in der Kirche waren?«, setzte sie nach.

Ebuk ließ sich nicht provozieren. »Ich habe beschlossen, mich umzusehen. Nachts sind hier ganz andere Menschen unterwegs als tagsüber. Gestern Nacht traf ich hier auf ein paar Typen, zwei Schwarze und einen Mann mit Glatze und schwarzem Bart. Sie wollten mich vermöbeln, hat nicht geklappt.«

»Ein Mann mit Glatze und Bart?«

Jetzt hatte Ebuk ihre Aufmerksamkeit. »Er sagte, er heißt Uribe.«

»José Mikel Uribe Garcia.«

»Sie kennen ihn?«, fragte Ebuk nach.

»Weiter«, forderte sie ihn auf.

»Sie hatten mich in Verdacht, ihr Drogendepot geplündert zu haben, das sich wohl in der Kirche befand. Weil ich mich gegen den Mann, der mich zusammenschlagen wollte, gut gewehrt habe, wollte Uribe mich rekrutieren.«

»Sie wissen, wie man sich verteidigt. Haben Sie auf der Polizeiakademie gelernt.«

»Hören Sie! Ich bin seit fünfzehn Jahren Polizist und alles andere als ein Anfänger.«

»Hier schon.«

Ebuk öffnete die Beifahrertür und wollte aussteigen.

»Warten Sie. Tut mir leid.«

Er schlug die Tür wieder zu.

»Uribe hat mich mitgenommen in ein Haus draußen in Brandenburg, wo sie die Drogen in Tütchen verpacken. Eine Art Verteilstation, in der Nähe von Klosterfelde. Ich bin abgehauen.«

»Bitte?!«

»Er wollte mich als Bewacher engagieren.«

»Das müssen Sie aussagen! Warum erzählen Sie mir das erst jetzt?«

»Ich bin heute Morgen erst zurückgekommen.«

»Und heute Nacht schleichen Sie erneut herum? Sind Sie

eigentlich lebensmüde?« Sie blickte ihn leicht irritiert, aber auch mit Respekt an. »Dann zeigen Sie mir bitte auf der Karte, wo Sie waren. Können Sie das?«

Sie rief auf Ihrem Mobiltelefon eine Karte der Region um Klosterfelde auf. Ebuk versuchte, so genau wie möglich zu beschreiben, wo sie entlanggefahren waren.

»Vielen Dank. Ich gebe das an die Kollegen vom Drogendezernat weiter. Wer weiß …«

Leyla Kaplan setzte sich gerade hinter ihr Lenkrad, schaute durch die Windschutzscheibe. Inzwischen war die Spurensicherung eingetroffen, die ihre Absperrbänder aufstellte und sich in weißen Schutzanzügen mit ihren Koffern um den Toten herum zu schaffen machte.

»Hm. Dass Uribe und seine Jungs bestohlen wurden, kann ich mir vorstellen. Wir haben uns schon so was gedacht. Vielleicht hatten sie den Priester aus Kamerun in Verdacht. Es kam zum Streit … Aber wir haben keine Spuren von Uribe in der Kirche gefunden. Das heißt natürlich nichts. Vielleicht war es der Typ, der hier im Gebüsch liegt.«

»Sie haben ihn beschuldigt, das Depot ausgeräumt zu haben, und deswegen getötet«, überlegte Ebuk.

»Könnte sein«, bestätigte die Kommissarin.

»Haben Sie Katzenhaare in der Kirche gefunden?«, fragte Ebuk, »es gibt hier eine Katze hinter der Kirche.«

»Aha.«

»Heute Nacht, nachdem ich die beiden Mädchen abgeliefert hatte, ist mir die Katze über den Weg gelaufen. Die hat mich zu diesem Gebüsch geführt, und da lag der Typ, der mich gestern noch zusammenschlagen wollte.«

»Sollen wir jetzt gegen eine Katze ermitteln?« Sie schaute ihn an, als ob er einen Witz gemacht hätte. »Was ich nicht verstehe, warum Sie nicht ins Bett zu Ihrer Freundin, der Pastorin, geschlüpft sind, sondern sich hier nachts rumtreiben«, setzte sie nach.

»Weil wir uns gestritten haben.« Ebuk schaute wieder zu dem Wohnhaus hinüber.

»Soll vorkommen«, meinte Kaplan, »war das, bevor Sie das Mädchen in Kreuzberg suchten oder danach?«

»Sprechen wir jetzt über Liebesbeziehungen? Sie sind Türkin? Glücklich mit einem Türken verheiratet. Bei Ihnen ist immer alles gut?«, schnauzte Ebuk, er hatte keine Lust mehr, höflich zu sein. Jetzt sah er Leyla Kaplan zum ersten Mal lächeln.

»Also gut«, sagte sie, »Ihr Beschützerinstinkt treibt Sie nachts hinaus ...«

»Weil ich Polizist bin!«

»Anwärter. Beurlaubt. Aber egal, Sie haben Uribe und zwei seiner Jungs hier nachts gesehen. Das hilft uns weiter. Sie haben ihre Verteilstation gefunden. Glückwunsch. Wir werden rausfinden, wer der Tote ist, und seinen Kumpel suchen.«

»Gut. Sie sagten, es gab keine Prints von Uribe auf dem Kreuz? Gibt es andere Fingerabdrücke?«

»Ja, es gibt andere Prints, aber wir konnten sie nicht zuordnen. Wie Sie richtig gesagt haben, er ist mit dem Kreuz geschlagen worden, mit dem Kopf auf den Altar geknallt und daran gestorben. Besonderer Ort für den Tod eines Pastors. Wenn Uribe in der Kirche war, dann hat er keine Spuren hinterlassen.«

Ebuk nickte. »Danke«, sagte er, »und sonst, gibt es andere Spuren? Welche Kontakte hatte er hier? Er wollte ein von den Deutschen gestohlenes Objekt aus der Kolonialzeit zurückholen.«

»Danke für Ihr Engagement. Halten Sie sich bitte ab jetzt aus unseren Ermittlungen raus.«

Ebuk schaute müde zu der Kirche und zu den Leuten in den weißen Schutzanzügen.

»Sie können gehen«, sagte Leyla Kaplan, »ich muss auch

zurück, meine Kinder haben morgen früh Schule. Und um Ihre Frage zu beantworten: Ja, der Vater ist Türke, aber lebt bei seiner Freundin in Istanbul.«

Jedem sein eigenes Unglück, dachte Ebuk, stieg aus dem Wagen, grüßte mit einer Hand. Er wollte jetzt nur noch nach Hause in sein Bett und schlafen.

Gegen Abend kam Viktoria zurück, Ebuk war gerade aufgestanden und machte sich in der Küche zu schaffen. Weder sie noch Noemi waren in der Schule gewesen. Sie ließ sich auf einen Stuhl fallen und dankte für den Tee, den er vor sie hinstellte. Er würde etwas kochen, kündigte er an.

»Rolex«, sagte er, sie lächelte nur und schaute ihm zu. Sie kannte das ugandische Gericht, dessen Bezeichnung aus *roll* und *eggs* entstanden war.

»Du musst mir sagen, was da los ist«, bat ihn Viktoria. Ihre Stimme klang müde. Während Ebuk Zwiebeln hackte, Ingwer und Karotten in kleinste Teile schnitt, sie mit viel Mehl, etwas Öl und Salz vermischte, daraus einen Teig knetete, den er in kleine runde Klumpen teilte, versuchte er auf ihre Fragen zu antworten.

»Letzte Nacht wurde ein Drogenhändler hinter der Kirche erstochen. Ein Schwarzer. Ich habe ihn gefunden.«

Viktoria richtete sich auf. »Deswegen kam erneut die Polizei?«

»Ja. Vermutlich gab es einen Streit zwischen Dealern.«

»Und der tote Pastor in der Kirche? Ging es da auch um Drogen?«

»Das kann ich dir nicht sagen. Ich ermittle nicht.«

»Komm, Dad, du weißt was. Hast du deswegen Streit mit Larissa, verhält sich deswegen Noemi so komisch?«

Ebuk bestäubte die Teigkugeln mit Mehl und klopfte daraus flache Fladen. »Ich mach mir eben Sorgen um die beiden«, antwortete er.

»Ich mach mir Sorgen! Warum sind zwei Schwarze hintereinander in und vor der Kirche umgebracht worden? Was ist da los? Verticken die jetzt schon Drogen in der Kirche, oder was?«

Ebuk drehte sich zu Viktoria um, die mit ihren Fragen den Finger in die Wunde legte. Seine Hände waren weiß von Mehl. »Das kann ich dir nicht sagen, aber ich finde, Larissa kann nicht einfach zusehen, was um ihre Kirche herum passiert.«

»Aber sie kümmert sich doch um die Sexarbeiterinnen, besorgt ihnen Wohnungen.«

»Kann sein, aber gegen den Drogenhandel vor ihrer Tür tut sie nichts!«

»Dafür seid ihr doch da, die Polizei«, empörte sich Viktoria.

»Du hast recht, aber wenn es zwei Tote gibt, zwei Schwarze, dann geht es um mehr, dann muss man etwas tiefer graben, finde ich, und kann nicht einfach nur nach der Polizei rufen.« Ebuk war etwas lauter geworden. Was er Viktoria gerade hingeworfen hatte, richtete sich eigentlich an Larissa.

»Hast du ihr das gesagt?«

»So in etwa«, antwortete er und machte weiter mit seinen Fladen, die er aufeinanderstapelte.

»Was meinst du mit tiefer graben?« Viktoria stellte sich neben ihren Vater, schaute auf seine Hände, die erneut eine Zwiebel nahmen und sie klein hackten. Nachdem das getan war, schaute er auf.

»Da ist zum einen dieser Priester aus Kamerun. Warum war er in Berlin? Er sagte, er will einen Thron zurückbringen, den die Deutschen vor über hundert Jahren gestohlen haben und nun in ihrem Schloss ausstellen.«

»Wann gehen wir ins Museum? Morgen Nachmittag?«

»Ja, gerne«, stimmte Ebuk erstaunt zu.

»Er kommt also hierher, will geraubte Sachen aus seinem

Land zurück, aber die deutschen Kolonialisten wollen sie ihm nicht geben und erschlagen ihn«, stellte Viktoria in den Raum.

Ebuk musste lachen. »Du solltest eine Ausbildung bei der Polizei machen. Im Ernst: Ich weiß nicht, was in der Kirche geschehen ist, aber so einfach ist es nicht, und vielleicht war er schlicht zur falschen Zeit am falschen Ort. Möglicherweise ist er irgendwie zwischen die Schusslinien geraten.«

Viktoria nickte, öffnete einen der Schränke, holte die große Pfanne heraus und stellte sie auf den Herd. »*Anyway*, aber bei ihm ging es um gestohlene Sachen aus Afrika.«

»Ja, so kann man das sehen«, bestätigte Ebuk.

»Und der tote Dealer?«

»Vermutlich ein Geflüchteter, ich weiß nicht, er kam aus Ghana.«

»Das war auch eine Kolonie. Oder?«

»Yep, britisch. Gib mir die beiden Tomaten, bitte.«

»Und wo waren die Deutschen?«, fragte sie.

»Kamerun, Togo, Namibia, Tansania. Auch in Ghana.«

Nachdem die Zwiebeln gehackt waren, schnitt er jetzt die Tomaten in Scheiben.

»Diese Toten haben mit dem Kolonialismus zu tun. Meinst du das?«

Ebuk stimmte ihr zu, blickte seine kluge Tochter an. Ihr Gesicht war finster, als sie jetzt die Flasche mit dem Sonnenblumenöl in die Hand nahm und davon in die Pfanne goss.

»Wir brauchen neues Öl«, sagte sie, »aber was ich nicht verstehe, warum streitest du dich deswegen mit Larissa? Die ist doch auf unserer Seite, oder?«

»Eben nicht. Sie glaubt, sie als Pastorin steht irgendwie über den Dingen, sie hat ja Gott an ihrer Seite. Sie hält sich raus und will es allen recht machen.«

»Sie hat eine Tochter mit einem Schwarzen, sie geht mit dir ins Bett«, wandte Viktoria ein.

»Mach den Herd an, es geht los«, bat Ebuk sie. »Man entkommt dem allen nicht, wenn man mit Schwarzen ins Bett geht oder nett zu ihnen ist. Das löst kein Problem und keinen einzigen Konflikt«, fügte er hinzu.

»Beten hilft auch nicht«, ergänzte Viktoria, »was können wir dann tun?«

»Das kann ich dir auch nicht sagen, mein Herz. Ich bin nur ein Bulle. Mach mal Platz.«

»Ich übernehme das«, sagte sie.

Viktoria legte die Fladen in das heiße Öl, wo sie sie von beiden Seiten anbriet und anschließend übereinanderstapelte. Währenddessen verquirlte Ebuk zwei Eier mit den noch übrigen Zwiebelstückchen. Nachdem die Fladen braun gebraten waren, schüttete Viktoria erneut etwas Öl in die Pfanne und erhitzte darin die Eiermasse in zwei Portionen. Ebuk nahm zwei Teller aus dem Schrank, packte jeweils einen Fladen darauf, Viktoria steuerte das gebratene Omelett bei, und Ebuk garnierte mit den geschnittenen Tomaten. Jetzt rollte er die Fladen mit den Omeletts und den Tomaten zusammen.

»Rolex«, sagte er.

Viktoria nahm sich ihre Rolle und biss hinein. »*Best Ugandan food!*«

Ebuk saß an seinem Schreibtisch, das Essen mit Viktoria hatte ihm gutgetan, die Energie seiner Tochter ihn belebt. Das Licht der Lampe fiel auf jene Fachliteratur, die er durcharbeiten sollte. *Kriminaltechnik und Spurenkunde, Lehrbuch für Ausbildung und Praxis* hieß das eine, *Kriminalwissenschaften I* das andere Buch. Er zog die Titel zu sich ran, aber schlug sie nicht auf. Seine Gedanken schweiften ab zu dem toten Pastor aus Kamerun. Die Telefonkontakte von Moses Lukong hatte er noch nicht gründlich recherchiert. Ebuk nahm sich vor, sich ein besseres Bild von dem Mann zu machen, um zu verstehen, was er in Deutschland wollte. Alles wies darauf hin, dass er, wie der junge Mann aus Ghana, Opfer von Auseinandersetzungen im Drogenmilieu geworden war. Doch es gab einige Ungereimtheiten, die er nicht außer Acht lassen durfte. Das Telefon vibrierte, Larissa. Er ließ es ein paar Mal klingeln, dann ging er ran. Sie erkundigte sich nach seinem Befinden, sie klang besorgt. Eigentlich wollte er nicht mit ihr reden, trotzdem tat es gut, ihre Stimme zu hören.

»Die Kommissarin hat mir berichtet, du hast den anderen toten Mann hinter der Kirche gefunden.«

Ebuk antwortete nicht, hörte nur zu.

»Das tut mir alles so furchtbar leid, das habe ich nicht gewollt. Ich habe den ganzen Abend gebetet, für dich, für Viktoria, für Noemi und für die Seelen der beiden toten Männer.«

Ebuk fühlte den Impuls, sie anzuschreien, schließlich war sie es, die sich auf den Deal mit den Drogenhändlern eingelassen hatte. Doch er schwieg, hörte nur zu.

»Es wäre vielleicht klüger gewesen, den Männern die Drogen wieder zurückzugeben«, meinte sie.

»Dann wären jetzt vermutlich du oder Noemi tot«, meinte er boshaft. Aber vielleicht sei es besser, die Wahrheit zu sagen, bevor noch mehr geschehe, überlegte sie. Oder sehe er einen anderen Ausweg? Ja, sagte er, der oder die Mörder der beiden Männer müssen gefasst werden, auch sollte sie Überwachungskameras in und um die Kirche anbringen, dies wäre der einzige Ausweg. Vermutlich werde die Polizei in den nächsten Tagen die Dealer rund um die Kirche und dem Straßenstrich verhören und einige von ihnen festnehmen. Larissa stimmte ihm zu, sie sagte, er habe recht, sie sei ihm sehr dankbar. Er atmete hörbar ein, was sollte er ihr antworten? Gern geschehen? Nur zwei Tote bisher?

»Ich habe es mir anders gewünscht«, sagte er stattdessen.

»Ich mir auch«, antwortete sie schnell. Pauline, die Schwester von Moses Lukong, komme in den nächsten Tagen nach

Berlin, berichtete sie weiter. Sie würde sich freuen, wenn er dann vorbeikomme, meinte sie noch. Er sagte nur: »Okay«, und wünschte eine gute Nacht.

Jedes Mal, wenn er jetzt mit ihr sprach, konnte er sich danach nicht mehr richtig konzentrieren. Seine Gefühle führten einen unerbittlichen Kampf in ihm. Er wollte sie verstehen, nachvollziehen, was zu ihrem Geschäft mit den Drogenhändlern geführt hatte. Aber es gelang ihm nicht. Man musste ihr Handeln als Korruption bezeichnen. Seine Flucht nach Deutschland hatte mit der Haltung seiner Verfolger zu tun: *Ich kann die Wirklichkeit nicht ändern, also passe ich mich an, nehme das Geld und schau weg.* Ob es ihm jemals gelingen würde, ihr zu verzeihen, ihr wieder zu vertrauen? Im Moment konnte er sich das nicht vorstellen. Ebuk schob die Bücher wieder von sich weg.

Seinem Freund Jim hatte Ebuk das Foto der Armbänder geschickt und gefragt, ob sie aus seinem Land stammen könnten. *Ewe* textete Jim zurück. Damit konnte Ebuk nichts anfangen und rief ihn an. Er berichtete von dem toten Ghanaer, den er hinter der Kirche gefunden hatte und dem diese Armbänder gehörten. Das seien *Dzonu*, erklärte Jim. In der Sprache der Ewe, die im Osten Ghanas gesprochen wurde, würde das *aus Feuer gemacht* bedeuten. Die Ahnen würden diese Perlen, Beads, vom Himmel auf die Erde regnen lassen, um die Menschen zu segnen und zu beschützen. Klappe wohl nicht immer, sagte Jim traurig. Ebuk versprach ihm, über den jungen Mann und die Umstände seines Todes zu berichten, wenn er mehr wüsste, aber im Moment sei dies die Sache der Mordkommission. Jim wollte wissen, wie er den toten Mann aus Ghana aufgefunden hatte, und Ebuk berichtete ihm von der Katze, die hinter und vermutlich auch in der Kirche leben würde. Die Katze hätte ihn zu dem Toten geführt, weil dieser auf ihrem Schlafplatz lag. Ebuk wusste, diese Art von Geschichten und seltsamen Zusammenhängen liebte sein Freund.

»Vermutlich ist sie im Moment die Einzige, die weiß, wer den Pastor aus Kamerun erschlagen und den jungen Mann aus Ghana erstochen hat«, überlegte Ebuk. »Schade, dass wir die Sprache der Katzen nicht verstehen.«

»Es gibt ein berühmtes Gedankenexperiment über eine Katze in einem geschlossenen Raum, in dem eine Höllenmaschine steht, zumindest hat Erwin Schrödinger es so genannt. Hast du von Schrödingers Katze schon einmal gehört?«, fragte der Mathematiker.

Ebuk verneinte. Und so erzählte Jim von der Katze, die gleichzeitig tot und lebendig ist. Er solle sich vorstellen, die Katze befände sich in einem festen, geschlossenen Behälter mit Gift und der besagten Höllenmaschine, in der Atomkerne zerfallen. Der Zerfall der Atomkerne geschehe zufällig, unkontrolliert. Diese Kiste könnte auch die geschlossene Kirche sein, in der es eine Phiole mit Gift, zum Beispiel Blausäure, gibt, die sich unter einem Hämmerchen befindet, das mit der Höllenmaschine verbunden ist. Wenn in der Höllenmaschine nun zufällig ein Atomkern zerfällt, wird die Reaktion ausgelöst, der Hammer schlägt zu, und das Gift strömt aus. Aber erst, wenn wir in den geschlossenen Behälter hineinschauen und ihn öffnen, weiß man Genaueres. Bis zu diesem Zeitpunkt lebt die Katze – und ist gleichzeitig tot. Jim lachte laut, weil er nur Ebuks Atem hörte, er aber nichts zu seiner Geschichte sagte. Wenn jetzt ein Beobachter anwesend wäre, fuhr Jim fort, jemand, der durch ein Fenster ins Innere des geschlossenen Behälters blicken kann, also zum Beispiel durch ein Kirchenfenster, könnte er nach draußen berichten, was im Innern geschieht, erklärte Jim. Er könnte sagen, ob die Katze tot oder lebendig ist. Das sei die Aufgabe des Forschers, der berechne, was auf der anderen Seite geschehe, in der Kiste drin.

»Und wer ist dieser Schrödinger?«, fragte Ebuk.

»Das war so ein Typ, der sich diese Geschichte ausgedacht hat.«

»Und der hatte eine Katze?«

»Kann schon sein.« Jim lachte erneut.

»Interessanter Gedanke.« Ebuk überlegte. »Ich sollte herausfinden, wem die Katze gehört. Wer ist der Schrödinger in meinem Fall? Vielleicht hat er gesehen, wer in die Kirche hinein- und wieder hinausgegangen ist, vielleicht hat er durch ein Kirchenfenster geschaut. Vielen Dank, Dr. Jim!«

Jim fragte noch nach der Geliebten von Ebuk, der Pastorin, aber Ebuk wiegelte ab, es sei gerade nicht einfach, meinte er. Ob sie sich gestritten haben, wollte Jim wissen, doch Ebuk brummelte nur, er würde es ihm ein anderes Mal erzählen, und sie verabschiedeten sich.

Warum hatte er nicht schon vorher über die Besitzerin oder den Besitzer der Katze nachgedacht? In dem Land, aus dem er kam, gab es eine Menge frei lebender Tiere, auch Hunde und Katzen. Vielleicht lag er falsch, aber es schien ihm, als ob in Berlin nur Wildschweine und Füchse frei herum liefen. Oder manchmal dressierte Wachhunde. Was, wenn der Katzenbesitzer sich auf die Suche nach seinem Tier gemacht hatte oder in der Nähe lebte und wusste, was in und um die Kirche herum geschah? Ebuk nahm sich vor, das herauszubekommen. Vielleicht könnte es eine Spur zu einem Zeugen sein.

Ebuk und Viktoria trafen sich vor dem neu errichteten Schloss im Zentrum Berlins. Hinter der rekonstruierten Fassade aus dem neunzehnten Jahrhundert betrat man einen modernen Bau und eine riesige Halle, von der die verschiedenen Abteilungen des Museums abgingen. Sie fuhren zwei Rolltreppen hoch, dann standen sie vor einer breiten Glastür, in der links oben *Afrika* und darunter, etwas kleiner, *Africa* stand. Es war, als ob man irgendeine Abteilung eines modernen Bürogebäudes betreten würde. Anstatt der weißen Buchstaben für Afrika hätte hier auch *Meditech*, *Intercom* oder *Greenmobility* stehen können.

Wie praktisch, sagte Viktoria, einfach die Rolltreppe hoch und schon ist man in Afrika. Es kostete keinen Eintritt, sie gingen an einem Wachmann vorbei, dem sie zunickten. Zunächst betrachteten sie die vielen Masken, Armreifen, Gefäße, Kleidungsstücke aus zahlreichen afrikanischen Ländern, die die deutschen Kolonialherren zusammengerafft hatten und die hier in Glasvitrinen ausgestellt waren. Wie in der Luxusabteilung eines Kaufhauses, wo die teuersten Uhren und Schmuck hinter dickem Glas gesichert waren, schauten einen hier die Schätze aus Zeiten an, die längst vergangen waren.

Auch in dem nüchternen weißen Kamerun-Saal standen einige Glasvitrinen herum, doch der Raum wurde von großen hölzernen Kunstwerken beherrscht. Mehrere hohe Türpfosten aus übereinanderstehenden und -sitzenden Figuren, kunstvoll und detailreich geschnitzt, konnten bestaunt werden. Sie hatten einmal die Eingänge zu den Palästen adliger Herrscher verziert, kunstvolle Zeichen von Macht und Würde. Jetzt standen sie nackt in einem leeren Raum, aufrechtgehalten von grauen Metallstangen. Eine gewaltige liegende Trommel links im Saal weckte Viktorias Aufmerksamkeit. Wie ein Flusspferd, der lang gestreckte Bauch, nach oben mit einem Schlitz versehen, bildete den Resonanzraum, auf dem verschlungene, echsenartige Figuren zu sehen waren. Aus dem Maul des Monsters ragten links und rechts spitze Hörner, als ob es gerade den Kopf eines Rinds zerkauen müsste. Mehrere Trommler, die nebeneinanderstehend zusammen auf die riesige Trommel einschlugen, konnten die Menschen, die weiter weg lebten, mit ihren Rhythmen informieren, wenn es galt, sich zu treffen, um zu feiern oder in den Krieg zu ziehen. Neben dem hölzernen Flusspferd stand aufrecht eine weitere mit Tieren verzierte Trommel, auf der obenauf eine nackte Figur hockte, die einen abgeschlagenen Schädel in der Hand hielt. Aufmerksam und still las Viktoria die Angaben zu den Ausstellungsstücken; die Trommler blieben auf ewig stumm, nur das leise Gemurmel der Museumsbesucher und das Klackern ihrer Schuhsohlen war zu hören.

Dann standen sie vor dem bunten Perlenthron Mandu Yenu, den Moses Lukong wieder in seine Heimat hatte zurückbringen wollen.

Viktoria bestaunte die rote und die blaue Zwillingsfigur, die beiden Schlangenköpfe unter dem Sitz und die Fußbank, auf der zwei kleinere Figuren mit altertümlichen Gewehren standen, sowie die fünf geduckten Gestalten darunter, die sich mit einem Arm an der Schulter des Vordermanns festhielten.

»Klar wollten die Deutschen das haben. Er ist wunderschön«, sagte Viktoria zu ihrem Vater. Ebuk stand einfach nur da, in dem weißen Saal, in dem all die Kunstschätze aus einem afrikanischen Land nüchtern beleuchtet wurden, ließ die Eindrücke auf sich wirken, versuchte zu verstehen, was hier eigentlich ausgestellt wurde. Es war ein wichtiger Teil der Geschichte dieses Landes, zu dem die Menschen, die jetzt dort lebten, keinen Zugang mehr hatten. In seinem Land wurde Geschichte aus Lehrbüchern gelehrt, die aus den ehemaligen Kolonialländern kamen, meist abgegriffene, ausrangierte Exemplare, in denen man von europäischen Königen, Herrschern und Weltreichen lesen konnte. Afrikanische Geschichte kam nicht vor. Sie lebten auf einem Schwarzen Kontinent, mit Kannibalen und wilden Tieren oder armen, hungernden Menschen, die nur durch die Hilfe von weißen Wohltätern überleben konnten. Wenn man ein anderes Bild seines Kontinents sehen, wenn man als Afrikaner begreifen wollte, welch kultureller Reichtum in den eigenen Ländern geschaffen worden war, in Ländern, die einmal ganz andere Grenzen hatten als diejenigen, die die Kolonialherren während einer Konferenz, vermutlich in diesem Schloss, mit einem Lineal auf Landkarten gezogen hatten, dann musste man in die europäischen Hauptstädte reisen und die dortigen Museen besuchen.

Viktoria tippte auf eine interaktive Informationstafel, setzte sich Kopfhörer auf und hörte der Stimme zu, die die Herkunft des Throns beschrieb. Verärgert legte sie die Kopfhörer wieder ab und trat zu Ebuk.

»Sie sagen, es bestünde kein Zweifel, dass Njoya diesen Thron dem deutschen Kaiser Wilhelm geschenkt hätte. Alles andere, was hier rumsteht, wurde von deutschen Militärs geraubt, aber ausgerechnet das schönste Objekt wurde ihnen geschenkt. Das ist doch gelogen!«, empörte sie sich.

Ebuk legte einen Arm um seine Tochter und nickte. »Sie müssen das behaupten, sonst könnten sie es hier nicht einfach ausstellen«, meinte er.

»Jetzt stell dir mal vor. Unsere Leute wären damals zum Beispiel nach England oder nach Deutschland gezogen, schwer bewaffnet, und hätten dem damaligen König gesagt, wir hätten gerne deinen Thron als Geschenk, sonst zünden wir deinen Palast und deine Stadt an«, überlegte Viktoria, »oder hey, die Leute von den Clans, die in das andere Berlin Museum eingebrochen sind und die riesige Goldmünze gestohlen haben. Wo haben die noch ein Museum geknackt, wo war das?«

»In Dresden, da wurde wertvoller Schmuck gestohlen.«

»Genau, also die würden ihre geklauten Sachen in den Libanon oder so bringen und dort ausstellen. Um zu zeigen, was sie drauf haben, wie sie die Deutschen gefickt haben«, ereiferte sich Viktoria. »Ey, war Geschenk von die Deutschen«, äffte sie deren Slang nach.

Ebuk lachte.

»Das ist schon irre. Oder?« Viktoria war nicht zu bremsen. »Da bauen die ein gesamtes Schloss nach, das nur die Fassade von einem Schloss hat, aber innen drin stellen sie aus, was sie überall auf der Welt zusammengeklaut haben. Ein ganzes Schloss voller Diebesgut.«

Ebuk dirigierte seine Tochter zu einer Videoinstallation, einer kleinen gelben Kabine, wo sie zusammen Platz nehmen konnten. Sie sahen sich einen kurzen Film über Rudolf Manga Bell an, einen Herrscher aus der kamerunischen Küstenstadt Douala, den die Deutschen 1914 aufgehängt hatten. Bell forderte von den Deutschen Kolonialherren die Einhaltung von Verträgen, die sein Vater mit ihnen geschlossen hatte. Doch die Weißen hielten sich nicht an die einmal gemachten Zusicherungen und vertrieben die Bewohner von ihrem Land und aus ihren Häusern, um eine eigene, nur von Weißen bewohnte Stadt aufzubauen. Bell, der in Deutschland gelebt und hier Jura studiert hatte, bestand auf Vertragstreue, wehrte sich gegen die deutschen Besatzer und wurde schließlich als Landesverräter einfach aufgeknüpft.

»Die Deutschen waren schon damals Nazis«, kommentierte Viktoria. »*Fuck*, und jetzt gehören wir auch dazu, Dad. Wir haben deutsche Pässe.«

»Aber das ist nicht unsere Geschichte. Es ist gut, dass die Deutschen begreifen, was damals geschehen ist, damit sich das nicht wiederholt.«

»Du glaubst, die lernen was daraus?«, fragte Viktoria.

»Könnte doch sein«, antwortete ihr Vater.

Missmutig durchstreifte Viktoria erneut den Kamerun-Saal und blieb wieder vor dem Thron stehen.

»Wie wollte der Pastor aus Kamerun diesen Thron zurückbringen?«, wollte sie wissen.

»Das habe ich mich auch schon gefragt. Ich denke, er hat

Gespräche mit den Museumsleuten und der deutschen Regierung geführt.«

»Und die sagen dann, hey, wir sehen das ein, war Scheiße von uns damals, wir geben euch den Thron zurück?«

»Wie denn sonst?«

»Vielleicht rücken sie mal da oder dort eine kleine Figur heraus, aber doch nicht dieses Schmuckstück oder die riesigen Trommeln da drüben. Dann müssten sie ja ihr neues schönes Schloss ausräumen und hätten es ganz umsonst gebaut. Wäre voll peinlich.«

Ebuk war nachdenklich geworden. Seine Tochter hatte eine Überlegung angestoßen, die ihn verwirrte. Er stand nur da, drehte den Kopf nach rechts und links. Was hatte Moses wirklich vorgehabt? Wie wollte er den Thron zurückholen? War er so naiv gewesen, dass er tatsächlich geglaubt hatte, dass er als Pastor etwas hätte bewirken können?

Viktoria machte ein finsteres Gesicht, nahm Ebuk an der Hand und zog ihren Vater aus dem Ausstellungssaal. Doch er bremste sie, als sie an einem der Wachmänner vorbeikamen.

»Ich habe da mal eine Frage«, begann Ebuk, »ist es schwierig, hier als Museumswärter angestellt zu werden?«

Der Mann, schwarze Haare, braune Haut, war um die dreißig Jahre alt, trug ein weißes Hemd, schwarze Hose, Sneakers. Er sah aus wie ein Student in Uniform.

»Nö, die suchen dauernd Leute. Man darf halt nichts auf dem Kerbholz haben. Sie brauchen ein sauberes polizeiliches Führungszeugnis, dann geht das klar. Ist aber ein wenig langweilig«, antwortete er Ebuk.

»Und wie stehts mit der Kohle?«, wollte Viktoria wissen.

»Na ja, bisschen besser als Mindestlohn. Wenn du für die Nacht eingeteilt bist, zahlen sie besser, aber ist ziemlich öde«, sagte der junge Mann.

»Man muss die Leute davon abhalten, die Sachen anzufassen. Sich auf den Thron da zu setzen«, meinte Viktoria.

»Ja, es piept dauernd, wenn die Besucher zu nah ran gehen. Trotzdem musst du freundlich bleiben«, erklärte er.

»Danke«, sagten Ebuk und Viktoria und lächelten den Museumswärter an. Sie verließen *Afrika* wieder und fuhren auf der Rolltreppe ins Erdgeschoss.

»Ich weiß, was du denkst«, sagte sie.

»*Never.*«

»Man könnte sich als Wache hier reinschmuggeln, nachts die Alarmanlage ausschalten und dann mit ein paar Jungs den Thron klauen. Stimmt's?«

»Man muss als Polizist alle Optionen bedenken.«

»Optionen bedenken! Das ist der einzige Weg, um das Ding rauszuschaffen. Komm, wir schauen, wo ein Lastwagen oder Transporter vor dem Schloss halten könnte.«

»Es gibt noch den Fluss, die Spree, die hier entlangfließt.«

»Ja, geil, mit einem Schnellboot!«

So durchquerten sie die große Haupthalle, erkundeten die beiden Innenhöfe, die zu den verschiedenen Eingängen führten, und standen schließlich vor der rückseitigen modernen Fassade zur Spree hin.

»Es braucht schon einiges an Logistik, viele Leute und genügend Geld, um so einen Coup durchzuziehen«, meinte Ebuk.

»Du brauchst vor allem das Geld. Alles andere findet sich dann«, entgegnete Viktoria.

»Aber ich glaube nicht, dass der Pfarrer aus Kamerun über ausreichend Mittel verfügte.«

»Hast du seine Konten gecheckt?«

»Nein, da komme ich nicht ran.«

»Ich dachte, du bist Polizist und allmächtig. Gehen wir was essen?«

»Burger?«, fragte er vorsichtig.

»Taata! Das war früher.«

6

Ebuk hatte erneut an dem runden Tisch in Larissas Wohnung Platz genommen, wieder standen zwei Flaschen Wasser und Obst bereit, links neben ihm saß Dr. Pauline Amadou Manga, die Schwester von Moses Lukong, und rechts Larissa. Sein Erstaunen über die Ähnlichkeit der Zwillinge Pauline und Moses hatte sich inzwischen etwas gelegt. Auch Pauline hatte relativ helle Haut. Hätte sie nicht ein buntes teures Tuch kunstvoll um ihren Kopf gewickelt, das über der Stirn mit einer großen Brosche zusammengehalten wurde, und schwere goldene Ohrringe getragen, er hätte in das Gesicht von Moses geblickt. Sie hatte die Lippen mit dunkelrotem Lippenstift betont und die Augenlider aufgehellt. Ihr Gesicht war etwas fülliger, ihre Haut weicher, selbstverständlich hatte sie keine Barthaare, aber sie war eine exakte weibliche Kopie ihres Bruders. Larissa musterte sie weniger intensiv, als Ebuk es tat. Pauline war so groß und kräftig wie Moses, dabei wirkte ihr Körper nicht massig, eher agil. Sie trug ein Kostüm in roten und goldenen Mustern, das ihre ausgeprägten Rundungen betonte. Um den Hals lag eine Kette mit großen blauen Steinen. An den Handgelenken baumelten goldene Armreife, an den Fingern steckten mehrere Ringe, die Fingernägel waren lang und blau lackiert. Sie strahlte das Selbstbewusstsein einer wohlhabenden afrikanischen Frau aus, der man nichts vormachen konnte.

Aus seiner Heimat kannte Ebuk die Bedeutung von Zwillingskindern, die meistens einen besonderen Status in der Gesellschaft hatten. Wer Zwillinge bekam, war vom Glück und den Göttern gesegnet, den Müttern begegnete man mit besonderer Hochachtung, die Väter gewannen an Ansehen in ihrer Familie. Auf sein Erstaunen, als sie sich begrüßten, lächelte sie ihn melancholisch an: »*Yes*«, sagte sie, »*we are twins.*«

Sie führten das Gespräch in Englisch. Was ihre Aussage, Zwillinge zu sein, für sie bedeutete, konnte er zunächst nur erahnen. Einem Menschen genetisch so nah zu sein, war im Leben eines Geschwisterpaares bestimmt von großer Wichtigkeit. Er hätte gerne gefragt, ob sie es gespürt hatte, als Moses ermordet wurde, aber das war selbstverständlich unangemessen. Pauline hörte Larissa aufmerksam zu, was sie über den vierwöchigen Aufenthalt von Moses zu berichten wusste. Larissa beschrieb Moses als umtriebigen Mann, der viel in der Stadt unterwegs war und einmal drei Tage nach Mecklenburg-Vorpommern reiste, um dort jemanden zu besuchen. Um wen es sich dabei handelte, wusste Larissa nicht zu sagen, sie vermutete, es handelte sich um einen Freundschaftsbesuch.

Die Nennung dieses Reiseziels ließ Ebuk aufhorchen. Er hatte mehrmals die Nummern aus diesem Bundesland, die er auf Moses' Telefon gefunden hatte, gewählt, aber nur die Auskunft erhalten, er sei mit einer Ferienunterkunft verbunden. Was der Mann dort gemacht hatte, hatte er noch nicht herausbekommen können.

»Mein Bruder war auf der Suche nach unseren Vorfahren, nach deutschen Adligen«, meinte Pauline. Sie lachte, als sie in die erstaunten Gesichter von Ebuk und Larissa blickte.

»Es gibt da diese Geschichte in unserer Familie. Unsere Urgroßmutter hatte Zwillinge von einem weißen Offizier bekommen, der während der deutschen Kolonialzeit in Kamerun stationiert war. Moses verfolgte offenbar eine Spur, aber ich nahm das nicht besonders ernst, hielt es für eine seiner bizarren Ideen. Diese Urgroßmutter war eine der vielen

Töchter von Sultan Njoya, dem berühmten Herrscher im Westen Kameruns.«

»Stimmt es, dass er 631 Frauen hatte?«, fragte Ebuk nach.

»Wie viele es genau waren, kann niemand sagen. Zu dieser Zeit wurden die schönsten Mädchen an den Hof des Sultans gebracht. Wenn es zur Hochzeit kam, bedeutete das den sozialen Aufstieg des Vaters des Mädchens, er konnte dann Handwerker oder Kunsthandwerker werden. Wer nicht in irgendeiner Weise adlig war, blieb Sklave im Land der Bamum«, erklärte Pauline. »Nicht alle Mädchen, die mit ihm verheiratet waren, mussten mit Njoya schlafen, er hatte ein paar Lieblingsfrauen, die erste und zweite Lieblingsfrau waren so etwas wie Königinnen, doch die wichtigste Frau im Land blieb die Mutter von Njoya. Bei so vielen Frauen gab es über hunderte direkte Nachkommen. Weil ich und Moses aus einer dieser Linien stammten und wir auch noch Zwillinge waren, galten wir immer als etwas Besonderes. Für meinen Bruder war die Abstammung wichtig, wichtiger als seine eigene Arbeit. Ich wollte aber etwas aus mir machen, ich interessierte mich für Biologie, ich studierte Agrarwissenschaften an der Universität von Dschang, einer Stadt im Westen Kameruns, und habe dort auch promoviert.«

Nach diesem kleinen Exkurs zur Familiengeschichte richtete Pauline ihre Aufmerksamkeit auf ihn, den Schwarzen Mann neben der Pastorin. Als ihre klugen Augen ihn offen anschauten, war es, als ob sie einen Scheinwerfer auf ihn richten würde. Ebuk erzählte von seiner Laufbahn als Polizist in Uganda und in Deutschland. Er sparte die Geschichte seiner Flucht aus, es sollte sich so anhören, als hätte er es sich selbst ausgesucht, anstatt in Uganda in Deutschland zu leben, so wie moderne Menschen das heutzutage eben machten. Seine Tochter ginge mit Noemie, Larissas Tochter, zur Schule, so hätten er und die Pastorin sich kennengelernt, und als Moses Lukong ermordet worden war, hatte Larissa ihn um Unterstützung gebeten. Er halte den Kontakt zu den Kollegen der Polizei, die in dem Fall ermittelten. Also lebe er hier mit seiner Familie, fragte Pauline nach, mit einer deutschen Frau. Nein, nur er mit seiner Tochter, seine Frau sei tot, seine Mutter wohne in Kampala. Er sah, wie ein feines unergründliches Lächeln über ihr Gesicht flog, sie nickte, weil sie verstand, dass er nicht weiter seine Familienbeziehungen ausbreiten wollte. Pauline drehte sich nun zu Larissa, um mehr von ihrer Familie zu erfahren, aber sie ging nicht darauf ein, sondern fragte, ob Pauline die Hinterlassenschaft von Moses sehen wolle.

Sie gingen zusammen über den dunklen Hof in das Nachbargebäude und betraten die Gästewohnung. Die Polizei hatte ihre Aufkleber an der Tür entfernt, alle Spuren waren gesichert worden, die Räume wieder frei zugänglich. Das Deckenlicht tauchte die Wohnung in ein schales Licht, Ebuk spürte Paulines kritischen Blick, sah mit ihren Augen die karge, sparsame Einrichtung. Larissa erläuterte, hier würden gelegentlich Gäste der Gemeinde untergebracht werden, und wenn sie wolle, könne auch Pauline hier wohnen, selbstverständlich würde alles noch aufgeräumt und geputzt werden. Doch Pauline blickte Larissa irritiert an, bedankte sich, doch sie wohne lieber in einem Hotel, mit Frühstück und Restaurant, sie müsse die Zeit in Berlin sinnvoll nutzen, da könne sie sich nicht um alltäglichen Kram kümmern.

Auf dem Schreibtisch lagen die Papiere des Toten, stand die seltsame bronzene Figur, in der ein Mann dem anderen in den Zähnen stocherte. Sie schnalzte missbilligend mit der Zunge und meinte, »das hat ihm ein Zahnarzt geschenkt«. Der Laptop von Moses Lukong befand sich bei der Polizei, berichtete Larissa. Sie öffnete den Schrank, Pauline fuhr mit den Händen über die Kleidung ihres Bruders, nahm den blauen Anzug in die Hand, roch daran, nickte wehmütig und hängte ihn zurück. Sie zog den Koffer heraus, öffnete ihn und entnahm ihm die Kladde. Vorsichtig blätterte sie durch die Papiere mit der eigentümlichen Schrift. Sie setzte sich auf den Schreibtischstuhl und nahm einige Seiten in die Hand, las konzentriert, schnalzte wieder mit der Zunge. Gebannt schauten ihr Ebuk und Larissa zu.

»Das hier«, sagte sie, »muss er aus einem Archiv in Kamerun gestohlen haben. Das ist ein Bericht von Sultan Njoya über eine Reise, die er 1908 an die Küste gemacht hat. Erstaunlich!«

Ebuk fragte, ob sie es verstehen könne.

»Unser Vater hat darauf bestanden, dass wir *Schümom* lesen können. Das ist diese Schrift hier. Njoya hat sie erfunden und gelehrt. Ich habe nichts von diesem Bericht gewusst. Warum hat er ihn nach Deutschland mitgenommen?«, fragte sie.

»Wie ich verstanden habe, hat sich Ihr Bruder darum bemüht, den Thron von Sultan Njoya nach Kamerun zurückzubringen«, meinte Larissa, doch Pauline winkte ab.

»Nur der jetzige Sultan und die Regierung in Kamerun könnten so etwas bewerkstelligen. Es müsste eine offizielle Anfrage gestellt werden. Die Regierung hat bereits eine Kommission zur Restitution von Kulturgütern gebildet. Was das bedeutet, weiß man ja: Sie beraten darüber, wie die Mitglieder das Geld aus Deutschland am besten unter sich verteilen«, sagte sie zornig. »Da kann kein entfernter Verwandter wie mein Bruder ankommen und einfach den Thron zurückfordern, nur weil er sich wichtigmachen und einen einflussreichen Posten in Kamerun ergattern will.« Nun klang sie eher wehmütig. »Es wäre großartig, wenn dieser Thron nach Bamum zurückgebracht werden könnte, es würde ein wichtiger Impuls sein, damit in unserem Land eines Tages wieder Frieden herrscht. Ich und wir anderen Frauen haben die Kämpfe zwischen den Aufständischen und der Regierung so satt. Tausende von Toten, Hunderttausende Flüchtlinge,

Vergewaltigungen. Es ist eine Katastrophe«, sagte sie und stand auf. Sie hatte Tränen in den Augen, schniefte, wischte sich mit dem Handrücken durchs Gesicht.

Das Manuskript wolle sie mitnehmen, wenn Larissa damit einverstanden wäre. Alles andere könne sie gerne irgendjemandem spenden, sie wolle die Kleidung ihres Bruders nicht wieder mit nach Kamerun nehmen.

Sie verabredeten weitere Treffen, Larissa versprach, einen Gedenkgottesdienst für Moses Lukong zu organisieren und Pauline bei der Rückführung der Leiche zu unterstützen.

Larissa hatte ein Taxi gerufen, in das jetzt Pauline und Ebuk, der angeboten hatte, sie zu ihrem Hotel zu begleiten, einstiegen. Nachdem sie eine Weile durch das nächtliche Berlin nach Mitte gefahren waren, sagte Pauline zu Ebuk: »Diese Pastorin, sie mag dich.«

Er schaute aus dem Autofenster, sie überquerten den Potsdamer Platz mit seinen modernen Gebäuden, er wollte mit dieser Frau kein Gespräch über seine Gefühle führen.

»Mam«, sagte er höflich, »ich würde gerne wissen, was in diesem Manuskript steht. Es muss einen Grund geben, warum Ihr Bruder es mit hierhergebracht hat.«

»Ja«, antwortete sie, »ich werde es Ihnen vorlesen, wir werden es zusammen herausbekommen. Wenn Sie damit einverstanden sind.«

Ebuk war einverstanden. Sie hielten vor einem teuren Hotel, die Autotür wurde ihr von einem Pagen geöffnet, sie stieg aus wie eine bedeutende Persönlichkeit und ließ Ebuk die Fahrt bezahlen.

»Morgen habe ich einige geschäftliche Termine, wir könnten uns nachmittags oder gegen Abend zu einer Lesestunde treffen, Mr. Policeman«, schlug sie vor.

»Gut, ich komme um fünf vorbei«, sagte Ebuk. Sie wünschten sich eine gute Nacht, Pauline verschwand in dem luxuriösen Hotel, und Ebuk suchte die nächste U-Bahn-Station.

Gleich morgens meldete sich Leyla Kaplan bei ihm und bat ihn in der Keithstraße vorbeizukommen, wo die Abteilung 1 des LKA, Delikte am Menschen, untergebracht war.

Er wartete zehn Minuten an der Eingangspforte. Sie kam durch die gläserne Sicherheitstür auf ihn zu.

»Glückwunsch! Ihr Tipp mit der Verteilstation bei Klosterfelde war ein Volltreffer. Die Kollegen hatten schon so einen Verdacht, aber der war noch nicht konkret genug.«

»Sie haben sie hochgenommen?«

»Ja, und eine größere Gruppe verhaftet. Wir brauchen noch Aussagen zu Personen von Ihnen.«

Ebuk lächelte leicht und stimmte zu.

»Vielleicht können wir Sie irgendwann undercover einsetzen«, überlegte sie, »Sie scheinen es draufzuhaben.«

»Danke.«

Dann dirigierte sie ihn auf den Hof, wo sie zusammen in eines der zivilen Fahrzeuge einstiegen. Sie wolle ihm jemanden zeigen, sagte sie und fragte Ebuk beim Losfahren, was er während seines sechsmonatigen Pflichtpraktikums im LKA gemacht hätte. Welche Art von Fällen er bearbeitet hatte. Die meiste Zeit, berichtete Ebuk, war er mit dem Abhören und Protokollieren von Gesprächen bei Ermittlungen zur Organisierten Kriminalität beschäftigt. EncroChat?, fragte die Kommissarin nach, die geknackte Verschlüsselungssoftware, die Kriminelle für ihre Gespräche verwendeten. Ebuk bestätigte. Gespräche meist von Ausländern, die dann erst einmal ins Deutsche übersetzt werden mussten. Sehr aufwendige Arbeit, um wirklich konkrete Hinweise zu bekommen. Die Kriminellen redeten viel über Autos, Wohnungen und Frauen, bevor es um Waffen und Drogen ginge, erzählte er. In zwei Einbruchsfällen habe er dann während des Praktikums in der Direktion 1, der nördlichen der fünf Berliner regionalen Dienststellen, ermittelt. Einbrüche in zwei Villen in Frohnau. War nicht so schwierig, sagte Ebuk, es gibt dort noch genügend Häuser, die nicht alarmgesichert sind und irgendwo am Waldrand stehen. Man muss den Spuren folgen und sich nachts auf die Lauer legen, dann schlägt man zu.

»Sich nachts auf die Lauer zu legen, liegt Ihnen offenbar«, meinte Leyla Kaplan.

»Ich weiß nicht, lieber schlafe ich nachts.« Er lächelte.

»Die Fingerabdrücke des Toten, den Sie gefunden haben, stimmen übrigens nicht mit denen auf dem Kreuz überein«, informierte sie Ebuk.

Sie hielten in der Birkenstraße, einer Wohnstraße im Stadtteil Moabit, vor einem relativ unscheinbaren zweistöckigen Gebäude, wo das Institut für Rechtsmedizin untergebracht war. Als sie ausstiegen, wusste Ebuk, die Kommissarin würde ihm eine Leiche zeigen.

Auf der Metallbahre, die der Mann im grünen Arztkittel aus einem der Kühlschränke zog, lag ein Schwarzer junger Mann. Auf seiner Stirn klaffte eine runde dunkle Wunde, ein Einschussloch.

»Kennen Sie den Mann?«, fragte die Kommissarin.

Ebuk beugte sich über das Gesicht des Toten, betrachtete die Wunde genauer. »Scheint ein Profi gewesen zu sein«, meinte er. »Das war der andere. Wo habt ihr ihn gefunden? Auch hinter der Kirche?«

»Hasenheide, Neukölln, in einem Gebüsch.«

»Kommt er auch aus Ghana?«, wollte Ebuk wissen.

»Wir vermuten es, er hatte keine Papiere dabei.«

»Er wurde liquidiert, dann wurden ihm die Taschen geleert«, stellte er fest.

»Das denken wir auch.«

Sie bedankte sich bei dem Mitarbeiter der Rechtsmedizin, sie verließen das Gebäude wieder und setzten sich in das Auto.

»Auch der hier hat den Mann aus Kamerun nicht erschlagen«, sagte sie. Ebuk nickte nachdenklich.

»Vermutlich hat er seinen Freund im Streit erstochen, weil er dachte, dass er sich das Depot unter den Nagel gerissen hat, ohne ihn einzuweihen oder ihm etwas abzugeben. Dann haben die Bosse, vermutlich Uribe, einen Killer geschickt. Oder es war Uribe selbst. Er hat mich mit einer Steyr 9 mm bedroht«, überlegte Ebuk.

»Könnte hinhauen, es steckte eine 9 mm in seinem Kopf. Warum haben sie ihn erschossen? Hat er die Ware dem anderen abgenommen? Und dann sein eigenes Glück in der Hasenheide versucht?«

»Das wäre dumm von ihm. Wenn der andere die Drogen hatte und der hier sie ihm abgenommen hat, warum gibt er sie nicht einfach Uribe zurück und ist ein Held? Warum sich der Gefahr aussetzen und sich erschießen lassen? Nein, er hat nichts gefunden«, stellte Ebuk fest, weil er ja wusste, wo das Zeug gelandet war. In der Berliner Kanalisation.

»Was ist dann das Motiv Ihrer Meinung nach?«, fragte Kaplan. Es schien, als hätte sie begonnen, Ebuk als ernst zu nehmenden Kollegen anzusehen.

»Ich könnte mir vorstellen, der da drin, der wollte sich von Uribe absetzen, weil er seinen Freund erstochen hatte. Er wollte weg von der Kurfürstenstraße. Warum steht er auf einmal in Neukölln im Park? Hasenheide in Neukölln oder Görlitzer Park ist doch ein Abstieg für einen kleinen Dealer, der es schon auf die Kurfürstenstraße, mitten ins Zentrum, geschafft hat. Wer kontrolliert Neukölln? Die Albaner oder die arabischen Clans? Für wen arbeitet Uribe? Vielleicht hat der Tote versucht, einen neuen Auftraggeber zu finden?«

Kaplan startete den Wagen und fuhr mit Ebuk durch den Stadtteil. Es war nicht weit, kurze Zeit später erreichten sie die Justizvollzugsanstalt Moabit, in der Untersuchungshäftlinge festgehalten wurden.

»Ich möchte, dass Sie ein paar von den afrikanischen Jungs

befragen«, forderte sie ihn auf. »Es sind Dealer wie die beiden aus Ghana. Wir haben sie an verschiedenen U-Bahnhöfen verhaftet.«

Ebuk staunte, aber er übernahm gerne eine solche Aufgabe. »Sie glauben, ich als Afrikaner bekomme mehr heraus als Sie?«

»Könnte doch sein«, antwortete sie, »vielleicht haben Sie auch ein paar andere Methoden drauf?«

»Wirklich? Sie meinen, so wie wir das Ihrer Meinung nach in Uganda machen, mit Leuten, die nicht aussagen wollen?« Ebuks Antwort fiel scharf aus. »Dazu müsste ich mit den Verdächtigen einen Spaziergang in einen Wald machen dürfen und ihren Kopf auf einen Baum schlagen. Oder mit der Machete die Finger einzeln abhacken, bis sie reden. Stellen Sie sich solche anderen Methoden vor? Oder wie macht ihr das? Zusammenschlagen, bis sie reden?«

Kaplan lächelte ihn wieder an, weil sie es erneut geschafft hatte, ihn zu provozieren. »Sie beginnen, mir zu gefallen, Herr Ebuk«, meinte sie.

Er bekam dünne Akten von drei Inhaftierten, die nacheinander in den Verhörraum geführt wurden. Alle sprachen Englisch mit afrikanischen Akzenten.

Der erste Mann hatte ein aufgequollenes Gesicht, als ob er zu viel Alkohol getrunken hätte, aber vermutlich waren es Entzugserscheinungen. Seine Finger nestelten unablässig an den Knöpfen seines Hemds herum.

Ebuk schlug die Akte auf, tat so, als ob er lange darin lesen würde.

»Wo kommst du her?«, begann er seine Befragung schließlich.

»Gambia, *Sir.*«

»Wo ist das denn? In Afrika?«

»Ja, *Sir.*«

»Afrika ist groß, sehr groß. Ich komme aus Uganda. Uganda ist auch sehr groß.«

»Sind Sie kein Deutscher, *Sir*?«

»Das bin ich, ich bin Polizist, und du bist ein Drogenhändler, der in Parks herumlungert, Crack verkauft und andere Dealer umbringt.«

»Ich habe keinen umgebracht.«

Das hektische Wuseln seiner Finger wurde schlimmer.

»Warst du schon einmal im Berliner Zoo?«, fragte Ebuk.

»Nein, *Sir*.«

»Da gibt es Krokodile, die sie von unserem Kontinent gestohlen haben. Gibt es Krokodile bei euch in Gambia?« Ebuk tippte auf seinem Smartphone herum und suchte nach dem Eintrag zu Gambia. »Ah. Hier. Es ist wirklich ein sehr kleines Land, das kleinste Afrikas. So groß wie mein Polizeidistrikt in Uganda. Hier steht, es gibt Krokodile bei euch.«

»Sie sind heilige Tiere.«

»Früher haben wir Leute, die nicht gestehen wollten, zu den Krokodilen geworfen, bis sie sagten, was wir hören wollten. Wenn sie dann noch reden konnten«, erzählte Ebuk leichthin, als ob er sich an eine heitere Begebenheit in seiner Kindheit erinnerte. »Sollen wir einen Ausflug in den Zoo machen? Zu den heiligen Tieren?«

Der Mann aus Gambia wurde noch nervöser. Ebuk lachte laut.

»Das habe ich nur für die Kollegen von der deutschen Polizei gesagt, die uns hier zuhören. Sie denken, wir Afrikaner wären irgendwie brutale Wilde, die keine Gesetze kennen. Sie denken schlecht von uns, aber brauchen uns auch, weil wir gute Musik machen, weil wir mit die besten Fußballspieler haben oder weil Leute wie du Drogen verkaufen. Das wollen die Weißen nicht selbst machen, weil es das Allerletzte ist. Wie findest du das?«

»Nicht gut, *Sir*.«

»Was könnte man dagegen tun? Wie könnten wir Ihnen Respekt vor uns verschaffen?«

Darüber schien der Mann mit dem verquollenen Gesicht noch nicht nachgedacht zu haben.

»Heißt du wirklich Paul Bakery Adamou?«, fragte Ebuk und wechselte das Thema. »Oder ist das deine Fake-Identität«

»Das bin ich wirklich, *Sir.*«

»Warum bist du hierhergekommen, Paul?«

»Ich will Arzt werden, *Sir.*«

»Das ist gut, sehr gut. Und warum studierst du dann nicht, sondern bringst Leute um?«

»Ich habe doch keinen umgebracht! Sie müssen mir glauben!«

»Wer war es dann? Ich habe einen Freund, der kommt auch aus Ghana, aus dem Land, aus dem der Tote kommt. Was soll ich meinem Freund sagen, wenn er mich fragt? *Brother*, wird er sagen, wer hat den armen Jungen aus meinem schönen Land getötet, du bist Polizist, sag es mir. Was sag ich ihm, Paul Bakery Adamou?«

»Es tut mir doch auch leid, uns allen tut es sehr leid. Es war keiner von uns. Ich schwöre es.«

»Was ist passiert? Sag es mir«, drängte Ebuk.

»Es kam ein Mann mit einer Pistole in der Hand, er hat uns allen ins Gesicht gesehen, und als er ihn gefunden hatte …« Er schaute Ebuk ängstlich an.

»Boom Schakkalakka!«, machte Ebuk.

Paul nickte, er umklammerte seinen eigenen Oberkörper, ein Zittern durchlief ihn.

Ebuk betrachtete ihn. »Wie sah der Mann aus, beschreib ihn mir, zeig mir, dass du ein guter Mann aus Gambia bist, ein stolzer Afrikaner. Ein angehender Arzt«, forderte er ihn auf.

»Er hatte keine Haare, er war normal groß, irgendwie

dunkle Haut, böse Augen, wie ein, wie ein Krokodil. Er hatte einen schwarzen Bart. Der andere hatte lange lockige Haare, hinten zusammengebunden, ein Weißer. Er trug eine Sonnenbrille, obwohl es Nacht war, und eine Wollmütze.«

»Es waren also zwei?«

Paul nickte und zitterte vor sich hin.

»Geht doch. Sehr gut, Paul. Das war sehr gut.«

»Danke, *Sir*. Sagen Sie, brauchen Sie einen Assistenten bei der Polizei, hier in Berlin? Könnte ich auch Polizist werden?«

»Damit du die Drogendealer den Krokodilen im Zoo zum Fraß vorwerfen kannst?« Ebuk lachte.

Paul verfiel in ein irres Lachen, als ob Blechdosen in seinem Körper aufeinanderstießen, er zog röchelnd die Luft in seinen Hals und ließ es klappern. Dann wurde er wieder abgeführt.

Zwei weitere Männer wurden zu ihm gebracht, zunächst einer aus Liberia, dann einer aus Nigeria. Ebuk ermüdeten die Verhöre, weil er nicht verstehen wollte, warum diese kräftigen, irgendwie auch klugen jungen Männer, die es geschafft hatten, sich durch die Wüste zu schlagen, den Lagern in Libyen zu entkommen, nicht im Mittelmeer zu ertrinken, sich durch Italien zu schmuggeln, über die Alpen zu kraxeln, bis nach Berlin, warum sie zu diesem würdelosen Leben verdammt waren. Keiner von ihnen kam hierher, um Drogendealer zu werden, das war nicht das, was sie sich von Deutschland erträumten. Man erwischte sie, einige bekamen Duldungen, andere nicht, sie wurden abgeschoben, und wenn sie in ihre Dörfer zurückkehrten, wurden sie von ihren Leuten ausgelacht, weil sie es in Deutschland nicht geschafft hatten. Die beiden anderen Dealer bestätigten die Aussage von Paul aus Gambia, wonach zwei Männer einen Typen gesucht hatten. Die Personenbeschreibungen gingen durcheinander, danach hatte der eine der beiden Mörder eine Sonnenbrille und einen Bart, der andere lange offene Haare, wie eine Frau; oder vielleicht hatte der eine von ihnen keine Haare, eine Mütze und eine Sonnenbrille, der andere Bart und lange Haare. Aber darauf kam es nicht an. Es wurde deutlich, der junge Ghanaer war von Uribe und einem weiteren Mann gezielt exekutiert worden.

Ebuk versuchte herauszubekommen, für wen sie arbeiteten, ob es Araber waren oder Albaner oder Tschetschenen oder Türken aus Bulgarien oder Deutsche. Doch seine Appelle an sie als Afrikaner, seine Versuche ihnen zu schmeicheln oder zu drohen, führten zu nichts. Sie wollten die Namen ihrer Zulieferer und Bosse nicht verraten.

Der junge Mann aus Liberia wirkte abgemagert, er lauerte wie ein hungriges Tier auf jede Frage von Ebuk und antwortete sofort. Bis auf die Fragen nach seinen Lieferanten, die wischte er mit einer unwilligen Handbewegung weg. Auch gab er keine Auskünfte über seine eigenen Pläne in Deutschland. Er redete weder über eine mögliche Ausbildung, noch darüber, was er mit dem Geld vorhatte, das er beim Verkauf von Drogen verdiente. Allerdings machte er deutlich, er sei freiwillig hier, ein freier Mann, von niemandem gezwungen. Sein Land war nie eine Kolonie, sie waren immer frei, so wie er es auch sei. Die Deutschen würden die Afrikaner brauchen, sie sollten dankbar sein, dass sie hierher kamen. Doch kein Afrikaner brauche jemals einen Deutschen, nur sein Geld.

Der Nigerianer war ein großer, schlanker Mann, er strahlte eine gewisse Würde aus, obwohl er vermutlich schon einiges durchgemacht hatte. Das Schild seiner Baseballkappe stand nach links ab. Jedes der wenigen Worte, die er aussprach, kam tief aus seinem Inneren.

»Yes, Sir, no, Sir, I do not know, Sir …«

Irgendwann hatte Ebuk genug, er schlug mit der Hand kräftig auf den Tisch und schrie den Nigerianer an. Er beschuldigte ihn, seine Mutter und Familie im Stich gelassen zu haben, ein arroganter Nichtsnutz zu sein, er hieß ihn aufstehen, gerade zu stehen, sich zu setzen, wieder aufzustehen. Vielleicht war es Ebuks Aggressivität oder weil er militärischen Drill gut kannte, der Mann machte alles mit, langsam und herablassend, das Geschrei prallte nur an ihm ab. Sein Panzer wurde noch dicker, er blieb undurchdringlich.

Leyla Kaplan lobte ihn, obwohl er keine wesentlichen Informationen aus den drei Typen herausgekitzelt hatte.

»Sie haben es drauf. Alle Achtung. Ich bin beeindruckt«, sagte sie, als sie das Gefängnis wieder verließen. Ihr Lob tat ihm gut, er konnte zeigen, wie viel Erfahrung er bei der Befragung von Verdächtigen gesammelt hatte. Es gab eine Zeit, in der er Verhörmethoden angewandt hatte, für die er sich heute schämte. Körperliche Folter, um Geständnisse zu erzwingen, hatte er aber immer unterbunden.

»Was wissen wir jetzt?«, fragte Ebuk seine Kollegin, als ob er Teil ihres Ermittlungsteams wäre. »Es werden Drogen aus einem geheimen Depot in einer Kirche gestohlen, für das zwei Dealer in der Kurfürstenstraße verantwortlich sind. Sie berichten ihrem Boss, verdächtigen den kamerunischen Pastor, weil er Zugang zur Kirche hat und ebenfalls Schwarzer ist. Früh morgens treffen sie ihn, es kommt vor dem Altar zum Streit, der Mann streitet alles ab und wird erschlagen. Der Verdacht fällt auf die beiden Jungs, die beide aus Ghana kommen, sie beschuldigen sich gegenseitig. Der eine sticht den anderen ab. Aus Frustration oder aus Angst, weil er sich verraten fühlt. Wir wissen es nicht. Der Mörder setzt sich ab, dealt woanders, in der Hasenheide in Neukölln, macht dort weiter. Für Uribe und seine Leute geht das alles zu weit. Sie wollen ein Exempel statuieren. Sie erschießen ihn, um zu zeigen, dass sie alles im Griff haben und was mit Dealern passiert, die Ware verschwinden lassen.«

Kaplan hörte Ebuk konzentriert zu, aber jetzt unterbrach sie ihn. »Stopp, Stopp! Ich möchte das noch mal klarmachen: Wir arbeiten nicht zusammen. Wenn, dann arbeiten Sie für mich, weil Sie, sagen wir aus privaten Gründen, an zwei der Tatorte aufgetaucht sind. Geht das in Ihren Kopf rein?«

Es hatte zu regnen begonnen, schnell eilten sie zu dem Wagen auf dem Parkplatz der JVA Moabit. Sie setzten sich, wischten sich das Wasser von den nassen Ärmeln und vom Kopf. Ebuk wollte sich nicht aus seinen Überlegungen reißen lassen, schaute nur kurz zu ihr hin. Der Regen prasselte auf die Windschutzscheibe.

»Es ist denkbar«, redete er weiter, »dass es zwei Fälle gibt. Der Mord an Moses Lukong und die Morde an den beiden Jungs aus Ghana müssen nicht unbedingt zusammenhängen. Nur weil das Zeug in dieser Kirche versteckt war, muss es nicht nur einen Täter geben.«

»Sie nerven, Ebuk. Ihretwegen sind wir auf Uribe gekommen, Sie haben ihn mit den beiden Jungs gesehen, die jetzt tot sind. Die Zeugenaussagen, die Sie heute geliefert haben, bestätigen das!«

Sie drehte den Zündschlüssel, fuhr aus der Parklücke und auf die Straße.

»Was würden Sie machen, so als Drogenboss, wenn Sie einen Schwarzen verdächtigen, Ihnen die Ware geklaut zu haben? Was?«

Er schaute zu ihr hin, aber sie zog nur die Augenbrauen hoch.

»Ich sage es Ihnen, was Sie machen würden. Sie würden sich die Wohnung dieser Person anschauen. Vor allem, wenn der Typ die Wohnungsschlüssel in der Tasche hat und direkt nebenan wohnt. Sie erschlagen ihn nicht sofort mit einem Kreuz, sie halten ihm ihre Pistole an den Kopf und sagen: Zeig mir deine Wohnung, Bruder. Wenn er die Ware geklaut hat, können sie ihn immer noch erschießen. Einer wie Uribe, der eine Knarre hat, macht sich doch nicht die Mühe, ein Kreuz vom Altar zu nehmen und einen Pastor zu erschlagen. *Never ever.* Und einer der Jungs war es auch nicht, weil die Prints nicht übereinstimmen. Was den Tod von Moses Lukong betrifft, sind die beiden Jungs raus. Und ich kann mir nicht vorstellen, dass es Uribe war.«

Ebuk schaute den Scheibenwischern zu, sie umrundeten die Siegessäule, Leyla Kaplan fädelte sich auf die Hofjägerallee ein.

»Der Mord an Lukong geschah im Affekt, der Mord an dem ersten Ghanaer hinter der Kirche ebenso. Aber die Liquidation im Park trägt die Handschrift von Uribe. Neun Millimeter, Kopfschuss. Ganz klar. Ich glaube nicht, dass er mit den anderen beiden Mordfällen etwas zu tun hat. Er weiß selbstverständlich davon, aber er war es nicht. Wenn überhaupt, hat er nur einen erschossen«, redete Ebuk weiter.

Kaplan sagte nichts, bis sie wieder in der Keithstraße auf dem Parkplatz der Mordkommission standen. Sie drehte den Zündschlüssel, hielt sich mit beiden Händen am Lenkrad fest und sprach nach vorn, ohne Ebuk anzublicken.

»Die Drogen sind offenbar noch nicht wieder aufgetaucht, sonst hätten sie den Typen in der Hasenheide nicht erschossen. Ob das nun eine Strafaktion war oder nicht, die Frage ist doch, suchen sie weiter nach dem Zeug, und was unternehmen sie, um den Dieb zu finden? Sie sind offenbar extrem nervös, vermutlich geht es um die Aufteilung der Märkte in der Stadt. Mein Job ist es, Uribe und seinen Killer zu fassen, bevor noch mehr passiert. Wenn ich ihn habe, überlege ich mir, ob es noch einen weiteren Täter gibt.« Sie stiegen beide aus und eilten in das Gebäude. »Wir schnappen uns Uribe«, sagte sie noch einmal sehr deutlich zu Ebuk, »danke für Ihre Mitarbeit. Das waren gute Vernehmungen. Ich empfehle Sie weiter. Aber mehr gibt es für Sie nicht zu tun. Klar?«

Sie streckte ihm die Hand entgegen, er drückte sie, die

Hand war warm und kräftig. Rasch drehte sie sich um, hielt ihre Plastikkarte an eine gesicherte Glastür, trat ein, die Tür ging wieder zu. Ebuk schaute ihr nach, sah ihren schlanken Körper die Treppe hocheilen, die Pistole wippte an ihrer Hüfte, ihre Schritte waren nicht zu hören. Es war die klassische Polizeilogik, die sie ihm um die Ohren gehauen hatte. Wenn man einen Verdächtigen im Visier hat, dann galt es ihn zu finden und zu stellen, dann sah man weiter. Würden sie Uribe fassen, konnten sie ihm auch den Mord an Moses Lukong anhängen, schließlich war Moses auch ein Schwarzer. Drei Fälle abgeschlossen, Akte zu, gute Arbeit, Leyla Kaplan. Mit dieser frustrierenden Erkenntnis trat er aus dem Gebäude des LKA, es regnete noch immer, er stellte sich dicht an die Wand, es war Nachmittag, er verspürte ein Hungergefühl. Jetzt wieder nach Spandau in seine Wohnung zu fahren, um dort zu essen, wäre sinnlos, er hatte noch die Verabredung mit der Schwester von Lukong. Besser, er suchte sich ein Restaurant oder einen Imbiss in der Nähe und machte sich dann wieder auf den Weg. Ebuk schickte Viktoria eine Nachricht, er sei in der Stadt unterwegs, sie solle sich selbst etwas zu essen machen, er käme vermutlich erst spät nach Hause. Sie schrieb knapp zurück, *no problem, Taata*. Vermutlich war sie mit ihrem Freund zusammen. Er musste sich besser um sie kümmern und endlich mal die Eltern dieses Jungen kennenlernen.

Er überquerte die Kurfürstenstraße. Wenn er sich nach links wenden würde, wäre er in fünfzehn Minuten bei der Kirche und könnte Larissa besuchen, sie fragen, wie es ihr ginge, wie ihr Tag bis jetzt verlaufen sei, was Noemi mache. Er könnte versuchen, mit dem Mädchen erneut über Fußball zu sprechen, über ihren Verein. Das wären doch Interessen, die ihn und Noemi näherbringen würden. Welche Nationalspielerin findet sie besonders toll? Er könnte Larissa erzählen, dass er gerade erfolgreich ein paar Vernehmungen durchgeführt hatte, er und seine Kollegen gut vorankämen, bald würden sie wieder ein paar Verbrecher schnappen und einbuchten, wie man hier salopp sagte. Larissa könnte ihm von ihrem Nachmittag in der Seniorengruppe erzählen, von einem Treffen im Kirchenkreis, von der Beerdigung heute Morgen, von der schönen Hochzeit, von dem interessanten Deutschaufsatz, den ihre Tochter geschrieben hatte, oder von Ähnlichem, was ihren Alltag so ausmachte.

Zu dieser Jahreszeit regnete es in Berlin selten richtig, oft war es nur ein Sprühen, ein intensives Nieseln, das die Eigenschaft hatte, durch jede Ritze in der Kleidung zu dringen. Ebuk bog in die Bayreuther Straße ein, hielt sich dicht an den Hauswänden, stellte sich für einen Moment in einen Hauseingang neben einem Baumarkt. Ein paar Häuser weiter entdeckte er eine Bäckerei, er lief hin, schüttelte sich, als er eintrat. Es roch warm und einladend nach Brot.

»Sauwetter«, sagte die Verkäuferin und lächelte ihn an. Er bestellte einen großen Cappuccino bei ihr und zeigte auf ein gelbliches Gebäck, das wie eine zusammengerollte kleine Schlange aussah, das die Deutschen aber als Schnecke bezeichneten.

»Bitte schön, einen Cappu und eine Zimtschnecke.«

Sie nannte den Preis, und er hielt seine EC-Karte gegen den schwarzen Kartenleser. Das heiße Getränk tat gut, die zuckrige Glasur gaben ihm etwas Energie zurück. Waren Larissa und ihre Tochter weiter bedroht, wie er es nach dem ersten Mord angenommen hatte? Musste er weiter darum fürchten, vor dem Ende seiner Ausbildung entlassen zu werden? Nicht mehr Beamter auf Widerruf zu sein? Was sollte er in diesem Land anfangen, wenn er sich nicht als Polizist verdingen durfte? Vielleicht bei einer Sicherheitsfirma anheuern und nachts um die Zäune von Industrieanlagen herumschleichen? Wenn er nicht für Larissa den Mord an Moses Lukong aufklärte, für wen dann? Für seine eigene Eitelkeit, oder weil es sein Job war, für Gerechtigkeit zu sorgen? Ihm fiel ein Zitat von John McClane ein, aus einem der *Die-Hard*-Filme, die er sich mit Jim angesehen hatte: *Glaub mir, wenn es jemand anderen gibt, der es machen könnte, ich würde ihn machen lassen. Aber es gibt keinen, also erledige ich es. Das macht mich zu dem, der ich bin.*

Aber er war keine Filmfigur, nur ein angehender deutscher Polizist aus Uganda, der einen toten Pastor aus Kamerun in der Kirche seiner Freundin gefunden hatte. Er sollte es besser nicht vermasseln und sich raushalten aus den Ermittlungen von Leyla Kaplan, auch wenn er deren Kratzbürstigkeit inzwischen mochte. Sie machte klare Ansagen, auch wenn sie die Dinge nicht zu Ende dachte, so wie er. Gut, das war arrogant. Wahrscheinlich war sie ziemlich gestresst, dachte er, mit zwei kleinen Kindern, ohne Mann. Sie wollte ihre Fälle geklärt haben und sich nicht von einem dahergelaufenen Afrikaner, einem Polizeianwärter, sagen lassen, was sie zu tun hatte. Es gab bestimmt eine Menge männlicher Besserwisser, da brauchte sie nicht auch noch einen Peter Ebuk.

Als er an der Vitrine der Bäckerei vorbeiging, zeigte er auf einen dunkelbraunen Kringel, der mit Zucker bestäubt war.

»Sagen Sie, sind das Kameruner?«

»Ja, Kameruner, eigentlich Pfannkuchen, also, wie wir hier dazu sagen. In Westdeutschland sagen sie dazu Berliner, weil sie sich nicht auskennen.« Sie lachte.

»Zwei Kameruner zum Mitnehmen, bitte.«

Die Papiertüte mit den beiden Kamerunern packte er unter seine Jacke, damit sie nicht nass wurden, stieg am Wittenbergplatz in die U-Bahn und fuhr bis Potsdamer Platz. Dort fragte er sich nach dem Hyatt durch, dem Hotel, in dem Pauline übernachtete.

Ein Hotelpage in schwarzer Uniform nickte ihm zu, als sich die gläserne Schiebetür vor ihm öffnete, er ging an einer hohen holzgetäfelten Wand entlang, betrat die weitläufige, moderne Lobby, in der braune Ledersessel neben großen Blumenarrangements die Gäste zum Verweilen einluden. Doch niemand wartete oder plauderte in dieser großen leeren Halle, nur an der Rezeption, hinter einer langen Theke, standen zwei junge Frauen, die eine Schwarz, die andere weiß, die ihn anlächelten und ihn auf Englisch begrüßten.

»*Good evening, Sir*«, sagte die Frau mit den blonden Haaren. Er antwortete ebenfalls auf Englisch, um sich dem internationalen Flair des Hauses anzupassen. Er habe eine Verabredung mit Frau Dr. Pauline Amadou Manga, sagte er. Die Rezeptionistin nahm einen Telefonhörer ab, wählte und fragte, wen sie melden dürfe, worauf Ebuk seinen Namen nannte. Nachdem Pauline ihr Einverständnis gegeben hatte, brachte ihn die blonde Frau zum Aufzug, er trat ein, sie hielt ihre Chipkarte vor das Tastenfeld, drückte auf die 9 und sagte Ebuk die Zimmernummer an. Die Türen schlossen sich, und mit einem sanften Summen glitt er nach oben.

Pauline hatte sich eine kleine Suite gebucht. Neben einem breiten Bett gab es einen Sitzbereich mit einem schmalen hellen Sofa, einem Sessel aus Holz und feinem Bastgeflecht, dazwischen ein Tisch mit runder Glasplatte. Der Raum strahlte eine luxuriöse Wärme aus, erhellt von indirektem Licht, das hinter den Wänden aus hellem Holz an die Decke glomm. Es roch nach Kaffee und Gras. Ebuk nickte anerkennend.

»Nicht schlecht«, sagte er.

Pauline trug eine weite Jeans, die mit Strass besetzt war, eine enge olivgrüne Seidenbluse, ihre Füße steckten in glänzend weißen Sneakers. Viktoria hätte sicher gewusst, von welcher Marke und wie teuer sie waren, vermutlich sehr teuer. Wie für eine Verkaufspräsentation standen auf dem Glastischchen eine Packung Kaffee in schwarzer Verpackung und mit goldener Aufschrift, daneben lag ein Stapel Schokoladentafeln in der gleichen dunklen Verpackung. Ebuk hielt die abgegriffene Papiertüte der Bäckerei in der linken Hand und legte das Mitbringsel neben die edle Packung mit Kaffee. Pauline blickte ihn aus müden, geröteten Augen an. Sie sah aus, als ob sie geweint hätte, sie fragte leise, was er trinken wolle.

»Nur Wasser.«

»No beer?«, fragte sie nach, *»they have good German beer.«*

Er ließ sich umstimmen. Sie entnahm dem Kühlschrank zwei kleine Flaschen, schenkte vorsichtig und gekonnt zwei Gläser ein, reichte eines Ebuk und bat ihn, sich zu setzen. Sie erkundigte sich nach dem Inhalt seiner Bäckereitüte.

»In Berlin nennen sie die Teilchen Kameruner«, erzählte er.

Sie schaute hinein, nahm eines der Gebäckstücke mit spitzen Fingern heraus, legte es aber gleich wieder zurück. »Bei uns kann man die überall kaufen. Man schmeißt einen Klumpen Teig in heißes Fett und fertig«, sagte sie.

»Bei uns ist es nicht anders«, meinte Ebuk, »vermutlich haben die Deutschen es aus Kamerun mitgebracht.«

»Das ist kein Problem, wenn sie nicht auch noch unsere ganzen Kunstschätze geraubt hätten«, stimmte sie zu. Heute klang sie erschöpft, die Energie vom Vortag schien verbraucht. Sie tranken von dem Bier, Ebuk lehnte sich zurück.

»*Nice*«, sagte er nur.

»Die Tränen sind zurückgekommen. Warum musste Moses ausgerechnet in diesem Land sterben? Wer hat ihn erschlagen? Mein lieber Bruder. Er war immer ein Teil von mir, auch wenn er seltsame Dinge machte. Es fühlte sich immer so an, als ob alles, was er machte, auch ich selbst machen würde und umgekehrt. Ich dachte, ich könnte zum *business as usual* übergehen, aber es fällt mir schwer. Wir handeln mit Kaffee und Kakao. Mein Mann besitzt eine große Brauerei, Bier aus Kamerun verkauft sich hier nicht. Das deutsche Bier ist besser«, führte sie aus. »Ich spreche mit unseren Kunden über den Kaffee und die Kakaobohnen. Sie wollen hier nur Fairtrade, damit lassen sich hier bessere Preise erzielen. Also bekommen sie Fairtrade, direkt von der Erzeugerin, von mir, und beste Qualität.«

Ebuk zeigte sich beeindruckt. Jetzt lächelte sie ihn zum ersten Mal an, doch eine große Melancholie lag um ihre Schultern, wie eine Wolldecke. Auf Ebuk wirkte sie unverstellter als während der Begegnung mit der Pastorin. Aber vielleicht lag es auch an ihm, vielleicht war er gestern, in Larissas Gegenwart, zu angespannt gewesen.

»Haben Sie schon in das Manuskript geschaut, Frau Dr. Amadou?«, erkundigte er sich.

»Habe ich. Bitte, können wir uns weniger formell unterhalten? Ich bin Pauline.«

»Peter.«

»*Nice to meet you, Peter.*«

Sie ging zu einem der Nachttischchen und nahm ein Bündel Papiere in die Hand, kam zurück und setzte sich neben Ebuk auf das kleine Sofa. Ihr warmer Körper berührte ihn, ein leichter Duft nach frischem Gras umwehte sie, es war, als ob sich eine frisch gemähte Wiese neben ihn setzen würde. Sie hatte die ersten Seiten des Manuskripts bereits gelesen.

»König Njoya beschreibt seine Reise im Jahr 1908 an die Küste, um seinen eigenen Thron dem deutschen Kaiser zum Geschenk zu machen.«

»Ich war mit meiner Tochter im Museum, wir haben ihn uns angesehen. Wirklich beeindruckend. Sie haben viele Objekte aus Kamerun in diesem Humboldt Forum.«

»Nicht nur da. Stell dir vor, in ganz Deutschland lagern vierzigtausend Artefakte aus Kamerun. Vierzigtausend! Das ist richtig viel.«

»Woher weiß man das?«

»Ein Wissenschaftler von meiner Universität, aus Dschang,

hat das zusammen mit einer Professorin von einer Berliner Universität herausgefunden. Sie haben zusammen ein Buch darüber geschrieben«, erklärte sie.

»Das ist wirklich viel«, meinte Ebuk.

»Die Deutschen sind Diebe.« Sie nahm einen Schluck Bier, stand auf und holte zwei weitere Flaschen aus der Minibar.

»So kleine Bierflaschen würden sich in Afrika nicht verkaufen, die sind ja sofort leer getrunken«, sagte sie, setzte sich wieder neben Ebuk und schenkte ihm nach. Sie fasste die Kapitel, die sie bereits gelesen hatte, für ihn zusammen. Offenbar seien dem König und seinen Handwerkern die Perlen für den Nachbau ausgegangen, und weil er den Deutschen versprochen hatte zu liefern, musste er nun seinen eigenen Thron hergeben. Ein deutscher Missionar hatte ihm gedroht: Ohne Thron wäre die deutsche Schutztruppe angerückt und hätte ihn sich einfach genommen.

»Ein deutscher Missionar?«, fragte Ebuk nach.

»Göhring, einer ihrer Geistlichen. Njoya hat ihm erlaubt, eine Kirche in der Nähe seines Palasts zu bauen. Er dachte, der weiße Mann sei ein Freund. Njoya war total beeindruckt von den Deutschen, zumindest eine Zeit lang. Er lieferte sich ihnen aus, um weiter herrschen zu können.«

»Er beschreibt seine Reise, mit dem Thron im Gepäck?«

»Genau. Es muss eine riesige Expedition gewesen sein, mit zwei seiner Frauen, Adligen, mit Hunderten Trägern, Sklaven, dem deutschen Priester. Und einer seiner Töchter«, erzählte sie weiter. »Dieses eine Mädchen ist interessant. Tabea Manuore war wohl besonders aufgeweckt, konnte gut zeichnen und hatte von dem Missionar Deutsch gelernt.«

Ebuk bat um einen Moment Pause, er musste ins Badezimmer. Nachdem er sich dort erleichtert hatte, wusch er sich die Hände und das Gesicht, betrachtete all die vielen Fläschchen mit Kosmetika und Parfüm, die sie aufgereiht hatte, sowie den goldenen Schmuck, der hier lag. Als er zurückkam, setzte sie ihre Lesebrille ab, lehnte sich zurück und blickte zu ihm hin.

»Sollen wir etwas essen gehen? Hast du Hunger?«, wollte sie wissen, »sie haben hier eine Bibliothek, wo man auch essen kann, oder wir gehen nach unten, in eines der Restaurants?«

»Du warst schon öfter hier?«, erkundigte sich Ebuk.

»O ja, wie gesagt, wir haben hier ein paar gute Kunden.«

Sie lotste ihn ein Stockwerk tiefer, in die sogenannte Bibliothek, die von einem großen Fernsehbildschirm dominiert wurde, auf dem stumm BBC News lief. Einige Gäste saßen zusammen und unterhielten sich leise bei einem Glas Wein oder Bier. Pauline wurde ausgesprochen höflich begrüßt, sogleich bekam sie einen Tisch angeboten und wurde gefragt, ob sie besondere Wünsche hätte. Ebuk war es nicht gewohnt, in teure Restaurants zu gehen, er überließ es Pauline zu bestellen, und stimmte einer Flasche Weißwein zu, deren Marke sie vorschlug.

»Was für eine Art von Polizist bist du, Peter?«, wollte sie wissen. Er verstand nicht gleich, worauf ihre Frage abzielte. Sie wollte erfahren, warum er hier in Deutschland lebte, zusammen mit seiner Tochter und offenbar ohne eine Frau. Er berichtete kurz von den Gründen für seine Flucht, dem Tod seiner Frau, dem Kampf um einen deutschen Pass und seinen Bemühungen, als Polizist in diesem Land anerkannt zu werden.

»Dann bist du also ein ehrlicher Polizist? In allen Ländern, auch auf unserem Kontinent, gibt es solche und solche Polizisten, korrupte Leute und ehrliche.«

»Wenn man Polizisten gut bezahlt, wenn sie ihre Familien ernähren können, sie gut ausgestattet sind, von ihren Vorgesetzten mit Respekt behandelt werden, dann gibt es keinen Grund, fremdes Geld zu nehmen«, stellte er mit Überzeugung fest.

»Du hast also alles verloren und hier neu angefangen. Das ist ziemlich mutig von dir. Wie geht es mit dir und deiner Tochter?« Ihre Frage klang sanft.

»Sehr gut. Sie ist klug und schön wie ihre Mutter.«

Ebuk wurde unwohl, er verstand nicht, warum sie ihn ausfragte. Was sollten diese Fragen zur Polizei und seiner Familie?

Sie hatte Fisch und gegrilltes Gemüse bestellt, es schmeckte hervorragend, der Wein war großartig. Nach dem Essen breitete sich in ihm eine schwebende Leichtigkeit aus, für einen winzigen Moment kam das Gefühl auf, auch er hätte die Berechtigung hier zu sein, neben dieser schönen, reichen Frau in diesem teuren Hotel. Sie zeichnete die Rechnung ab, lächelte der Bedienung zu, die der Frau Doktor noch einen schönen Abend wünschte, auch Ebuk wurde im Glanz dieser Frau äußerst freundlich behandelt.

Sie gingen zurück auf ihr Zimmer, wo sie ihre weißen Schuhe auszog und kurz im Badezimmer verschwand. Als sie wiederkam, nahm sie das Manuskript zur Hand, fragte, ob ihm der Wein geschmeckt habe und ob sie noch eine Flasche bestellen solle. Ebuk bedankte sich, lehnte ab. Sie zuckte leicht mit der Schulter, ging zu dem großen Bett, wo sie sich hinhockte und ihre Lesebrille aufsetzte. Sie begann in dem Manuskript zu lesen, Ebuk schaute zu ihr hin, unsicher, ob er bleiben oder doch besser gehen sollte. Er stand von dem Sofa auf, sie klopfte mit einer Hand neben sich auf das Bett.

»Ich beiße nicht, es ist gemütlicher hier«, sagte sie und schaute wieder in den Text vor sich. Etwas sträubte sich in ihm. Er sah sich neben ihr auf dem Bett sitzen, auf diesen weißen edlen Stoffen, ein Kissen im Rücken, in der Hand ein weiteres Glas Wein, der Gute-Nacht-Geschichte von König Njoya lauschen, neben ihr müde werden. Es war unpassend.

»Ich glaube, ich sollte mich um meine Tochter kümmern. Wir waren für heute Abend verabredet«, sagte er etwas lahm.

Pauline schaute ihn aufmerksam an, setzte ihre Brille ab. »Selbstverständlich, Kinder gehen immer vor.«

»Du musst mir berichten, wie es auf dieser Reise weiterging«, sagte er, deutete auf das Manuskript und machte eine Pause. »Es gibt noch etwas anderes, das ich dich fragen wollte. Es betrifft deinen Bruder.«

Sie legte das Manuskript zur Seite. »Bitte.«

»Ich möchte wissen, warum er getötet wurde«, sagte er leise.

»Ich auch.«

Weil ihr Mund mit dem des Toten identisch war, schien es Ebuk, als ob Moses selbst ihm den Auftrag geben würde, das Rätsel um seinen Tod zu lösen.

»Ich habe herausgefunden, dass er hier in Berlin bei einem Rechtsanwalt war. Weißt du etwas darüber?«

Sie stieg vom Bett, ging zur Minibar, nahm dort eine kleine Flasche Weißwein heraus, schaute aufs Etikett, schenkte sich ein Glas ein.

»Also, Peter Ebuk. Mein Bruder hatte genau die gleichen Möglichkeiten wie ich, seine Schwester. Wir sind Zwillinge, wir haben alles geteilt, auch unsere Gedanken. Aber er wollte predigen, ich wollte forschen, er ist ein Mann, ich bin eine Frau, ich habe geheiratet, und er … Er war lange Zeit einer dieser afrikanischen Prediger, die den Menschen erzählen, sie wären von Gott auserwählt worden, von dem Allmächtigen selbst zur Erde gesandt worden. Er heilte Wunden durch Hand auflegen, Frauen gingen mit ihm ins Bett, weil er sie glauben ließ, Sex mit ihm würde sie erfolgreicher machen. Bis sich eines Tages eine Frau, die ihn liebte, umbrachte. Ihr Mann kam hinter ihr Verhältnis mit meinem Bruder und gab ihm die Schuld an ihrem Tod. Mein Bruder stürzte ab. Damals haben wir viel miteinander gesprochen. Er schloss sich einer anderen Glaubensgemeinschaft an, den Presbyterianern, gelobte Besserung, ich zahlte dem Mann der toten Frau eine ordentliche Summe Geld. Aber mein Bruder glaubte weiter an seine große Berufung. Auf einmal sagte er, er müsse nach Berlin, er habe da etwas entdeckt. Vermutlich dieses Manuskript. Er sagte, er wisse, wie er den Thron zurückbringen und Frieden schaffen könne. Auf einmal hatte er eine konkrete Aufgabe und ein Ziel. Aber er brauche Geld, um den Thron zu transportieren. Ich sprach mit meinem Mann, der meinte, wenn es einen Weg gibt, mit Geld den Thron und den Frieden nach Kamerun zurückzubringen, dann wäre er dabei. Frieden ist besser für seine Geschäfte. Aber er wollte Sicherheiten haben. Wenn Moses einen konkreten Plan vorweisen könne, sollte er sich melden.«

Sie trank einen Schluck.

»Und hatte er einen?«, fragte Ebuk leise nach. Er hatte sich wieder hingesetzt, hörte Pauline zu, die sich im Raum bewegte.

»Ein paar Tage, bevor er starb, meldete Moses sich bei mir. Er meinte, er hätte fast alle Beweise zusammen, die Deutschen müssten den Thron zurückgeben. Er bat mich, ihm Geld zu schicken.«

»Wow«, kam von Ebuk.

»Moses war nicht verrückt, wenn du das denkst. Er war ein Träumer, er glaubte an sich, an uns beide, aber er war nicht auf den Kopf gefallen. Wir sind beide gut darin, unsere Ziele zu verfolgen, auch wenn sein Ziel, nun ja, etwas verwegen war. Mein Mann hat viel Geld, aber er gibt es nicht leichtfertig aus. Moses versprach, bald genaue Informationen zu liefern.«

»Aber dazu kam es nicht?«

»Nein. Er wurde erschlagen.«

»Weißt du irgendetwas über die Leute, mit denen er in Kontakt war?«, fragte er nach.

»Nein.«

Auch Ebuk stand auf, ging ebenfalls in dem Zimmer umher, bis sie dicht nebeneinanderstanden.

»Du musst mir helfen, Peter«, sagte sie und legte ihm eine Hand auf den Arm.

»Einverstanden. Kannst du bitte einen baldigen Termin bei dem Anwalt machen? Ich schreib dir die Nummer auf.«

»Kommst du mit?«

»Unbedingt.«

Als er in der U-Bahn Richtung Ruhleben saß, fuhr er nur ein paar Stationen und stieg am Nollendorfplatz wieder aus, und ging dann die kleine Straße entlang, die ihn zur Kirche und zu Larissas Wohnung brachte. Er wusste nicht, warum er hierher gekommen war, sie hatten sich nicht verabredet, aber sie schien auf ihn gewartet zu haben. Sie stand in der Küche, in der Hand ein Glas Wasser, das sie gierig austrank, als er zu ihr trat. Sie sprachen nicht viel, nur belangloses Zeug. Als er spöttisch fragte, wie die Bandprobe war, küsste sie ihn, nahm ihn an der Hand und zog ihn in ihr Schlafzimmer. Sie knöpfte ihm sein Hemd auf, streifte ihren grauen Baumwollpulli über ihren Kopf, öffnete ihren BH, entledigte sich ihrer Hose und ihres Slips, kickte die Socken von den Füßen. Larissa stand nackt vor ihm, in ihren Augen glänzte ein Licht, auf ihren Lippen spielte ein winziges Lächeln. Ebuk zog sich ebenfalls aus, für einen Moment bewegten sich beide kaum, nur ihr Atem wurde schneller, dann trat sie zu ihm, küsste ihn erneut, fordernd, packte ihn an seinem Hintern. Sie legten sich auf ihr Bett und versanken ineinander.

Später saßen sie in der Küche. Larissa nahm zwei Flaschen Bier aus dem Kühlschrank, die sie für ihn gekauft hatte. Sie bat ihn, ihr einfach zuzuhören. Er trank, nickte nur und lächelte sie an. Larissa sagte ihm, es sei schön, mit ihm ins Bett zu gehen, auch wenn es etwas gedauert habe, bis sie zusammengefunden hätten.

»Es kann sein«, fuhr sie fort, »dass ich mich in dich verliebt habe. Aber ich bin mir nicht sicher, ob ich mit dir mein Leben verbringen möchte.«

Ebuk trank jetzt einen Schluck Bier, es hörte sich irgendwie bedrohlich an.

»Wie du mit mir umgegangen bist, wie du mich behandelt hast, als die Sache mit den Drogen aufflog, hat mir nicht gefallen. Du hast dich wie ein Mann verhalten, der immer weiß, was falsch und was richtig ist. Ich hatte einen Vater, der auch immer alles beurteilen konnte. Das war gut, das war schlecht. Diesem Verhalten wollte ich schon immer entkommen«.

Sie schaute ihn trotzig an.

»Es ist meine Sache, meine eigenen Fehler wiedergutzumachen«, betonte sie. »Wie ich mich gegenüber der Polizei verhalte, was ich sage und nicht sage, habe ich zu entscheiden, nicht du, obwohl du Polizist bist. Auch die Erziehung meiner Tochter ist allein meine Angelegenheit, auch wenn ich dir dankbar dafür bin, dass du sie in dieser Nacht zurückgebracht hast.«

Ebuk verschlug es die Sprache, diese Rede hatte er nicht erwartet.

»Es ist schön mit dir, Peter. Aber das geht nicht. Du kannst dich nicht so massiv in mein Leben einmischen«, sagte sie. Ebuk, völlig überrascht, staunte sie an, er wollte endlich etwas erwidern, aber sie hielt die flache Hand hoch und schüttelte den Kopf. Er trank sein Bier aus, bedankte sich, gab ihr einen Kuss und verabschiedete sich.

7

Njoya und seine Karawane verließen den großen Wald mit all seinen Schlangen, Elefanten und Leoparden, von denen sie nur wenige zu Gesicht bekamen. Wir waren mit vielen Menschen, mit Pferden und Zelten unterwegs, es wurde viel gerufen, auch gesungen, nur sehr verwegene Tiere nähern sich so großen Gruppen von Menschen. Wir erblickten bald riesige grüne Plantagen, die sich an sanften Hügeln hinaufzogen. In der Ferne zeigte sich der Fako, der höchste Berg in unserem Land und in ganz Westafrika. Es ist ein Berg, in dessen Innerem glühendes Eisen kocht, das von Mutter Erde ausgespuckt wird, wenn sie wütend ist. Das kommt nicht selten vor. Es gibt viele Gründe für die Wut unserer Mutter. Ist sie wütend, ergießt sich glühendes Feuer wie ein reißender Fluss aus dem Gipfel des Bergs und verbrennt alles, was sich ihm in den Weg stellt.

Wir kamen in Dörfer, deren Bewohner uns feindlich anblickten, denn mit uns reisten auch Weiße, wie der Missionar Göhring und seine Familie.

Am Fako leben die Bakweri, die die fruchtbaren Hänge ihres Berges bepflanzen. Als die Deutschen und ihre Armee in ihr Land kamen, wollten die Bakweri sie vertreiben. Sie wollten ihr Land nicht freiwillig den Fremden überlassen. In ihrem ersten Kriegszug gelang es ihnen, die Weißen zu besiegen, sie waren stolz und glaubten sich sicher. Aber dann kamen die Deutschen zurück und rächten sich fürchterlich. Die Deutschen brachten Schwarze Soldaten aus anderen afrikanischen Ländern mit, die sie bereits unterworfen hatten. Viele Bakweri wurden erschossen und ihre Dörfer niederge-

brannt, sie zogen sich in ihre Bergwälder zurück. Gbea, ihren größten Ort, fackelten die Deutschen ebenfalls ab, um den Bakweri zu zeigen, dass sie die stärkeren und neuen Könige sind. Dieser Ort war das Ziel unserer Reise, die Deutschen hatten dort begonnen, eine neue Stadt aufzubauen, die sie Buea nennen. Von hier aus errichteten sie ihre Herrschaft über dieses und andere Länder Afrikas.

Auf dem fruchtbaren Boden, der einmal dem Volk der Bakweri gehörte und der jetzt in den Besitz von reichen deutschen Geschäftsleuten gegangen war, wurden vor allem Kakao, Kaffee und Bananen angepflanzt. Die Weißen kontrollierten mit Waffen ihre Felder, damit kein Schwarzer die Früchte stehlen konnte. Sie zwangen die Bakweri, für sie zu arbeiten, und wenn sie sich weigerten, peitschten sie sie aus. Aus schmalen Streifen von Nilpferdhaut hatten sich die Deutschen Peitschen angefertigt, mit denen sie die Schwarzen schlugen, wenn sie ihnen nicht gehorchten. All das erfuhren wir von den Bakweri, denen wir begegneten.

Bevor wir auf den Berg stiegen, errichteten wir unser Lager. Als es schon dunkel war, besuchte Endeley, der König der Bakweri, und mit ihm ein weiterer Mann, einer der den Regen macht, Njoya, den Sultan der Bamum. Endeley war der Nachfolger von KuvaLikenya, ein König, der sein Volk gegen die Weißen geführt hatte, aber mittlerweile gestorben war. Sein Ruf war Njoya vorausgeeilt. Endeley wusste von Njoyas Plan, den Gouverneur der Deutschen in Buea zu besuchen. Nur wenn die Könige und Völker, denen die Weißen ihr Land rauben, zusammenhalten, sagte Endeley, der König der Bakweri, dann kann es ihnen gelingen, wieder selbst über ihre Erde, ihre Pflanzen und über ihr eigenes Leben zu bestimmen. Die Bakweri waren sich nicht einig gewesen, deswegen hätten sie ihren Kampf gegen die Deutschen verloren. Es sei gut, sagte der König der Bakweri, einen wie Njoya zu kennen, einen Bruder, der so mächtig und stark ist wie die Deutschen. Njoya soll uns führen, sagte Endeley, dann werden wir siegen und die Weißen ins Meer treiben, wo sie herkamen. Njoya lauschte aufmerksam, was sein Gast zu sagen hatte, er bedankte sich für seinen Besuch. Er stimmte ihm zu. Wir, die wir Schwarze Haut haben, wir, die seit Jahrhunderten in unseren Ländern, auf diesem Kontinent leben, dessen Größe wir nur erahnen können, wir sind alle Brüder und Schwestern. Die Weißen seien in unser Land gekommen, doch Njoya wolle von ihnen lernen, denn sie hätten große Macht. Njoya, Sultan der Bamum, hoffe auf ein friedliches Zusammenleben der weißen und Schwarzen Völker. Das sagte er Endeley damals.

Heute denkt Njoya an diesen Abend zurück und weiß, dass er sich geirrt hat. Das friedliche Zusammenleben mit den Weißen geht nur gut, wenn sie ihre Geschäfte auf unserem Land machen können. Wenn wir sie stören, töten sie uns, oder sie vertreiben uns von unserem eigenen Boden, der uns von unseren Vätern anvertraut wurde. Auch Njoya wurde vertrieben und muss jetzt in einem fremden Land leben. Er kann sein geliebtes Bamum nicht mehr wiedersehen. Er wird zurücklassen, woran er sich erinnert und was er aufschreibt.

Der Mann, der mit dem König der Bakweri gekommen war, versprach, während unserer Reise auf den Berg Fako den Regen aufzuhalten. In diesem Volk gibt es Frauen und Männer, die können Regen machen, den Regen wegschicken, und sie können gewaltige Wirbelstürme heraufziehen lassen. Kein Weißer ist so vertraut mit den Mächten der Erde und des Himmels wie ein Afrikaner. Die Weißen verstehen nicht, welche Kräfte in dem Land verborgen sind, das sie unterworfen haben.

Wie das Fleisch eines Tiers, das schwer verdaulich ist, lag das Gespräch mit den Bakweri Njoya im Magen.

Aber als wir am nächsten Tag wieder weiterzogen, lachte uns ein blauer Himmel an, nur ganz oben um den Berg Fako lagen Wolken, als ob sie warten würden, bis wir an unserem Ziel ankämen.

Der Palast des deutschen Gouverneurs strahlte in der Sonne, als wir vor ihm standen. Es ist ein prächtiges, sehr großes Schloss mit zwei Stockwerken. Rechts und links vom zentralen Portalbau wurden zwei Rundtürme angefügt, von denen nach beiden Seiten Gebäudeflügel abgehen. Im Zentrum des unterteilten Dachs ragt ein Turm auf, auf dessen Spitze die Fahne der Deutschen weht. Der Bau wirkt leicht und mächtig zugleich. Sofort machten sich Nji Mama Pekekne und die Sekretäre daran, die Umrisse des Palasts zu zeichnen. Sie wissen, wie sehr Njoya es liebt, sich über die Architektur von Gebäuden zu unterhalten. Wie kann ein Herrscher am besten seine Zeit überdauern? Indem er Bauten errichten lässt, von denen die Menschen noch nach seinem Tod erzählen. Wir waren alle sehr beeindruckt, denn so eine schöne Residenz hatten wir noch nicht gesehen. Schon in diesem Moment entstand im Herzen von Njoya die Idee, einen ähnlich modernen Palast im Zentrum von Foumban zu errichten. Manches, was im Innern entsteht, braucht Zeit, um sich zu einem Gedanken zu formen, ausgesprochen und durch Handeln in die Tat umgesetzt zu werden.

Nur kurz hielt sich die Regenwolke über dem Berg Fako zurück, dann schüttete der Himmel große Mengen von Wasser über uns aus. Njoya, der König der Bamum, und sein Gefolge wurden in den Palast der Deutschen gebeten. Wir konnten durch die Fenster, neben denen schwere Stoffe hingen, hinausblicken und sehen, wie sich der Regen auf das grüne Meer der riesigen Gärten und Pflanzungen ergoss. Gouverneur Reitz, seine Frau und seine Militärs hießen uns herzlich willkommen. Njoya stellte ihnen Sabiatou als seine

Sultana vor, Tabea Manuore als seine Tochter sowie die Adligen und die Soldaten in den Uniformen, die wir in unseren Werkstätten angefertigt hatten. Die Sklaven der Deutschen, sie nennen sie Diener, die im Palast arbeiten, die sich um die Speisen kümmern und die alltäglichen Arbeiten erledigen, sind alles Schwarze Menschen, die weiße Uniformen tragen. Auch Menschen aus Bamum leben am Hof des Gouverneurs. Sie freuten sich sehr, Landsleute zu sehen und ihren Mfon begrüßen zu können. Das Schloss ist mit erlesenen Gegenständen, Möbeln, Gemälden und Teppichen eingerichtet. Njoya war beeindruckt, hier zeigte sich, auch die Weißen verfügen über eine gewisse Kunstfertigkeit, die an jene von uns Afrikanern durchaus heranreicht. Die Dinge, mit denen die Weißen sich umgeben, leben weniger aus sich heraus, sie dienen ihnen wie die Menschen, die sie sich ihnen unterwerfen. In den Dingen, die wir anfertigen, leben gute und böse Geister, Tiere, Träume oder Pflanzen, manchmal auch die Ahnen. Unsere Gegenstände leben, die der Deutschen sind hübsch anzuschauen, aber sie sind tot.

Am Abend vor dem Geburtstag des Kaisers hatte der Gouverneur viele Menschen eingeladen. Wir wurden als Ehrengäste bezeichnet, doch unsere Hautfarbe war in der Minderheit.

An langen Tischen, die schön geschmückt waren, wurden viele Speisen und Getränke gereicht. Die Deutschen trinken gerne ihr Bier und den Wein, den sie sich aus ihrem Land kommen lassen. Auch Njoya trank von dem Bier der Deutschen. Es schmeckt bitter. Alkohol zu trinken, ist nicht richtig, es entspricht nicht unserem Glauben und nicht unseren Traditionen. Auch zu viel Palmwein kann einem den Kopf vernebeln.

Mitten in der Nacht standen der Gouverneur und alle anderen Weißen von ihren Tischen auf und riefen laut drei Mal hintereinander: »Hurra!« So ehrten sie den Kaiser.

Am nächsten Tag sollte die Übergabe der Geschenke durch Sultan Njoya erfolgen. Der Gouverneur hatte sich eine feierliche Zeremonie ausgedacht. Die Soldaten von Njoya würden Aufstellung nehmen, die Fahne der Deutschen würde an einem Mast wehen.

Zur Vorbereitung dieses Ereignisses gab es Gespräche zwischen unseren Adligen und den Männern des Gouverneurs. Es zeigte sich schnell, dass unser Wunsch nach guten Waffen, mit denen wir uns selbst verteidigen und unsere Handelswege sichern könnten, abgelehnt wurde. Die Deutschen würden die »Schutztruppe« zur Verteidigung des Landes der Bamum stellen, eine bessere Bewaffnung unseres Volkes wollte der Gouverneur, der Vertreter des Kaisers, nicht zulassen. Das Wertvollste, was mein Volk geben kann, ist der Thron seines Herrschers. Wie kann Njoya diesen Thron verschenken, wenn der Kaiser nicht in gleicher Weise bereit ist, dem Volk der Bamum etwas zu geben, was ebenso wertvoll ist? In unseren Ländern ist es üblich, unsere Freunde zu beschenken. Die Bamum schenken gern, aber sie erwarten auch, ebenfalls beschenkt zu werden, damit sie sich genauso freuen können wie die Freunde, denen sie etwas geben. Je wertvoller das Geschenk, desto bedeutender die Freundschaft. Wir hatten nicht nur den Thron in unserem Gepäck, wir hatten auch viel Elfenbein, das die Deutschen besonders liebten, Edelsteine und mit Perlen besetzte Figuren mitgebracht. Was würden die Deutschen den Bamum schenken? Sabiatou, meine Frau, Tabea, meine Tochter, als auch Nji Mama Pekekne und viele aus unserer Karawane hatten schnell Kontakte mit den Bamum aufgenommen, die im Dienste der Weißen standen. Ich freute mich, Ngungure Tiwa, meine Tochter, die schon über zwei Jahre am Palast des Gouverneurs lebte, zu sehen. Sie hatte zwei Mädchen zur Welt gebracht, Zwillinge. Weil sie hellere Haut haben als wir, fragte ich sie nach dem Vater. Sie sagte, der Vor-

gänger des jetzigen Gouverneurs habe viele Frauen gehabt, auch sie sei eine von ihnen gewesen, doch er sei zurück nach Deutschland gegangen. Dieser Mann hatte sie Elsa genannt. Sie bat um die Erlaubnis, mit ihren Kindern wieder nach Foumban kommen zu dürfen. Dem stimmte Njoya gerne zu. Ngungure war vertraut mit allen Vorgängen im Palast. Sie erzählte uns, was für den Tag der Zeremonie geplant war.

Njoya hatte diese große Reise vor allem unternommen, um seine Freundschaft mit dem deutschen Kaiser zu festigen. Er wollte wissen, bevor er seine Geschenke übergab, wie die Deutschen diese Freundschaft erwidern würden. So erfuhr Njoya von Tiwa, was sie ihm schenken wollten. Es war so gut wie nichts: eine Uniform, ein Gemälde des Kaisers und eine Kiste, auf der sich eine klingende schwarze Scheibe drehte. Als Njoya, der Sultan, dies hörte, war er sehr enttäuscht und forderte nachdrücklich ein Gespräch mit Gouverneur Reitz, mit Missionar Göhring und dem Hauptmann, der uns mehrmals in Bamum in unserem Palast besucht hatte. Diesem Hauptmann Glaunig hatte Njoya gesagt, dass wir nur einen Nachbau des Throns – ein Faksimile, wie er es nannte –, geben könnten. Wenn wir den Originalthron verschenken, dann nur, wenn die Bamum dafür Waffen bekommen. Das war die Vereinbarung, die nun drohte, gebrochen zu werden. Njoya sagte, er würde seinen Thron, auf dem schon sein Vater saß, wieder mitnehmen. Die Deutschen waren erstaunt, sie wussten, wenn sie einen Streit mit den Bamum anfangen, hätte es auch für sie nur Nachteile. Gouverneur Reitz schlug vor, den Originalthron gegen die Kopie des Throns auszutauschen, wenn diese fertiggestellt worden sei. So könnten alle ihr Gesicht wahren. Er bat darum, auch ihm einen ähnlich schönen Thron aus dem Land der Bamum zu liefern. Hauptmann Glaunig hielt dies alles für eine schlechte Idee, denn dann müsste der Thron erneut verschifft werden und umgekehrt. Ob Njoya dafür die Kosten übernehmen würde, fragte er. Ich, Njoya, stimmte dem zu. Ich bat darum, diese Vereinbarung auf einem Papier festzuhalten, und ich wollte wissen, wer für die Einhaltung garantiert. Da der Gouverneur für den Kaiser sprach, stimmte er zu, persönlich für diese Vereinbarung geradezustehen. Daraufhin holten wir einen Sekretär der Deutschen und einen der Bamum, auch Nji Mama Pekekne und Monliper NjiMonjab wurden als Zeugen gerufen. So setzten wir einen Vertrag auf, in dem wir den zukünftigen Austausch der Throne regelten. Njoya, der Sultan, war nicht glücklich über diese Vereinbarung. Als er das Papier unterzeichnete, glaubte er, Gouverneur Reitz und der deutsche Kaiser seien aufrichtig. Man kann mit Freunden nur Verträge schließen, wenn man davon überzeugt ist, dass sie es ehrlich meinen.

Leider kam es anders. Noch heute steht der Thron des Königs von Bamum im Deutschen Reich, die Deutschen haben den Großen Krieg in Europa verloren, das deutsche Volk hat den Kaiser abgesetzt, die Engländer und Franzosen nahmen sich unser Land, das die Deutschen besetzt hatten, und teilten es untereinander auf. Ich hoffe, es kommt eine Zeit, wo der Thron Njoyas wieder nach Bamum zurückkehrt, auch wenn ich nicht mehr darauf sitzen werde. Bis zu diesem Zeitpunkt ist es ein Thron ohne die lebendigen Geister, die bisher all die Vorfahren von Sultan Njoya beschützt haben. Mein kalter Thron wird bei den Deutschen auf seine Rückkehr warten.

Der Austausch der Geschenke erfolgte wie geplant. Wieder waren Leute zur Stelle, die mit ihren Fotografien alles, was geschah, festhielten. Die Übergabe des gemalten Porträts des deutschen Kaisers an Njoya, den König und Sultan der Bamum, wurde bildlich eingefangen. Meine Soldaten standen neben mir, nicht alle bekamen Lederstiefel, dafür Helme aus Metall, auf denen ein Vogel mit gespreizten Flügeln sitzt, Sä-

bel und Brustschilder aus Metall. Die vielen Geschenke, die wir mitgebracht hatten, wurden nicht fotografiert.

Ein großer Teil der Sklaven, die die Lasten bis nach Buea getragen hatten, wurde nach Foumban zurückgeschickt. Ich gab ihnen eine Nachricht an Njapndunke, die Mutter von Njoya, mit. Wir setzten unsere Reise fort, um King Manga Ndumbe und seinen Sohn Rudolf Manga Bell in Bonanjo, in der Stadt der Douala, zu besuchen.

Vom Berg Buea nach Viktoria, einem Ort an der Küste, haben die Deutschen eine Eisenbahnlinie bauen lassen. Ein dampfendes Ungetüm aus schwarzem Metall zieht eine Reihe Wagen über Schienen, die in der Erde festgemacht sind. Der mühsame Auf- und Abstieg zu den Plantagen wird so erleichtert, vor allem schwere Früchte wie Bananen können schneller und einfacher transportiert werden. Es ist ein beeindruckendes und mächtiges Fortbewegungsmittel, das die Deutschen in unser Land gebracht haben. Man steht in einem Wagen, der allein so schnell fährt, wie ein Pferd in vollem Galopp rennt, während der Wind einem um den Kopf weht.

Einige meiner Begleiter, Männer und Frauen, fürchteten sich davor, die Eisenbahn zu besteigen und so den Berg hinunterzufahren. Meine Tochter Tabea allerdings war genauso begeistert wie ich. Ihre Augen leuchteten, sie freute sich auf die Reise an die Küste und steckte alle anderen mit ihrer Fröhlichkeit an. Tabea Manuore hatte die Sprache der Deutschen von Pastor Göhring und seiner Frau inzwischen gut gelernt. Sie konnte sich mit den Weißen im Palast des Gouverneurs unterhalten und stand neben mir, wenn es darum ging zu übersetzen. Von ihr habe ich nach und nach ebenfalls diese Sprache gelernt. Sabiatou, die Sultana, erzählte mir, wie gut Tabea vor allem dem Gouverneur gefalle. Wenn er sie sehe, lächle er wie ein verliebter Mann. Sabiatou hatte Tabea Manuore vor den Blicken des Gouverneurs gewarnt, denn ein

Mädchen kann das, was hinter den Augen eines älteren Mannes vorgeht, nicht verstehen. Sabiatou berichtete mir, wie sich Tabea geschüttelt hätte, als sie ihr von den schmutzigen Gedanken des Deutschen erzählte.

Das Meer ist wie ein unendlicher See, an dem es kein anderes Ufer gibt. Von keinem Berg aus habe ich jemals einen größeren Himmel gesehen als an dem Tag, als wir an dieses riesige Meer kamen. Ich hielt eine Hand ins salzige Wasser und schmeckte es an meinen Fingern. Der Wind, das gleichmäßige Rauschen der Wellen und der salzige Geruch, der in der Luft liegt, wirkten betörend auf mich. Ich hätte lange dort stehen können, um die Bewegungen im Himmel und die Farben, die sich ständig änderten, zu betrachten.

Die Deutschen brachten uns auf eines ihrer großen Schiffe, die in ihren Bäuchen gewaltige Motoren haben, mit denen sie über das Meer fahren können. Wir schauten uns diese Maschinen genauer an. Sie bestehen aus einer großen Anzahl von Röhren und Hebeln, die in Kessel hinein- und wieder hinausführen, aus Kolben, die auf- und abstoßen, sowie aus mächtigen Scheiben, die sich drehen. Viele Männer, die im Innern dieser Schiffe leben, schaufeln Kohlen in die großen Öfen, die heißen Dampf produzieren, mit denen die Motoren angetrieben werden. Ich fragte die Deutschen, ob sie sich das alles selbst ausgedacht und angefertigt hatten oder ob es Götter waren, die ihnen zur Hand gingen. Sie lachten über meine Frage und erfreuten sich an unserem Staunen. Auch Tabea war beeindruckt von der Kunst der Deutschen, solche großen Maschinen herstellen zu können. Sie sagte, sie wolle von ihnen lernen, um dieses Wissen den Bamum weiterzugeben. Tabea bat Njoya, ihr zu erlauben, eine Zeit lang bei den Deutschen zu leben. Auch wollte sie unbedingt in deren Reich reisen. Ich erklärte ihr, so eine Entscheidung für einen

Lebensweg brauche Zeit und Reifung. Ein junger Mensch brennt schnell leidenschaftlich für etwas wie eine Hütte, die in Flammen steht. Wir würden darüber sprechen, wenn wir wieder in Foumban waren, entschied Njoya, ihr Vater.

Wir bezogen prächtige Zimmer auf diesem Schiff, es gab dort, wie schon im Palast des Gouverneurs, bequeme Betten, breite, schöne Sessel und Tische. Durch kleine Fenster konnte man das Meer sehen. Auf dem Deck des Schiffs ging man umher und betrachtete die Küste, die an einem vorbeizog. Blickt man vom blauen Meer auf das Land, wirkt das unendliche Grün weich und freundlich. Man sieht breite Strände, an denen Palmen stehen, zwischen denen die Boote der Fischer liegen. Wenn die Sonne untergeht, leuchten das Meer und der Wald in roten und orangenen Farben, als gäbe es nur Schönheit in unserem Land.

8

Pauline hatte sich bei ihm gemeldet und ihm den Termin für das Treffen mit dem Anwalt genannt. Obwohl er selbst vorgeschlagen hatte, solch ein Treffen zu vereinbaren, musste er sich aufraffen, um aus der Wohnung zu kommen und die Fahrt nach Neukölln anzutreten. Seit der letzten Begegnung mit Larissa fühlte er sich nutzlos. Erst hatte sie sich vor ihm ausgezogen, ihn verführt, sie hatten zusammen geschlafen, es war sehr schön gewesen, doch dann hatte sie ihm gesagt, er solle sich aus ihrem Leben und ihren Entscheidungen heraushalten. Weil er verliebt war und Angst hatte, jemand könnte ihr etwas antun, hatte er begonnen, auf eigene Faust zu ermitteln. Seine Befürchtung, sie könnte das Ziel des Mörders sein, der Moses Lukong getötet hatte, war noch nicht gänzlich ausgeräumt. Würde man den Täter wirklich im Drogenmilieu finden? Dafür hatte er Leyla Kaplan ausreichend Hinweise geliefert, es war an ihr, Uribe und seine Männer zu fassen. Auch Leyla hatte ihn ermahnt, sich rauszuhalten, genau wie Larissa. Sie wollte seinen Schutz nicht, nicht sein Eintreten für sie. Aber war es nicht so, dass man den Menschen beschützen wollte, wenn man sich in ihn verliebte, weil man das Beste für ihn wollte? Oder ging das nur ihm so? Weil er ein Mann war? Er hatte noch nicht viele Frauen wirklich geliebt, aber für Prudence hätte er alles getan. Er hatte für sie sein Leben geändert, auch wenn er rückblickend wusste, wie falsch sein vorheriges Leben gewesen war. Noch hatte er sich gar keine Gedanken gemacht, ob es ein Leben mit Larissa geben könnte. Sie hatte diesen Gedanken ausgesprochen. Er hatte sich in sie verliebt, war fasziniert von ihr, von ihr als Pastorin, ihrer Bedeutung, ihrer gesellschaftlichen Stellung, ihrem Aussehen. Er fühlte sich zu ihr hingezogen. Zu ihrem Körper. Es war, als ob eine Königin ihn auserkoren und in ihr Bett eingeladen hätte. Jetzt hatte sie ihm gesagt, er solle sich nicht ihr Leben einmischen. Die Königin hatte ihm klargemacht, sie können miteinander schlafen, aber ansonsten regiere sie ihren Staat alleine. Sie brauchte keinen König neben sich, der sie beschützte.

Pauline und Ebuk trafen sich vor dem Büro des Anwalts, das sich in einem historischen Gebäude im Hof eines ehemaligen Fuhrwerkhofs in der Nähe des Richardplatzes befand. Pauline war imposant gekleidet, sie trug lange glatte Haare, vermutlich eine Perücke, ein opulentes grünes Kleid, an ihren Armen klimperten zahlreiche goldene Armreifen, die spitzen Fingernägel glänzten rot. Sie sah ihn mit hochgezogenen Augenbrauen an.

»*You do not look good*«, sagte sie nur, »*are you sick?*«

Ebuk hätte ihr sagen können, ja, er sei irgendwie krank, aber es würde schon gehen. Wenigstens brauchte diese Frau ihn. Doch sie wollte nicht wirklich wissen, wie es ihm ging. Sie tadelte ihn nur für sein graues Aussehen.

Rechtsanwalt Dr. Timon Heisinger, ein dynamischer Mann, Anfang vierzig, umgab eine Atmosphäre von Rosenduft, er trug einen eleganten Dreiteiler, seine Haare waren an den Seiten rasiert, seine hellen Locken lagen ihm wie ein luftiger Riesenpilz auf dem Kopf. Er empfing sie mit höflicher Distanz, drückte sogleich sein Beileid für den Tod von Paulines Bruder aus. Ebuk hatte Pauline vorgeschlagen, ihn als Freund und Vertrauten der Familie vorzustellen, nicht als Polizisten, sonst würde der Anwalt nicht offen sprechen.

Gleich vorab machte Pauline klar, sie komme für alle Kosten auf, die ihr Bruder verursacht habe, und sie könne auch eine Anzahlung auf weitere Leistungen tätigen, wenn der

Anwalt dies verlange. Der Mann lächelte und bedankte sich in einem vornehmen Englisch. Tatsächlich gäbe es noch eine offene Rechnung, aber das genieße angesichts des Todes ihres Bruders keine Priorität. Herr Lukong sei mit einem komplizierten Fall zu ihm gekommen, aber er konnte leider nicht viel für ihn tun, da sein Spezialgebiet die Strafverteidigung sei.

Pauline machte eine unwillige Geste, nahm aus ihrer voluminösen Handtasche das Manuskript von Sultan Njoya und legte es auf den Tisch vor den Anwalt.

»Das ist ein Bericht von Sultan Njoya, unserem Urgroßvater«, sagte sie und klackte mit dem roten Nagel ihres Zeigefingers auf die seltsame Kladde.

»Ihr Bruder hatte angedeutet …«, begann Timon Heisinger erneut, doch sie schnitt ihm mit einer Geste das Wort ab.

»Njoya schreibt, es habe einen Vertrag mit dem deutschen Gouverneur Reitz über einen Austausch des Original-Throns gegeben. Soll ich es Ihnen vorlesen?«

»Was? Es gibt einen Vertrag?«, fragte Ebuk. Das war auch für ihn eine neue Information.

»Das schreibt Sultan Njoya in seinen Erinnerungen über die Reise nach Buea im Jahr 1908.« Sie blätterte in den Papieren, schlug eine Seite auf und drehte sie dem Anwalt hin.

»Was ist das für eine Schrift?«

»Die *Schümom*-Schrift der Bamum, die hat mein Urgroßvater über viele Jahrzehnte mit seinen Gelehrten für unser Volk entwickelt. Es gab eine Zeit, da wurde sie an unseren Schulen unterrichtet.«

Der Anwalt nahm das Blatt in die Hand, staunte und legte es wieder ab. »Faszinierend«, sagte er, »das können Sie lesen?«

»Mein Bruder und ich sind Nachkommen von Njoya. Selbstverständlich können wir diese Schrift lesen.«

»Herr Lukong hat davon gesprochen, dass dieser Thron,

der sich im Besitz des ethnologischen Museums befindet, gestohlen worden sei und er ihn zurückbringen wolle. Er suchte mich auf, weil ich mich mit der Rückführung von gestohlenem Besitz aus Museen beschäftige«, erklärte der elegante Anwalt.

»Aus dem Grünen Gewölbe in Dresden«, merkte Ebuk an.

»Genau. Die Rückgabe der gestohlenen Schätze aus dem Museum in Dresden nach Hinweisen meiner Mandanten, um für sie Strafnachlass zu erwirken.«

Offenbar war der Mann stolz darauf.

»Hat Moses Lukong Sie um Kontakte zu diesen Mandanten gebeten?«, wollte Ebuk wissen.

»Zu diesen Dieben?«, fragte Pauline nach.

»Sie sind Teil eines arabischen Clans«, ergänzte Ebuk.

»Ich bitte Sie, diffamierende Zuschreibungen meiner Mandanten zu unterlassen«, sagte Dr. Heisinger in strengem Ton.

»Wie auch immer. Bat er Sie um einen Kontakt?«, fragte Ebuk nach.

»Ich habe ihm klargemacht, dass ich keine strafbewehrten Hinweise geben kann.«

Ebuk nickte, der Mann schützte seine kriminelle Kundschaft.

»War er hier wegen solcher Kontakte? Ich dachte, es ginge um den Thron und unsere Verwandtschaft mit dem Gouverneur.«

Das Gesicht des Anwalts verzog sich, als ob er lächeln würde, aber es sah mehr nach Bauchschmerzen aus. »Offenbar hatte er die Idee, den Thron, den er als gestohlen betrachtete, aus dem Humboldt Museum zurückzustehlen, mithilfe eines dieser Clans«, fasste Ebuk zusammen.

»Nein, das kann nicht sein. Das hätte mein Bruder niemals veranlasst!«

»Pauline, er ist ermordet worden!«, sagte Ebuk.

»Wir sollten dieses Gespräch nicht fortführen. Ich habe

Herrn Lukong keinerlei Kontakte vermittelt, dessen können Sie gewiss sein. Wenn es darum geht, diesen Thron zurückzuführen, dann wäre es doch am besten, diesen Vertrag, von dem Sie sprechen, vorzulegen und darauf basierend Verhandlungen mit der Regierung zu beginnen. Dabei kann ich gerne behilflich sein.« Die Locken auf dem Kopf des Anwalts wippten.

»Wo ist dieser Vertrag? Wo haben die Deutschen ihn versteckt?«, fragte Pauline.

»Sind Sie sicher, dass es ihn gibt?«, fragte der Anwalt.

»Warum sollte Sultan Njoya so etwas erfinden? Bestimmt gibt es einen Vertrag. Er schenkt doch nicht einfach seinen Thron her! Für nichts und wieder nichts.«

»Haben Sie die Echtheit dieses Manuskripts überprüft?«, wollte Dr. Heisinger wissen.

»Wie sollte man das denn anstellen? Der Autor ist im Jahr 1933 in seinem Exil gestorben. Er hat zahlreiche Schriften hinterlassen, die in Yaoundé und Foumban verteilt wurden. Warum sollten sie nicht echt sein?«

»Wenn es nicht verifizierbar ist«, sagte der Anwalt, »könnte es sich also auch um Fiktion handeln.«

Pauline schnalzte empört mit der Zunge.

»Sehen Sie, ich kann Ihre Fragen nicht beantworten. Wenn es den Vertrag gibt, können wir gerne aktiv werden, doch meine Kanzlei und ich werden normalerweise als Strafverteidiger engagiert.«

»Sie hätten meinen Bruder verteidigt, nachdem er in dieses Museum eingebrochen wäre.«

»Und die Polizei ihn danach geschnappt hätte«, fügte Ebuk an.

Der Mann zog die Augenbrauen hoch, blickte auf die beiden Schwarzen Menschen vor sich, legte die Hände ineinander. »Leider ist es so, dass mich dringende Angelegenheiten erwarten«, sagte er mit geheucheltem Bedauern.

Ebuk verstand, das war ein Rauswurf. Pauline runzelte die Stirn, sortierte die Blätter des Manuskripts zurück in den altertümlichen Karton und steckte sie in ihre Tasche.

»Sie konnten meinem Bruder also nicht weiterhelfen und uns auch nicht. Dann gab es also keine Leistungen, die zu vergüten sind. Habe ich das richtig verstanden?« Pauline stand auf. »Danke für Ihre Zeit«, sagte sie noch und ging voraus, Ebuk folgte ihr.

Der Anwalt sah ihnen nach. Schwierige Mandanten war er gewohnt.

Sie gingen einige Schritte über den mittelalterlichen Hof, auf dem vor langer Zeit Kutschen und Pferde in dunklen Ställen gestanden hatten und jetzt ein Strafverteidiger residierte.

»Glaubst du ihm?«, fragte Pauline.

»Dass er keinen Kontakt zu den Clans hergestellt hat? Vermutlich stimmt das, aber wir werden es wahrscheinlich nie erfahren«, entgegnete Ebuk.

»Wie gesagt, mein Bruder war nicht dumm. Ich vermute, er hatte von diesen Museumseinbrüchen gehört und wollte sich informieren.«

»Was ist mit dem Vertrag? Wenn es ihn gibt, wo ist er? Warum ist Moses nach Mecklenburg-Vorpommern gereist?«

»Zu den Nachkommen des Gouverneurs, der möglicherweise der Vater unserer Urgroßmutter ist.«

»Hat dieser Gouverneur den Vertrag unterzeichnet?«

»Nein, es war sein Nachfolger, Gouverneur Reitz, wie Njoya schreibt.«

Sie kamen zur Straße, wo ein Taxi hielt, in das sie beide einstiegen.

»Wenn es ein Exemplar des Vertrags in Kamerun geben würde, hätte es dein Bruder bestimmt mitgebracht«, überlegte Ebuk.

»Ja, das glaube ich auch. Er hatte nur das Manuskript. Ich

muss herausfinden, ob es in den Archiven in Deutschland einen Hinweis auf diesen Vertrag gibt.«

»Dies hätte sich doch schon längst gefunden.«

»Vielleicht wurde es als geheim eingestuft, weil man den Thron nicht hergeben wollte? Warum hat Moses nicht vorher mit mir geredet?«

»Vielleicht, weil er den Erfolg allein einheimsen wollte.«

»Deine Freundin, die Pastorin, will einen großen Gedenkgottesdienst für ihn veranstalten.«

Ebuk drehte sich von Pauline weg und schaute auf die Straßen von Neukölln, wo viele verschleierte Frauen zu sehen waren. Zu hören, wie jemand Larissa als seine Freundin bezeichnete, schmerzte ihn.

»Das ist gut. Es gibt noch zwei andere Tote, ebenfalls Afrikaner«, sagte er leise. Die Gedanken an die drei toten Menschen fuhren mit ihnen mit, bis sie die düstere Stimmung mit einer für ihn überraschenden Frage durchbrach.

»Wie wäre es, wenn du zu diesen von Wiedekamer fährst? Ich bezahle dich dafür.«

»Als Polizist darf ich kein Geld annehmen, damit würde ich mich strafbar machen«, wehrte er ab.

Pauline schüttelte den Kopf. »Es ist ein seltsames Land. Erst nehmen sie uns alle Schätze weg, und dann wird mein Bruder erschlagen, als er versucht, einen Teil davon zurückzuholen. Und was macht die Polizei?«

»Sie versucht herauszufinden, wer es war«, antwortete Ebuk lahm.

»Sie ist noch nicht sehr weit gekommen«, meinte Pauline.

»Dein Bruder wollte bei den von Wiedekamer die Nachkommen eures Urgroßvaters kennenlernen. Solltest dann nicht besser du dorthin fahren?«

»Nein. Mich interessieren diese Leute nicht«, sagte sie schroff, »mir ist nicht wichtig, ob wir mit denen verwandt sind.«

Ebuk fragte sich, was sie sich davon erwartete, wenn er dort auftauchen würde. Es musste etwas geben, was sie ihm noch nicht erzählt hatte. Hatte Moses Lukong mit ihr gesprochen, nachdem er dort gewesen war? Hatten sie telefoniert? Ebuk fragte nach, und zögernd bestätigte sie. Der Besuch sei für ihren Bruder wohl schmerzhaft gewesen, aber er glaubte, er könne die Verwandtschaft mit den von Wiedekamer beweisen.

»Was war schmerzhaft?«, wollte Ebuk wissen, »gab es Ärger?«

»Obwohl er ein Pastor war, war mein Bruder nicht besonders diplomatisch.«

Ebuk verstand, sie wollte herausbekommen, von welcher Art von Beweis ihr Bruder gesprochen und welchen Streit er ausgelöst hatte. Das könnte ein wichtiger Aspekt sein. Pauline hatte recht, die Ermittlungen zum Mord an Lukong waren noch nicht richtig weitergekommen, zumindest soweit er dies beurteilen konnte. Er erinnerte sich an den Briefumschlag mit den Haaren, der im Koffer von Lukong gelegen hatte. Vielleicht war er auf eine Genanalyse aus gewesen, um die Verwandtschaft zwischen den Zwillingen und den von Wiedekamer zu beweisen? Ebuk stieg noch nicht auf ihren Vorschlag ein, aber er spürte, wie so eine Fahrt eine schöne Gelegenheit wäre, aus der Stadt rauszukommen. Etwas Ablenkung von seinen Schwierigkeiten mit Larissa. Vielleicht würde ihn Viktoria begleiten, dann wäre er nicht alleine unterwegs.

»Ich müsste mit den Kollegen sprechen, die für die Ermittlungen verantwortlich sind«, überlegte er.

»Mach das. Kann ich wenigstens die Kosten für die Reise übernehmen?«, wollte Pauline wissen.

»Eigentlich nicht. Aber wenn ich meine Tochter mitnehme, könntest du ihre Reise bezahlen«, schlug er Pauline vor.

»Mach das, ein Familienausflug. Vater und Tochter reisen zu den von Wiedekamer. Wohnen sie weit weg?«, fragte sie.

»Irgendwo in der Nähe der Ostsee, glaube ich.«

»Sie nehmen unser Land, stehlen unsere Schätze, zeugen Kinder mit unseren Frauen und ziehen vom Palast an der Küste Kameruns in ein Schloss an der Ostsee«, sagte sie bitter.

Pauline würde sich um die Kontakte kümmern, die ihr Bruder zu den Museumsleuten geknüpft hatte. Irgendjemand musste doch Auskunft über diesen Vertrag geben können, den Gouverneur Reitz mit Njoya geschlossen hatte.

Nachdem das Taxi sie beide wieder vor ihrem Hotel abgesetzt hatte, machte sich Ebuk erneut auf den Weg durch die Stadt zur Kirche. Möglicherweise hatte sich Moses Lukong doch mit irgendwelchen Kriminellen eingelassen, um sie zu einem Einbruch im Humboldt Forum zu bewegen? Hatten die Clanleute Kontakt mit ihm aufgenommen? Aber warum sollten sie ihn erschlagen haben? Waren sie schon aktiv geworden, und er hatte sie dafür nicht bezahlen wollen? Könnte das ein Motiv sein? Gab es irgendeinen konkreten Hinweis, der in diese Richtung führte? Es war im Moment reine Spekulation.

Die Entdeckung, dass es einen Vertrag zur Rückführung des Throns von Njoya geben könnte, war möglicherweise interessanter. Aber würden die Museumsleute oder die adligen Nachkommen des deutschen Gouverneurs so weit gehen, dafür einen Priester aus Kamerun zu erschlagen? Auch das war kaum vorstellbar. Ebuk war sich bewusst, wie wenig konkrete Anhaltspunkte und Spuren er hatte. Kommissarin Kaplan hatte bestätigt, was er selbst gesehen hatte, der Mann war mit einem Kreuz erschlagen worden. Die Fingerprints und andere Spuren wiesen nicht unbedingt auf die Drogenhändler. Was war mit diesem Kettchen, mit dem Namen einer Kirche? Wem gehörte das? Uribe? Dann hätte es einen Kampf mit ihm und Moses gegeben. Unwahrscheinlich. Wie konnte er herausfinden, wem es gehörte? Was hatte die Spurensicherung mit den Haaren in dem Briefumschlag gemacht?

Als er in Richtung Kirche ging, kam ihm das Gespräch mit Dr. Jim in den Sinn, und seine Gedanken sprangen zu der Katze und ihrer möglichen Besitzerin. Wenn es sie gab, musste die in der Nähe der Kirche leben. Vielleicht könnte er sie finden, möglicherweise wäre sie eine Zeugin. Möglicherweise war das Tier auch einfach nur ein Streuner.

Die Vorgärten des Wohnblocks an einer der Straßenseiten, die an die Kirche grenzten, waren mit einem Zaun aus grünen Gitterstäben eingefasst, durch die eine Katze passte, aber niemals ein Mensch. Ebuk betrachtete die Wohnungsfenster hinter dem Zaun, die meisten waren geschlossen, viele hatten Gardinen, die den Blick in die Wohnungen verwehrten. Ein Fenster war angelehnt, ein alter Schuh fixierte das Fenster, aus dem ein zerfledderter Teppich hing. Ebuk stand einen Moment davor und überlegte, ob die Katze zu dieser Wohnung gehörte und über den Teppich ein- und aussteigen könnte. Als er aufschaute, erschien eine alte Frau hinter der Gardine, nickte ihm zu und forderte ihn mit einem krummen Finger auf, zu ihr zu kommen. Ebuk wunderte sich, ob sie wirklich ihn meinte, doch ihr gebogener Finger lockte ihn erneut, also ging er zum Hauseingang, wo ein Summen ertönte. Er öffnete die Tür, trat in das Treppenhaus, ging die wenigen Stufen zum Hochparterre hoch, kam zu einer Wohnungstür, die angelehnt war. *Randa Rehlein* stand auf dem Klingelschild, das schon ziemlich vergilbt war.

Ebuk kam in einen dunklen Wohnungsflur, es roch muffig, ungewaschen, nach Urin und Katzenklo. Er rief ein »Hallo« in die Wohnung, woraufhin tatsächlich die Katze auftauchte und um seine Beine strich. Er bückte sich, streichelte das

Tier. Jetzt erschien im Türrahmen die Silhouette einer kleinen runden Frau.

»Derrick kennen Sie ja bereits«, sagte sie mit einer hohen Stimme. Ebuk folgte ihr ins Wohnzimmer. Es gab eine grünliche Couch, deren Bezug durch die Katzenkrallen ziemlich gelitten hatte, einen Sessel, auf dem eine karierte Decke lag, einen niedrigen Tisch mit einem gehäkelten Deckchen, auf dem gebrauchte Gläser und eine zur Hälfte geleerte Flasche Asbach Uralt stand. An der vergilbten Wand hing ein breites Ölgemälde, auf dem Kamele vor Pyramiden in den Sonnenuntergang schritten. Auf einem stumm geschalteten Fernsehgerät lümmelten sich junge, knapp bekleidete Mädchen und kräftige Männer in Shorts auf Liegestühlen, tranken Cocktails und lachten. Die Katze sprang auf die Couch, kratze dort ein wenig herum, schnurrte und legte sich nieder.

Randa Rehlein war vermutlich um die achtzig Jahre alt oder noch älter. Ihre Haare waren weiß und strähnig, sie trug eine graue Trainingshose, einen braunen Wollpullover und darüber eine blaue Kittelschürze.

»Ich dachte, Sie wären tot«, krächzte sie, »aber da sind Sie ja wieder.« Sie setzte sich auf ihren Sessel. Ebuk stand etwas unschlüssig in dem Raum, schaute sich um, trat an das halb geöffnete Fenster, aus dem der alte Teppich hing, über den die Katze einsteigen konnte. Er setzte sich vorsichtig auf die alte Couch neben die Katze, die miaute.

»Er will futtern«, sagte die Frau und mühte sich aus ihrem Sessel, »kommen Sie, Herr Pfarrer.«

Sie wackelte in den Flur, nach nebenan, wo sich die Küche befand. Auf der Geschirrablage stapelten sich Teller und Tassen, es gab zwei einfache Stühle, auf dem Tisch lag eine glänzende abwaschbare Decke. Die Frau holte aus dem Kühlschrank eine Plastikdose, öffnete den Deckel und klatschte blutige Innereien, Leber und kleine Herzen, auf ein Schneidebrett.

»Wenn Sie das schneiden könnten. Ich bin etwas zittrig heute.« Sie zog eine Schublade auf, in der das Besteck klapperte, und reichte Ebuk ein Küchenmesser. Er stand mit dem Messer in der Hand unschlüssig vor dem Katzenfutter. Derrick war dazu gekommen, miaute erneut und schnurrte um seine Beine.

»Was ist das?«, brachte Ebuk hervor.

»Das meiste ist vom Huhn, glaub ich, manchmal Schwein. Er isst nur Innereien, der Herr Feinschmecker. Bringt mir der Mann aus dem Supermarkt, der oben wohnt. Die müssten das wegwerfen, wenn es abgelaufen ist. Ekeln Sie sich? Sind Sie Vegetarier?«

Ebuk überwand sich und schnitt das Fleisch, das vor ihm lag, in kleinere Stücke, danach schob er das Futter in den Fressnapf der Katze. Das Tier machte sich schmatzend darüber her. Ebuk stellte das Schneidebrett in das Spülbecken, drehte das Wasser auf, spritzte Spülmittel auf die Fläche und schrubbte die blutigen Spuren ab. Seine Hände wusch er sich gründlich.

Die Frau war ins Wohnzimmer zurückgekehrt und hatte sich wieder auf ihren Sessel gepflanzt, die Cognacflasche stand in ihrer Nähe, das Glas davor war halb voll.

»Sagen Sie, bestimmt hat sich die Polizei bei Ihnen gemeldet und Sie befragt, wegen des toten Priesters und des ermordeten Afrikaners«, fragte Ebuk und setzte sich erneut auf die äußerste Kante der Couch. Sie trank einen Schluck, schob mit zittrigen Händen das Glas auf das Tischchen.

»Wir kommen alle in den Himmel, nicht wahr, Herr Pfarrer? Und manchmal auch wieder zurück. Könnten Sie sich um Derrick kümmern, wenn ich einmal nicht mehr bin?«

Ebuk schaute sie nur an, diese Frage beantwortete er nicht. »Was haben Sie der Polizei gesagt, Frau Rehlein?«

»Ich habe gesagt, da sollen sie doch Sie fragen. Ein Pastor stirbt doch nicht. Oder? Sie sind doch von Gott gesandt.

Der dünne Schwarze hinter der Kirche, der hatte Streit mit dem anderen. Drogenleute waren das. Die streiten oft, wie die Frauen auf der Straße. Derrick sieht alles und berichtet mir dann.«

»Was hat er Ihnen erzählt? Was ist in der Kirche geschehen, an dem Morgen, als Pastor Mukong starb?«

»Was fragen Sie mich das? Sind Sie denn nicht der Pastor? Ich sehe nicht mehr ganz so gut, wissen Sie.«

»Ich habe es vergessen. Ich war im Gebet versunken.«

»Das verstehe ich, ich spreche auch oft mit Gott, vor allem mit Jesus. Der war auch tot und kam wieder. Kann nicht jeder.« Sie nahm einen weiteren Schluck Cognac zu sich. »Derrick hat erzählt ... Derrick! Kannst du mal kommen?«

Tatsächlich kam das Tier und sprang auf ihren Schoß. Die Katze machte einen krummen Buckel, richtete den Schwanz auf und miaute, dann setzte sie sich.

»Er will wissen, was an diesem Morgen in der Kirche geschah. Du warst doch dort. Da waren doch noch andere Männer. Oder waren es Frauen?«, fragte Frau Rehlein ihren Kater, der sein Fell putzte.

»Es waren zwei Männer. Der eine hatte einen schwarzen Bart. Der kam zuerst raus. Der andere hatte eine Mütze auf, der kam später. Aber dann sah ich Sie, den Herrn Pfarrer, Sie gingen wieder in die Kirche hinein. Da wusste ich, es war alles gut.«

»Hat Derrick etwas gehört? Haben die Männer mit mir gestritten?«

»Sag schon, du hast doch gehört, was der Mann gefragt hat.«

Die Katze leckte sich über die Schnauze.

»Er ist weggerannt, er mag es nicht, wenn die Leute sich streiten. Ich hab auch nichts gehört. Sind ja dicke Mauern.«

»Es gab also eine Auseinandersetzung. Der Mann mit der Mütze. Wie alt mag der sein?«

»Ein bleiches Jüngelchen, zappelig, er ist weggerannt. Vielleicht wartete jemand auf ihn? Ein Pferd? Ein Kamel? Sind Sie schon mal auf einem Kamel geritten? Sie kommen doch aus Afrika?«

»Nein, noch nie, weder auf einem Kamel noch auf einem Elefanten. Auch nicht auf einem Pferd. Meine Tochter würde gerne reiten lernen.«

»Früher. Wir sind viel auf Kamelen unterwegs gewesen. Das schaukelt so angenehm.«

»Waren Sie in der Wüste unterwegs?«

»Mit meinem Mann. Wir haben Expeditionen unternommen.«

»Schön.«

»Ach, es war immer viel zu heiß, und es gab so viele Fliegen. Er ist dortgeblieben, ich bin zurückgekommen. So ist der Tod, und so das Leben.«

»Danke, Frau Rehlein.«

Ebuk stand auf, je mehr sie trank, umso trüber würden ihre Erinnerungen sein oder die von Kater Derrick.

»Beten Sie für mich, Herr Pfarrer. Danke für Ihren Besuch.«

»Auf Wiedersehen, Frau Rehlein.«

Ebuk ging durch den dunklen Flur, öffnete die Wohnungstür, zog sie hinter sich zu und atmete tief die frische Luft ein. Zurück auf der Straße sah er sich zu dem Fenster um, hinter dem die alte Frau sich mit Cognac betrank und ihren Kater streichelte. Als Zeugin war eine alkoholkranke Rentnerin nicht brauchbar, das hatten vermutlich auch die Kollegen von der Mordkommission so gesehen. Ebuk mochte, wie sie mit dem Kater sprach, vielleicht konnte sie ja wirklich verstehen, was das Tier dachte. In der Parallelwelt, von der Jim gesprochen hatte, sollte das bestimmt möglich sein. Ihr Hinweis auf den zappeligen jungen Mann mit der Wollmütze war interessant. Was wäre, wenn es ihn wirklich gab? War er der Killer, der mit Uribe in der Hasenheide aufgetaucht war?

Als Ebuk sich von dem Haus wegdrehte, sah er Noemi, die ihm entgegenlief. Sie blieb vor ihm stehen, nahm ihre weißen Kopfhörer heraus und fragte, was er hier machte, ob er bei der Rehlein gewesen war. Als Ebuk bestätigte, meinte Noemi, sie sei leider etwas gaga und eine Säuferin, deswegen habe sie sich manchmal um den Kater gekümmert.

»Und hast du etwas rausbekommen aus ihr?«, fragte sie.

Sie gingen ein paar Schritte zusammen, bis sie vor der Kirche ankamen, wo die breiten Bänke mit den Holzbohlen standen. Ebuk setzte sich, und Noemi nahm neben ihm Platz. Ein Lieferant mit einer dicken quadratischen Box auf dem Rücken sauste auf einem E-Bike dicht an ihnen vorbei, sie hörten ihn laut reden.

»Vielleicht«, antwortete er ihr etwas kryptisch.

»Ihr wisst also noch nicht, wer es war?«

Ebuk verneinte und blickte dem Mädchen in die Augen, das offenbar zum ersten Mal bereit war, mit ihm zu sprechen. »Hat dich irgendjemand angesprochen wegen der Drogen? Oder deine Mutter?«, wollte Ebuk wissen.

Sie scharrte mit dem Fuß, verzog den Mund. »Danke wegen neulich Nacht«, sagte sie.

»Es war Viktorias Verdienst.«

»Sie ist wirklich toll. Ich wäre gerne wie sie, so klug, so klar. Obwohl sie viel mehr durchgemacht hat.« Noemi blickte ihn an, wie um etwas an ihm zu entdecken, das ihr Viktoria erklären könnte. »Ja, sie haben uns kontaktiert. Einer von den Dealern, die hier rumhängen, er war durch den Wind, ganz nervös.«

»Hat er dich und deine Mutter gemeinsam angesprochen?«

»Erst mich, als ich von der Schule kam. Der Typ stank, vermutlich war er drauf. ›*Tell me, where is the dope? Tell me, you know it. I kill you, tell me!*‹ Ich bin weggerannt, habe es Mama gesagt. Dann ist sie los, hat ihn gesucht und zur Rede gestellt. Er solle verschwinden, wir hätten nichts mit den Drogen zu tun, wenn er noch mal auftauche und mich belästige, gehe sie zur Polizei.«

»Wann war das?«

»Vor drei Tagen, nach dem ersten Toten hinter der Kirche.«

Ebuk erzählte ihr nichts von dem Toten in der Hasenheide, bei dem es sich vermutlich um diesen Mann handelte. Aber vielleicht war es ein anderer? Wie nervös waren Uribe und seine Leute?

»Hat Larissa der Polizei davon berichtet?«, fragte er nach.

»Nein. Natürlich nicht. Sie gibt sich selbst die Schuld an allem, also muss sie es selbst klären. Hat sie dir schon gesagt, du sollst dich raushalten? Wäre typisch für sie.«

»Ihr müsst zur Polizei gehen und den Mann beschreiben. Gerade weil es um Mord geht.«

Sie warf ihm einen Blick zu, nickte dann. »Du hältst dich raus?«

»Ich möchte vor allem, dass ihr in Sicherheit seid«, war seine Antwort. Sie blickte ihn erneut an, um herauszufinden, ob er meinte, was er sagte.

»Ich war sauer, als du das Zeug aus meinem Zimmer genommen und einfach im Klo runtergespült hast. Aber das war natürlich cool. Das ist mir klar geworden, als der Typ ankam. Ich hätte niemals dichtgehalten, wenn ich es noch gehabt hätte. Und wo hätte ich den Stoff verticken können? Ich glaube, du bist das Beste, das meiner Mutter und uns beiden seit Langem passiert ist.«

Ein breites Grinsen überfiel ihn, er konnte gar nichts dagegen machen. Er hätte nicht erwartet, so ein großes Kompliment von Noemi zu hören.

»Wow. Danke«, brachte er heraus.

»Sie möchte dich auch beschützen, deswegen sollst du dich raushalten. Sie glaubt, sie schafft es allein, mit der Hilfe Gottes und Jesu. Das ist ja nicht falsch, aber die anderen, die *bad guys*, die interessiert das nicht.«

Ebuk begriff auf einmal, was in Larissa vorging. Warum war er nicht selbst darauf gekommen? Sie hatte ihn zurückgewiesen, um ihn zu beschützen, weil sie ihn liebte. Das veränderte alles, zumindest, was seine momentane Laune anging.

»Sag mal, Noemi, du spielst doch Fußball? Ich habe das T-Shirt mit dem V und dem Sternchen in deinem Zimmer gesehen.«

»Ja, Mann. FC Viktoria 1889.«

»Es gibt einen FC Viktoria?«

»Aber hallo. Regionalliga.«

»Und da spielst du?«

»Na ja, würde ich gerne. Aber ich müsste mir selbst in den Arsch treten.«

»Würdest du mich mal mitnehmen?«

»Spielst du etwa Fußball?«

»*Yes.* Schon immer!«

Sie klatschten sich ab und lachten sich an. Ebuk versprach Noemi, weiter nach dem Mörder von Moses zu suchen und die *bad guys*, wie sie sie genannt hatte, zu schnappen. Von ihrem Gespräch würden sie Larissa nichts erzählen, aber bald zusammen auf den Fußballplatz gehen.

Ebuk traf Leyla Kaplan in der Bäckerei in der Bayreuther Straße. Sie ließ ihn wieder länger warten, und als sie endlich da war, bestellte sie erst einmal einen schwarzen Kaffee und eine Zimtschnecke. Wie immer war sie unter Druck, aber froh, einen guten Kaffee trinken zu können, der in der Behörde, wie sie ihren Arbeitsplatz nannte, schmeckte ihr nicht. Sie standen zusammen an einem Stehtisch, mit Blick auf die Straße.

»Also«, sagte sie, »was gibt's Neues?«

Ebuk berichtete ihr von dem Besuch bei Anwalt Heisinger,

zusammen mit Moses Lukongs Schwester Pauline. Zu den Mandanten des Anwalts gehörten Männer, die am Einbruch in das Grüne Gewölbe in Dresden beteiligt waren und die der Anwalt zur Rückgabe einiger der geraubten Schmuckstücke überreden konnte.

»Wollte der Pfarrer die Jungs von diesem Clan engagieren?«, fragte Kaplan.

Ebuk antwortete, er habe dies auch überlegt. Wenn Moses Lukong mit diesen Leuten gesprochen haben sollte, sei es unwahrscheinlich, dass sie ihn schon vor dem Einbruch hätten töten wollen. Warum sollte man einen möglichen Auftraggeber umbringen?, fragte er. Es sei denn, Moses hätte etwas gegen sie in der Hand. Aber was sollte das sein?

Der Besuch beim Anwalt diente Lukong dazu, herauszufinden, wie strafbar Einbruchdiebstahl in ein deutsches Museum sei, glaubte Ebuk.

»Sehr strafbar«, meinte die Kommissarin. Sie klang wieder leicht genervt.

Pauline habe dem Anwalt von dem Manuskript berichtet, das ihr Bruder in der Gästewohnung von Lukong zurückgelassen hatte, erzählte Ebuk weiter.

»Das in der seltsamen Schrift? Das konnte keiner entziffern«, sagte sie, jetzt schon gereizt.

Pauline könne die Schrift lesen, so Ebuk, es handle sich um einen Bericht von Sultan Njoya über seine Reise zu dem deutschen Gouverneur Reitz 1908. Njoya behauptet in diesem Manuskript, er habe mit dem Gouverneur die Rückgabe des Throns vereinbart.

»Und?«, fragte sie scharf, »die Deutschen haben damals ziemlich viel zusammengerafft. Gibt es diesen Vertrag?«

»Das weiß bisher niemand, zumindest nicht Pauline.«

Sie machte eine Handbewegung, er sollte weiterreden.

»Moses Lukong hat die Familie von Wiedekamer in Mecklenburg-Vorpommern besucht, hat sie mir erzählt. Aus dieser Familie stammt ein früherer deutscher Gouverneur in Kamerun. Lukong vermutete, dieser Gouverneur könnte der Urgroßvater von ihm und seiner Schwester Pauline sein. Pauline hat mich gefragt, ob ich mir die Nachkommen von Wiedekamer mal näher ansehen könnte, um zu fragen, was dieser Besuch ergeben hat.«

Leyla Kaplan lachte, fand das eine bescheuerte Idee, trank von ihrem Kaffee.

»Und jetzt wollen Sie von mir wissen, ob Sie zu diesen Adligen fahren dürfen? Ich bin nicht Ihre Vorgesetzte.«

»Das ist mir schon klar. Aber Sie ermitteln in diesem Fall. Kommen Sie weiter? Wo ist Uribe?«

»Das werde ich Ihnen bestimmt nicht in einer Bäckerei erzählen«, zischte sie ihn an.

»Noemi, die Tochter von Larissa Boden, hat mir gesagt, sie sei von einem der Dealer angesprochen worden. Er wollte von ihr wissen, wo die Ware ist.«

»Das Mädchen wurde angesprochen?«

»Larissa von Boden ist dem Typen hinterher und hat ihm gedroht, die Polizei einzuschalten, wenn er sich noch mal ihrer Tochter nähert.«

»Aber wie kommt er auf das Mädchen?«

»Sie wohnt da, sie sieht viel.«

»War es vor oder nach der Sache in der Hasenheide?«

»Davor.«

»Ich werde mit der Pastorin sprechen und ihr ein Bild von dem Toten zeigen.«

»Sind Larissa und ihre Tochter in Gefahr? Wie weit sind Sie? Haben Sie Uribe?«, fragte Ebuk nun schon dringlicher.

»Wie vermuten ihn in Spanien«, flüsterte sie. Sie hatten sich beide mit den Ellbogen auf den Tisch gestützt, ihre Köpfe waren nahe beieinander. Er roch die Spur eines schweren Parfüms. Kaplan schaute ihn direkt an, ihre Augen trafen sich. Sie richtete sich wieder auf.

»Wo wohnen denn diese Adligen? Haben die ein Schloss oder so was Ähnliches?«

Ebuk bestätigte, es würde ein Gut in der Nähe der Ostsee geben.

»Gegen eine private Schlossbesichtigung kann ich nichts haben«, meinte sie leichthin. Ebuk nickte, bedankte sich und erzählte noch, wie er herausgefunden hatte, wem die Katze gehörte, die in der Nähe der Kirche lebte. Die alte Frau Rehlein habe ihm erzählt, an dem Morgen, an dem Lukong getötet wurde, seien zwei Männer aus der Kirche gekommen, einer mit einem schwarzen Bart, vermutlich Uribe, und ein Weißer mit Mütze. Kaplan trank ihren Kaffee aus. Sie verließen zusammen die Bäckerei, Ebuk ging neben Kaplan her.

»Danke für nichts, Ebuk. Was sollen wir mit der Aussage einer betrunkenen alten Frau anfangen, die nicht mehr richtig sieht? Wenn es diesen anderen Mann gibt, war es vermutlich der von Uribe beauftragte Killer. Gute Reise an die Ostsee. Manche finden es dort schön.«

»Sie nicht?«

»Grau und kalt. Nichts für mich.«

Sie nickte ihm zu, ihr Mobiltelefon brummte, sie sagte, sie komme, und überquerte eilig die Kurfürstenstraße.

9

Viktoria hatte eine Zugverbindung herausgesucht, nach der sie etwa vier Stunden brauchen würden, doch die Reise dauerte insgesamt zwei Stunden länger. Die Fahrten mit Regionalzügen und in Bussen hatten sie vor ein paar Jahren schon einmal mitmachen dürfen, als sie noch in Brandenburg, in der Nähe von Rheinsberg lebten. Auch damals mussten sie oft umsteigen und immer wieder warten, bis es weiterging. Jedes Mal staunten sie wegen der schicksalhaft anmutenden Unterbrechungen, denen sie sich gerne auslieferten, weil sie wussten, die Reise würde irgendwann weitergehen.

Ebuk und Viktoria empfanden diesen kleinen Trip als Einladung zur Erkundung eines unbekannten Orts, zu dem sie hingetragen wurden und darauf achten mussten, die richtige Weggabelung nicht zu verpassen.

Jetzt saßen sie nebeneinander, schauten aus den Fenstern des Zugs in die Fichtenwälder und auf Felder, die vor ihnen vorbeizogen. Es war Herbst, die Blätter der Bäume waren bunt geworden, bedeckten die Erde, es grasten nur noch vereinzelt Kuhherden auf den Weiden, der Himmel schien immer tiefer auf den Horizont zu drücken, je weiter nördlich sie kamen. Ihre Mitreisenden waren Frauen mit Kindern, Handwerker, die von einem Einsatz in Berlin in ihre Heimatorte zurückkehrten, oder Rentner, die ihre Enkel auf dem Land besuchten. Sie wurden immer wieder aufmerksam betrachtet, der Schwarze Mann mit seiner Tochter, aber sie wurden nie unangenehm angesprochen. Wenn sie unterwegs waren, mochten die Deutschen es nicht, sich zu unterhalten, sie schauten lieber auf ihre Mobiltelefone, hörten Musik, lasen Zeitung oder Bücher. Meistens waren es Menschen aus anderen Kulturen, die sich laut austauschten und dann ärgerliche Blicke auf sich zogen. Viktoria und Ebuk sprachen leise Deutsch, das war ihre Umgangssprache für die Öffentlichkeit, selten flochten sie englische Sätze ein, und dies nur dann, wenn es um persönliche Belange ging.

Sie verabredeten, mal in den Süden Deutschlands zu reisen, nach Bayern, sobald Ebuk besser verdiente. Dort, im reichen Teil des Landes, würden sie die hohen Berge sehen, die Menschen treffen, die einen seltsamen Dialekt sprachen und Bier aus großen Krügen tranken. Nun brachte eine Ermittlung, auch wenn sie nicht dienstlich war, den angehenden deutschen Polizisten in ein nördliches Bundesland. Vielleicht, so überlegten sie, gäbe es eine Möglichkeit, ihren Ausflug für einen kurzen Besuch ans Meer zu nutzen.

Während der Reise hatte Ebuk seiner Tochter von einem Gespräch mit Jim erzählt. Er hatte dem Freund von seiner Begegnung mit der alten Katzenfrau und deren Entdeckung berichtet, es sei ein Unbekannter, ein Weißer mit Mütze, in der Kirche gewesen. So wie Jim es vermutet hatte. Ebuk war sich nicht ganz sicher, ob er seiner Tochter gegenüber die Geschichte von Schrödingers Katze und den Zusammenhang mit der Quantentheorie richtig wiedergab. Viktoria sprang jedenfalls schnell auf das Gedankenexperiment an und fand es spannend, eine weitere Dimension anzunehmen, durch die man die Wirklichkeit, in der sie lebten, neu betrachten könnte.

»Es ist, wie auf einen Turm zu steigen und die Welt von einem anderen Standpunkt aus zu sehen, obwohl sie trotzdem gleich bleibt. Alles sieht anders aus«, meinte sie. Ebuk stimmte ihr zu. Den fremden Blick und den Wechsel der Perspektive kultivierte Jim als Mathematiker und Quantentheoretiker.

Ebuk zeichnete ihr ein magisches Quadrat auf ein Stück Papier, so wie es Jim ihm vorgeschlagen hatte. Ziel sollte es sein, den wahrscheinlichen Mörder von Moses durch eine Quersumme zu bestimmen. Es wäre eine spielerisch aufgestellte Hypothese, keine Beweisführung. Heraus kam ein Quadrat, bestehend aus vier waagrechten und vier senkrechten Kästchen. Alle Personen, zu denen er auch den Kater zählte, die in der Kirche an jenem Morgen, an dem Moses getötet wurde, aufgetaucht waren, sollten genannt werden. Ebuk schrieb sie alle, jede in eines der vier Kästchen, nebeneinander in der waagerechten Zeile auf. Als Erstes nannte er Moses, danach kam der Unbekannte mit der Mütze, dann Uribe Garcia und schließlich Derrick, der Kater, in die Kirche. Nachdem Ebuk diese Reihenfolge bestimmt hatte, forderte Jim ihn auf, die gleichen Namen untereinander ganz links in der Tabelle einzutragen. So würden die Vorgänge in der Kirche eine weitere Dimension bekommen. Unter jeden weiteren Namen der waagrechten Zeile fügte Ebuk den Namen desjenigen ein, den die Person, nach seiner Vermutung, als Erstes angetroffen hatte. Unter Garcia folgten Mütze, Moses und der Kater. Mütze sah vermutlich zuerst Moses, Garcia und dann den Kater. Der Kater traf auf Moses, auf Garcia und zuletzt auf Mütze.

Moses	Mütze	Garcia	Kater
Mütze	Moses	Mütze	Moses
Garcia	Garcia	Moses	Garcia
Kater	Kater	Kater	Mütze

Ebuk erläuterte Viktoria, dass das magische Quadrat den unbekannten Menschen, also Mütze, als wahrscheinlichen Mörder entdeckt hätte. Jim hatte eine diagonale Linie von Moses, links oben im Quadrat, nach rechts unten zu Mütze gezogen. In den drei Kästchen, die die Linie querte, stand dreimal der Name Moses, der auf Mütze traf. In der umgekehrten Reihenfolge sah es so aus, als ob Mütze dreimal Moses begegnete, ihn möglicherweise dreimal geschlagen hatte.

Viktoria amüsierte sich über das magische Quadrat und die sich daraus ergebenden Schlussfolgerungen, die selbstverständlich völlig subjektiv und nur auf Ebuks Annahmen beruhten. Wenn anstatt Mütze Garcia oder der Kater nach Moses den Raum betreten hätten, was niemand wissen konnte, wenn man die Reihenfolge in dem Quadrat änderte, sähe es ganz anders aus, und es würden sich völlig andere Konsequenzen ergeben. Ebuk stimmte ihr zu. Gerade diese subjektive Sicht auf die Dinge würde das Quadrat magisch machen. Es sei nicht brauchbar für die eigentliche Polizeiarbeit, sondern eine ungewöhnliche Weise, Vorgänge in einem unbekannten geschlossenen Raum zu betrachten. Er würde so eine Spielerei niemals seinen Kolleginnen und Kollegen an der Polizeiakademie oder den dort Lehrenden vorführen. Dieses Quadrat, das der promovierte Mathematiker ihm gezeigt hatte, war wie ein Orakel mit Kauri-Muscheln oder mit Erdspinnen, die auf mit Symbolen vorbereiteten Blättern das Schicksal vorhersagen konnten.

Viktoria gefiel der ungewöhnliche Blick in eine andere Dimension, auch wenn dieser nicht mit Logik fassbar war. Sie fragte ihren Vater nach ihrer Mutter, ob deren Begeisterung für Science-Fiction-Filme mit dieser Faszination für unbekannte Welten zu tun gehabt hätte. Möglicherweise, sagte er. Andere Dimensionen von Realität, die spirituelle Welt oder die Welt der Ahnen spielten in der Kultur, der sie abstammten, eine größere Rolle als hier in Europa. Auf dem

Kontinent, auf dem sie geboren wurden, sei die spirituelle Welt für viele Menschen so real wie die fassbare Welt in ihrem Alltag. Aber die Fiktion einer Zukunft, wie sie in diesen Filmen erzählt wurde, hatte vermutlich mit der Sehnsucht nach einem besseren Leben zu tun, das sich viele Menschen in afrikanischen Ländern erhofften. Oder mit der Angst vor einer Dystopie, der Verlängerung des jetzt schon erbärmlichen Daseins in die Zukunft. »Vielleicht sind wir Afrikaner auch einfach sensibler für neue Entwicklungen und sehen alles nicht so eng wie die Weißen«, meinte Viktoria. Ihrem Vater gefiel, wie seine Tochter eine ganz eigene Identität als Afrikanerin in Deutschland entwickelt hatte. Er war noch nicht so weit, er versuchte noch immer, alles richtig zu machen und sich anzupassen, damit er sein Ziel erreichte, ein Polizist und Beamter in diesem Land zu werden.

Sie zeigte auf ein Warnschild mit einer roten Hand, das an einem Geländer eines kleinen Bahnhofs hing. Dort stand: *Achtung – unsichtbare Markierung. Die künstliche DNA führt zum Täter und macht Metalle unverkäuflich.*

Ebuk freute sich, ihr aus seinem Unterricht zur Spurenkunde erläutern zu können, was das Schild bedeutete. Die Deutsche Bahn sprühte auf Kupferkabel, die immer wieder von Dieben entwendet wurden, eine unsichtbare Markierung auf, wie eine künstliche DNA. Diese Kabel könnten dann eindeutig identifiziert werden, sowohl hinsichtlich des Ortes, an dem sie entwendet wurden, als auch bezüglich des Eigentümers. Die Moleküle blieben auch an den Dieben haften. Wenn sie gefasst würden, könnte man sie mithilfe der künstlichen DNA überführen. Viktoria schaute ihn ungläubig an. Die Käufer des Diebesguts, also die Schrotthändler, wären folglich gezwungen herauszufinden, ob die Kabel mit der Bahn-DNA markiert worden sind, folgerte sie. Und was, wenn die Schrotthändler da nicht mitmachen würden, wenn es ihnen egal wäre, woher das Kupferkabel käme oder wenn es ins Ausland verkauft werden würde? Dann klappe das nicht, stimmte ihr Ebuk zu.

»Glaubst du, Diebe lassen sich von so einer roten Hand abschrecken? Wissen die überhaupt, was künstliche DNA ist? Ist das Warnschild in der Nacht beleuchtet, wenn die Diebe anrücken?«

Ebuk musste lachen. Er gab seiner Tochter recht, es war kein Erfolgsrezept, aber ein Versuch, den Diebstählen beizukommen.

Viktoria schüttelte den Kopf. »Seltsam«, sagte sie, »die Deutschen wollen alle Probleme mit technischen Mitteln lösen. Sie erfinden einfach etwas Neues, verdienen eine Menge Geld damit und geben es dann als sensationelles Mittel gegen den Diebstahl von Metallen aus.«

»Diebstahl kann kein Polizist und keine Erfindung verhindern«, antwortete Ebuk und klang ernüchtert.

»Wird das künstliche Zeug auch auf die Objekte in den Museen gesprüht?« Viktoria schaute Ebuk interessiert an.

»Gute Idee«, lautete seine Antwort.

»Die große Goldmünze, die sie aus dem Museum in Berlin geklaut haben, wurde doch anschließend eingeschmolzen. Wäre dort eine künstliche DNA drauf gewesen, hätte sie der Hitze nicht standgehalten. Oder? Na ja, in einer Welt ohne Diebe bräuchte es auch keine Polzisten. Dann wärst du arbeitslos, Taata. Dann würden wir jetzt nicht zusammen unterwegs sein. Das wäre schade.«

Ebuk legte einen Arm um sie, zog sie näher zu sich heran.

Noch eine Busfahrt, sie waren die einzigen Fahrgäste, die Dämmerung setzte ein, es ging an abgeernteten schwarzen Feldern vorbei. Sie bedankten sich beim Busfahrer, als sie ausstiegen, er hob die Hand und brauste weiter mit seinem riesigen Gefährt. Das Dorf Wolkenstein bestand aus einer langen Straße, rechts und links standen unauffällige einstöckige Häuser, in der Ortsmitte eine Kirche aus unbehauenen Steinen. Sie passierten ein gelbes Ortsschild, das auf Gut Wolkenstein in zwei Kilometern Entfernung verwies. Ein rötliches Licht lag über dem Ort, ein leichter Wind trieb die ersten trockenen Blätter vor sich her. Hinter einem dichten Holzzaun kläfften zwei wütende Hunde, ein paar dunkle Vögel krähten von den niedrigen Dächern. Die beiden Reisenden zogen ihre Reißverschlüsse hoch. Außer ihnen war niemand zu sehen, sie gingen am Straßenrand entlang und erreichten das Gasthaus Zur Schmiede, vor dem mehrere Autos parkten. Die Fassade des Gebäudes bestand aus roten Ziegelsteinen, ein gedrungener, lang gestreckter rechteckiger Bau, auf dem ein kräftiges schwarzes Dach hockte, aus dem Dachgauben ragten. Aus den Fenstern im Erdgeschoss fiel gelbes Licht. Sie stiegen die wenigen Stufen hoch, stießen die Eingangstür auf, betraten einen breiten Flur, von dem zwei Türen abgingen, auf der linken Tür stand *Saal*, auf der rechten *Gaststube*.

Die Saaltür ging auf, und eine große Frau, Anfang dreißig, kam heraus. Ebuk und Viktoria erhaschten einen Blick hinein, wo sich an einzelnen Tischen ältere Männer vor Schachbrettern gegenübersaßen. Sie blickten konzentriert auf die Figuren vor sich, ein Mann bewegte einen weißen Springer und kickte einen schwarzen Bauern vom Brett. Die junge Frau schaute sie überrascht an, machte »o«, grinste und fragte, ob sie mitspielen wollten, wobei sie hinter sich in Richtung Saal nickte. Ein paar jüngere Leute täten ihnen gut, auch sei sie die einzige Frau. Viktoria, für einen Moment irritiert, sagte, sie hätten hier ein Zimmer gebucht. Die Frau schloss die Saaltür hinter sich, wies auf die gegenüberliegende Tür, sagte noch etwas wie »schade«, wünschte noch einen guten Abend und ging den Flur entlang zu den Toiletten.

Der Raum, den sie betraten, lag in warmem Licht, der Boden bestand aus schweren Holzdielen, die leise quietschten, an den Wänden ging die Täfelung bis zur Höhe der Fenster, vor denen gelbliche Gardinen hingen. An der Schmalseite des Raums, gleich neben der Eingangstür, stand ein Amboss, an der Wand waren Schmiedewerkzeuge befestigt. Am Stammtisch saßen drei Männer vor Bierkrügen, sie stellten ihr Gespräch ein und drehten sich nach den beiden Schwarzen Menschen um. Eine kräftige Frau, dünne toupierte Haare, helle Haut, die schon einige Jahrzehnte hinter dem Tresen verbracht haben musste, trocknete Gläser ab, schaute auf, begrüßte sie. Ebuk sagte seinen Namen, sie hätten ein Zimmer für zwei Personen reserviert, »für mich und meine Tochter«, fügte er noch an. Ebuk, sagte die Frau, sie habe sich schon gefragt, was das für ein Name sei. Offenbar hatte sie mit der Hautfarbe die Antwort. Ob sie nur eine Nacht bleiben würden und die Ostsee besuchen wollten? Ob es denn weit bis zum Meer sei, erkundigte sich Viktoria. Zum Strand eine halbe Stunde, bekam sie zur Antwort. Könnten sie heute Abend noch etwas essen?, erkundigte sich Ebuk. Nur kalt, sagte die Frau, sie könne ihnen Brot und Aufschnitt anbieten, und als sie das fragende Gesicht von Viktoria sah, meinte sie, sie habe auch Käse. Ebuk füllte ein Formular aus, die Wirtin bestätigte, es sei schon bezahlt, alles sei gut, Frühstück ab acht. Sie kämen also aus Berlin, sagte sie mit einem Blick auf den Meldeschein. Ja, antwortete Ebuk, er sei dort Polizist. Dies führte zu erstaunten Kommentaren von den Männern am Stammtisch, die jetzt ein neues Thema gefunden hatten.

Die Frau nahm einen klobigen Schlüsselanhänger von einem Brett mit zehn Haken, wo weitere fünf Zimmerschlüssel hingen. Den Flur rechts runter, dann die Treppe hoch und gleich links sei das Zimmer mit Bad. Ob sie die kalte Platte schon vorbereiten soll?, fragte die Wirtin. Ebuk und Viktoria stimmten zu, in etwa fünfzehn Minuten wären sie wieder zurück.

Das Zimmer war geräumig, zwei einzelne Betten, dazwischen ein Nachttischchen, ein schmaler Sessel, ein Kleiderschrank mit Spiegel an der Tür, eine Dachgaube, die zur Straße hinaus ging. Der graue Linoleumboden war seltsam weich, als ob unter dem Belag zusätzlich Schaumstoff liegen würde. Ebuk stellte sich an das Fenster und blickte auf die dunkle Straße, noch immer war das Gekläffe der Hunde zu hören, die wenigen Straßenlaternen gingen an und spendeten ein orangenes Licht. In der Mulde, die in die hohen Kopfkissen geklopft worden war, lag ein Bonbon, Viktoria wickelte das silberne Papier ab, steckte es sich in den Mund und warf sich auf das Bett, das weich wippte. Zwischen den beiden Betten hing ein Ölgemälde, auf dem ein stattliches Gutshaus zu sehen war. Es war in einem scheinbar realistischen Stil von Landschaftsmalerei gehalten. Das helle Gebäude gliederte sich in einen zweigeschossigen Mitteltrakt und zwei Nebenflügel. Die hohen Fenster hatten keinerlei Sprossen, sie bestanden aus rechteckigen schwarzen Flächen, die den Betrachter wie tote Augen anschauten. Hinter dem herrschaftlichen Schloss leuchteten helle Strahlen hervor, als ob dahinter gerade die Sonne versinken oder ein Feuer brennen würde. Selbst die breite Anfahrt, die auf das Haus mit den dunklen Fenstern hinführte, glänzte. Ein leerer Fahnenmast ragte wie ein nackter schwarzer Ast aus der Mitte des Dachfirsts heraus. Viktoria betrachtete das Bild, schob ihr Bonbon von rechts nach links, kommentierte, dies sei vielleicht das Schloss, welches sie morgen besuchen würden. Sie fand es gruselig. Ebuk bestätigte, das könnte Gut Wolkenstein sein.

Beide erfrischten sich kurz, zum Auspacken hatten sie eigentlich nichts weiter mitgebracht, der Schrank blieb leer. Dann gingen sie wieder nach unten in die Gaststube. Auf einem der Tische standen zwei Teller für sie bereit, dazwischen eine ovale Holzplatte, auf der sich Röllchen mit

Schinken, Speck, kleine Gurken und ein Stapel Schnittkäse türmten. In einem Korb lagen Scheiben dunkles Brot. Ebuk bestellte ein Bier und Viktoria ein Mineralwasser mit Kohlensäure. Beide spürten die neugierigen Blicke der Männer auf sich, die ihnen gerne ihre vielen Fragen gestellt hätten. Die Wirtin kam mit den Getränken an ihren Tisch zurück und wünschte ihnen einen guten Appetit. Die beiden bedankten sich. Ebuk sagte, es tue ihm leid, dass sie so spät angekommen seien, aber der Zug habe ein paar Stunden Verspätung gehabt. Auf die Bahn sei kein Verlass, meinte die Frau, aber mit dem Auto ging es auch nicht viel schneller, wenn man in einen Stau geriet oder es an den vielen Baustellen stockte, brauchte man genauso lange nach Berlin. Sie hätte keine Lust mehr, sich so eine Fahrt anzutun, zu Hause sei es doch am schönsten.

»Sind Sie zum ersten Mal hier?« Sie lächelte, nachdem Ebuk seinen ersten Schluck Bier und Viktoria von dem Wasser getrunken hatte.

Ebuk bestätigte, und auch Viktoria nickte nur.

»Nicht lange her, da war schon einmal ein Schwarzer hier. Der war wohl Pfarrer«, meinte die Frau.

Viktoria blickte ihren Vater erwartungsvoll an. Ebuk überlegte, ob er die Frau und damit das Gasthaus in seine Mission miteinbeziehen sollte und entschied sich dafür. Es war immer gut, auch das Umfeld kennenzulernen. »Moses Lukong«, sagte er.

»Ach, so hieß der«, staunte die Frau und blickte zu den Männern am Stammtisch.

Der habe in der Ferienwohnung auf dem Gut gewohnt, erklärte sie, hier kämen sonst nicht so viele Schwarze her.

»Und jetzt schon wieder zwei«, bemerkte Viktoria.

Die Frau lachte, ihr gefiel anscheinend die direkte Art des Mädchens. »Ihrem Freund hat es also gut gefallen, und jetzt hat er unseren Ort weiterempfohlen?«

»So in etwa. Leider er ist vor Kurzem verstorben«, erklärte Ebuk trocken.

»Ach herrje. Tut mir leid. Und er war ein Freund von Ihnen?«

»Ja, kann man so sagen.«

Ob sie auch vorhätten, das Gut der von Wiedekamer zu besichtigen, fragte die Wirtin nach.

»Morgen fahren wir hin«, bestätigte Viktoria.

»In jedem meiner Zimmer hängt ein Bild des Grafen, er ist der Künstler in der Familie. Passen Sie gut auf sich auf«, sagte die Frau und ging zum Tresen zurück.

Ebuk blickte der Wirtin hinterher, hätte gerne gewusst, wie sie das meinte. Die Männer am Nebentisch nahmen wieder ihr Gespräch auf, sie klangen jetzt aufgeregter, einzelne Blicke gingen zu Vater und Tochter.

»... das war Staatseigentum. Zu meiner Zeit gab es keine Grafen hier!«, wurde einer der Männer laut, »sie haben es sich unter den Nagel gerissen.«

»Walter, hör auf! Die haben es sich zurückgekauft, sonst wär es verfallen«, rief die Frau hinter dem Tresen ihm zu. Aber der Mann wollte sich nicht beruhigen, er wandte sich an die beiden Gäste.

»Diese Leute haben schon immer gewusst, wie sie kriegen, was sie haben wollen. Genau wie in Afrika. Da haben sie sich auch einfach das Land genommen! Stimmt's?«

»Stimmt«, sagte Viktoria und aß ruhig weiter.

Walter schnaufte und sah sich bestätigt. »Es war Staatseigentum. Wir haben das Land bestellt. Unser Land. So war das!«, empörte er sich.

Viktoria trank einen großen Schluck Wasser, rülpste leise. Die Tür zum Gastraum ging auf, und mehrere Männer und die junge Frau kamen herein, die vorhin im Saal Schach gespielt hatten.

»Hat euch Annika wieder in die Tasche gesteckt?«, kommentierte die Wirtin lachend, als sie in die Gesichter der Männer blickte, die sich auf die freien Tische verteilten. Annika, die junge Schachspielerin, ließ sich neben Viktoria nieder.

»Darf ich?«

»Klaro.«

»Ich bin Annika.«

»Viktoria.«

»Peter.«

»Wo kommt ihr her?«

»Berlin.«

»Echt? Geil. Und was macht ihr hier? Ostsee?«

»Ich war noch nie am Meer. Ihr spielt hier zusammen Schach? Seid ihr ein Verein?«, fragte Viktoria.

»Nein, nur so zum Spaß. Es gibt hier sonst nichts. Außer der Stille, die hilft beim Nachdenken. Wir treffen uns einmal die Woche, wenn ich hier bin.«

»Was machst du?«, fragte nun Ebuk.

»Ich bin Tierärztin, ich besuche meine Mutter, die lebt hier.«

»Gibt es auf dem Gut auch Tiere?«, fragte Ebuk nach.

»Na klar, Pferde, Dressur. Da gibt es immer was für mich zu tun.«

»Ich würde so gern mal reiten. Kann man das dort?«, begeisterte sich Viktoria.

»Na ja, das sind keine Pferde für Anfänger. Da musst du gut aufpassen.«

»Annika! Dein Bier!«, rief einer der Schachspieler.

»Wir müssen noch ein paar Partien analysieren. Also, eine gute Zeit noch!« Damit verabschiedete sie sich. Auch diese Frau hatte ihnen gesagt, sie müssten aufpassen, auch wenn es nur um die Pferde ging.

Bevor sie das Licht ausmachten, musste Viktoria noch ein paar Texte an ihren Freund Ethan schicken, auch Noemi und

Amira bekamen Grüße von ihr. Ihr Mobiltelefon gab immer wieder Bling-Töne von sich. Ebuk tippte nichts in sein Gerät, er las über das Dorf und das Gut, was er im Internet finden konnte.

»Schreibst du Larissa nichts?«, fragte Viktoria.

»Was sollte ich ihr denn schreiben?«

»Liebe Grüße, finsterer Ort, aber wir sind heil angekommen, bisher keine Nazis getroffen. Schlaf gut. So etwas. Das macht man so in Beziehungen.«

Ebuk lachte leise, wunderte sich, las weiter.

»Du musst dich kümmern«, insistierte sie.

»Mach ich doch, wegen ihr sind wir hier. Der Tote lag in ihrer Kirche.«

»Mann, Papa! Sie will doch keinen Polizisten.«

Er drehte sich zu Viktoria, die vom anderen Bett aus zu ihm schaute. »Kann sein. Aber vielleicht braucht sie einen Polizisten.«

Seine Tochter stöhnte auf. »So wird das nie was«, kommentierte sie.

»Lass uns schlafen«, schlug Ebuk vor. Beide machten ihre Nachttischlampen aus, drehten sich um. Wo hatte dieses Mädchen nur ihre Weisheiten her? Wie konnte sie ihm sagen, was man in Liebesbeziehungen machte und nicht machte? Sie war doch zum ersten Mal mit einem Jungen zusammen. Las sie Anleitungen für Beziehungen im Internet? Sprach ihre Mutter da aus ihr? Oder seine Mutter? Hatten sich die Geister der Frauen in Viktorias Kopf eingenistet, um ihm zu sagen, wie er sein Leben führen sollte?

Sie saßen am nächsten Morgen wieder in der Gaststube, vor sich einen Korb mit frischen Brötchen, zwei Sorten Marmelade in offenen Gläsern, ein Stück Butter auf einer Schale und ein gekochtes Ei. An anderen Tischen frühstückten drei weitere Paare, ältere Männer und Frauen. Die beiden

Schwarzen wurden aus den Augenwinkeln aufmerksam begutachtet und höflich angelächelt. Mit schweren Schritten betrat ein großer Mann den Raum, es war, als ob ein alter Schmied auftauchen würde, um nachzusehen ob das Feuer in der Esse heiß genug ist. Er hatte lange weiße Haare und schwarze Augenbrauen; er trug eine braune Lederjacke und schwere Schuhe, musterte aufmerksam die anwesenden Gäste, stapfte zunächst zur Wirtin, die er mit Frau Zölchow ansprach, und gab ihr die Hand. Letzte Nacht habe er eine Sau geschossen, ob sie die haben wolle, fragte er. Seine Stimme klang tief und polternd. Die Wirtin bedankte sich, aber da die Saison langsam zu Ende gehe, würde sie ihm nur eine halbe Wildsau abkaufen können. Der Mann war einverstanden, eine halbe Sau für Frau Zölchow, sagte er. Danach trat er zu dem Tisch, an dem Ebuk und Viktoria saßen, und pflanzte sich neben sie auf einen leeren Stuhl. Er legte eine Hand, die mit einem Siegelring geschmückt war, auf den Tisch.

»Guten Morgen! Von Wiedekamer. Ich bin hier, um sie abzuholen«, sagte er und grinste.

»Guten Tag. Peter Ebuk, meine Tochter Viktoria.«

»Gut, Sie sprechen Deutsch. Ihr Freund konnte nur Englisch und Französisch. Meine Frau ist gut im Englischen. Muss sie auch wegen ihrer Verwandtschaft in England sein. Alter Adel eben. Mir reicht es, wenn ich die Leute hier verstehe. Ist auch nicht ganz leicht, obwohl die Deutsch sprechen. Essen Sie in Ruhe auf, wir haben Zeit.«

»Können wir am Meer vorbei?«, fragte Viktoria als Erstes.

Der Mann schaute sie aufmerksam an, sein Blick war weich, er lächelte. »Selbstverständlich. Wenn du das möchtest und dein Vater einverstanden ist.«

»Denke schon. Oder?«

Auch Ebuk lächelte, bezwungen vom Charme seiner Tochter.

Sie hatten sich von Frau Zölchow verabschiedet, die ihnen alles Gute wünschte. Vor dem Gasthaus stand ein alter grüner Landrover. Die vorderen Autotüren zierten das Wappen des Guts, von Dreckspritzern überzogen. Wiedekamer stieg ein, startete den Wagen, der knatternd ansprang, Ebuk setzte sich neben ihn, Viktoria in den Fond.

Als sie über die Straße aus dem kleinen Ort fuhren, drehte der Mann den Kopf zu Viktoria, um zu erfahren, warum sie das Meer sehen wolle. Weil sie noch nie am Meer gewesen sei, antwortete sie. Aus Neugier also, meinte der bärtige Mann, Neugierde sei etwas Gutes. Er fragte nach, woher sie komme. Aus Jinja, am Viktoriasee. Er nickte, er wusste, dass diese Stadt in Uganda liege, in der Nähe der Nilquelle. Ebuk war erstaunt, denn bisher musste er die Geographie ihrer Herkunft stets erklären. Sie fuhren auf einer schmalen Straße, die zwischen kahlen Feldern verlief, einzelne Baumgruppen und Gebüsche setzten Akzente, wie Haarbüschel auf einem schlecht rasierten Kopf. Dann kamen sie durch einen kleinen Wald aus alten Kiefern, knorrige Bäume, die hier schon lange dem Wind standhielten. Es gab einen Parkplatz vor einer langgestreckten Düne, auf der lange gelbe Gräser wuchsen. Ein kräftiger Wind, der sie empfing, als sie aus dem Auto stiegen, trieb Wolkenberge über den Himmel. Möwen vollführten ihre Kunststücke über den drei Ankömmlingen. Ein Holzsteg wies den Weg durch die Dünen zum Meer.

Aufgeregt lehnte Viktoria sich gegen den Wind, eilte voran, stapfte über die Balken und den Sand. Ebuk mühte sich, mit ihr Schritt zu halten, auch er formte die Augen zu Schlitzen, hielt die Hände vor der Brust. Wiedekamer folgte ihnen, aufrecht, unbeeindruckt von der Macht der Natur. Die offene Lederjacke flatterte um ihn.

Auf den breiten Sandstrand rauschten gleichmäßig graue Wellen, weiße Schaumkronen durchzogen die riesige Fläche bis zum Horizont. Die dunklen Pfahlköpfe der Wellenbrecher bildeten gerade Reihen ins Meer hinein. Viktoria streifte sich ihre Sneakers und Strümpfe von den Füßen und tappte vorsichtig zum Wasser hin. Sie bückte sich, hielt die Hände in die Wellen, leckte die Finger ab, breitete die Arme aus, ihr Körper empfing den Wind. Ebuk und Wiedekamer standen nebeneinander, sahen dem Mädchen zu, das ganz darin aufging, das salzige Meer und den Wind in sich aufzunehmen.

»Aufgeweckt, die Kleine«, kommentierte der Mann.

Ebuk nahm die Weite und die Kraft der grauen See in sich auf.

»Haben Sie noch mehr Kinder?«, fragte Wiedekamer nach.

»Nein. Nur Viktoria. Und Sie?«

»Einen Sohn.« Er machte eine Pause.

»Sie verstehen sich gut mit dem Mädchen. Was?«

»Ja.«

»Das ist ein Geschenk.«

Die Männer riefen sich ihre kurzen Sätze zu, die der Wind gleich mit sich wegtrug.

»Lebt Ihr Sohn mit Ihnen?«, fragte Ebuk.

»Er lebt im gleichen Haus, das zum Glück sehr groß ist.«

Ebuk drehte sich zu Wiedekamer hin, der nur geradeaus schaute. Einzelne Haarsträhnen hatten sich gelöst, umspielten sein Gesicht.

»In unserem Zimmer hing ein Bild von Ihrem Gut.«

»Ist von mir.«

»Dann sind Sie Maler?«

Ebuk bekam keine Antwort, wie ein Baumstamm stand der Mann einfach nur da.

Viktoria schrie über die Wellen hinweg, drehte sich zu den Männern um, winkte, rannte zu ihrem Vater, der ihr entgegenlief und sie umarmte.

Als sie wieder in dem Landrover saßen, hielten Ebuk und auch Viktoria ihre Hände ans Gesicht, um es zu wärmen. Wiedekamer erwachte aus seiner stoischen Haltung und fragte Viktoria, ob ihre Neugier befriedigt sei und sie jetzt wisse, warum das Meer sie gerufen hatte. Ja, antwortete Viktoria, es wolle ihr Kraft geben für das, was komme. Die Antwort schien dem Mann zu gefallen, ein leises Lächeln spielte um seinen bärtigen Mund.

»Das ist gut«, sagte er, »mir gibt es auch viel Kraft. Die brauche ich, um hier zu leben. Meine Frau hat mich vor zwanzig Jahren überredet, das Gut zurückzukaufen. Das war ein verdammter Fehler. Jetzt komme ich hier nicht mehr weg. Ich habe angefangen, schlechte Bilder zu malen, die mir die Leute aus Höflichkeit abkaufen. Nachts gehe ich manchmal auf die Jagd und erlege Wild. Nur, um nicht Menschen zu erschießen.«

Ebuk und Viktoria schauten ihn gebannt an. Wiedekamer grinste breit, offenbar gefiel es ihm, wenn er andere schockieren konnte.

»Mich interessiert nicht, was Sie in dieses Land geführt hat. Jeder hat seine Gründe. Da Sie nicht aus Kamerun kommen: Was bringt Sie nach Wolkenstein?«

Ebuk brauchte einen Moment, um ihm zu antworten. »Moses Lukong ist tot.«

»Ja, ich weiß, die Polizei hat sich gemeldet«, erklärte Wiedekamer.

Immerhin, dachte Ebuk, dann hatten die Kollegen alle Telefonkontakte überprüft. »Wir kannten uns«, fuhr Ebuk fort, »soviel ich weiß, hat er Sie besucht, weil er Fragen zu seiner Familiengeschichte hatte. Jetzt ist seine Zwillingsschwester nach Berlin gekommen.«

»Seine Zwillingsschwester?«

»Pauline«, bestätigte Ebuk.

»Hat sie Sie geschickt?«

»Sie hat mich gebeten herauszufinden, was geschehen ist.«

»Und was denken Sie? Warum ist er ermordet worden?«

»Er ist in einer Kirche erschlagen worden. In deren Nähe

ist ein bekannter Straßenstrich, dort werden viele Drogen verkauft. Die Polizei ermittelt in diesem Milieu.«

»Aber Sie denken, das ist der falsche Ansatz?«, fragte der große Mann nach.

»Es gibt Gründe, die dafür sprechen, andere dagegen. Dazu gehört sein Besuch hier«, antwortete Ebuk. Der Graf hielt das Auto an, sprang heraus und atmete tief durch. Ebuk und Viktoria blickten sich an. Dann setzte sich der Mann wieder hinter das Lenkrad.

»Sie müssen mit meiner Frau reden«, sagte er leise. Seine Hand ging zum Zündschlüssel des Autos, doch dann redete er weiter. »Dieses ganze Zeug aus Kamerun. Ein ganzer Saal hängt voll mit Masken, Figuren, Trommeln und Pfählen. Sie werden es ja sehen. Wir haben es auf dem Dachboden gefunden, da ist es während der DDR-Zeit verstaubt. Die Bauern, die hier die LPG betrieben, interessierten sich nicht dafür. Meine Frau dachte, sie könnte mit diesen Sachen eine Art Museum aufmachen. Touristen, Besichtigung im Schloss und Kamerunsaal. Ich will das nicht mehr, ich möchte den ganzen Krempel loswerden. Sollen sie das in Berlin in ihrem Museum ausstellen. Aber sie ist dagegen, auch mein Sohn will nichts hergeben. Nichts. Es soll alles so sein, wie es vor über hundert Jahren einmal war. Mein Urgroßvater, der Gouverneur, er war ... Diese Leute glaubten an die Überlegenheit der weißen Rasse, sie glaubten, sie könnten sich alles nehmen, alles Land, jede Maske, die ihnen gefiel, sich jeden Thron schenken lassen, alle Schwarzen Frauen ficken, die sie haben wollten, wer Widerstand leistete, wurde erschossen oder aufgehängt. Ich möchte das alles loswerden. Alles.«

Er startete den Wagen, knallte die Gänge rein, raste durch den Wald, über die schmale Straße an den Feldern entlang. Ebuk und Viktoria hielten sich an ihren Sitzen fest, Anschnallgurte gab es in diesem alten Auto keine. Durch einen Torbogen ging es auf die Zufahrt zum Gutshaus, der Graf reduzierte das Tempo, links war eine Weide zu sehen, auf der zwei Pferde und ein Fohlen zu ihnen aufschauten, dahinter Stallungen. Rechts und links tauchten schmucke Kavaliershäuser auf, vor ihnen ein Rondell mit Blumenrabatten, das der Mann umkreiste. Er bremste hart vor einer breiten Treppe, die sich nach oben verjüngte. Dort stand eine Frau im grünen Kleid, Anfang sechzig, die blonden Haare mit einem Haarreif zusammengehalten. Sie schaute den beiden Gästen zu, wie sie aus dem Wagen stolperten. Sobald sie die Autotüren zugeschlagen hatten, gab der Mann Gas, umkreiste die Blumenrabatte und machte sich davon. Die Frau wartete ohne Regung, bis die beiden die Treppe hochgekommen waren.

»Friedrichs Fahrstil ist manchmal etwas ruppig, ich war leider nicht abkömmlich«, sagte sie streng. »Aurora von Wiedekamer.«

Ebuk und Viktoria stellten sich vor. Noch bevor sie in das Gutshaus traten, entschuldigte sich Viktoria und fragte, ob es in Ordnung sei, wenn sie zu den Pferden ginge, sie würde später nachkommen.

»Ich habe keine Einwände«, meinte die Frau großzügig. Viktoria legte ihre Hand auf den Arm ihres Vaters, er würde es auch ohne sie schaffen, schritt die Treppe hinab, langsam, blickte sich um. Schon auf der Fahrt hierher hatten sie und ihr Vater vereinbart, jeweils ihre Eindrücke zu sammeln, und sie würden sich später austauschen.

Wie sie so die Treppe hinunterging, stellte sie sich vor, sie würde das alles besitzen, das Schloss, die Häuser, die Felder, die Wälder, versuchte zu spüren, wie Macht und Reichtum sich anfühlten, schritt über den Kies, der unter ihr knirschte, Wind traf sie, sie ging weiter Richtung Torbogen, nahm die Pferde in Augenschein. Wenn sie nicht Schwarz wäre, sondern weiß, wenn das Gutshaus ihr Geburtshaus wäre, sie gleich ein Pferd aufsatteln könnte und am Strand entlanggaloppierte. Wie fühlte sich das an? Oder wenn sie an der Spitze einer Gruppe von Schwarzen Soldatinnen reiten würde, die durch das Tor galoppierten, die Bewohner aus den Häusern trieben, sie töteten, die Frau im grünen Kleid gefangen nehmen würden und den Palast hinter ihr anzündeten. Den verrückten Maler würden sie laufen lassen. Sie schüttelte den Kopf, es musste der Wind oder der Ort sein, der sie mit dieser brutalen Phantasie anwehte. Vielleicht durfte sie ein Pferd streicheln.

Ebuk folgte der Gräfin, trat in die Empfangshalle, der Boden bestand aus einem glänzenden Fischgrätparkett, ein pompöser Lüster hing aus dem zweiten Stockwerk tief in den Raum, rechts führte eine Treppe nach oben, links und rechts gingen große Türen ab. Auf der langen Vitrine unter der Treppe lagen mehrere Stapel gedruckter bunter Blätter. Die Frau sah, wie Ebuks Blick auf diese Zettel fiel, ging hin und drückte ihm einen in die Hand. *Vermählung* stand da in großen Buchstaben, darunter die Fotografien eines jungen Mannes, der in die Ferne blickte, und einer jungen Frau, deren Augen den Kontakt zu dem Betrachter suchten. Seine Hoheit Graf Georg-Alexander von Wiedekamer und Herzogin Elisabeth von Podestil luden zur Hochzeit ein. Als handele es sich um einen Werbeprospekt, den er sich später genauer ansehen könnte, faltete Ebuk das Blatt und steckte es in seine Hosentasche. Frau von Wiedekamer war einen Moment irritiert.

»Bei uns steht eine große Hochzeit ins Haus. Deswegen sind wir ein wenig angespannt. Mein Sohn heiratet. Die Braut ist eine ganz entzückende junge Dame aus gutem Hause. Ihre Tochter ist vermutlich noch nicht so weit?«

»Äh, nein. Sie macht erst das Abitur.«

»Weiß sie schon, was sie studieren will?«

»Zuletzt war es Tiermedizin, deswegen das Interesse für Pferde«, antwortete Ebuk höflich.

»Will sie in Kamerun oder bei uns studieren?«

»Wir kommen nicht aus Kamerun, wir leben in Berlin, wir sind Deutsche.«

»Oh. Passdeutsche. Na dann, willkommen auf Wolkenstein.« Sie machte eine Geste mit der Hand und wurde zur Museumsführerin. »Es ist das Gut der von Wiedekamer, aber während der DDR-Zeit wurde es umbenannt, nach dem Dorf Wolkenstein. Und als mein Mann und ich zurückkamen, wollten wir nicht daran rütteln. Die Menschen hatten ja schon genug durchgemacht. Nicht wahr? Sie sind ein Freund des Herrn Lukong? Ich habe von seinem tragischen Tod schon erfahren. Die Polizei rief hier an. Er hatte sich für unsere Familiengeschichte interessiert. Die Vorfahren meines Mannes wurden ja auch in den damaligen deutschen Kolonien eingesetzt. Kommen Sie doch herein!«

Sie ging voraus, öffnete die linke Tür, die in einen Saal führte, in dem ein langer Tisch stand, umgeben von zahlreichen Stühlen, an den Wänden hingen historische Porträts von Männern und Frauen in Goldrahmen, die den Betrachter würdevoll und bedeutend grüßten.

»Ich erklär Ihnen jetzt nicht jeden Vorfahren, deswegen sind Sie ja nicht hier.«

Aus einem offenen Kamin, ein schwarzes Rechteck in der Größe eines Bettes, strömte erkalteter Atem. Hier hatte schon lange niemand mehr vor einem Feuer gesessen. Vor den großen Fenstern hingen geraffte Vorhänge, man ahnte den Blick auf einen Teich, über dessen spiegelnder Fläche sich weiße Wolken jagten.

»Wir mussten die Fenster restaurieren lassen. Sie können sich nicht vorstellen, was das gekostet hat. Dafür kommt kein Denkmalschutz auf. Wir müssen das alles selbst bezahlen.« Ebuk hätte gerne die Reparaturarbeiten an den Fenstern begutachtet, aber die Frau eilte weiter. Sie öffnete die nächste Tür zu einem hellen Raum mit rosa Tapeten und ausgeblichenen hellblauen Sofas sowie einigen Sesseln, über denen Decken lagen.

»Schauen Sie nicht so genau hin, das muss ich bald auch mal machen lassen. Gute Polsterer sind rar. Das ist eigentlich das Damenzimmer, aber ich empfange hier nicht mehr.«

Schließlich zog sie einen Schlüssel aus einer Tasche, öffnete eine Tür und betrat einen dunklen Raum, der nur zwei schmale Fenster hatte, vor denen Vorhänge hingen, das Tageslicht quälte sich durch schmale Ritzen. Es roch muffig nach Leder und Politur. Sie drückte auf einen Lichtschalter, zwei schwache Deckenstrahler erleuchteten die ausgestellten Objekte. Ebuk war es, als würde er eine Grabkammer aus einem anderen Jahrhundert betreten. Diese Ausstellung von afrikanischen Artefakten wirkte improvisiert und provinziell, der Gedanke, Schätze aus dem Erdteil zu präsentieren, den die Weißen einmal »dunkel« nannten, hatte offenbar Pate gestanden.

»So. Hier die Kamerun-Sammlung, die Herr Lukong sehen wollte. Es ist alles sehr historisch, aus Königshäusern der dortigen Völker, selbstverständlich alles rechtmäßig erworben.«

Sie faltete die Hände vor dem Bauch zusammen und stellte sich neben die offene Tür.

Zwei riesige Elfenbeinzähne, so groß wie Ebuk, standen rechts und links vor einem hölzernen Thron, dessen runder Sitz auf dem Rücken eines schwarzen Tiers befestigt war. Vermutlich ein Panther, dessen Haut mit schwarzen Perlen dargestellt wurde. Davor lag das verblichene Fell eines Tigers. Eine lange Pfeife, kunstvoll geschnitzt, stand daneben. Weitere Elfenbeinzähne lagen aufgeschichtet übereinander wie ein weißer Stapel Brennholz. An den dunklen Wänden hingen zahlreiche, sehr unterschiedliche Masken, einige mit Perlen verziert, andere zeigten eigenwillig gestaltete Köpfe von Rindern, Elefanten oder Krokodilen. Schreckliche Fratzen hingen da, die vermutlich zur Austreibung von bösen Geistern oder bei Beerdigungsritualen verwendet worden waren. Hier hatten sie offenbar keine Macht mehr, die Geister der Familie, die in diesem Schloss lebte, trieben ihr Unwesen, ungezügelt und böse. Eine schwere hölzerne Trommel lag quer auf dem Parkett, ein ausgehöhlter Baumstamm, der mit Motiven von Schlangen, Pflanzen und Schädeln geschmückt war. Geschnitzte Figuren von nackten Männern und Frauen, mit Kauri-Muscheln und Perlen beklebt, standen auf kleinen Podesten. In einer Vitrine wurden Schwerter, Kampfbeile und Messer der unterworfenen Afrikaner ausgestellt, außerdem Fotos, auf denen Männer in weißen Uniformen und Tropenhelmen zu sehen waren, oft auf Pferden, die vor langen hölzernen Pfählen der afrikanischen Paläste standen. Die Frau deutete auf eine Schwarz-Weiß-Fotografie, die zwei Männer und zwei Frauen zeigte, die sich auf einer Treppe aufgebaut hatten, die zum Gouverneurspalast in Buea führte. Die Frauen trugen lange weiße Kleider, die ihre Figur betonten, in den Händen hielten sie weiße Sonnenschirme. Der Mann links neben der Frau trat im grauen Tropenanzug auf, in der Hand einen schwarzen Stock mit hellem Knauf, auf seinem Kopf ein Hut, dessen Krempen links und rechts nach oben geschlagen waren, ein imponierender Schnauzbart betonte seine gesellschaftliche Stellung. Die linke Hand lag auf der Hüfte, der Ellbogen abgespreizt. Der andere Mann trug einen weißen Tropenanzug und ebenfalls einen Hut, auch er stützte die Hand in die Hüfte. Zwei Herrscherpaare vor einem Palast, auf dem die Fahne des deutschen Kaiserreichs wehte.

»Das sind Gouverneur Jesko von Wiedekamer, seine Frau sowie der Generaladjutant mit Gattin. Hier ein Porträt des kaiserlichen Gouverneurs.«

Sie wies auf die daneben hängende kolorierte Fotografie eines Mannes. Seine Haare waren in der Mitte gescheitelt, und die Spitzen seines Schnauzbarts standen steil nach oben ab. Um den Hals, vor dem hohen Stehkragen der grünen Uniform, hing ein rot-weißes Kreuz.

»Können Sie die Züge meines Mannes erkennen?« Sie lachte gekünstelt. Vermutlich fragte sie das jeden Besucher. »Er hat ihnen bestimmt gesagt, er will mit der Geschichte seiner Vorfahren nicht viel zu tun haben. Aber es ist nicht nur seine eigene Vergangenheit. Es ist ja auch die Geschichte unseres Landes, genau wie die Schlösser, die Kirchen und die Wälder. Nicht wahr?«

Langsam schritt Ebuk dieses Dämonenkabinett ab, betrachtete die Artefakte, überlegte, wie er Zugang zu dieser selbstbewussten Frau finden konnte. Sollte er sie mit einer Frage überrumpeln? Er könnte sich auf den Thron mit dem Panther setzen und sie provozieren. Doch vermutlich machte sie dann sofort dicht, denn sie war geübt darin, die Provokationen ihres Mannes abzuwehren.

»Ihr Freund, Herr Lukong, war beeindruckt, er konnte fast zu jeder Maske sagen, woher sie kam und wofür sie verwendet wurde. Wer weiß, was aus all dem geworden wäre, wenn es nicht diese engagierten Sammler damals gegeben hätte? In der DDR-Zeit hat man diese Sammlung nicht gewürdigt, sie ist verstaubt und verrottet, wie das Land.«

Ebuk lag eine Antwort auf der Zunge, aber er schluckte sie hinunter und schaute sie offen an. Wie war es Moses Lukong ergangen, nachdem sie ihm dieses Schauerkabinett gezeigt hatte? Hatte er ihr direkte Fragen gestellt? Ihr das Manuskript in der unbekannten Schrift gezeigt? Den Hinweis auf die Tochter? Wann war es zum Streit gekommen?

»Die Zwillingsschwester von Moses Lukong ist in Berlin, um die Leiche ihres Bruders abzuholen«, begann Ebuk, »Frau Dr. Pauline Amadou Manga hat mich gebeten, bei Ihnen nachzufragen, was der Besuch ihres Bruders bei Ihnen und auf diesem Gut ergeben hat. Leider kann sie ihn nicht mehr selbst befragen. Wie Sie bestimmt wissen, stammen die beiden auch aus adligen Verhältnissen. Zwillinge sind sich sehr nah und haben in vielen afrikanischen Kulturen eine besondere Stellung. Frau Dr. Amadou Manga will sicherstellen, dass sie alle Informationen und Anliegen ihres Bruders mit in ihre Heimat nimmt und nichts unerledigt bleibt. Noch ist nicht geklärt, warum der Mann sterben musste.«

»Die Polizei nimmt an, dass es Drogenhändler waren, die ihm das angetan haben. Es tut mir sehr leid.«

»Sie sind gut informiert.« Ebuk war erstaunt.

»Ich habe meine Quellen.«

»Die habe ich auch. Ich bin Polizist.«

Er hatte vorgehabt, ihr etwas anderes zu erzählen, vorzugeben, nur ein Freund zu sein, ein Fußballtrainer, den man für eine Jugendmannschaft in Berlin engagiert hätte. Doch da sie Informationen von der Polizei anführte, entschloss er sich, ihr etwas entgegenzusetzen und sie zu verunsichern. Sie schaute ihn ungläubig an. Er zog seine weiße Plastikkarte hervor und hielt sie ihr unter die Nase. Sie blickte auf sein Porträtfoto und seinen Namen, gab ihm den Ausweis zurück.

Sie forderte ihn auf, mit ihr zu kommen, sie wolle ihnen eine Tasse Kaffee machen. Ihr Selbstverständnis ließ keine Schwäche zu, entschieden ging sie voraus.

Auf einer großen Weide, die mit einem Zaun geschützt war, standen zwei schwarze Stuten und ein Fohlen, die friedlich grasten. Viktoria trat an den Zaun und versank in den Anblick der schönen Tiere, die die Köpfe hoben und die Besucherin betrachteten. Der Wind zerzauste ihre Haare, ein helles, kühles Grau lag über der Landschaft. Einzelne Vögel segelten durch die Luft, taten sich zusammen, drehten ab zu alten Bäumen. Viktoria machte einige Fotos mit ihrem Handy. Das junge Tier, neugierig auf den Zaungast, stakste heran, fraß immer wieder ein paar Grasbüschel, seine Mutter folgte aufmerksam, aber entspannt. Das große Tier ging voraus, kam nah zu Viktoria, hob den Kopf über den Zaun. Viktoria streichelte den Nasenrücken, flüsterte dem Tier zu, wie schön es sei und was für ein tolles Kleines es habe. Die zweite Stute schaute ebenfalls am Zaun vorbei, drehte wieder ab, der Mensch, der dort stand, schien nicht interessant genug. Mutter und Fohlen folgten ihr langsam, wendeten Viktoria ihre Hinterteile zu.

Viktoria blieb noch eine Weile, voller Sehnsucht nach einem Leben mit großen Tieren auf einem weiten Land, auch wenn sie gerade etwas fröstelte. Sie schickte ihre Fotos an Ethan, mit der Zeile *so cute* und einem Küsschen, ging am Zaun entlang zu den Stallungen, einem flachen, breiten Gebäude, ein Zweckbau, dessen Tor zur Seite geschoben war. Auf der linken Seite des Stalls waren Gestänge installiert, die die Pferdeboxen als Offenställe ins Freie verlängerten. Viktoria nahm den intensiven Geruch der Tiere, des Strohs und Heus auf, Hufe klackerten auf dem Stallboden, es gab ein Scharren und Reiben, leises Wiehern. Sie trat in den breiten Mittelgang des Pferdestalls. Rechts und links waren je zehn Pferdeboxen, die nicht alle belegt waren, einige der Türen standen aufgeklappt. Eine Frau in einem blauen Arbeitsanzug, mit einer Heugabel in der Hand, trat aus einer der Boxen auf sie zu. Die Frau war kräftig, zwischen vierzig und fünfzig Jahre alt, hatte ein rötliches rundes Gesicht, auf ihrem Kopf eine Wollmütze, die die Ohren nicht bedeckte. Sie blieb in der Mitte des Gangs stehen, stützte sich auf den Stiel der Heugabel und blickte Viktoria an. Das war ihr Herrschaftsbereich, den keine Unbefugte betreten durfte.

»Hallo«, versuchte es Viktoria.

Die Frau antwortete nicht, schaute sie nur an.

»Wir sind hier zu Besuch. Ich wollt mich nur mal umschauen.«

Noch immer bewegte sich die Frau nicht, als gäbe es keinen Grund, mit einem Schwarzen Mädchen, das durch ihre Stallungen läuft, zu sprechen.

»Reitbeteiligungen. Gibt es das hier?«

Viktoria hatte ihre wohlhabenden Mitschülerinnen darüber sprechen hören, es war ein fremdes Wort, was sie sich erst erschließen musste. Als sie dann erfuhr, was für ein kostspieliges Hobby Reiten war und mindestens ein bis zwei Stunden Anfahrt ins Berliner Umland erforderte, außerdem Stallarbeit, strich sie das Wort wieder aus ihren Gedanken. Die Mädchen, die reiten gingen, hießen Reitermädchen, waren weiß, schlank, trugen ihre Haare lang und offen. Bei Viktorias Freundinnen galten die Reitermädchen als oberflächlich und uncool, was ein Vorurteil war, wie Viktoria wusste; aber sie spielten eben in einer anderen Liga, und es stärkte schließlich die eigene Identität, wenn man sich abgrenzen konnte. Doch jetzt, wo sie zum ersten Mal in einem Pferdestall stand, schien ihr dieser Begriff eine Art Kennerschaft zu attestieren.

Die Frau im blauen Arbeitsanzug legte ihre Stirn leicht in Falten, wies mit dem Kopf hinter sich.

»Der junge Herr, auf dem Reitplatz«, sagte sie mit einer Stimme, die tief aus ihrem Bauch kam. Vermutlich war es der erste Satz, den sie an diesem Vormittag gesagt hatte. Für einige Sekunden blickte sie Viktoria wie ein seltsames Insekt an, mit dem man zwar reden konnte, aber von dem man nicht wusste, ob es möglicherweise gefährlich war. Viktoria schenkte ihr ein Lächeln und bedankte sich. Ohne die Besucherin weiter zu beachten, machte sich die Frau in der nächsten Pferdebox an die Arbeit. Nachdem diese Hürde überwunden war, ging Viktoria weiter, blickte nach rechts und links auf braune, gescheckte und schwarze Pferde, die sich nach ihr umdrehten, manche interessiert, andere gelangweilt. Hinter den Stallungen standen ein alter Traktor und ein Anhänger mit einer Ladung Säcken. Einen Steinwurf entfernt lag ein offener Reitplatz. Ein heller Holzzaun aus zwei parallel übereinander verlaufenden Latten fasste den großen Platz ein. Der Boden bestand aus grauem Sand, als ob ein künstlicher Sandstrand angelegt worden wäre. Auf der Schmalseite des Platzes gab es ein Holztor, daneben stand eine Bank, auf der eine Sporttasche, ein Handtuch und eine blaue Trinkflasche lagen. Auf der weiten Fläche ritt ein Mann sehr aufrecht auf einem braunen Pferd. Er trug einen grauen Hoodie, Reithosen und Reitstiefel, auf dem Kopf, wie die Frau im Stall, eine Wollmütze. In der Hand hielt er eine Reitpeitsche, mit der er das Tier dirigierte. Zwei gleich hohe Hindernisse waren aufgestellt worden. Die drei Stangen waren wie eine Banderole schwarz, rot und golden gefärbt. Der Reiter trieb das Pferd immer wieder an, es nahm die Hürden ohne Schwierigkeiten, zufrieden klopfte der Mann dem Tier auf den Hals.

Viktoria trat näher an den Holzzaun heran und lehnte sich mit dem Oberkörper dagegen, legte die Arme auf der obersten Latte ab, setzte einen Fuß auf die untere Latte. Als Pferd und Reiter näher an ihr vorbeizogen, sah sie, wie dem Pferd Speichel aus dem Maul tropfte, wie es den Kopf hochhalten musste, um den nächsten Gehorsamssprung zu absolvieren. Mit einem kurzen Blick nahm der Mann auf dem Pferd Viktoria wahr. Er fühlte sich beobachtet, beugte sich über den Pferdehals, klopfte und sprach dem Tier zu, dann ließ er es in einen leichten Galopp fallen, machte eine Runde über den Platz, ohne zu springen, und kam auf Viktorias Höhe zum Stehen.

»Wen haben wir denn da?«, fragte er vom Sattel herab Viktoria. Das Pferd tänzelte leicht unter ihm.

Sie glotzte ihn an, schaute in die offenen Augen des gut aussehenden Mannes, Anfang dreißig, seine blonden Haare quollen unter der Wollmütze hervor.

»Nun? Hast du dich verlaufen? Der Kamerun-Saal ist drüben im Gutshaus.«

»Ich interessiere mich fürs Reiten«, brachte sie heraus.

»Ist das so? Und da lehnst du dich einfach mal über den Zaun?«

»Entschuldigung. Die Frau drüben im Stall ... Wegen einer Reitbeteiligung ...«, Viktoria blickte gebannt auf den Mann, der stolz auf seinem Pferd saß und sie ruhig betrachtete.

»Ich wollte nicht stören«, sagte sie, »sorry.«

Sie wendete sich ab, machte ein paar Schritte, als hinter ihr ein »Halt!« ertönte. Viktoria drehte sich um.

»Komm!«, befahl der Mann, ohne die Stimme zu erheben. Sie blieb stehen und sah zu, wie Reiter und Pferd zu dem Holztor ritten. Dort sprang der Mann ab und öffnete das Tor zum Reitplatz. Er sah zu ihr hin, wie sie um den Zaun herum zu dem offenen Tor lief; das Pferd stand hinter ihm, er hielt es am Zügel fest und musterte sie, während sie auf ihn zukam.

»Gute, gerade Haltung, kräftige Beine, schöner Hals. Eine junge afrikanische Stute. Eine Abessinerin? Eine Dongola? Oder eine Fouta.«

Viktoria blieb im offenen Tor stehen, zog die Augenbrauen zusammen. Wieder sah sie sich, wie sie an der Spitze einer Armee von Amazonen auf dieses Gut ritt. Sie würde den Kopf auch dieses Typen fordern und seine Genitalien abschneiden lassen. Hatten diese Gewaltphantasien mit dem Ort zu tun oder mit den Menschen, die hier lebten?

»Sie hat Charakter. Also! Du willst reiten? Hier ist ein Pferd. Dann reite«, sagte er.

Sie ging ein paar weitere Schritte auf den Mann zu, der ihr die Zügel in die Hand drückte. Seine Hände steckten in braunen Handschuhen. Sein Gesicht war ausdruckslos, weiß, glatt, der Mund schmal, seine blauen Augen wie leer, das Kinn vorgeschoben. Er wirkte überlegen und entspannt zugleich. Viktoria trat zu dem Pferd, streichelte über den Hals des Tieres.

»Ich kann nicht reiten«, sagte sie ihm.

»Steig auf!«

Frau von Wiedekamer und Ebuk waren durch verschiedene Räume gegangen, den rosafarbenen Salon, einen dunkelblauen Salon, ein weiteres Zimmer mit großen Sofas und einem riesigen Fernsehapparat. Ebuk überlegte, wie viele Zimmer es wohl in diesem Palast geben musste, zwanzig, dreißig? Bestimmt befanden sich im ersten Obergeschoss einige Schlafzimmer, Gästezimmer und unter dem Dach Räume für die Bediensteten. Sie trafen niemanden an, das Gebäude schien verlassen zu sein. Wo war der Mann geblieben, der sie hierhergefahren hatte? Hatte er sein Atelier hier im Haus oder anderswo? Lebte er auch hier, zusammen mit seiner Frau? Und der Sohn der beiden, der junge Mann, der heiraten wollte, wo war er? Wohnte er auch hier? Hatte er eine eigene Wohnung in einem der Flügel? Die Gräfin betrat einen Raum, der einen gewissen privaten Charme hatte, in dem ein breiter Esstisch stand, um den moderne bunte Stühle gruppiert waren. Zeitschriften lagen auf dem Tisch, ein Kreuzworträtsel war aufgeklappt, daneben ein Stift. Zwei Gemälde, die nicht historisch waren, hingen an den Wänden. Auf beiden Bildern fielen die kräftigen Strahlen auf, die hinter dem Horizont aufflammten. Ebuk fragte, ob ihr Mann diese Bilder gemalt habe, der Stil gleiche dem Gemälde in seinem Hotelzimmer. Sie warf einen kurzen Blick darauf, atmete ein und bejahte. Ebuk konnte nicht erkennen, ob sie stolz darauf war, dass ihr Mann malte, doch offenbar hielt sie von seinen Kunstwerken wenig, sonst hätte sie sie kommentiert.

Sie ging an dem Tisch vorbei, er folgte ihr, sie stiegen eine Treppe hinab, wo sie die Tür zur Küche des Gutshauses öffnete, die im Erdgeschoss lag. Neonlicht flackerte auf, als sie die Räumlichkeit betraten, es war kühl und roch nach kaltem Fleisch. Zwei breite Türen mit Mattglasscheiben führten auf einen Hof. Es gab eine glänzende Chromzeile mit Herdplatten, Spüle, Arbeitsplatten. Koch- und Küchenbesteck hing an Haken, Messer klebten an Magneten, Töpfe aller Größen schauten aus den Regalen hervor. Der Wasserhahn über der Spüle tropfte hörbar. Alles war bereit, um für die Herrschaft leckere Speisen bereiten zu können. Ein schwerer Holztisch stand mitten in der Küche, links und rechts davon eine Holzbank, auf die sie wies. Ebuk nahm Platz, während die Frau in eine schmale Espressomaschine eine Kaffeekapsel schob. Sie drückte einen Hebel, es ertönte ein würgendes Geräusch. Der Kaffee wurde von einer kleinen weißen Tasse aufgefangen, die sie vor ihren Gast stellte; sich selbst füllte sie ein Glas Wasser ein. Der Wasserhahn tropfte weiter. Sie nahm gegenüber von Ebuk auf der Holzbank Platz.

»Das Personal kommt erst abends, hier sind wir ungestört«, erklärte sie.

Ebuk trank von dem Kaffee, langsam, stellte die Tasse wieder ab. Er wollte abwarten, die Frau reden lassen, anstatt sie herauszufordern. »Das ist eine große Küche. Sehr schön«, sagte er höflich, »sehr praktisch, wenn man viele Gäste hat, wie bei einer Hochzeit.«

»Wir feiern nicht hier. Meine Familie kommt aus Nordrhein-Westfalen, Kienitz zu Wittenburg.«

»Werden Ihr Sohn und seine Braut dort leben? Oder hier?«

»Hier würde nicht funktionieren. Mein Mann und mein Sohn und dann noch Elisabeth, die junge Herzogin. Das geht gar nicht.«

»Dann bleiben Ihr Mann und Sie hier allein zurück?«, fragte Ebuk freundlich nach, als ob er nur zum Plaudern hergekommen wäre.

»Lassen wir das! Was wissen Sie?«, fragte sie scharf.

»Das kann ich Ihnen nicht sagen. Ich bin auch nicht Teil des Ermittlungsteams der Mordkommission. Doch es gab weitere Tote.«

»Was denn für weitere Tote? Ist das eine offizielle Befragung?«

»Aber nein, Frau von Wiedekamer. Ich bin privat hier, mit meiner Tochter. Ihre Schulkameradin, Noemi, ist die Tochter der Pastorin Larissa von Boden, in deren Kirche der Mord an Pastor Lukong geschah.«

»Von Boden sagen Sie?«

»Kennen Sie die Familie?«

»Eine Klara von Boden war, wie ich auch, in einem Internat in Schleswig-Holstein. Sie besuchte die Parallelklasse«, antwortete sie mechanisch, während hinter ihrer Stirn eine ganze Armee von Gedanken Aufstellung nahm und darauf wartete, einsortiert zu werden.

»Moses Lukong war hier, um sich nach verwandtschaftlichen Beziehungen zur Familie von Wiedekamer zu erkundigen. Und er suchte nach alten Verträgen, die den Thron von Sultan Njoya betreffen. Konnten Sie ihm weiterhelfen?«, fragte er höflich nach.

Die Frau wirkte nun sichtlich irritiert, starrte Ebuk an, die Lippen wurden zu einem harten Strich, ihr Gesicht wurde schmal, die Haut der Wangen lag eng an ihren Zähnen.

Viktoria und der Mann hatten sich einander nicht vorgestellt. Die Frau im Stall hatte ihn *den jungen Herrn* genannt, Viktoria nahm an, der Mann, der sie auf das Gut gebracht hatte, sei sein Vater.

Knapp und präzise hatte er sie instruiert, wie sie aufsitzen konnte. Das Pferd, das er an eine Longe genommen hatte, schien aufgeregt zu sein, es schnaubte und kratzte mit einem Huf. Streng knallte der junge Herr mit der Peitsche durch die Luft und befahl dem Tier, sich ruhig zu verhalten. Als sie im Sattel saß, pochte ihr das Herz, Viktoria durchströmte abwechselnd ein Gefühl von Glück und Angst, es war aufregend, so hoch zu sitzen. Obwohl es kalt war, glühte ihr Gesicht. Der Mann forderte eine aufrechte Haltung von ihr, erklärte, wie sie die Zügel in den Händen zu halten habe; die Beine sollte sie zunächst frei hängen lassen, damit er sehen konnte, ob die Steigbügel passen würden. Sie machte alles ganz genau, wie er es von ihr verlangte.

»Kinn hochnehmen! Den Rücken gerade! Die Hacken runter! Ellbogen entspannt! Das Pferd reagiert auf den Druck deiner Waden und Schenkel. So wie dein Freund, wenn er in dir drin steckt und du ihn antreibst.« Er sagte das beiläufig wie eine Erklärung zur Funktionsweise einer Pumpe, aber es war anzüglich gemeint, er sah zu ihr, wie die Bemerkung bei ihr ankam. Sie war irritiert, verlor kurz die Konzentration, blickte zu ihm hin, sah ein hässliches Grinsen aufblitzen. Er machte eine Bewegung mit der Peitsche, fasste die Longe und trat ins Zentrum des Reitplatzes. Später dachte sie, sie hätte in diesem Moment abbrechen müssen und irgendwie von dem Tier runterkommen. Aber sie unterwarf sich der Situation, auf die sie sich eingelassen und die sie gewollt hatte. Endlich saß sie auf einem Pferd, also würde sie sich selbst beweisen, dass sie es konnte, und nicht auf sexistische Sprüche hören.

»*Well, let's do it. Be kind to me. Please*«, sagte sie zu dem großen Tier unter ihr. Sie zog an den Zügeln, und tatsächlich setzte sich dieser Berg an großen Muskeln unter ihr in Bewegung. Viktoria roch das Fell, spürte die Wärme, die um sie herum aufstieg.

»Aufrecht! Geradeaus schauen! Führen!«, rief der Mann.

Schritt für Schritt setzte sich das Pferd in Bewegung, das leichte Schaukeln floss wie eine Welle durch Viktorias Körper. Sie wurde getragen, graue Wolken und Schatten huschten heran, legten Muster auf den Reitsand. Die Peitsche knallte leise, er sprach beruhigend zu dem Pferd, gleich würden sie die erste Runde im Schritt gegangen sein. Sie konnte das Tor und die kleine Bank sehen, wo seine Sachen lagen.

»Drück die Schenkel zusammen. Ich möchte deine Schenkel spüren. Nach dem Vorspiel kommt der Trab. Zügel locker. Tief im Sattel bleiben!«

Sie blickte zu ihm, zu der Mütze, die auf seinem Kopf hockte. Da entstand das magische Quadrat, das sie im Zug gezeichnet hatten, vor ihr. Der Mann trug eine Mütze, die Frau im Stall hatte eine Mütze, der Pfeil im Quadrat zeigte auf die Mütze. Das Pferd bewegte sich nun schneller, schob die linke Schulter immer wieder vor, begann zu traben. Das Quadrat flatterte luftig um sie herum.

»Ja. Geradeaus schauen! Zeig mir, dass du es kannst!«, rief er ihr zu und peitschte durch die Luft. Das Pferd zog das Tempo an, fiel vom Trab in einen Leicht-Galopp. Kleine kurze Schläge, kein weiches Wiegen mehr, kamen bei Viktoria an. Sie hüpfte auf dem Rücken des Tiers, krampfte die Zügel in den Händen und ließ sie los. Ihr Rücken beugte sich nach vorne, sie klammerte sich an den Sattelknauf, ihre Beine baumelten rechts und links neben dem Pferd. Wie ein ungeübter Rodeoreiter schaukelte sie hin und her.

»Stopp! Halt! Nein!« Ihre Stimme kiekste, ihre Kehle verschnürte sich, das Quadrat platzte in viele Teile, alle Magie stürzte ab. Über dem Platz hatte sich ein großer Schwarm Seemöwen versammelt, der sich auf dem Dach der Stallungen niederließ. Die Schreie der Vögel begleiteten die Vorgänge auf dem Reitplatz, ihre heiseren Stimmen aus den scharfen gelben Schnäbeln veranstalteten ein atonales Konzert. Als die Fische im nicht weit entfernten Meer die Fanfaren ihrer Feinde vernahmen, zogen sie sich in dunklere Tiefen zurück.

Das Pferd bäumte sich auf. Viktoria verlor endgültig den Halt. Sie fiel rückwärts, hinter ihr stand eine Sprunghürde, in dessen Querbalken sie krachte. Der Mann lachte auf, das Tier stieg hoch, wieherte laut aus Furcht, einen Fehler gemacht zu haben, der empfindlich bestraft werden würde. Er dirigierte das Pferd von Viktoria weg, die unter sich die schwarz-rot-goldenen Stangen begraben hatte und im Sand lag. Ein heftiger Schmerz aus dem linken Fußgelenk schoss durch ihren Körper und ließ sie aufschreien. Die Möwen nahmen das als Kommando zum Start, breiteten ihre starken Flügel aus, drehten sich gegen den Wind und zogen davon.

»Keine Verwandtschaft, keine Verträge. Die gibt es nicht. Das ist doch impertinent. Da kommt ein Pfarrer aus Afrika hierher, schnüffelt herum, erklärt, irgendeine seiner Urgroßmütter hätte etwas mit Gouverneur von Wiedekamer gehabt, nur weil er dort Dienst tat. Da kann doch jeder kommen. Er zeigt ein Schriftstück in einer Phantasieschrift vor und behauptet, da stünde, es gäbe eine Tochter und Zwillinge, der Gouverneur wäre der Vater. Das ist unglaublich! Er behauptet, es gäbe einen Vertrag für den Thron, der in unserem Schloss in Berlin steht. Dieser Thron war ein Geschenk! Ein Geschenk aus den Kolonien, aus Bewunderung für den deutschen Kaiser! Den werden wir nicht wieder hergeben. Wir sind mit diesen Leuten doch nicht verwandt! Mein Sohn heiratet. Das wird ein gesellschaftliches Ereignis! Verstehen Sie! Da kann doch nicht einer kommen und einen Skandal veranstalten!«

»Der Mann ist ermordet worden, nachdem er Sie besucht hat«, sagte Ebuk leise.

»Wagen Sie es nicht, irgendwelche Unterstellungen zu machen. Das erlaube ich nicht.«

Ebuk saß der Frau weiter ruhig gegenüber. Ihre emotionale Reaktion war mehr, als er erwartet hatte. Hier gab es eine Wahrheit, die er noch nicht fassen konnte, aber die laut geworden war. Die Zusammenhänge mussten noch ermittelt werden, aber den Besuch von Moses Lukong hatte diese Frau als eine Provokation empfunden.

»Sie sagten, Herr Lukong hätte herumgeschnüffelt, was meinten Sie damit?«

»Er bat, austreten zu dürfen. Dann hörte ich, wie er durch unsere Räume schlich und herumspionierte. Als ich ihn zur Rede stellte, sagte er, er habe sich verlaufen. Wir kennen das schon, da melden sich Leute zu Besuch und lassen mitgehen, was nicht niet- und nagelfest ist. Ich werde keine Führungen mehr machen.«

»Es kam zum Streit?«, fragte Ebuk nach, doch sie kam nicht mehr dazu zu antworten.

Viktoria kroch über den Boden, robbte über den Sand, den schmerzenden Fuß zog sie hinter sich her wie einen schweren Ast. Der Mann tätschelte das Pferd, lachte triumphierend über das Mädchen auf dem Boden.

»Schwarzer Käfer ist abgestürzt«, rief er laut aus. Er knallte mit der Peitsche, schwang sich auf das Pferd, galoppierte dicht hinter Viktoria vorbei, die sich zusammenkrümmte, als sie die Hufe hörte. Der Mann sprang über das auf dem Boden liegende Gestänge und über die andere Hürde. Er trieb das Pferd wieder an, erneut ging es im schnellen Galopp an der auf dem Boden kauernden Viktoria vorbei. Es machte ihm offensichtlich großen Spaß, das Mädchen zu ängstigen.

»Schwarze Käfer werden zertreten«, rief er, peitschte das Tier, ritt auf Viktoria zu, zog die Zügel an, das Pferd richtete sich vor dem Körper am Boden auf. Er zog zur Seite, drehte erneut ab und galoppierte wieder los.

Der Schrei von Viktoria hatte die Frau im Blaumann aus dem Stall aufgeschreckt, die zum Reitplatz geeilt war und sah, was sich dort ereignete.

»Mach auf!«, befahl ihr der Mann auf dem Pferd. Gehorsam klappte sie das Tor zur Seite, der Mann preschte los, ließ das Pferd über Viktoria springen und galoppierte ins Freie. Die Frau kümmerte sich nicht um sie, sondern eilte ins Gutshaus. Viktoria, allein, quälte sich bis zur Bank, zog sich hoch, betastete ihr Fußgelenk und ihren Fuß. Starke Schmerzen brandeten durch ihren Körper, sie wimmerte.

Eine der Küchentüren zum Hof wurde aufgerissen, und eine Frau im blauen Arbeitsoverall mit einer Wollmütze auf dem Kopf trat in die Küche. Ihr Gesicht glänzte rot.

»Gräfin! Sie müssen kommen. Ein Mädchen«, sie nickte mit dem Kinn zu Ebuk, »Ihre Tochter? Sie ist gestürzt.«

»Viktoria?« Ebuk sprang auf und rannte los, die Gräfin im grünen Kleid folgte. Die Frau mit der Mütze zeigte zum Reitplatz. »Da entlang«, sagte sie.

Er fand seine Tochter auf der Bank liegen, das Gesicht schmerzverzerrt. Sie zeigte auf ihren Fuß und stöhnte auf. Ebuk zog ihr vorsichtig den Schuh und den Strumpf aus. Der Knöchel war geschwollen, die Haut gerötet. Ebuk entdeckte das Handtuch und die Trinkflasche des Reiters, schüttete das Wasser auf das Tuch und legte es auf Viktorias Fuß.

»Ich bin vom Pferd gefallen.«

Ebuk sah auf den riesigen Platz, der verwaist war.

»Das Arschloch ist abgehauen«, sagte sie noch. Dann trafen die Arbeiterin und Frau von Wiedekamer ein.

»Was ist denn hier passiert?«, fragte sie sofort. Sie klang empört.

»Der junge Herr«, antwortete die Frau mit der Mütze.

»Wo ist Georg-Alexander?«

Die Frau im Blaumann deutete unbestimmt zu den Pferdeboxen.

Nun tauchte auch der Graf auf, seine große Gestalt stand wie ein dunkler Schattenriss gegen den grauen Himmel. Er eilte zu Viktoria, auch er wollte wissen, was passiert war.

»Man sollte das besser röntgen, ob nichts gebrochen ist. Was ist passiert?«, fragte er.

Viktoria berichtete, wie sie auf das Pferd gestiegen sei. Sie habe dem Mann gesagt, sie könne nicht reiten, dann sei das Pferd immer schneller geworden, bis sie sich schließlich nicht mehr im Sattel hätte halten können.

»Er hat dich auf Ishtar, sein Springpferd, gelassen? Ohne Helm? Dieses verdammte Arschloch! Wo ist er?«

Wütend schaute er die beiden Frauen an, die erstarrt schienen, nicht wussten, was zu tun war. Dann rannte der Graf los. Der ständig gegenwärtige Streit, die Krankheit des Gutshofs, die ihren Alltag bestimmte, verschonte die Frauen auch jetzt nicht.

Ebuk legte einen Arm um seine Tochter und half ihr auf. Sie nahm die blaue Trinkflasche von der Bank und gab sie ihrem Vater, der sie achtlos einsteckte. Mit einem Arm hing sie an Ebuk und humpelte mit ihm vom Reitplatz weg. Die beiden Frauen machten sich Richtung Stallungen davon, wo die lauten Stimmen der beiden Herren von Wiedekamer zu hören waren. Die Pferde in den Boxen wieherten, beschwerten sich über den Krach, den die zwei Männer verursachten. Ebuk lotste Viktoria zu dem Rondell mit den Blumen, weg von den Pferden, von den Ställen, dem Reitplatz. Sie setzte sich auf die Einfassung des großen Blumenbeets, und Ebuk nahm neben Viktoria Platz.

»Ich versuch, ein Taxi zu bekommen«, sagte er und zückte sein Smartphone. Er fand ein Taxiunternehmen in der nächsten größeren Stadt. Es klingelte lange, doch niemand nahm ab, dann kam eine Ansage und die Bitte, man solle nach dem Piepton sprechen. Ebuk hinterließ die Frage, ob es möglich sei, ein Taxi zum Gut Wolkenstein zu schicken, um von dort zum nächstgelegenen Bahnhof gefahren zu werden. Er suchte erneut, vielleicht würde es hier ein Uber geben. Kurze Zeit später rauschte der alte Landrover heran. Der

Graf sprang heraus, und zusammen hoben er und Ebuk Viktoria auf die Rückbank seines Wagens. Ebuk bat darum, sie zum Bahnhof zu fahren.

»Tut mir leid«, sagte der Mann finster. Er fuhr an, trat ruppig auf das Gaspedal.

»Bald ist der Kerl weg«, brummte er voller Abscheu, drehte sich nach hinten zu Viktoria und versuchte es mit einem Lächeln. »Du wirst es überstehen, glaub es mir. Das Meer hat dir Kraft gegeben. Denk daran.«

»Danke«, kam von Viktoria.

Ebuk drückte er einen Blister mit Schmerztabletten in die Hand, er sollte Viktoria gleich zwei geben.

Als sie im Zug saßen, zog er die Trinkflasche aus seiner Jackentasche und reichte sie ihr mitsamt der Schmerztabletten. Doch sie schluckte die Tabletten, ohne die Flasche anzufassen.

»Wegen der Mütze«, erklärte sie ihm. »Lass die Flasche nach Fingerabdrücken und Speichelproben untersuchen. Der Typ ist ein Rassist. Ein verdammtes sexistisches Arschloch. Es hat nicht viel gefehlt, und er wäre mit seinem Pferd auf mir herumgetrampelt.«

Ebuk nahm sie in den Arm, streichelte ihr über ihr Haar. »Es tut mir leid«, sagte er.

»Zuletzt hatte ich solche Angst, als Mama erschossen wurde.«

»Ich hätte dich nicht mitnehmen sollen, ich hätte wissen müssen, wie gefährlich es werden kann.«

»Quatsch«, sagte sie, »hör auf, dir immer die Schuld zu geben. Ich wollte auf dieses Pferd steigen. Das war die reine Blödheit von mir. Eines Tages werde ich wieder aufsteigen und reiten lernen. Bis dahin werde ich Biodeutsche, mache Yoga und esse Dinkelbrot.« Trotzig nickte sie, machte die Augen zu und schlief bald ein. Ebuk verstaute die Trinkflasche in seiner Jackentasche, eine Schutzhülle zur Spurensicherung hatte er nicht dabei. Er musste an den Mann mit den weißen Haaren und die Frau im grünen Kleid denken, denen im Leben so viel geschenkt worden war, die sich einst geliebt hatten und sich nun feindlich gegenüberstanden. Was war mit ihrer Liebe geschehen? Würde es mit ihm und Larissa auch so enden?

10

Nach zwei Tagen erreichten wir die breite Mündung des Vouri, den wir flussabwärts fuhren. Jetzt konnte man auch andere große Schiffe aus Stahl sehen, die bei der kleineren Stadt Bonabarie ankerten. Diese riesigen Schiffe lagen tief im Wasser. Auf diesen schwimmenden Maschinen transportieren die Weißen ihre Waren und ihre Soldaten durch die Welt. Wann werden wir in unseren eigenen Schiffen über das große Meer fahren?

Je weiter wir in den Fluss hineinfuhren, desto mehr spürten wir die drückende Hitze über dem Wasser. Der Himmel hatte eine graue Farbe angenommen. Die linke Seite des Flusses war fast vollständig mit Häusern und Faktoreien bebaut, hier lagen viele der Handelshäuser der Deutschen, viele kleine und große Boote verkehrten dort. Seit langer Zeit treiben die Völker der Douala, die hier leben, mit den Menschen aus der ganzen Welt Handel. So haben sie nicht nur die Deutschen kennengelernt, sondern auch die Engländer und die Franzosen. Sie handeln mit entfernten Kontinenten, mit Indien und China. Die Douala holen aus dem Inneren unseres großen Landes die Waren an die Küste und verkaufen sie weiter an die Kaufleute aus der ganzen Welt.

Schließlich ankerten wir vor Bonanjo, der Stadt der Bells, die die Deutschen Douala getauft haben. Ein Holzsteg wurde ausgelegt, und wir konnten zu Fuß an das Ufer steigen und an Land gehen. Während der Reise auf dem Meer hatte sich unser Körper an das Schwanken des Schiffs gewöhnt. Wieder auf festem Boden zu stehen, tat gut. Die Hitze, die uns hier empfing, war feucht und klebte auf der Haut. Nach der kühlen Luft in Buea und der frischen, salzigen Brise auf dem Meer mussten wir uns erst an dieses Klima gewöhnen, was einigen in meiner Begleitung nicht ganz leicht fiel. Das Besondere am Leben hier sind auch die vielen Mücken, die einen abends und morgens überfallen, sie bringen zahlreiche Krankheiten mit sich, die auch zum Tod führen können.

Uns erwarteten schon zahlreiche Menschen, Bamum-Leute, die sich freuten, ihren Mfon zu sehen, aber auch viele Douala, Bells und Akwas, die uns begrüßen wollten. Eine Gruppe Musikanten hatte sich aufgestellt und sang und trommelte für Njoya und sein Gefolge. Es wurde uns leicht und fröhlich ums Herz. Auch Weiße hatten sich eingefunden, die Sultan Njoya, von dem sie schon viel gehört hatten, sehen wollten.

Rudolf Manga Bell, der Sohn von Manga Ndumbe Bell, empfing uns im Namen seines Vaters, der wegen Krankheit verhindert war. Lasst mich einige Sätze zu diesem außerordentlichen Mann schreiben, den ich bereits als meinen Bruder bezeichnet habe und den die Deutschen einige Jahre nach unserem Besuch so schmählich getötet haben. Rudolf Manga Bell kleidete sich in elegante europäische Anzüge, die seine aufrechte Körperhaltung betonten. Er lebte als Kind einige Jahre in Deutschland, besuchte dort eine Schule, lernte die Sprache der Deutschen fließend zu sprechen und zu schreiben. Er studierte die Rechtswissenschaften in Deutschland und reiste in andere europäische Länder. Mit seinem Vater besuchte er Berlin, wohnte in teuren Hotels und sprach mit wichtigen Männern der deutschen Regierung über die Angelegenheiten seines Volkes, von dem er hoch geachtet war. Anders als Sultan Njoya und anders als sein Vater und andere Könige dieses Landes, die viele Frauen haben, hat Rudolf Manga Bell nur eine einzige Frau geheiratet. Auch ist er, ebenso wie seine junge Frau, der christlichen Basler Mission beigetreten. Er war in allem den Deutschen sehr viel näher als es ich, Njoya, der Mfon der Bamum, jemals sein könnte.

Man brachte uns auf Kutschen zum Palast von Manga Ndumbe Bell. Solche Gespanne mit Pferden als Zugtieren eignen sich hervorragend zum Transport auf ebenen Wegen. In Bonanjo wurden viele der breiten Straßen mit gelbem Kies bestreut, was einem das Gefühl gibt, auf sauberen Pfaden unterwegs zu sein. Für die tiefen Wälder und schmalen, schlammigen Pfade sind Kutschen allerdings völlig ungeeignet, hier kommen nur Pferde und Reiter sowie Träger voran. In Bonanjo haben sie auch eine Vielzahl von Rikschas, Sitzen auf zwei Rädern, die von Menschen gezogen werden.

Der Palast der Manga Bells ist von ganz eigener Schönheit. Er wurde erst vor wenigen Jahren fertiggestellt und ist mithilfe der Deutschen gebaut worden, wie man mir berichtete. Er ist in drei Stockwerke geteilt, die durch Dachvorsprünge voneinander getrennt sind. Das besondere dieses Baus ist, dass jedes der oberen Stockwerke schmaler als das untere ist. Es sieht aus, als ob ganz oben nur noch ein einziges Zimmer mit einem Dach den Palast krönen würde. Diese Form der Architektur haben die Engländer offenbar aus Indien übernommen, wo sie herrschen wie die Deutschen hier. Vor dem Palast gibt es einen großen Platz, wo viel Volk und Fahrzeuge unterwegs sind. Nji Mama Pekekne fertigte Zeichnungen vom Palast der Bells an, doch obwohl er ihm sehr gefiel, wollte Njoya den neuen Palast in Foumban, der ihm vorschwebte, eher in jenem Stil bauen, für den sich der deutsche Gouverneur entschieden hatte. In unserem Land herrschen andere klimatische Verhältnisse, es kann auch kalt werden, und der luftige Stil, den die Könige der Bell gewählt haben, schien mir nicht passend zu sein.

Wie die Kleidung von Rudolf Manga Bell war auch die Inneneinrichtung sehr europäisch. Die schönen Holzmöbel glänzten, es gab verzierte Schränke mit Glasscheiben, bequeme Stühle und Sessel, stabile Tische und Geschirr aus weißem Porzellan. Alles sehr erlesen und geschmackvoll. Da sein Vater krank darnieder lag, führte uns Rudolf Manga Bell herum und erläuterte, wie er die Einrichtung beschafft hatte, wie lange es dauerte, Möbel aus Deutschland liefern zu lassen. Er zeigte mir ein Grammophon mit einem trichterförmigen Lautsprecher, ähnlich dem, das der Gouverneur Njoya geschenkt hatte. Es befand sich auf dem Weg nach Foumban, zusammen mit anderen Gegenständen und einem Teil meines Gefolges. Wir setzten uns in weiche Sessel, und Rudolf Manga Bell legte eine der schwarzen Scheiben auf. Es ertönte die Musik eines Komponisten, der schon seit vielen Hundert Jahren tot ist, dessen Musik aber immer noch gespielt wird. Der Mann heißt Wolfgang Amadeus Mozart. Er hat viele Stücke für ein großes Orchester und Sängerinnen und Sänger komponiert, die auf einer Theaterbühne aufgeführt werden. Hört man diese Musik und die Gesänge, ist es, als ob fremde Seelen oder Geister einen umhüllen wie wohlduftender Rauch. Diese Menschen singen sehr berührend über Gefühle, die Liebende empfinden. Man braucht nur die Augen zu schließen, die Ohren weit zu öffnen, und wird in eine andere Zeit und die Herzen dieser Menschen versetzt. Das Stück, welches mir Rudolf Manga Bell vorspielte, heißt Die Hochzeit des Figaro und erzählt von einer Sklavin und einem Sklaven in Diensten eines jungen Königs, die heiraten wollen. Der Monarch hat sich ebenfalls in die junge Sklavin verliebt und will mit ihr eine Nacht verbringen, doch der Sklave will dies durch allerlei lustige Tricks verhindern, was ihm schließlich auch gelingt. Durch diese Musik konnte ich die Gefühle von Rudolf Manga Bell zu Deutschland besser verstehen. Gerne hätte er das Land, dessen Sprache er so gut sprach und liebte, erneut besucht, aber die Kolonialregierung hatte es ihm untersagt.

Der Grund für den Besuch von Sultan Njoya bei dem König der Douala an der Küste war der Wunsch, sich besser zu verständigen.

Beide standen wir den Deutschen nahe, bewunderten, was sie an technischen Wunderwerken geschaffen hatten. In einer Zeitschrift zeigte mir Rudolf Manga Bell Fotografien von einem Flugzeug mit Flügeln und einem kleinen Motor. Noch sah es nicht besonders stabil aus, aber er meinte, bald würde es den Deutschen gelingen, nicht nur das Meer, sondern auch den Himmel zu beherrschen. Doch bei aller Bewunderung für die Deutschen beklagte der künftige König der Douala die Pläne der Kolonialregierung. Verträge, die sein Großvater mit dem Deutschen Reich geschlossen hatte, wurden ständig gebrochen. Er erkundigte sich nach den Verträgen, die wir unterzeichnet hätten. Doch unsere Absprachen bestanden weniger auf Papier als vielmehr aus sehr konkreten mündlichen Vereinbarungen zwischen dem Sultan Njoya und den Vertretern der Kolonialregierung. Auch von dem jüngst geschlossenen Vertrag mit dem Gouverneur Reitz über den Thron, den Njoya dem Kaiser zum Geschenk machen musste, berichtete ich. Rudolf Manga Bell schaute mich bedauernd an und sagte, er sei sicher, ich würde den Thron meiner Väter niemals wieder sehen. Er erzählte, wie sie damals, vor etwa dreißig Jahren, mit den Deutschen vereinbart hatten, mit ihnen gemeinsam Geschäfte zu machen und ihr Land unter ihren Schutz zu stellen. Unter der Bedingung, dass sie ihr Land behalten würden und auch den Handel mit den Völkern im Landesinnern, wie sie ihn schon immer betrieben hatten, weiter betreiben könnten. Er, der König der Douala, habe bei den Deutschen gelernt, dass einmal geschlossene Verträge eingehalten werden müssen, so haben es die Deutschen in ihren Gesetzen festgehalten. Doch offenbar würde dieses Recht nur für Weiße gelten und nicht für Verträge, die sie mit uns, mit den Schwarzen, schließen. Der Vorgänger des jetzigen Gouverneurs, Gouverneur von Wiedekamer, habe den Plan ersonnen, die Schwarzen Bewohner der Stadt umzusiedeln und den Teil von Bonanjo, wo die Deutschen ihre Häuser, ihr Regierungsgebäude und ein Hospital errichtet hatten, nur für sich und nur für Weiße vorzusehen. Noch hätte die Vertreibung aus ihrem eigenen Land nicht begonnen, aber die Planungen für die Stadt der Weißen sei weit fortgeschritten. Weil die Kolonialregierung weiß, dass die Douala es nicht zulassen wollen und sich dagegen wehren werden, verweigerten sie Rudolf Manga Bell die Reise nach Deutschland. Denn dort könnte er mit einflussreichen Leuten sprechen, um sie von diesem schändlichen Vorhaben abzubringen. Vor allem würde er auf der Einhaltung der einmal geschlossenen Verträge bestehen. Ob ich mir vorstellen könnte, wie es wäre, wenn die Deutschen einen Teil der Einwohner Foumbans aus ihrer Stadt vertreiben würden, um selbst dort zu wohnen? Die Menschen dieses Landes, das die Deutschen Kamerun nennen, seien keine Menschen zweiter Klasse, weil sie eine andere Hautfarbe haben. Was Bell mir vortrug, betrübte mein Herz. Wie konnte es sein, dass diejenigen, denen wir so viel gegeben hatten, unser Land, unsere Früchte, unsere Tiere, unsere Frauen und auch unsere Kunstwerke wie meinen Thron – wie konnte es sein, dass sie uns so schlecht behandelten? Rudolf Manga Bell berichtete vom König der Akwa, Dika Akwa, den der letzte Gouverneur von Wiedekamer zur Zwangsarbeit verurteilt hatte, weil er sich in einem langen Brief an den Deutschen Reichstag über die unerträglichen Verhältnisse, die die Kolonialregierung seinem Volk auferlegte, beklagt hatte. Die Deutschen duldeten keinen Widerspruch, sie regierten mit Willkür, mit Brutalität und Härte, weil sie glaubten, sie wären die Herren, nur wegen ihrer weißen Hautfarbe. Wie könnten wir, die wir Verantwortung für unsere Völker tragen, uns für die Menschen, die wir lieben, gegen diese Zumutungen wehren? Auch er, der König der Douala, suchte genauso wenig den offenen Kampf mit der Kolonialregierung wie ich, der König der Bamum. Es würde viele Tote geben, denn die Deutschen hätten die besseren Waffen, auch wenn wir ihnen in unseren Wäldern überlegen wären und sie noch längst nicht alles Land, das sie glaubten zu beherrschen, wirklich kannten. Unsere Götter sind mächtig, auch sie lieben das Leben und wollen keinen Krieg. Was könnten wir also tun? Sollten wir eine Versammlung aller Könige dieses Landes einberufen? Sollten wir uns an die Engländer wenden? Wie könnten wir den deutschen Kaiser, Wilhelm II., erreichen? Denn es war offensichtlich, dass der Kaiser und der Reichstag nicht wussten, wie die Kolonialregierung sich hier aufführte. Vielleicht könnte ich, Njoya, den man scherzhaft als Kaiser Wilhelm von Kamerun bezeichnete, mit meinem Ansehen im ganzen Land mehr erreichen als er oder andere Oberhäuptlinge? Ich versprach, darüber nachzudenken und meinen Einfluss geltend zu machen. Doch was konnten wir tun? Mit wem hatten wir uns da eingelassen? Njoya hatte die Deutschen willkommen geheißen, um ein Blutvergießen zu verhindern und um von ihnen zu lernen. Hatten wir dem Teufel die Hand gereicht? Rudolf Manga Bell teilte mir seine Gedanken mit. Er hatte im Land der Deutschen gelebt, wo er freundliche, gute Menschen kennengelernt hatte. Für ihn galt es zu unterscheiden zwischen den einfachen Menschen und der Regierung. Er sagte, die Kolonialherrschaft wäre auf dem ganzen Kontinent, unserem Afrika, eine Realität. Die Weißen, ob Deutsche, Engländer, Franzosen, Holländer, Belgier oder Portugiesen, hätten unsere Länder unter sich aufgeteilt, hätten willkürliche Grenzen gezogen. Und wenn wir uns gegen sie zusammenschlössen und Aufstände wagten, würden wir wahllos erschossen. Er erinnerte mich an das Massaker, das die Deutschen mit ihrem General Trotha bei den Herreros und Nama im Süden Afrikas angerichtet hatten. Ich, Njoya, wurde sehr traurig und nachdenklich durch die Worte von Bell. In allem, was er sagte, hatte er recht. Umso mehr betrübt es mich heute, dass die Deutschen diesen großen Mann getötet haben. Er hatte auf friedliche Weise versucht, die Deutschen von ihrem verhängnisvollen Weg abzubringen, aber die Deutschen kannten nur die Sprache des Schwerts. In dem Jahr, als sie Rudolf Manga Bell erhängten, haben sie in Europa einen Krieg mit ihren Nachbarn angezettelt. Diesen Krieg haben sie verloren. Doch für uns wurde es nicht besser. Die Franzosen, die nach ihnen kamen, haben unser Dasein noch unerträglicher gemacht.

Emmy Engome Dayas, die Frau von Rudolf Manga Bell, ist die Tochter eines englischen Kaufmanns und seiner Frau Tebedi Njanjo Eyum aus Bonanjo. Emmy und Rudolf Manga Bell haben zusammen drei Söhne und zwei Töchter. Emmy ist eine moderne Frau, die sich bereit erklärt hatte, meiner Tochter Tabea und Sabiatou, meiner Sultana, die Stadt, die Häuser und Plantagen der Bells zu zeigen. Sie kehrten überwältigt zurück, beklagten allerdings die feuchte und drückende Hitze, an die sie sich nicht gewöhnen wollten. Emmy hatte ihnen das Hospital der Weißen und das für die Schwarzen, das bei den Akwas erbaut wurde, gezeigt. Vor allem Tabea hat in der Arbeit der Ärzte und der Krankenschwestern für sich eine Tätigkeit entdeckt, die ihre Zukunft prägen würde.

Diese Reise erlaubte Njoya nicht nur zahlreiche Kontakte mit all den Häuptlingen der Nachbarvölker und den Mächtigen des Deutschen Reichs, sondern auch Gespräche und Begegnungen mit seiner Begleitung. So berichteten mir meine Frau Sabiatou und Tochter Tabea Manuore von Ngungure Tiwa, der anderen Tochter, die uns im Gouverneurspalast in Buea so hilfreich war. Inzwischen befand sie sich auf der Reise zurück nach Foumban, zusammen mit ihren Kindern, den beiden Zwillingen. Die Vaterschaft des Gouverneurs von Wiedekamer kam nicht freiwillig zustande, er hat sich Ngungure Tiwa mit Gewalt genommen und ihr diese Kinder gemacht. Diesem Mann, wie auch anderen weißen Ko-

lonialbeamten, mussten viele Schwarze Frauen zu Diensten sein. Ngungure warnte Tabea vor den weißen Männern, die Kinder mit Schwarzen Frauen in die Welt setzten, ohne sich weiter um den Nachwuchs zu kümmern. Das Versprechen des Gouverneurs, Ngungure Tiwa mit nach Deutschland zu nehmen, war nicht gehalten worden. Ngungure war froh, berichteten Sabiatou und Tabea, dass dieser Mann wieder nach Deutschland zurückbefohlen wurde. Selbst die Kolonialregierung erkannte, dass er ein Betrüger war. Tabea Manuore zeigte sich weiterhin begeistert von all den wunderbaren Dingen, den Schiffen, der Eisenbahn, den Maschinen und den Häusern, die sie auf unserer Reise kennengelernt hatte. Sie liebte es, davon Zeichnungen anzufertigen. Aber sie erkannte: Wenn sie in die Dienste des Gouverneurspalastes eintrat, würde sie möglicherweise aller Hoffnungen beraubt werden und keinen ihr würdigen Mann bekommen. Njoya freute sich über die klugen Überlegungen dieser jungen Frau, die mit so reichen Talenten gesegnet war. Tabea nahm sich Emmy Engome zum Vorbild, die ebenfalls in Europa gelebt hatte, ohne weißen Männern zu Diensten sein zu müssen.

Njoya bat Monliper NjiMonjab darum, alles für die Reise zurück nach Foumban vorzubereiten. Wir waren schon viele Wochen unterwegs, und die Reise zurück würde ebenfalls lange dauern. Njoya hatte seinen Thron den Deutschen geschenkt, ohne dafür einen Dank zu erhalten. Er hatte keine Waffen im Tausch bekommen, nur die Zusicherung, dass das Königreich der Bamum weiter bestehen kann, wenn es Männer bereitstellt, sollten die Deutschen Arbeitskräfte und Soldaten benötigen. Die Berichte der Bakweri und der Douala haben mich nachdenklich gemacht. Njoya wird mit einem großen Nilpferd auf dem Rücken zurück nach Bamum kommen. All denjenigen, die dies lesen werden und die mir zuhören, kann ich berichten, wie gut es ist, zu reisen und zu sehen, wie die Welt jenseits der eigenen Grenzen aussieht.

Wenn wir unser Haus verlassen, lernen wir uns selbst kennen. Was Njoya mitbringt, sind Bilder von all den wunderlichen Dingen, die die Weißen in unsere Länder tragen. Diese Bilder werden in unseren Köpfen bleiben. Njoya konnte damals neue Freundschaften schließen, doch die Deutschen und die, die nach ihnen kamen, die Franzosen, haben seine Freunde getötet oder mit ihren Gedanken vergiftet. Wenn er jetzt vor dem Fenster steht, kann er die Vögel hören, die ihm von Bamum erzählen, aber die Bäume, auf denen sie sitzen, sind andere. Sein Herz hat er zwischen dem fremden Blattwerk verloren.

11

Sie kamen spät in der Nacht auf dem Berliner Hauptbahnhof an. Zurück in der Wohnung, bandagierten sie den blau angelaufenen Fuß und kühlten mit feuchten Tüchern. Am nächsten Morgen humpelte Viktoria mit ihrem Vater zum nächsten Krankenhaus. Ihr Fuß wurde geröntgt. Zum Glück war nichts gebrochen, doch ein Band am Sprunggelenk war gerissen. Viktoria musste das Gelenk kühlen, den Fuß hochlegen und eine Orthese tragen. Nach vermutlich vier Wochen könne sie den Fuß wieder belasten, sagte die Ärztin. Auch wenn Besserung eintrete, solle sie noch eine Zeit lang eine Bandage tragen und sich schonen. Viktoria fotografierte den stark verfärbten Fuß und postete die Verletzung. Sie war genervt, nicht einfach losgehen zu können, vor allem, weil sie sich selbst die Schuld gab. Sie hatte zugelassen, dass dieser Typ mit ihr gespielt hatte wie mit einer Puppe. Ebuk rief in der Schule an und entschuldigte seine Tochter wegen eines Sportunfalls. Immer wieder fragte er nach, was er noch für sie tun könne, weil er ihr zeigen wollte, wie er Verantwortung übernahm. Die blaue Trinkflasche hatte er in einen sauberen Müllbeutel gesteckt, sie stand vor ihm auf seinem Schreibtisch. Daneben lag das Blatt, das die Hochzeit der beiden jungen Adligen ankündigte. Er besah sich die Fotografie von Georg-Alexander von Wiedekamer genauer, blickte auf die hellen Augen, die in die Ferne schauten, in das glatte, kantige Gesicht, die gerade Nase und die Lippen, die entschlossen wirkten. Ein kindischer, wütender Impuls kam in ihm auf, die Augen dieses jungen Mannes mit dem Stift, den er in der Hand hielt, zu durchstechen. Zum zweiten Mal, seit sie in Deutschland lebten, war Viktoria von Rassisten bedroht worden. In Rheinsberg hatte man sie entführt, um sie zu opfern, diesmal war sie der Gefahr ausgesetzt worden, von einem Pferd schwer verletzt zu werden. Würde es ihm jemals gelingen, seine Tochter vor diesen Angriffen zu schützen? Er musste sie bitten, einen Selbstverteidigungskurs zu machen. Es war dumm und verantwortungslos von ihm gewesen, sie auf diese Reise zum Gut Wolkenstein mitzunehmen, zu Menschen, deren Vorfahren schreckliche Grausamkeiten an Schwarzen verübt hatten. Wie konnten diese Leute noch immer denken, ihre weiße Haut würde sie zur Herrschaft über Schwarze Menschen berechtigen? Moses Lukong und sein Versuch eine Gemeinsamkeit durch die Verwandtschaft der Urgroßeltern festzustellen, empfanden zumindest die Gräfin und ihr Sohn als Bedrohung. Der Graf mit den weißen Haaren und dem alten Auto hatte offenbar eine andere Einstellung. Aber er konnte oder wollte sich nicht gegen seine Frau und seinen Sohn durchsetzen, er tat so, als würde ihn das alles nichts angehen. Durch die Glanzhochzeit sollte das Bild einer überlegenen adligen Familie manifestiert werden. Lag hier ein Motiv für den Mord an Lukong? Doch wer könnte als Täter infrage kommen? Hatten sie einen Killer beauftragt? Dagegen sprachen die Spuren, die auf eine Affekttat hinwiesen. Waren die Frau oder ihr Sohn oder beide zusammen in der Kirche gewesen? Bisher gab es nur die Aussage der Katzenfrau über einen dritten Mann. Er würde Kommissarin Kaplan bitten, die Spuren auf der Trinkflasche mit denen auf dem Kreuz und dem abgerissenen Anhänger zu vergleichen. Vermutlich würde sie es ablehnen, bis Uribe und seine Leute geschnappt waren; ein Drogenhändler ließ sich leichter beschuldigen als ein Adliger.

Das Gesicht der jungen Frau, die Georg-Alexander von Wiedekamer heiraten wollte, hatte eine ovale Form und wirkte verletzlich, ihre Stirn hoch, umspielt von blonden

Strähnen. Der Mund war leicht geöffnet, man konnte ihre gleichmäßigen weißen Zähne sehen. Um ihren zarten Hals lag eine glänzende Perlenkette. Im Internet recherchierte er nach dem Namen der Braut. Wer verbarg sich hinter Elisabeth von Podestil? Er fand einen Wikipedia-Eintrag, der die Geschichte der Familie wiedergab, eine Liste von Adelsgeschlechtern tauchte auf, die vor allem in Frankreich Güter besaßen. Damit kam er zunächst nicht weiter. Vielleicht war diese junge Frau auch nicht wichtig für seine Erkundigungen. Er erinnerte sich, wie Frau von Wiedekamer erwähnte, dass sie mit einer Klara von Boden, der Mutter von Larissa, ein Internat besucht hatte. Bestimmt wussten die Familien voneinander. Ob Larissa die von Wiedekamer und die von Podestil kannte? Ebuk wählte ihre Nummer, doch sie nahm nicht ab. Er sprach auf die Mailbox, berichtete, er sei wieder zurück von seinem Wochenendausflug mit Viktoria und habe Fragen zu zwei adligen Familien. Seine Mitteilung klang nüchtern, er hinterließ keinen lieben Gruß, sagte nicht, er wolle sie bald wiedersehen.

Dann meldete er sich bei Pauline, um zu hören, ob sie etwas über einen möglichen Vertrag von Sultan Njoya in Erfahrung hatte bringen können. Sie war kurz angebunden, sie habe einige Museumsleute kontaktiert, die sie aber hinhalten würden. So begann er, von seinem Besuch bei der Familie von Wiedekamer zu berichten. Leider habe sich Viktoria einen Bänderriss am Fußgelenk zugezogen, als sie von einem Pferd gefallen war. Er erläuterte kurz die Umstände und das Verhalten Georg-Alexanders von Wiedekamer. Auch erzählte er von dem Gespräch mit der Gräfin, die sich über Moses Lukong empört hatte, weil er in ihren Räumen herumgeschnüffelt habe. Hatte ihr Bruder von einer Auseinandersetzung mit der Gräfin berichtet? Pauline meinte, sie habe Ebuk ja schon gesagt, ihr Bruder wäre noch nie besonders diplomatisch gewesen. Die Frage nach der Abstammung und der Verwandtschaft mit den von Wiedekamers war ihm sehr wichtig. Ebuk fragte nach dem Briefumschlag mit den blonden Haaren, auf dem die beiden Buchstaben G und A standen und der in Moses' Koffer lag. Hatte Pauline den Umschlag aufbewahrt? Könnte es sein, dass Moses eine Haarprobe aus dem Gut entwendet hatte? Pauline ging nicht darauf ein, sondern verabschiedete sich, sie habe eine geschäftliche Verabredung. Ebuk solle sich am nächsten Tag bei ihr melden. Das war seltsam. Es war Pauline, die ihn aufgefordert hatte, nach Mecklenburg zu fahren und dort Nachforschungen anzustellen, sie hatte sogar angeboten, ihn dafür zu bezahlen. Warum zeigte sie sich jetzt so wenig interessiert? Sie hatte nicht einmal bedauert, dass Viktoria sich verletzt hatte. Was war in der Zwischenzeit geschehen?

Ebuk stellte sich in die Küche und machte sich daran, für Viktoria und sich ein Essen zuzubereiten. Er schnitt Kartoffeln und Gemüse klein und schob es dann in den Ofen. Als das Essen fertig war und vor ihnen stand, sie in der Küche saßen – Viktoria den verletzten Fuß auf einem Stuhl hochgelegt –, rief Larissa an. Er bat um einen Moment Geduld, um ihre Mahlzeit beenden zu können, aber sie klang besorgt und dringlich. Larissa fragte, ob er sofort kommen könnte, es gäbe einen Notfall bei einem befreundeten Pfarrer, der in einer ähnlichen Situation stecken würde wie sie. Ebuk kaute auf einer Kartoffel, schluckte und stand vom Tisch auf. Einen Moment musste er nachdenken. Was Larissa da als Notfall andeutete, konnte nur heißen, dass dieser Mann ebenfalls von Drogenhändlern bedroht wurde. Er brauchte ihr gar nicht erst vorschlagen, die Polizei anzurufen. Falls Larissas Kollege die gleiche Dummheit begangen hatte wie sie, steckte er jetzt in Erklärungsnöten. Sie bat ihn, den Polizisten, der alle Hintergründe kannte, um Unterstützung. Ebuk sagte zu, er würde gleich losfahren. Sie nannte ihm den

Namen Andreas Herder und eine Adresse in Berlin-Mitte in der Nähe des Alexanderplatzes. »Bitte nimm ein Taxi, ich zahle«, sagte sie noch, »wir treffen uns dort.«

Das Taxi fuhr in eine schmale Straße von Berlin Mitte und hielt vor einem dreistöckigen historischen Gebäude. Wenige niedrige Straßenlaternen unterteilten die langen Schatten mit orangenem Licht. An einem der Laternenpfähle war ein Fahrrad angekettet. Zwei Elektroroller versperrten den schmalen Bürgersteig, Autos konnten hier nicht abgestellt werden. Auf der gegenüberliegenden Straßenseite befand sich eine unverputzte Mauer aus Klinkersteinen, dahinter ein dunkles modernes Bürohaus. Ebuk schaute die Fassade des historischen Gebäudes hoch, in dem im obersten Geschoss zwei Fenster hell erleuchtet waren. Er klingelte, ein Summer ertönte, und er trat ein. Durch einen dunklen Hof ging es zum Eingang, der an der Rückseite des Hauses lag. Er drückte eine alte Holztür auf, fand den Lichtschalter und stieg das Treppenhaus hoch bis zum zweiten Obergeschoss. Die Wohnungseingangstür zu Pfarrer Dr. Andreas Herder, wie auf dem Klingelschild zu lesen war, war angelehnt. Ebuk trat in einen Flur, der nach Büchern und alten Teppichen roch. Er rief: »Hallo?«, bekam aber keine Antwort. Rechts ging eine schmale Tür zu einer Toilette ab, dann kam die offene Küchentür, aus der ihm ein feuchter Dunst aus Suppe und Kaffee entgegenkam. Über einem langen Holztisch brannte ein kleiner Kronleuchter, in dem noch zwei Glühbirnen intakt waren. Auf dem Tisch standen ein Teller mit Suppe, ein Stück Brot und ein halbes Glas Bier.

Ebuk blieb stehen und lauschte in die Stille, die ihm bedrohlich erschien. Jetzt hätte er gerne eine Waffe in der Hand gehabt. Er machte zwei Schritte in die Küche und nahm sich ein Messer aus dem Messerblock neben dem Herd, das er sich in seine Jackentasche steckte und mit der rechten Hand umklammerte. Am Ende des Flurs war eine weitere Tür angelehnt. Er betrat einen großen Raum, ein Wohnzimmer, das mit bunten Teppichen ausgelegt war, an den Wänden Bücherregale, zwei Sofas, zwei Sessel, ein schwarzes Klavier, zwei Stehlampen brannten.

»Guten Abend.«

Uribe Garcia blickte ihn herausfordernd an. Er hatte die Arme auf eine Sessellehne gestützt und war Larissa und Pfarrer Herder zugewandt, die nebeneinander auf dem Sofa saßen. Sie hatten die angespannte Haltung von Geiseln angenommen, die sich ängstlich den Befehlen ihrer Entführer unterworfen hatten. Neben dem Sofa hatte sich ein Mann postiert, der seine Pistole auf die beiden Pfarrer richtete. Es war ein bulliger, untersetzter Mann, vermutlich um die vierzig Jahre alt, ein weiches Gesicht, unrasiert, Augenringe.

»Peter. Ich wusste das nicht«, sagte Larissa und lehnte sich zu ihm hin. Der Mann mit der Mütze machte eine Bewegung mit der Pistole, und sie bewegte sich zurück in ihre starre Haltung.

»Sieh mal an! Da taucht sogar die Ratte auf. Wer hat dich geholt? Sie? Die schöne Pfarrerin? Du hast anders geheißen … Warte. Joel.«

Uribe zog eine Waffe aus dem Hosenbund und richtete sie auf ihn. Ebuk war gelähmt, als er sah, wie Larissa und ihr Kollege von den Drogenhändlern bedroht wurden. Für einen Moment konnte er nicht klar denken, nur diesen einen Satz, ich muss Larissa da rausholen. Er sah eine graue Metallbox auf dem Sofatisch stehen, eine Munitionskiste mit gelben Schriftzeichen an der Seite. Etwa dreißig Zentimeter hoch, vierzig Zentimeter lang, fünfzehn Zentimeter breit, mit einem kräftigen Tragegriff an der Oberseite. Ebuk ging einen Schritt auf Uribe zu.

»Lass die beiden gehen!«, forderte er ihn auf.

»Du hast uns verpfiffen!«, zischte Uribe Ebuk an. »Du

steckst mit denen unter einer Decke. Du weißt, was wir mit Verrätern machen. Oder?«

»Unsinn. Was willst du von ihnen?!«

Uribe zeigte mit der Waffe auf Andreas Herder. »Dr. Herder will unsere Zusammenarbeit aufkündigen. Wie dumm von ihm. Dabei haben wir ihn gut bezahlt, wie auch Frau von Boden. Immerhin hat er die Ware bei sich zu Hause aufbewahrt, aber eben nicht hinter seiner Kirche, wie vereinbart.«

»Das ist doch alles Schwachsinn, Uribe«, meinte Ebuk.

Uribe grinste. »Wirklich? Vielleicht weißt du ja doch, wo die anderen Drogen sind, die aus der Kirche der Pfarrerin? Wolltest du auch die hier abgreifen und damit ins Geschäft einsteigen?«

»Ich wollte nur Larissa abholen«, erwiderte Ebuk ruhig.

»Larissa. Schöner Name. Bist du ihr Bodyguard? Ihr Lover? Fickt ihr? Sag schon.«

Ebuk bewegte sich nicht, atmete gleichmäßig ein und aus. Langsam kam die Konzentration zurück. Der auf ihn zukam, hatte die Geschmeidigkeit und die Gefährlichkeit eines Wolfs, der auf der Jagd war. Wölfe durften geschossen werden, wenn sie Nutztiere gerissen hatten, so war das Gesetz. Ein Anwalt hatte darüber in Rechtskunde gesprochen.

»Komm mal her, Larissa.«

Uribe Garcia winkte sie zu sich. Sie stand auf, der andere Mann verfolgte ihre Bewegung. Langsam ging sie auf Garcia zu. Er hielt ihr seine Waffe an den Kopf und bugsierte Larissa direkt vor Ebuk. Die beiden standen sich gegenüber, Larissa zitterte, als sie in Ebuks Augen blickte. An der Schläfe die Pistole des Drogenhändlers, der einen Arm um ihren Bauch geschlungen hatte. Jetzt neben Larissas Gesicht grinste er Ebuk aus seinem schwarzen Bart an. In diesem Moment fand Ebuk seine Kaltblütigkeit wieder. Er würde nicht zulassen, dass noch eine Frau, die er liebte, getötet wurde. Der Mann mit dem Bart hatte sich den Falschen zum Feind gemacht.

»Lass sie los. Ja, ich hab die Ware. Ich geb sie euch. Sie hat nichts damit zu tun«, sagte Ebuk ruhig, während er mit seinen Augen versuchte, Larissa eine Botschaft zu schicken: Er würde sie hier rausholen, sie solle ihm vertrauen.

»Ich glaub dir kein Wort.« Garcia lachte. »Du stehst auf sie. Das kann ich riechen. Stimmt's?«

Er grinste noch breiter. Ebuk senkte die Augen, wie zum Eingeständnis, damit sein Gegenüber sich sicher fühlte und glauben konnte, er hätte die Situation unter Kontrolle.

»Erst habe ich ihr geglaubt, dass sie nichts mit der Sache zu tun hat. Aber jetzt, wo der da versucht hat, mein Eigentum zu stehlen und sie hierhergekommen ist, um sich mit ihm zu beraten ... Dieses verlogene Pack! Alle Pfarrer sind schmierige Lügner. Auch die hier wollten mich ficken. Sie weiß, wo meine Ware ist. Und sie wird es mir sagen.«

Er griff Larissa in die Haare und zog daran. Larissa schrie auf und gab in den Knien nach.

»Und dann hätte ich gerne meine großzügigen Spenden zurück!«

Garcia schubste Larissa von sich weg, sie stolperte und fiel zu Boden. Auf diese Bewegung hatte Ebuk gewartet. Mit einem Satz sprang Ebuk auf den Drogenhändler zu und rammte ihm sein Messer in den rechten Arm. Uribe schrie auf und ließ die Pistole fallen. Beide Männer stürzten übereinander. Der Mann mit der Mütze feuerte in Richtung Ebuk, der sich die Pistole des Spaniers schnappte, sich über Larissa auf den Boden warf und das Feuer erwiderte. Zwei Kugeln trafen den Mann in die Brust, er stöhnte nur und ging zu Boden. Andreas Herder hielt sich, unterdessen vom Sofa auf den Boden gerollt, die Hände schützend über den Kopf. Er stieß hektische kleine Schreie aus. Nachdem Ebuk den Mann mit der Mütze erledigt hatte, drehte er sich sofort zu Garcia um, der seinen blutenden Arm umklammert hielt. Ebuk richtete die Waffe auf ihn.

»Ein Handtuch und ein kräftiger Strick oder ein Kabel. Schnell!«, rief Ebuk dem verängstigten Pfarrer zu. Wie ein flatterndes Huhn stand er auf und eilte aus dem Zimmer. Larissa rappelte sich auf, ihre Hände ruderten unkoordiniert durch die Luft.

»Ruf die Polizei. Frag nach Frau Kaplan. Jetzt!«, befahl er ihr, bevor sie vom Schock übermannt werden würde. Sie tastete sich zum Sofatisch vor, wo die Mobiltelefone von ihr und Herder lagen. Zitternd entsperrte sie ihr Gerät und wählte. Der Pfarrer kam mit einem Handtuch und einem weißen Verlängerungskabel. Er stotterte etwas, brachte aber keinen ganzen Satz zustande. Ebuk nahm ihm das Handtuch ab und warf es Garcia zu, der knieend das Handtuch mit seinem linken Arm um seine Wunde wickelte. Ebuk hielt ihn in Schach, doch Garcia gab nicht so schnell auf. Er sprang auf und stürmte den Kopf voran auf Ebuk zu, der den Angriff kommen sah und ihm sein Knie gegen den Kiefer rammte. Es knackte, Garcia wurde bewusstlos, fiel um. Ebuk drehte ihn auf den Bauch und fesselte ihn mit dem Stromkabel, dann wickelte er das Handtuch um Garcias Oberarm. Anschließend ging er zu dem anderen Mann, der hinter der Couch auf dem Boden lag. Er überprüfte seinen Pulsschlag, doch dieser Mann war tot.

Ebuk atmete tief ein. Larissa sagte, die Polizei würde gleich da sein, setzte sich auf einen der Sessel und blickte zu Ebuk, der wie ein leibhaftiger Racheengel im Raum stand. Herder hielt sich an einem Bücherregal fest, sein Blick wanderte durch sein Wohnzimmer, in dem zwei Gangster lagen, der eine tot, der andere bewusstlos und verwundet, Blutspritzer auf seinen schönen Kelims aus der Türkei.

»Sagen Sie den Kollegen von der Polizei, die beiden hätten versucht, sie zu zwingen, ihre Kirche als Depot zu nutzen. Heute Abend hätten sie diesen Koffer mit der Ware vorbeigebracht. Sie hätten aber vorher Larissa angerufen, weil sie

Erfahrung mit Drogenhändlern in ihrem Kiez hat, und Larissa hätte mich informiert, zur Verstärkung.«

Ebuks Stimme klang rau, er schaute den Pfarrer an, der mit aufgerissenen Augen noch gar nicht begreifen konnte, was hier geschehen war.

»Haben Sie das verstanden?!«, hakte Ebuk nach. Die Frage kam scharf und schneidend.

»Mach, was er dir sagt, Andreas!«

»Ja. Sie wollten mich zwingen. O Gott, was habe ich getan!«, murmelte der Mann und hielt sich die Hände vors Gesicht. Ebuk legte die Pistole neben sich, kniete neben Larissa. Sie schaute ihn an, tiefe Schluchzer kamen aus ihr, völlig aufgelöst umarmte sie Ebuk und weinte. Er hielt sie fest. In was für eine Scheiße hatte diese Frau ihn da hineingezogen?

Dann kamen die Kolleginnen und Kollegen. Diesmal wurde Ebuk nicht gleich erkannt, aber er zeigte seinen weißen Polizeiausweis vor, was ziemliches Erstaunen hervorrief. Ein ärztliches Notfallteam kümmerte sich um Garcia, der abgeführt wurde. Als Nächstes kam die Kriminaltechnik und begann damit, den Tatort zu sichern. Schließlich wanderte die Leiche des Mannes mit der Mütze in einen grauen Sack.

Larissa, Ebuk und Andreas Herder hatten um den Küchentisch Platz genommen. Herder hatte noch zwei Flaschen Bier im Kühlschrank, die er auf den Tisch gestellt hatte. Doch weder Ebuk noch Larissa war jetzt nach Alkohol zumute. Die beiden Streifenpolizisten notierten sich die Personalien der drei und warteten, bis die Kollegen von der Mordkommission eintrafen und übernehmen würden. Dann kamen Kaplan und Rüter.

Als die Kommissarin Ebuk sah, schüttelte sie nur den Kopf. »Hallo Peter! Nicht schlecht«, sagte sie, »du hast

Garcia drangekriegt. Kanntest du den anderen? Noch ein Toter.«

»Nein, den kannte ich nicht«, antwortete Ebuk leise. Es war der vierte Tote, seit er an jenem Morgen aus dem Bett dieser Frau in ihre Kirche gegangen war.

»Gut, wir werden jetzt mal jedes Puzzleteil zusammensetzen«, meinte Kaplan.

Rüter kam in die Küche und stellte den Munitionskoffer auf den Küchentisch. Über den Schuhen trug er blaue Überzieher, an den Händen die weißen Gummihandschuhe. Er löste die Verschlüsse und leuchtete mit einer kleinen Taschenlampe den Inhalt aus.

»Oh. Ich würde sagen Koks, allerlei Pillen. Ziemlich viel«, meinte Rüter, »jetzt frag ich mich spontan, warum hat Garcia das hierher gebracht? Oder war es vorher schon da?«

Herder, Larissa, Ebuk und Kaplan starrten auf den Inhalt, dann zu Rüter.

»Das ist Ihre Wohnung? Sie sind Pfarrer? Herr Dr. Herder«, fragte Rüter weiter.

»Ja, ja, ich wohne hier«, antwortete der Mann. Ebuk nahm seine Stimme zum ersten Mal wirklich wahr, sie klang hoch und singend. Bis jetzt kannte er nur seine Schluchzer.

»Also, die beiden Männer hatten sich angekündigt. Ich rief dann gleich meine Kollegin, die Frau Pfarrerin von Boden an. Und sie bat Herrn, äh, also Peter um Hilfe«, stammelte er.

Kaplan runzelte die Stirn, sie blickte Ebuk an. Er zuckte mit keiner Miene, er wollte sich nicht für diesen Mann einsetzen.

»Sie hatten sich angekündigt, sagen Sie?«, fragte Rüter scharf nach. »Was haben die gesagt? Wir wollen die Kiste mit dem Koks bringen?«

»Nein. So war das nicht. Bevor ich jetzt etwas Falsches sage. Es gab eine Schießerei in meiner eigenen Wohnung. Bitte. Ich muss das erst einmal einordnen.«

»Machen Sie das, Herr Pfarrer«, sagt Kaplan, »nehmen Sie sich ein Zimmer. Hier können Sie nicht übernachten. Aber kann uns Kollege Ebuk auf die Sprünge helfen?«

Ebuk konzentrierte sich. »Larissa von Boden rief mich an. Sie sagte, es sei dringend, gab mir die Adresse, ich kam mit dem Taxi. Ich hab die Quittung noch. Ich klingelte, kam in die Wohnung und sah Uribe und den anderen Typen, wie sie Herrn Herder und Larissa bedrohten. Die Kiste da stand auf dem Tisch. Dann kam es zu einer Auseinandersetzung. Ich nahm Garcia die Waffe ab und schoss auf den anderen Typen, als er das Feuer auf mich eröffnete.«

»Das ist doch mal eine Zusammenfassung, jetzt haben wir ein Bild. Ich schätze, wir müssen das noch im Detail besprechen. Erst mal kann ich sagen, gut gemacht, Peter. Frau von Boden, Herr Dr. Herder, wir werden uns unterhalten müssen. Peter, du kommst bitte morgen um neun in die Keithstraße. Sie können jetzt gehen.«

Rüter klappte den Koffer mit den Drogen wieder zu, blickte mürrisch den beiden Pfarrern hinterher, nickte Ebuk zu und klopfte ihm leicht auf die Schulter, als er hinter Larissa aus der Küche ging.

Sie traten auf die dunkle Straße, schauten auf die Klinkersteine der Mauer gegenüber, die unüberwindlich wirkte. Ein junger Mann mit Kopfhörern huschte auf einem Elektroroller an ihnen vorbei, mehrmals unsichtbar im Dunkeln, dann wieder in oranges Licht getaucht.

»Komm«, sagte Ebuk nur und drehte sich in eine Richtung. Es war egal, wohin sie gingen, Hauptsache, sie kamen hier weg und hatten etwas Bewegung. Larissa lief neben Ebuk her, dann blieb sie stehen.

»Kannst du mich umarmen? Bitte?«

Sie verbarg ihren Kopf in seiner Jacke, seine Arme umfassten sie. Sie fing an zu weinen. Er hielt sie fest, sie lebte, das war das Wichtigste im Moment. Wenn er damals Prudence hätte retten und festhalten können, dann würde er jetzt nicht hier stehen, mit dieser Frau. Er drückte sie, aber er wollte nicht bleiben, er musste weg von dem Ort, an dem er einen Menschen erschossen hatte. Den Mann mit der Mütze. Ob es der Mörder von Moses Lukong und dem Drogendealer in der Hasenheide war? Morgen würde er mehr erfahren.

»Komm«, sagte er erneut, nahm ihre Hand, die kalt war. Sie gelangten an eine große Straße, schauten einen Moment stumm auf den Verkehr, als Ebuk die gelbe Fackel eines Taxis sah und die Hand hob. Sie stiegen ein, und er sagte dem Fahrer als Ziel den Namen von Larissas Kirche. Sie saßen auf dem Rücksitz, hielten sich an der Hand und schwiegen.

Dort angekommen, bezahlte Larissa die Fahrt. Dann standen sie vor dem Haus, in dem sie wohnte, hinter sich die große Kirche, wie ein riesiger Schatten. Sie mussten sich nicht absprechen, für Ebuk war klar, hier würde er nicht übernachten. Vermutlich nie mehr wieder. An diesem Abend, nach dem, was sich in der Wohnung des anderen Pfarrers ereignet hatte, fühlte es sich an, als sei zwischen ihnen ein Endpunkt erreicht.

»Gute Nacht«, sagte er. Ihre Augen füllten sich wieder mit Tränen, sie nickte tapfer. Ebuk wollte schon gehen, als ihm die Frage wieder einfiel, die er ihr auf die Mailbox gesprochen hatte.

»Deine Mutter. Sie war mit einer Adligen in der Schule. Ich war am Wochenende bei der Familie von Wiedekamer. An der Ostsee. Mit Viktoria.«

Ebuks Stimme klang belegt, aber es war ein Versuch, zur Sachlichkeit zurückzukehren. Larissa blickte ihn weich an, forschte in seinem Gesicht nach einer Regung.

»Aurora von Wiedekamer. Ihr Sohn Georg-Alexander heiratet Elisabeth, die Tochter von Anette von Podestil. Mutter hat mir davon erzählt. Herzogin Anette von Podestil sitzt im Bundestag für die Rechten«, gab Larissa Auskunft.

»Im Bundestag? Sie ist Abgeordnete?«

»Ja, sie ist ziemlich bekannt. Sie will alle Migranten aus Deutschland rausschaffen. Ich finde sie ganz furchtbar.«

»Denkt ihre Tochter auch so?«

»Elisabeth? Keine Ahnung. Sie sind ziemlich reich. Für die Wiedekamers ist es eine gute Partie. Hochadel heiratet Hochadel, mit allem Pipapo.«

Ebuk blickte Larissa an, er begann die Zusammenhänge zu begreifen. Schüsse knallten in seinem Kopf, den er leicht schüttelte, um die Erinnerung zu verscheuchen. »Danke«, sagte er nur und drehte sich dann von Larissa weg.

»Soll ich dir ein Taxi rufen?«, fragte sie in seinen Rücken hinein. Er hob nur die Hand, winkte und ging weiter. Es war gut, allein zur U-Bahn-Station zu gehen. Vor dem alten Brunnen mit dem steinernen Monster, das aus der Tiefe kam, blieb er stehen. Ob jetzt alle Geister und Monster hochgekommen waren? Das grelle Licht der U-Bahn hielt ihn wach, Menschen stiegen ein und aus, auf dem Nachrichtenmonitor an der Decke tauchten Sätze auf, die er las, aber nicht verstand. In der Wohnung ging er als Erstes in Viktorias Zimmer. Es war dunkel, sie schlief ruhig, ihr bandagierter Fuß hing krumm unter der Bettdecke hervor. Ebuk sank vor das Bett seiner Tochter und legte sich auf den Fußboden. Sie würden seine Tochter nicht bekommen, wer auch immer ihr etwas antun wollte, käme nicht an ihm vorbei. Heute hatte er zurückgeschlagen. Irgendwann schlief er ein, wachte wieder auf, irritiert, stand auf, ging ins Badezimmer, duschte und legte sich in sein eigenes Bett.

Layla Kaplan führte Peter Ebuk durch das Großraumbüro der Mordkommission. Einige der Ermittlerinnen und Ermittler sahen von ihren Rechnern auf, zwei, drei klatschten in die Hände, als sie ihn sahen. Verunsichert wandte er sich ihnen zu, als sie für ihn den Daumen in die Höhe reckten.

Sie meinten wirklich ihn, dem sie gratulierten. Doch Freude kam keine auf, er empfand sich eher wie ein seltenes Tier, das Kaplan eingefangen hatte und nun vorführte. Die Festnahme von Uribe Garcia war nicht seine Aufgabe gewesen, und erschießen wollte er niemanden, auch wenn es möglicherweise ein Mörder war. Er hatte nur Larissa beschützt.

Kaplan hatte einen Schreibtisch in der Nähe einer weißen Magnetwand, an der die Fotografien von Moses Lukong, von den beiden toten Dealern, von Uribe Garcia und des Mannes in seiner Begleitung hingen. Auch Großaufnahmen der an den Tatorten gefundenen Spuren hatte man angepinnt. Kaplan wies auf einen Stuhl neben ihrem Schreibtisch. Ebuk stellte die Einkaufstüte, in der er den durchsichtigen Müllbeutel mit der blauen Trinkflasche und die Einladung zur Hochzeit des jungen Adelspaars mitgebracht hatte, neben sich auf den Boden. Kaplan setzte sich voller Energie auf ihren Schreibtischstuhl. Sie beglückwünschte ihn erneut zu seinem Erfolg. Er hatte undercover die Verteilstation in Klosterfelde gefunden und Garcia geschnappt, nach dem sie seit fast zehn Tagen gefahndet und ihn zuletzt in Spanien vermutet hatten. Über seine tödlichen Schüsse auf Fernando Jimenez, der jetzt also einen Namen hatte, sollte er sich keine Sorgen machen. Ebuk hörte ihr ohne Regung zu. Die Ballistik würde noch einen genaueren Bericht liefern, aber schon dem ersten Anschein nach sei klar, Ebuk habe zurückgeschossen und so das Leben von Frau von Boden und Herrn Dr. Herder gerettet. Selbstverständlich würde es eine Untersuchung geben und der Tathergang rekonstruiert werden. Noch immer summte es in Ebuks Ohren. Er unterbrach ihren Redefluss, stand auf und schaute sich die Fotografie von Jimenez genauer an. Das also sollte Mütze sein, auf den der Pfeil im magischen Quadrat gezeigt hatte?

»Hat er Moses Lukong erschlagen?«, fragte Ebuk Leyla Kaplan und setzte sich wieder auf den Stuhl zurück.

»Wir werden seine Fingerprints mit denen auf dem Kreuz vergleichen.«

Ebuk nickte und wies auf das Foto der kleinen Kette mit dem Kreuz, auf dem *Iglesia del Crucifijo* stand.

»Das hat vermutlich Moses Lukong seinem Angreifer vom Hals gerissen«, erläuterte Kaplan, »das Blut darauf ist von Lukong. Vielleicht gehört das Kreuz Uribe Garcia. Aber so weit sind wir noch nicht, erst müssen wir noch die DNA abgleichen. Garcia kommt aus einem Ort, wo es eine Kirche mit diesem Namen gibt, sie liegt am Jakobsweg. Dort kaufen sich die Leute, die daran vorbeipilgern, gerne ein Andenken.«

»Was ist der Jakobsweg?«

»Ein Wanderweg in Nordspanien, auf dem ein christlicher Heiliger namens Jakob einmal entlanggelaufen ist. Musst du selbst nachlesen, ich gehe nicht gern wandern«, erklärte sie.

»Die Kette könnte also auch Jimenez gehört haben?«, wollte Ebuk wissen.

»Könnte. Garcia und er kennen sich aus Spanien oder genauer aus dem Baskenland. Dort sprechen sie eine eigene, seltsame Sprache. Früher gab es da mal eine Menge Terroranschläge, weil die Basken ihren eigenen Staat haben wollten. Wir vergleichen auch seine DNA mit der von dem Kettchen. Aber ich denke, er war ein Profi mit der Knarre, und so einer erschlägt keinen aus dem Affekt mit einem Kreuz. Das passt eher zu Garcia.«

Kaplan stellte ihre Fragen zum Abend in der Wohnung des Pfarrers, deswegen hatte sie ihn hergebeten. Wann war er in der Wohnung des Pfarrers angekommen? Auf welche Situation traf er dort? Was hat es mit der Munitionskiste voller Drogen auf sich? Warum stand die da? Ebuk beschrieb genau, wie die Situation mit Garcia eskaliert war.

»Was ich nicht verstehe, weshalb wusste Herder vom Besuch Garcias? Wie konnte er Pfarrerin von Boden und sie dich rechtzeitig verständigen? Garcia hat doch nicht angerufen und gesagt: ›Hey ich komm heute um acht vorbei, sind Sie da? Ich hätte da einen Geschäftsvorschlag‹«, meinte Kaplan.

»Doch, so muss es gewesen sein. Vermutlich hat Garcia Herder schon vorher Geld gespendet, keine Ahnung wie viel. Dann rief er an, er sei der gute Spender und wolle mit ihm sprechen, und kam mit der Ladung Drogen vorbei.«

»Aber das macht nicht wirklich Sinn. Wollte er, dass der Pfarrer den Drogenkoffer in seiner Kirche deponiert? Wollten sie ihn zwingen, zusammen zur Kirche zu fahren, damit sie einen geeigneten Platz dafür finden?«, fragte sich Kaplan laut.

Ebuk zuckte mit der Schulter, gab ihr darauf keine Antwort, weil er keine geben wollte. Würde er sein ganzes Wissen ausbreiten, würden Larissa und – noch schlimmer – Noemi in ziemliche Schwierigkeiten geraten. Das wollte er verhindern. Kaplan und Rüter sollten selbst ermitteln, wie es sich wirklich zugetragen hatte. Vermutlich würde Pfarrer Herder alles zugeben und um Nachsicht bitten. Ebuk hatte den Eindruck, dass der Mann nicht besonders widerstandsfähig war. Der Überfall in seiner Wohnung musste ihn ziemlich zermürben. Allein die Blutflecken überall. Die Geldspende von Garcia würde er irgendwann auf Druck der Kirchenleitung dem Roten Kreuz oder der Welthungerhilfe weiterreichen.

Kaplan befragte Ebuk nicht weiter. Sie wusste, die Vernehmungen von Dr. Herder und Uribe Garcia würden ihr die notwendigen Puzzleteile zu dem Vorfall am vergangenen Abend liefern. Es blieb allerdings die entscheidende Frage, wer Moses Lukong erschlagen hatte.

Ebuk nahm den Beutel mit dem lächelnden dicken Engel hoch, den er sich in der Küche gegriffen hatte, förderte die Mülltüte mit der blauen Trinkflasche zutage und legte das Hochglanzblatt mit den beiden Heiratswilligen auf den Schreibtisch vor Kaplan. Er zeigte mit dem Finger auf Georg-Alexander von Wiedekamer.

»Der hatte auch eine Mütze auf«, sagte Ebuk, »das ist seine Trinkflasche.«

Kaplan verstand nicht, von wem und wovon er sprach, aber da er gerade eine Art Held war, schnitt sie ihm nicht gleich das Wort ab, wie sie es sonst gerne tat.

»Ich habe eine Bitte. Könntet ihr die Fingerabdrücke auf dieser Trinkflasche mit denen auf dem Kreuz vergleichen?«, fragte Ebuk die Kommissarin.

»Gehört die diesem Bürschchen hier? Dem Grafen von Wiedekamer?«

»Ja.«

»Du willst ihm die Hochzeit versauen. Nicht schlecht. Was hat er dir getan?«

»Ich erzähl dir mehr, wenn wir die Prints genommen und verglichen haben.«

»Echt jetzt? Na gut, weil du mir Garcia geliefert hast. Aber das dauert etwas. Die Kollegen von der Spurensicherung sind gerade noch in der Wohnung von Dr. Herder. Ich geb dir Bescheid.«

Ebuk faltete seinen Beutel mit dem Schutzengel wieder zusammen, stand auf und tippte mit dem Finger auf die Fotografie von Georg-Alexander von Wiedekamer. »Moses Lukong wollte nachweisen, dass der Urgroßvater von Wiedekamer, der ein deutscher Gouverneur in Kamerun war, und seine Urgroßmutter, eine Tochter von Sultan Njoya, gemeinsame Nachkommen gezeugt haben. Das passt dem hier nicht.«

»Das ist eine heftige Anschuldigung. Du glaubst wirklich, dass er deswegen nach Berlin kommt und den Pfarrer aus Kamerun erschlägt?«

»Die Mutter seiner Braut ist eine Abgeordnete dieser Nazipartei im deutschen Parlament. Wie würde sich da Schwarze Verwandtschaft machen?«, erklärte Ebuk.

Kaplan blickte ihn ungläubig an, und sie stand ebenfalls auf. »Ich melde mich, wenn wir die Fingerabdrücke haben. Ich bring dich raus.«

Sie ging vor Ebuk her, dann blieb sie noch mal stehen und fragte ihn, warum er gesagt hätte, der Mann habe auch eine Mütze aufgehabt.

»Die Katzenfrau hat einen Mann mit Mütze aus der Kirche kommen sehen. Bisher dachte ich, es wäre der von Garcia engagierte Killer gewesen«, antwortete Ebuk.

»Die Katzenfrau? Die alte Säuferin. Aha.«

Layla Kaplan setzte ihren Weg durch das Großraumbüro fort, Ebuk folgte ihr.

»Kann ich beim Verhör von Garcia dabei sein?«, bat er, bevor er den Raum verließ. Sie sagte, sie werde die Staatsanwältin fragen, vielleicht könnte Ebuk zuschauen, als eine Art Schulung, noch sei er ja in der Ausbildung.

In Paulines Hotelzimmer sah es aus, als habe sie eine Art Laboratorium eingerichtet. Sie hatte sich zwei große rechteckige Plastikschüsseln und Natronpulver besorgt. In den beiden Schüsseln auf dem Couchtisch schwammen dunkelbraune Flüssigkeiten, in die sie Papiere getaucht hatte. Einige Papiere waren liniert, andere kariert, andere blank. Einige der Blätter hatten gerade Blattkanten, und es gab welche, bei denen sie kleine Streifen an den Rändern abgerissen hatte. Sie trug eine Kochschürze, auf der das Logo des Hotels aufgedruckt war; vermutlich hatte sie sie sich aus der Küche kommen lassen.

Pauline bat Ebuk, ihr zu assistieren. Er sollte den Föhn aus dem Badezimmer holen, ihn einstecken und mit heißer Luft eines der braunen Papiere trocknen, die sie mit ihren Plastikhandschuhen in die Höhe hielt.

Er hatte sie nach seinem Besuch im LKA gefragt, ob er bei ihr vorbeikommen könne, um mit ihr über das letzte Wochenende und das bizarre Verhalten der von Wiedekamer zu sprechen. Sie hatte sich von der eleganten Geschäftsfrau, die mit Kaffee und Kakao handelt, in eine Naturwissenschaftlerin verwandelt, die ihre Lesebrille auf der Nase trug. Als Ebuk den Föhn wieder ausschaltete und neben sich auf den Boden legte, hielt sie das getrocknete bräunliche Blatt, das abgerissene Ränder hatte, vor sich hin. Auf der Tagesdecke des Betts lag das aufgeschlagene Manuskript mit dem Reisebericht von Sultan Njoya. Daneben waren verschiedene Papiere in unterschiedlichen Brauntönen verstreut. Pauline hielt das frisch getrocknete Papier neben das Manuskript.

»Er könnte es mit Kaffee gefärbt haben. Mit Tee geht es auch, aber da stimmt die Farbe nicht so genau«, sagte sie.

»Du glaubst, dein Bruder hat das Papier für das Manuskript selbst hergestellt?« Ebuk schaute sie erstaunt an.

»Eine Papieranalyse würde herausfinden, woher das Papier kommt, wie alt es ist und wie es eingefärbt wurde. Aber ich wollte meine Hypothese über die Fälschung selbst verifizieren. Ich war mal Wissenschaftlerin, musst du wissen. Ich habe viel in Laboren gearbeitet.«

»Dann hat dein Bruder auch den Reisebericht von Njoya selbst geschrieben?«

»Vermutlich. In der Sprache der Bamum, einer Schrift namens *A Ka U Ku*. Sie war der fünfte Versuch von Njoya, eine für alle zugängliche Schrift der Bamum zu entwickeln. In dieser Schrift hat er einige Bücher geschrieben oder schreiben lassen. Zum Beispiel ein Buch, um Träume zu interpretieren oder ein Buch über Heilmittel oder über die Stellungen beim Sex. Aber weil dieser Reisebericht so speziell ist und er ihn erst 1930, also zwei Jahre vor seinem Tod, im französischen Exil geschrieben haben soll, hätte er ihn eher in der Geheimschrift *Shümom* abgefasst, die eigens von den Adligen und den Geheimgesellschaften an seinem Hof angewendet wurden. Er lebte im Exil und hatte nur noch seine Getreuen und seine älteste Tochter um sich. Aber es ist in *A Ka U Ku*. Die British Library hat die Schriften digitalisiert, die in den Archiven im Palast der Könige von Bamum gesammelt werden. Ich habe also einige der Schriftzeichen aus dem Reisebericht mit denen von Sultan Njoya verglichen.«

Sie zog die Kochschürze aus, nahm die Lesebrille von der Nase und setzte sich in einen der Sessel.

»Ich habe inzwischen den gesamten Bericht gelesen«, fuhr sie fort, »wer auch immer das da geschrieben hat, verdächtigt den deutschen Gouverneur von Wiedekamer, unsere Urgroßmutter Ngungure Tiwa, eine Tochter Njoyas, die in Buea am Hof des Gouverneurs lebte, vergewaltigt zu haben. Als der Sultan von seiner Reise an die Küste zurückkam, brachte er seine Tochter und ihre zwei Kinder aus dieser Beziehung, Zwillinge, nach Foumban.«

»Der Vorfahre der von Wiedekamer war ein Vergewaltiger? Das steht da? Dann wollte dein Bruder seine Nachkommen zur Verantwortung ziehen? Hat er deswegen diesen Reisebericht angefertigt?«

»Das kann ich dir nicht mit Gewissheit sagen, aber es spricht vieles dafür. Wenn mein Bruder der Urheber ist, dann hat er das gut gemacht. Er könnte selbstverständlich auch einen Schriftsteller in Kamerun, der *A Ka U Ku* schreiben kann, damit beauftragt haben. Es gibt Leute, die die Schrift heute wieder verwenden und Gedichte schreiben.«

Ebuk stand am Fenster und blickte in den grauen Berliner Tag. »Dein Bruder ist also zu den von Wiedekamer gefahren und hat ihnen gesagt, euer Vorfahre hat damals meine Urgroßmutter vergewaltigt, und wir sind miteinander verwandt. Und weil er sonst keine Belege hatte, schrieb er dieses Buch da? Der Vertrag, den Njoya mit dem Gouverneur schloss, ist vermutlich auch seine Erfindung?«

»Auch das weiß ich nicht. Ich habe den Chef der staatlichen Museen getroffen, einen Professor von Dikewitz. Er hat geschworen, nichts von so einem Vertrag zu wissen, aber versprochen, alle seine Leute zu beauftragen, danach zu suchen. Das kann ich ihm glauben oder nicht. Wenn die Deutschen diesen Thron hergeben wollten, bräuchte es keinen alten Vertrag, nur das Eingeständnis, dass er unrechtmäßig und nicht freiwillig nach Deutschland kam. Sie müssten ihre Geschichte umschreiben und ihr Museum leerräumen.«

»Das hat meine Tochter auch schon gesagt.«

»Kluges Kind. Es stimmt«, stellte Pauline fest.

Ebuk verstand nun besser, warum sich die von Wiedekamer so vom Erscheinen Moses Lukongs bedroht fühlten. Sie hatten die Geschichte ihrer Familie als abgeschlossen begriffen, als eine Art Epos: Der Held ein Gouverneur, der im fernen Land seinen Dienst tat, ein paar Elefanten geschossen und einige seltsame Masken mitgebracht hatte. Jetzt sollten sie mit einem Vergewaltiger und einem Schwarzen verwandt sein?

»Gestern Nacht gab es eine Schießerei. In der Wohnung eines Pfarrers, Larissa von Boden war auch dort. Ich konnte einen Drogenhändler festnehmen. Sein Partner kam dabei durch meine Hand ums Leben.«

Pauline trat neben ihn, versuchte, sein Gesicht zu lesen, aber er blieb stoisch.

»Was erzählst du da? Du hast gestern Nacht einen Mann erschossen?«

Ebuk bewegte sich nicht.

»Waren das die Leute, die meinen Bruder erschlagen haben?«

»Das ist noch nicht raus.«

»Warum nicht?« Pauline klang ungehalten.

»Die Mordkommission ermittelt.«

»Du hast ihnen die Arbeit abgenommen«, meinte Pauline.

»Frau von Wiedekamer war sehr verärgert, weil Moses in ihren Räumen rumgeschnüffelt hatte. Hat er dort Haare eingesammelt? Dieser Briefumschlag mit den blonden Haaren. Was hat er damit gemacht?«

»Eine Genanalyse beauftragt.«

Ebuk wandte sich jetzt Pauline zu. Sie zuckte die Schultern. Er sah in ein offenes Gesicht, das nicht verstellt war. Es war einer dieser Momente, den er von früheren Ermittlungen schon kannte. Auf einmal öffnete sich der Mensch, und man konnte hinter der Fassade die Wahrheit sehen, die dort gut versteckt schon lange lagerte.

»Du wusstest davon! Jetzt begreife ich. Du wusstest von der gesamten Aktion. Von diesem Manuskript, von den Versuchen deines Bruders, die von Wiedekamer unter Druck zu setzen, von der Sache mit dem Thron, von der Idee, einen Vertrag zu ersinnen. Nicht schlecht. Aber jetzt ist dein Bruder tot, und du beginnst, ihn für alles verantwortlich zu machen. Aber tatsächlich hast du dir das alles ausgedacht. Und dein Zwillingsbruder hat es umgesetzt.«

»Hör auf damit! Das ist doch Unsinn!«

Sie wischte die braunen Blätter von ihrem Bett und setzte sich. Die Papiere lagen auf dem Boden herum, wie die Reste eines unveröffentlichten Romans.

»Das glaube ich dir nicht. Warum wolltest du, dass ich dahin fahre?« Ebuk hatte sich nun vor sie gestellt. »Georg-Alexander von Wiedekamer heiratet die Tochter einer Bundestagsabgeordneten, die in einer nationalsozialistischen Partei ist. Er ist ein überzeugter Nachkomme des deutschen Gouverneurs, anders als sein Vater, der die Vergangenheit loswerden will. Doch Sohn und Mutter hassen Schwarze Menschen«, berichtete Ebuk.

»Moses und ich sind nicht Schwarz. Wir sind so was hier.« Sie nahm eines der bräunlichen Papiere vom Boden, zerknüllte es und warf es zu Ebuk.

»Ach, das ist das Problem?«, fragte Ebuk ungläubig nach. Er wurde ärgerlich angesichts der Scharade dieser Frau.

»Für Moses schon. Ihm wurde immer wieder gesagt, er stamme von einem Franzosen ab. Wegen seiner hellen Haut. Unsere Mutter hätte es mit einem Franzosen getrieben. Da, wo wir herkommen, hassen die Menschen die Franzosen! Moses wollte seinen Makel loswerden. Er wollte beweisen, dass er kein französischer Bastard ist, sondern ein Nachkomme eines deutschen Adligen und einer adligen Mutter. Und dass unsere Urgroßmutter sich nicht freiwillig mit dem Gouverneur eingelassen hat. Dass die Deutschen sich unseren Thron geraubt haben! Sie haben sich unsere Frauen genommen und unseren Thron!«

Auch Pauline hatte die Stimme erhoben. Das Gesagte breitete sich in Ebuk aus wie die dunkle Flüssigkeit auf den weißen Papieren, die Pauline in die Schüsseln gelegt hatte.

»Er dachte, er könnte als angesehener Mann zurückkommen. Doch dann geriet er in einer Kirche an seinen Mörder«, fasste Ebuk zusammen. Er hatte genug, er wollte gehen. Pauline hatte sich auf dem Bett zusammengerollt und schluchzte. Er setzte sich neben sie, aber er fand keine tröstlichen Worte.

Ebuk hatte eine Nachricht seines Freundes Jim erreicht, eine Textnachricht, in der er fragte, ob er Zeit für einen kleinen Spaziergang hätte. Das war ungewöhnlich, denn normalerweise war Ebuk es, der Jim um ein Treffen bat. Nachdem Ebuk zugesagt hatte, fragte Jim, ob er zur Straße des 17. Juni kommen könne, dieser breiten Straße, die Berlin zerteilte. In der Nähe des Ernst-Reuter-Platzes befanden sich die Gebäude der Technischen Universität, wo Jim als Mathematiker forschte und lehrte.

Sie trafen sich vor dem lang gezogenen Gebäude der Mathe-Fakultät, das in den Siebzigern aus einer großen gläsernen Fassade und Beton komponiert worden war, eine

Mischung aus Brutalismus und Pop-Art-Architektur. Wie eine Faust zeigte die Betonfassade eines Hörsaals zur Straße, die aus vier Fahrspuren, Parkspuren und einem Mittelstreifen bestand. Ebuk entdeckte seinen Freund vor einer der Glasfassaden. Er hatte die Hände missmutig tief in seiner Jacke vergraben, die Schultern hochgezogen und trug auf dem Kopf eine dünne Wollmütze. Jim wies auf das Gebäude und erklärte, sie hätten es komplett schließen müssen. Hier könne er nicht mehr arbeiten, keine Seminare konnten mehr stattfinden. In den oberen Stockwerken habe jemand die Toiletten mit Toilettenpapier sowie einer Zementmischung verstopft und alle Wasserhähne aufgedreht. Eine ganze Nacht war Wasser durch alle Stockwerke geflossen, das die Elektrik in Mitleidenschaft gezogen hätte und in den Beton eingesickert wäre. Selbstverständlich hatte man Anzeige erstattet, die Polizei war hier, aber die Täter hatten keine Spuren hinterlassen. Es war eine totale Katastrophe.

»Das ist alles meine Schuld«, sagte Jim. Ebuk fragte nach, doch der Freund schwieg bedeutungsvoll. Die breite Straße lag vor ihnen wie ein Fluss, unzählige Autos zogen in beide Richtungen an ihnen vorbei. Als die Fußgängerampel auf Grün sprang, öffnete sich ein Weg, wie ein Graben, quer durch den Fluss. Hinter den Windschutzscheiben der Autos saßen die Fahrer, die sie wie Störenfriede anglotzten. Auf der anderen Seite der Schneise bogen sie nach links ab, Richtung Tiergarten, dem zentral gelegenen Park im Westen Berlins. Jim begann zu sprechen, die Worte rumpelten wie grobe Holzklötze tief aus seinem Inneren hervor. Er berichtete von einem fürchterlichen Streit mit Laura, einer Doktorandin, mit der er arbeitete. Sie, erklärte er pathetisch, sei die eigentliche Täterin, sie habe die Überflutung des Mathe-Gebäudes verursacht, die Wasserhähne geöffnet, im Baumarkt Zement gekauft und die Toiletten damit verstopft. Selbstverständlich stritt sie alles ab, diese Furie. Er übernehme die moralische

Schuld an diesem Chaos, aber mehr nicht. Ebuk versuchte, seinen Freund zu stoppen, aber der dunkle Strom von Bekenntnissen sprudelte weiter aus ihm hervor. Ebuk wollte verstehen, um was es in dem Streit zwischen dieser Laura und Jim ging. Die Behauptung, dass eine Frau, die an der Technischen Universität arbeitete, eben jenes Gebäude zerstört hatte, klang ziemlich abenteuerlich.

»Es ging um den 2. Hauptsatz der Thermodynamik. Er besagt, dass die Unordnung in einem geschlossenen System nicht zunehmen kann, dass alle spontan in eine Richtung ablaufenden Prozesse nicht rückgängig gemacht werden können. Aus kaltem Wasser kann ohne Wärmezufuhr kein heißes Wasser entstehen. Vereinfacht ausgedrückt. Sie hat durch die Zerstörung des Instituts genau diesen Satz beweisen wollen.«

»Aber um was drehte sich euer Streit?«

»Nach meiner Theorie kann in einem Spiegeluniversum der thermodynamische Zeitpfeil sehr wohl in die andere Richtung weisen. Das bedeutet, in Zukunft nimmt die Ordnung zu.«

»In einem Spiegeluniversum?«

»Ja.«

Sie kamen auf den Parkweg, der neben einem Spreekanal entlangführte, rechts lagen mehrere Hausboote. Unter einem S-Bahn-Bogen lebten Menschen in Schlafsäcken, neben sich Plastiksäcke mit den einzigen Habseligkeiten.

»Ich kann dir das nicht alles ausführen. Es gibt die sichere Annahme, dass bei der Entstehung des Universums, während des Urknalls, nicht nur unser Universum entstand, sondern auch ein Spiegeluniversum, möglicherweise auch mehrere, aus Antimaterie. Unsere Welt und deren Atome, die aus Elementarteilchen bestehen, Neutrinos, Quarks, die kleinsten Teilchen, hast du vielleicht schon mal von gehört, die haben fast alle eine positive und eine negative Ladung oder eine Drehung nach links oder rechts, wenn sie sich bewegen. Alles ist dual, sozusagen. Aber es gibt ein Neutrino, das sich nur immer nach links dreht. Seltsam oder? Sein Spiegelneutron befindet sich möglicherweise im Spiegeluniversum. Es könnte allerdings auch sein, dass in dem Spiegeluniversum, dort wo der rechtsdrehende Bruder lebt, ganz andere Regeln gelten. Es ist denkbar, dass der Zeitpfeil der Thermodynamik dort in die andere Richtung weist.«

»Wir leben in der Welt der Menschen, und wer lebt in diesem Spiegeluniversum? Götter, die die Welt in eine andere Richtung drehen?«, fragte Ebuk nach.

»So könnte man das sehen. Ja. Wir Mathematiker versuchen, die Existenz dieser anderen Welt zu beweisen. In den Ländern, aus denen wir kommen, ist das Vorhandensein von Göttern und Geistern tägliche Realität. Man könnte diese andere Welt auch als Spiegelrealität bezeichnen. Aber in der Wissenschaftswelt des Westens braucht es ständig für alles Beweise. Der Westen hat mit seinem Rationalismus alle Götter verbannt, jetzt suchen wir in Parallelwelten mit der Quantentheorie nach ihnen.«

Ebuk merkte, wie sein Freund begann in seine Theoriewelt auszuweichen, doch er konnte ihn unmöglich zu einem Spaziergang eingeladen haben, um über Spiegeluniversen zu sprechen. »Du hattest ein Verhältnis mit Laura«, sagte er seinem Freund auf den Kopf zu.

Jim ging ein paar Schritte und lachte dann sein charakteristisches Lachen. Sie standen auf einer kleinen Brücke, unter ihnen floss Wasser aus einer höheren Ebene des Kanals in eine tiefere Ebene. Auf dem kleinen Wasserfall tanzten Plastikflaschen und Unrat.

»Ja. Sie ist wütend auf mich. Ich will selbstverständlich nicht meine Frau verlassen wegen einer Verrückten, die ein ganzes Gebäude unter Wasser setzt.«

»Aber du weißt doch gar nicht, ob sie es war. Das ist eine

schwere Anschuldigung.« Ebuk sprach eindringlich zu seinem Freund.

»Du kennst sie nicht! Sie ist faszinierend, sehr schön, aber eben wahnsinnig. Sie hat gesagt, sie werde mir zeigen, dass weder der psychologische Zeitpfeil noch der kosmologische und auch nicht der thermodynamische Zeitpfeil umkehrbar sind. Ich hätte keine andere Wahl, als zu ihr zu kommen und Rebecca zu verlassen. Meine Argumente bezüglich des Spiegeluniversums haben sie nicht überzeugt.«

Jetzt musste Ebuk lachen. »Hast du dich von ihr getrennt?«

»Ja, aber sie will das nicht. Sie sagt, sie akzeptiert es nicht.«

»Und aus Rache verstopft sie die Toiletten und dreht die Wasserhähne auf?«

»Das ist ihre Handschrift. Damit ich dort nicht mehr arbeiten kann. Aber mit dieser Tat ist der Bruch klar. Sie hat recht: Es gibt keinen Weg zurück.«

»Hast du mit Rebecca geredet?«

Jim setzte seinen Weg fort, ohne zu antworten. Sie überquerten eine Brücke, die über eine Schleuse führte, dann ging es nach links, auf einen anderen Uferweg, vorbei an Zäunen des Zoologischen Gartens, wo allerlei Tiere ihr eingesperrtes Dasein fristeten.

»Rebecca hasst den Zoo«, meinte Jim.

Er blieb vor der großen Strandvoliere stehen, wo sie Seglervögel beobachteten.

»Sie hat mich durchschaut«, fuhr Jim fort, »sie wusste von der Affäre, und als ich mich immer mehr in mich zurückzog, schlechte Laune bekam, weil es immer schwieriger wurde, forderte sie mich auf, sie endlich zu beenden. Sie würde dann auch ihre Affäre beenden.«

Jim sah zu Ebuk und lachte ihn an.

»Kannst du dir das vorstellen? Ich war völlig überrumpelt. Sie wusste, was bei mir vor sich ging, aber ich überhaupt nichts von ihr! Sie ist unglaublich. Ich habe Rebecca versprochen, sofort einen Schlussstrich zu ziehen. Und sie hat es mir auch zugesagt. Wir haben viel zu besprechen, wie du dir denken kannst.«

Jim wirkte wie befreit, er hatte seinem Freund Ebuk seine Affäre gestanden. Er wusste um die hohen moralischen Maßstäbe des Polizisten aus Uganda.

»Und wie läuft es bei dir mit der Pastorin?«, fragte Jim seinen Freund.

Jetzt war es an Ebuk, den Weg fortzusetzen. Er konnte nicht gleich antworten. Jims Erzählung hallte in ihm nach. Wenn etwas zu Ende war, gab es nicht einfach einen Weg zurück. Nicht in der Liebe. Schließlich sagte er, auch bei ihm sei der Zeitpfeil nicht umkehrbar, die Unordnung zwischen ihm und Larissa sei zu groß geworden.

Welchen großen Fisch sie da an der Angel hatten, war Kaplan und Rüter klargeworden, als sie hörten, wer die Verteidigung des Mannes übernehmen würde: Dr. Timon Heisinger, der bekannte Strafverteidiger. Uribe Garcia wurde in einen Verhörraum gebracht, in einen grauen Kasten ohne Fenster, mit einem festgeschraubten Tisch, Aufnahmetechnik, vier Stühlen, einem Hocker und einer Wand mit Venezianischem Spiegel. In dem Beobachtungsraum dahinter hatte Ebuk neben einer Staatsanwältin Platz genommen. Vor dem Verhör war mit Ebuk vereinbart worden, ihn bei Bedarf als Zeugen dazu zu holen. Garcia trug ein weißes Sweatshirt, auf dem groß Abercrombie & Fitch geschrieben stand, und an den Füßen teure weiße Sneakers, seine Jeans hatte modische Risse. Der rechte Ärmel seines Shirts war durch den Verband von der Schusswunde ausgebeult. Garcia machte einen gelassenen Eindruck, es war nicht das erste Mal, dass er sich in einer solchen Situation befand, in U-Haft saß und verhört wurde. Noch bevor der Anwalt erschien, fragten die beiden Ermittler Kaplan und Rüter José Mikel Uribe Garcia nach seinen Personalien, seinem Geburtsdatum, seiner Meldeadresse in Berlin. Er wohne ganz bürgerlich in Charlottenburg und komme aus Puente la Reina. Dort ginge der Jakobsweg vorbei, meinte Rüter, es gäbe dort eine Kirche *Iglesia del Crucifijo,* ob er die kenne. Jeder kenne diese Kirche, antwortete Garcia knapp. Sie hätten einen Anhänger mit einem Kreuz gefunden, auf dem der Name dieser Kirche eingraviert sei, ob er diesen Anhänger vermisse?, fragte der Kommissar. Garcia haute einige Flüche raus, in einer Sprache, die keiner der Anwesenden verstand; die Ermittler forderten ihn auf, Deutsch zu sprechen, und er versuchte, seine Coolness zurückzugewinnen. Er habe mit dieser Kirche nichts zu tun, gar nichts. Die würden nur die Touristen abzocken, so einen beschissenen Anhänger würde er niemals anfassen. Ihre spanischen Kollegen hätten den Pfarrer der Kirche nach ihm befragt, berichtete Kaplan, und der Mann würde ihn kennen. Nach der Aussage des Pfarrers hätte *José*, wie er Garcia nannte, früher als Gepäckträger für die Touristen gearbeitet.

»Stimmt das? Sie haben die Rucksäcke der Touristen getragen? Sind Sie so ins Transportgeschäft eingestiegen?«, fragte Kaplan.

»Dieser spanische Pfaffe, dieses Schwein. Er hat uns verarscht, selbst fett abkassiert und uns nur Taschengeld überlassen«, zischte Garcia.

»Haben Sie schon damals mit Fernando Jimenez zusammengearbeitet? Hat er auch Rucksäcke geschleppt?«

Garcia spürte, wie die Polizisten es geschafft hatten, ihn zu provozieren, daher antwortete er nicht.

»Das ist jetzt alles nur Material, durch das wir uns ein Bild machen wollen, wer Sie sind, Herr Garcia. Für die Anhörung zum Tatvorwurf warten wir selbstverständlich auf Ihren hoch bezahlten Strafverteidiger. Ihre Bosse scheinen Sie zu schätzen«, sagte Rüter.

»Um auf die spanischen Kollegen zurückzukommen, die richtig fleißig waren, während wir nach Ihnen gefahndet haben. Sie haben uns erzählt, die baskische Untergrundorganisation, die ETA, hätte während des bewaffneten Kampfes oft Waffen in Kirchen versteckt. Sind Sie so auf die Idee gekommen, die Kirchen in Berlin als Depots für Ihre Drogen zu nutzen?«

Die Tür des Verhörraums ging auf, und der Anwalt mit den hüpfenden Locken betrat den Raum. Ebuk sagte zur Staatsanwältin, er würde den Mann kennen. Er habe ihn zusammen mit der Schwester des getöteten Moses Lukong besucht. Ob das ein Problem sei? Die Staatsanwältin verneinte, bat aber um Ruhe, denn sie wollte hören, was im Verhörraum gesprochen wurde.

Der Anwalt erkundigte sich, ob sie schon begonnen hätten. Die Ermittler verneinten, sie hätten nur die Personalien abgefragt, um Zeit zu sparen. Heisinger versicherte sich bei seinem Klienten, ob das der Wahrheit entspreche, und der nickte nur. Rüter erläuterte, es würde zwei Ermittlungskomplexe geben. Der eine würde Garcia als wichtige Figur im Berliner Drogenhandel betreffen, seine Rolle als Transportspezialist, der aus Zwischenlagern im Berliner Umland die Depots der Straßenhändler beliefere. In einem dieser Lager habe eine Razzia stattgefunden. Es gäbe Beweise und Aussagen, dass Garcia dort regelmäßig zugegen war. Dazu würden weitere Anhörungen mit Kollegen des Drogendezernats, der Abteilung 4 des LKA, stattfinden. Bei denen lagere eine schöne dicke Akte über Herrn Garcia, selbstverständlich werde Herr Dr. Heisinger die Informationen zu den Tatvorwürfen im Rahmen der gesetzlichen Bestimmungen rechtzeitig erhalten. Der andere Komplex, in dem sie ermitteln würden, beträfe drei Morde. Sie würden Herrn Garcia vorwerfen, an diesen drei Tötungsdelikten entweder direkt als Täter oder als Auftraggeber beteiligt gewesen zu sein, und zwar in Tateinheit mit dem verstorbenen Herrn Fernando Jimenez.

»Ich habe niemanden getötet!«

Der Anwalt legte Garcia die Hand auf den Arm, er solle nichts sagen, dafür sei er anwesend.

»In der Hasenheide, einem Park in Neukölln, wo wir alle gerne abends spazieren gehen«, begann Kaplan, »wurde dieser Mann aus Ghana erschossen.«

Sie schob Garcia eine Fotografie des Toten zu, des jungen Mannes, den sie zusammen mit Ebuk im Kühlhaus besichtigt hatten.

»Das ist Agyemang Danquah aus Ghana. Wir haben drei Zeugen, die gesehen haben, wie Sie zusammen mit Herrn Fernando Jimenez diesen Mann bedroht und nach einem Wortwechsel erschossen haben.«

»Ich möchte die Aussagen sehen«, verlangte der Anwalt.

»Selbstverständlich, sobald sie die Staatsanwaltschaft freigibt.«

»Wir überprüfen gerade noch, ob die tödlichen Schüsse auf Agyemang Danquah aus der Waffe von Herrn Garcia oder aus der von Herrn Jimenez stammen.«

»Ich hab den nicht getötet«, stellte Garcia klar.

»Wenn Sie nicht selbst abgedrückt haben, dann haben Sie den Mord beauftragt«, führte Kaplan weiter aus.

»Hören Sie auf mit diesen Behauptungen. Das ist bisher alles nur Hörensagen. Was soll das denn für eine Beweiskraft sein? Von wem? Das ist so was von dünn!«

Der Anwalt gab sich sehr selbstsicher und nickte seinem Klienten aufmunternd zu.

Kaplan schob die nächste Fotografie zu Garcia hin. »Das ist Kofi Boateng, ebenfalls aus Ghana. Er ist hinter einer Kirche in der Nähe der Kurfürstenstraße erstochen worden. Wir fanden seine Leiche dort unter einem Gebüsch.«

»Und was hat mein Mandant mit diesem Opfer zu tun?«

»Kofi Boateng und Agyemang Danquah kontrollierten zusammen den Drogenhandel an der Kurfürstenstraße. Doch dann verschwand das von Herrn Garcia in der Kirche angelegte Depot …«

»Stopp«, unterbrach Heisinger die Rede von Leyla Kaplan, »Herr Garcia hat in keiner Kirche ein Drogendepot angelegt. Das ist eine Unterstellung.«

»Einverstanden«, machte Rüter weiter, »wer auch immer das Depot dort angelegt hat. Herr Garcia und die beiden Männer hier haben danach gesucht, weil die Ware verschwunden war. Es gibt einen Zeugen, der zufällig in eine Konfrontation mit den beiden später Getöteten geriet, angestachelt von Herrn Garcia, der den Mann mit einer Schusswaffe bedrohte, vermutlich mit der Waffe, die wir bei seiner Verhaftung gefunden haben.«

»Noch ein ominöser Zeuge«, höhnte der Anwalt.

»Nicht ganz so ominös, der Mann ist Polizist.« Kaplan lächelte böse.

»Was? Dieser Joel oder Peter? Dieser dreckige Hund ist ein Bulle?«, empörte sich Garcia.

»Zügeln Sie sich mit Ihrer Wortwahl, sonst kommt noch Beamtenbeleidigung dazu. Unser Kollege hat Sie außer Gefecht gesetzt, als Sie Pfarrerin von Boden mit der Waffe bedroht und als Geisel genommen haben.«

Unbewusst fasste sich Garcia an seinen verwundeten Arm. »Der fickt die Schlampe!«

»Könnten Sie bitte Ihren Mandanten bitten, sich zu mäßigen?«, forderte Rüter den Anwalt auf. Garcia warf sich in seine Stuhllehne. Im Nebenraum ballte Ebuk die Fäuste und erhielt dafür einen vielsagenden Blick der Staatsanwältin.

»Das Depot war also ausgeräumt, und wir behaupten, die beiden Opfer hier und Sie haben nach der Ware gesucht. Entsprechend der Zeugenaussage von Peter Ebuk, Polizist«, machte Kaplan weiter und wurde erneut unterbrochen.

»Was soll das werden, Frau Kommissarin? Was soll daran strafbar sein, wenn drei Männer hinter einer Kirche zusammen etwas suchen, von dem abgesehen von Ihrer Behauptung gar niemand weiß, was es ist?«

»Heben Sie sich Ihre Spitzfindigkeiten doch bitte für den Prozess auf, Herr Anwalt«, pflaumte Kaplan zurück.

»Es wird keinen Prozess geben!«

»Können wir jetzt bitte weitermachen? Zwischen den drei Männern auf der Suche, wie Sie es ausdrückten, kam es zu einem Streit, bei dem Kofi Boateng erstochen wurde. Seine Leiche wurde in dem kleinen Park hinter der Kirche liegen gelassen. Wer hat ihn erstochen, Herr Garcia? Sie? Oder Danquah?«

»Ich hab keinen gekillt«, sagte Garcia erneut.

»Es gab noch einen dritten Toten. Moses Lukong, Pastor aus Kamerun. Es gibt eine Zeugin, die Sie, kurz nachdem der Mann erschlagen wurde, aus der Kirche kommen sah.« Kaplan sah Garcia aufmerksam an. »Was ist in der Kirche geschehen? Wie kam es zum Streit mit Moses Lukong?«

Sie legte auch von diesem Toten eine Fotografie vor den Mann. Garcia schwieg, der Anwalt stöhnte auf, als ob ihm das alles zu dumm sei.

»Sie haben nach dem Dieb der Drogen gesucht und den Pfarrer aus Kamerun, der sehr früh morgens allein in der Kirche betete, zur Rede gestellt. Sie verdächtigten ihn, die Drogen entwendet zu haben. Es kam zu einer Auseinandersetzung«, führte Kaplan aus.

»Wir haben nicht gestritten«, sagte Garcia. Eine Aussage, die Dr. Heisinger überhaupt nicht mochte.

»Sie geben also zu, in der Kirche gewesen zu sein. War Jimenez auch dabei?«

Garcia schüttelte ganz leicht den Kopf.

»Der Zeuge verneint die Frage«, sprach Rüters ins Mikrophon.

Ebuk war unruhig geworden, er stand auf und verließ den Raum, ohne sich mit der Staatsanwältin abzusprechen, die ihm ein »Moment« nachrief. Ebuk klopfte an die Tür des Verhörzimmers, der wachhabende Sicherheitsmann öffnete. Ebuk betrat den Raum, entschuldigte sich kurz, aber er habe etwas Wichtiges auszusagen. Kaplan und Rüter blickten finster, Dr. Heisinger war erstaunt, weil er Ebuk bereits als Begleitung von Pauline kennengelernt hatte. Garcia saß angespannt da, bereit, es mit Ebuk aufzunehmen.

»Es geht um die verschwundenen Drogen aus dem Depot in dieser Kirche«, begann Ebuk, »dazu möchte ich etwas aussagen. Darf ich?« Kaplan und Rüter nickten, auch der Anwalt machte eine großzügige Geste. Ebuk zog den Hocker in der Ecke zu sich heran und setzte sich zwischen Garcia und die beiden Kommissare. Er nahm sich einen Moment Zeit, blickte Garcia ruhig und konzentriert in die Augen.

»Ich habe deine Ware in der Kirche gefunden, ich habe sie genommen und in einem Klo heruntergespült«, begann Ebuk und fixierte weiter Garcia.

»Du Arschloch«, sagte Garcia kalt.

»Du hattest recht, ich hatte eine Beziehung zu Frau von Boden, und weil ich Polizist bin, habe ich mir nachts, wenn ich zu ihr kam, die Gegend um die Kirche etwas genauer angeschaut. Mir ist aufgefallen, dass es einige Gestalten gab, die sich in dem kleinen Park hinter der Kirche zu schaffen machten. Ich habe beobachtet, wie sie eine kleine Tür öffneten, die zu der Versorgungstechnik der Kirche führt. Eines Nachts habe ich nachgesehen und einen großen Beutel mit Drogen gefunden. Damit weder die Pastorin von Boden noch ihre Tochter irgendwelche Schwierigkeiten bekommen, auch weil ich empört war, wie man Drogen in einer Kirche verstecken kann, war meine spontane Reaktion, das Zeug einfach wegzuschmeißen. Doch am Morgen nach dieser Entsorgungsaktion sah ich beim Verlassen des Hauses von Frau von Boden, wie die Kirchentür einen Spalt offen stand. Ich hatte Moses Lukong aus Kamerun kennengelernt und wusste von seinen frühen Andachten, ich ging also in die Kirche und fand dort seine Leiche. Sofort verständigte ich Larissa wie auch die Polizei. Die Frage, die sich auch mir sofort gestellt hat: Wer hat den Pfarrer aus Kamerun erschlagen und warum? Könnte es sein, dass es jemand auf Larissa von Boden abgesehen hat? Gibt es einen Zusammenhang mit dem Drogendepot? In der folgenden Nacht war ich wieder in der Gegend unterwegs, und wir sind uns begegnet. Die beiden später getöteten Afrikaner haben mich angegriffen, aber ich habe mich erfolgreich gewehrt. Du hast mich mit deiner Pistole eingeladen, eine kleine Spritztour in deinem Auto zu machen. Du wolltest mich als Bewacher für dein Zwischenlager in Klosterfelde rekrutieren. Aber du hast nicht gerochen, dass ich ein Bulle bin.«

Ebuk machte eine Pause, um zu sehen, wie das Gesagte bei Garcia ankam. Er verzog keine Miene.

»Ich glaube nicht, dass du Moses Lukong erschlagen hast, obwohl du Priester hasst«, fuhr Ebuk fort.

»Das ist doch mal eine vernünftige Aussage«, kommentierte Dr. Heisinger.

»Aber du weißt, wer es war. Und das wirst du uns heute sagen«, sprach Ebuk weiter. »Wir beide wissen, dass noch ein dritter Mann in der Kirche war, außerdem ein Kater. Wenn wir deine Wohnung und deine Klamotten gefilzt haben, werden wir Katzenhaare finden. Denn *Derrick*, so der Name des Katers, ist sehr anhänglich. Die Besitzerin des Katers, Frau Randa Rehlein, wohnt genau gegenüber, und die hat gesehen, wie ein weiterer Mann, ein Mann mit einer Mütze, aus der Kirche kam, nachdem du gegangen warst. Erst dachte ich, es handele sich um deinen Kumpel, der auch eine Mütze trug. Aber auch der war es nicht, der war ein Profikiller, der für dich Leute erschoss, der aber niemanden aus Wut erschlug.«

»Mein Mandant hat keinen Profikiller beauftragt. Das ist eine Unterstellung, eine Behauptung ohne Grundlage«, ließ sich der Anwalt vernehmen. Ebuk war weiterhin durch intensiven Blickkontakt mit Garcia verbunden, die Worte Heisingers tropften an den beiden ab. Kaplan und Rüter schauten fasziniert zu, wie Ebuk Garcia verhörte und mit seinen Aussagen umstellte.

»Du solltest noch etwas verstehen, Uribe Garcia«, redete Ebuk weiter, »Moses Lukong kam nach Deutschland, weil ein König seines Landes das Wertvollste, das er besaß, einen sehr schönen Thron aus Perlen, dem deutschen Gouverneur und dem deutschen Kaiser schenken musste. Ein Priester oder Missionar, wie man sie damals nannte, hatte dem König gesagt, wenn du diesen Thron den Deutschen nicht schenkst, dann bringen wir dich um und nehmen uns den Thron, ohne zu fragen. Diesen Thron, den die Deutschen in ihr Schloss gestellt haben, wo er immer noch steht, wollte Lukong in sein Land zurückbringen, wo ein bewaffneter Konflikt tobt, seit die Deutschen, die Engländer und Franzosen dort eingefallen sind. Die Urgroßmutter von Moses Lukong wurde von einem deutschen Gouverneur vergewaltigt. Lukong kam hierher, um Frieden zu finden, für sich und sein Land, und er wollte diejenigen kennenlernen, mit denen er verwandt ist. Aber diese Leute, die Nachkommen dieses Gouverneurs, dieses Vergewaltigers, wollen keine Schwarzen in ihrer Familie haben. Lukong sollte sich verpissen. Nun komme ich zu dem dritten Mann in der Kirche, dem Unbekannten, ein Mann, der vermutlich schon vor dir da war und mit Moses stritt.«

Ebuk machte wieder eine Pause, er konnte sehen, wie seine Rede bei Garcia ankam, die harten Gesichtszüge begannen weicher zu werden. Der Anwalt scharrte mit den Füßen, seine seltsamen Löckchen wackelten, Kaplan machte sich Notizen.

»Du kommst also in die Kirche, und du siehst den Schwarzen, einen Priester, vor dem Altar und einen anderen Mann, einen Weißen und eine Katze. Richtig?«

Garcia nickte instinktiv, sein Blick war intensiv auf Ebuk gerichtet. Er hatte in diesem Mann einen gleich starken Gegner gefunden, das kam nicht oft vor, er begann Ebuk zu respektieren. Um die beiden Männer senkte sich eine unsichtbare Glocke, ein geschlossener Raum im Raum.

»Auf dem Altar lag ein Bündel Geld«, begann Garcia.

»Stopp«, fuhr der Anwalt dazwischen, »sagen Sie nichts mehr.« Doch der Baske erwiderte, er wisse schon, was er tue. Er sprach weiter, leise und klar, schaute nur Ebuk an. »Ich geh also hin und frage, wo meine Ware ist. Die beiden schauen blöde zu mir hin. Ich nehm meine Knarre raus und frag noch mal, wer mein Zeug geklaut hat. Der Typ mit dem Basecap war so ein richtiger Schnösel, vermutlich ein Kokser, und der Schwarze im Trainingsanzug hatte die Augen weit aufgerissen und die Hände gefaltet. Ein Priester halt. Der Schnösel schaut auf meine Knarre und weiß gar nicht, wohin mit sich. ›Drogen‹, sagte er, ›Drogen, Drogen, hier sind keine Drogen.‹«

Garcia äffte seine Stimme nach, grinste, fuhr fort, als ob er einem Kumpel seine Erlebnisse erzählen würde.

»Ich seh also die beiden Typen, die sich in die Hose machen, und ich seh die Kohle auf dem Altar. Was machst du in so einer Situation? Schreist du rum oder bist du klug?«

Garcia machte eine kleine Spannungspause, Ebuk eine zustimmende Geste.

»Ich nehm mir also das Geld und zähle es durch. Zwanzigtausend, so viel, wie meine verschwundene Ware wert ist. Ich denke, okay, dann hast du zumindest mal das Geld. Wo das Zeug ist und wer uns da verarscht hat, krieg ich noch raus. Ich hab den beiden Idioten am Altar einen schönen Tag gewünscht und bin wieder aus dieser beschissenen Kirche rausspaziert. *Horrela izan zen.*«

Garcia sah Ebuk an, der nicht verstand.

»So war das, habe ich gesagt. Auf Baskisch. Du Arsch hast meinen baskischen Kumpel umgenietet.«

»Das tut mir leid, aber wenn ich nicht schneller gewesen wäre, hätte es mich oder meine Freundin getroffen. Du hast es gesehen, du warst dabei. *Ndivyo ilivyokuwa*. So war das. In Suaheli.«

Jetzt lachte Garcia, und auch Ebuk grinste. Er zeigte ihm auf seinem Smartphone ein Foto von Georg-Alexander von Wiedekamer.

»Das ist der Schnösel. Genau der«, erklärte Garcia.

»José Mikel Uribe Garcia erklärt, an besagtem Tag und Tatort, an dem Moses Lukong ermordet wurde, Herrn Georg-Alexander von Wiedekamer gesehen zu haben«, sprach Ebuk in das Aufnahmegerät.

Jetzt wurde es unruhig in dem Raum. Die Staatsanwältin klopfte an die Tür, wurde hereingelassen und wollte die Fotografie auf Ebuks Smartphone sehen. Auch Dr. Heisinger schaute auf das Bild und nickte.

»Dann ist mein Mandant in dieser Sache raus. Ich halte fest, Ihre Anschuldigungen hinsichtlich Mord oder Verabredung zum Mord sind mehr als dünn. Wenn Ihre Kollegen vom Dezernat 4 auch nur so ein dünnes Süppchen kochen, schätze ich, dass Herr Garcia in ein paar Tagen wieder in seiner Charlottenburger Wohnung sitzt.«

Der Anwalt verabschiedete sich von Garcia mit einem Händedruck und einem freundlichen Lächeln. Uribe Garcia wurde aus dem Verhörraum geführt. Zurück blieben Kaplan, Rüter, Ebuk und die Staatsanwältin.

»Kollege Ebuk hat uns ein Objekt übergeben, auf dem die Fingerabdrücke und DNA-Spuren dieses Herren zu finden sind. Wir werden sie mit denen vom Tatort abgleichen«, meinte Kaplan trocken. Wieder hatte ihr Ebuk seine lange Erfahrung in Verhören vorgeführt. Er hatte ihr Garcia geliefert und nun vermutlich auch noch den Mörder von Moses Lukong.

»Was soll das für ein Objekt sein?«, fragte die Staatsanwältin Ebuk.

»Eine Trinkflasche aus Metall. Meine Tochter und ich haben am letzten Wochenende Gut Wolkenstein besucht, wo die Familie von Wiedekamer lebt. Meine Tochter Viktoria durfte auf einem Pferd dieses Herrn da reiten, und zum Abschied hat er ihr seine Trinkflasche geschenkt«, erzählte Ebuk fast mechanisch, während er auf die Fotografien der toten Afrikaner auf dem Tisch blickte. Und auf das des blonden Deutschen.

»Nicht schlecht, Herr Ebuk, nicht schlecht. In welcher Dienststelle sind Sie noch mal?«

»Polizeiakademie.«

»Sie unterrichten dort?«

»Ich drücke die Schulbank.«

»Bitte? Ich rufe Frau Sokowitz an. Da liegt noch viel Arbeit vor Ihnen allen. Wir dürfen diesen Garcia nicht davonkommen lassen. Ich zähle auf Sie, Herr Ebuk. Und selbstverständlich auch auf Frau Kaplan und Herrn Rüter.«

Damit machte sich auch die Staatsanwältin auf den Weg, eine Frau Anfang vierzig, im Kostüm, mit Perlenkette, rot gefärbten Haaren, grünen Sneakers mit goldenen Verzierungen.

Wenige Tage später fand der Gottesdienst in jener Kirche statt, in der der kamerunische Priester getötet worden war. Hunderte Schwarze Menschen aus Berlin kamen, Frauen und Männer, alte und junge. Die Kirche war brechend voll, so voll wie schon seit Jahrzehnten nicht mehr. Selbst die Emporen waren besetzt. Dort wunderten sich die Besucher über die vielen Gin-Flaschen, aus denen in den Seitenschiffen die Kirchenfenster gebildet worden waren. Auf einem Hinweisschild stand die Erklärung: Nach dem Zweiten Weltkrieg hatte eine Gin-Destillerie 5000 Flaschen für die Wiederherstellung der zerstörten Fenster bereitgestellt.

Der Mord an Moses Lukong und die beiden getöteten Männer aus Ghana hatten die verschiedenen afrikanischen Communitys Berlins in Aufregung versetzt, und so mauserte sich die Zusammenkunft in der Kirche zu einer Art Generalversammlung der afrikanischen Diaspora. Es waren viele Gerüchte im Umlauf. Einige glaubten, Nazis wären die Täter, ein neuer NSU hätte sich organisiert und begonnen, Schwarze Menschen zu töten. Diejenigen, die das für möglich hielten, rieten zur Bewaffnung und dem Einbau von Überwachungskameras an den Wohnungstüren. Andere sagten, die Täter seien Satanisten, die einen gläubigen Mann getötet hätten, und es gab welche, die hielten eine Sekte, die gewaltsam für den reinen Glauben stritt, für die Mörder. Es hatte sich herumgesprochen, dass ein Polizist aus Uganda die Mordfälle aufgeklärt hatte – der Mann sei von der Berliner Polizei extra eingeflogen worden, weil sie selbst nicht weitergekommen war. Pauline hatte in den Kameruner Communitys, bei den Anglofonen aus Westkamerun, zu denen die Bamum gehörten, und bei der Mehrzahl der frankofonen Kameruner in Berlin darum gebeten, den Gottesdienst für eine friedliche Begegnung zu nutzen. Freunde von Kofi Boateng und Agyemang Danquah aus Ghana und andere junge Männer, die in den Parks und Straßen die Berliner Süchtigen mit Rauschgift versorgten, stellten sich ein. Jim Kwamena Adkupo sprach mit einigen Landsleuten, für ihn eine schöne Gelegenheit, Kontakt zur großen Gruppe der Ghanaer in Berlin zu halten. Ebuk hatte mit der Organisation des Gottesdienstes nichts zu tun, sich aber immer wieder mit Kommissarin Kaplan getroffen, die ihn über die Auswertung der Spuren auf dem Laufenden hielt. Es war so, wie er es vorhergesagt hatte: Die Fingerabdrücke auf der Trinkflasche stimmten mit denen auf dem Kreuz überein.

Georg-Alexander von Wiedekamer war aufs nächste Polizeirevier gebracht worden, wo er befragt wurde und seine Fingerabdrücke genommen wurden. Seine Mutter Aurora hatte sofort einen Anwalt aus Schwerin verständigt, ihr selbst war es untersagt, dem Verhör ihres Sohnes beizuwohnen. Denn auch sie musste befragt werden, genauso wie ihr Mann. Von den Eltern wollte die Polizei wissen, ob sie Kenntnis hatten, dass sich Georg-Alexander an dem Tag, an dem Moses Lukong getötet wurde, in Berlin aufgehalten hatte. Aurora von Wiedekamer empörte sich, ihr Sohn sei erwachsen, sie kontrolliere nicht, was er mache. Eine Hochzeit stünde bevor, er hätte sich mit seiner Verlobten getroffen, was denn sonst? Der alte Graf selbst war tief erschüttert von den Vorwürfen gegenüber seinem Sohn. Auch er konnte keine Angaben zu Aufenthaltsort und Fahrten von ihm machen, aber er sagte aus, seine Frau wisse bestimmt mehr darüber, da sie den jungen Mann vollständig kontrolliere. Das Ehepaar traf sich eher zufällig auf dem Polizeirevier, wo sie nacheinander einvernommen wurden. Die Beamten hörten, wie der Mann wüste Beschimpfungen über seine Frau und seinen Sohn ausstieß. Die Gräfin versuchte ihn zu beruhigen, es musste ein Eklat vermieden werden. Die Hochzeit!

Die Auswertung der DNA-Hautspuren ergab, dass jene auf dem Kettchen wie auch auf dem Kreuz zu Georg-Alexander gehörten. Sein Vater war vor einigen Jahren den langen Weg durch das Baskenland und Spanien gewandert, um Buße zu tun und um über sein Leben nachzudenken. Als er zurückkam, voll mit neuen Absichten und Zielen, ließ er sich die Haare wachsen und fing an zu malen. Er hatte das Andenken in der Kirche von Puente la Reina gekauft und es später seinem Sohn geschenkt. Georg-Alexander trug das Kettchen tatsächlich oft, weil er es schick fand, ein Kreuz um seinen

Hals zu haben. Mit seinem Vater hatte er nicht viel gemein, aber das Kreuz vom Büßerweg gefiel ihm. Neben seinen DNA-Spuren fanden sich auch die von Moses Lukong, weshalb vermutet wurde, zwischen den beiden wäre es zu Handgreiflichkeiten gekommen, die eskaliert seien. Zuvor musste Uribe Garcia das Geld an sich genommen haben. Die Ermittler nahmen an, die zwanzigtausend Euro sollten Moses Lukong dazu ermutigen, seine Suche nach gemeinsamen Wurzeln in den Jahren der deutschen Kolonialherrschaft in Kamerun aufzugeben. Ebuk half in Gesprächen mit Kaplan, das Puzzle zusammenzusetzen, wobei er darauf achtete, Larissa von Boden und ihre Tochter Noemi zu schützen. Er blieb bei seiner Aussage, er habe die Drogen aus dem Depot in die Berliner Kanalisation befördert. Die Indizien gegen Georg-Alexander waren eindeutig, er wurde verdächtigt, Moses Lukong erschlagen zu haben, obwohl er selbst keine Aussagen zu den Vorwürfen machte, die sich gegen ihn richteten. Die Berliner Staatsanwältin ordnete seine Unterbringung in Untersuchungshaft an. Die Hochzeit mit der schönen Elisabeth von Podestil war geplatzt, die Boulevardpresse schlachtete die Ereignisse genüsslich aus.

Aufgeregtes Gemurmel erfüllte die Kirche, die Kirchenglocken läuteten ihren dumpfen Klang. Ebuk saß in der dritten Reihe der schweren, alten Kirchenbänke, rechts von ihm Viktoria und links Noemi, neben Viktoria ihr Freund Ethan, dann Jim und seine Frau Rebecca. Er saß inmitten einer Ersatzfamilie unter Hunderten Schwarzer Menschen. Zum ersten Mal schaute er sich bewusst bei Tageslicht in der Kirche um. Die hohen Kirchenfenster waren mit spirituellen Motiven aus der Lebensgeschichte Jesu Christi gestaltet. Ebuk fielen einige Katzen in den Motiven des Glaskünstlers auf. Neben einem großen Mann mit weißem Bart und weißen Haaren, der vermutlich Josef darstellen sollte, saß eine recht große Katze unter den Vorderläufen von Esel und

Kuh. Zusammen betrachteten die Tiere die Vorgänge in der Babykrippe im Nachbarfenster. Kam Derrick deswegen so gerne hierher, weil er Artgenossen in den Kirchenfenstern wusste? Wo war der Kater heute?

Als Erstes ertönten Kirchenlieder eines Seraphine-Chors aus West-Kamerun. Die singenden Frauen trugen schlichte Kleider, in der Hand hielten sie kleine Tücher, die sie im Rhythmus hin und her schwenkten, während sie ihre Füße aufsetzten, als ob sie gemeinsam einen Weg gehen würden. Es gab einige Trauergäste, die aufstanden und in den Chor der Frauen einstimmten. Dann trat Larissa in ihrem schwarzen protestantischen Talar mit den zwei weißen Beffchen auf. Sie breitete die Arme aus, segnete die Menge und begrüßte sie in ihrer Kirche. Es wurde still in dem großen, hohen Raum, durch die bunten Glasfenster fiel ein blasses Licht. Ebuk sah Larissa zum ersten Mal als Pfarrerin auf ihrer Bühne, im Altarraum, in der Kirche agieren. Er empfand sie als gebrechlich, schön, aber auch fremd. Es musste sie viel Kraft kosten, vor so einer großen Zahl Menschen zu stehen. Ebuk konnte nur erahnen, welche inneren Kämpfe sie austrug, wie sie mit der Schuld, die sie sich selbst an den Geschehnissen gab, umging. Gerne hätte er sie vor ihrem Auftritt in den Arm genommen, aber sie hatten sich in den vergangenen hektischen Tagen nicht gesehen und nicht gesprochen. Sie waren für ein Treffen nach dem Gottesdienst verabredet. Larissa bedankte sich für die große Anteilnahme, sie würden heute um Moses Lukong, um Kofi Boateng und Agyemang Danquah trauern, die alle einem Gewaltverbrechen zum Opfer gefallen waren. Sie trug einen Psalm aus dem Alten Testament vor: Als David von seinen Widersachern ergriffen worden sei, habe er Gott um Gnade gebeten, denn diese Menschen wüteten und bedrängten ihn den ganzen Tag, sie würden seine Worte verdrehen, sie würden sich zusammenrotten und ihn bedrohen.

»Sammle meine Tränen in deinem Krug, ohne Zweifel zählst du jede einzelne«, zitierte Larissa das Gebet Davids. Ihre Stimme wurde brüchig, ihr kamen selbst Tränen. Ihre Augen suchten das Gesicht ihrer Tochter und das von Ebuk. Sie sagte »Amen«, und die ganze Kirche antwortete mit »Amen«. Larissa nickte Pauline zu, die jetzt vor die Menge trat. Ein Raunen war zu hören, denn nur die wenigsten, die ihn kannten, wussten von Moses' Zwillingsschwester. Sie trug einen grauen Anzug, dazu eine weiße Bluse, keinen Kopfschmuck, keine Ohrringe, keine Perücke, die Haare kurz. Sie war auch nicht geschminkt. Ebuk staunte erneut über ihre Wandlungsfähigkeit. So, wie sie dastand, hätte auch ihr Bruder dort stehen können. Die Ähnlichkeit war frappierend.

»Thank you, sister«, begann Pauline mit einem Blick zu Larissa ihre kleine Rede, die sie in Englisch hielt. Es falle ihr schwer, hier zu stehen, denn genau an diesem Ort wurde ihr Bruder erschlagen. Sie drehte sich zu dem Altar um, nahm das schwere silberne Kreuz in die Hand und zeigte es den Menschen in den Kirchenbänken. Mit diesem Kreuz sei Moses getötet worden, fuhr sie fort. Es herrschte völlige Stille in der Kirche, die vielen Menschen hielten den Atem an. Dann stellte sie es wieder zurück auf den steinernen Altar. Moses sei nach Berlin gekommen, um den Thron, auf dem der Vater ihrer Urgroßmutter einmal saß, zurückzuholen und so den Frieden in ihr Land zu bringen. Moses wollte auch Frieden mit denjenigen finden, die damals in ihr Land gekommen waren und die ihr Eigentum geraubt hatten, ihr Land und den Thron ihres Königs.

»Crazy«, sagte Pauline. Dann zog sie aus der Jackentasche ihres Anzugs einen Briefumschlag, entnahm ihm ein Blatt Papier und faltete es auf. Dies sei das Ergebnis einer Genanalyse, die ihr Bruder beauftragt habe. Er habe die Haare eines Deutschen, eines Nachkommen eines deutschen Gou-

verneurs in Kamerun, der seiner Vermutung nach mit ihrer Urgroßmutter Zwillinge zeugte, zusammen mit seinen eigenen Haaren zu einem Genlabor geschickt. Vermutlich kam Moses nicht ganz rechtmäßig in den Besitz der Haare, sagte sie. Vereinzelte Lacher. Pauline nickte, auch ihre Urgroßmutter sei nicht freiwillig in das Bett des Gouverneurs gestiegen, fügte sie hinzu.

Und ja, Moses und sie seien nicht die einzigen Zwillinge in ihrer Familie. *»If you start bringing twins to this world, you are blessed with more twins«*, meinte sie weiter scherzhaft. Sie wedelte erneut mit dem Blatt. Sechsundneunzig Prozent, rief sie aus. Das sei die Wahrscheinlichkeit, mit der sie mit diesen Leuten, die vor über hundert Jahren nach Kamerun gekommen waren, verwandt sei.

»Crazy and sad.«

Sie könne jetzt auch einige Sätze zur Vergangenheit und Gegenwart ihres Landes sagen, aber das wolle sie nicht, sie stehe hier nicht, weil sie eine Botschaft habe, sie trauere um ihren Bruder, auf den sie stolz sei.

Vereinzelt fingen die Leute an zu klatschen, in das viele Hände einstimmten. Larissa trat neben Pauline, beide falteten die Hände, und es wurde wieder ruhig. Die zwei Frauen sprachen gemeinsam ein Gebet, in dem sie wünschten, Gott möge die drei Toten auf ihrem Weg in das unbekannte Land segnen und begleiten. Erneut kamen die kamerunischen Sängerinnen auf die Bühne und erhoben ihre Stimmen. Fast alle in der Kirche standen auf, klatschten, bewegten sich und sangen mit. Erneut läuteten die Kirchenglocken, und die Katzen in den bunten Fenstern schnurrten.

Im Anschluss herrschte auf dem Platz vor der Kirche ein reges Gedränge, es wurden zahlreiche Verabredungen getroffen. Jim stellte Ebuk seinen Freunden vor, viele klopften ihm auf die Schulter, wollten ihm die Hand geben und ihn zu sich nach Hause einladen. Viktoria ging auf einer Krücke, um ihren verletzten Fuß zu schonen, immer wieder hielt sie sich an Ethan fest. Doch als Amira und Noemi zu ihr stießen, setzten sich die drei jungen Frauen ab. Nicht nur Viktoria hatte viel zu erzählen.

Es war früher Abend, als sich Ebuk und Larissa neben der Kirche trafen. Sie hatten keinen genauen Plan, was sie mit dem Abend anfangen würden, vielleicht irgendwo essen gehen. Ebuk schaute zur Kirche und zeigte auf den Turm, er würde gerne mit ihr da hochsteigen. Larissa holte die Schlüssel zu dem Gotteshaus, schloss eine Seitentür auf und hinter sich wieder zu, und sie begannen den Aufstieg. Die Treppe führte an den beiden Glocken vorbei, die schon über achtzig Jahre dort hingen, wie Larissa erläuterte. Außer Atem von den vielen Treppenstufen traten sie weit oben ins Freie. Bevor der quadratische Turm in einen Kegel überging, auf dessen Spitze ein Kreuz befestigt war, konnte man hinter einer gemauerten Brüstung umhergehen und in alle vier Himmelsrichtungen über Berlin hinwegblicken. Aus dem Westen kam Wind auf, der eine graue Regenwolke vor sich her schob; doch unter ihr war ein klarer Himmel zu sehen, rote und gelbe Strahlen der untergehenden Sonne bildeten einen leuchtenden Horizont. Sie gingen einmal rund um den Turm, schauten in alle Richtungen, und als sie in den Norden blickten, meinte Larissa, in dieser Richtung, weit hinter dem Horizont, liege die Ostsee, wo die von Wiedekamer auf ihrem Gutshof lebten. Sie hatte noch mal mit ihrer Mutter telefoniert und von ihr den Tratsch aus den Adelshäusern erfahren. Die geplatzte Hochzeit war ein großes Thema, denn offenbar hatte es nie eine wirkliche Liebesbeziehung zwischen Georg-Alexander und Elisabeth von Podestil gegeben. Es sei eine arrangierte Ehe gewesen, von Aurora forciert, weil sie Geld bräuchten. Ihre Mutter, erzählte Larissa, würde voller Abscheu von diesen Umtrieben berichten, aber auch mit einer gewissen morbiden Faszination. Die neuste Information, die auch Ebuk interessieren dürfte, beträfe den alten Grafen, den Vater von Georg-Alexander.

»Stell dir vor«, sagte sie, »er hat den Gutshof angezündet, er ist abgebrannt. Er hat dafür gesorgt, dass weder Aurora noch Bedienstete im Haus waren, dann hat er Feuer gelegt. Als die Feuerwehr anrückte, bat er darum, darauf zu achten, dass andere Gebäude nicht in Mitleidenschaft gezogen werden, aber er wollte den alten Kasten abbrennen sehen. Er sei der Brandstifter, der sein eigenes Haus und dessen Geschichte loswerden wollte.«

Ebuk staunte, so einen Schritt hätte er dem Mann nicht zugetraut. Er erinnerte sich an das schlechte Gemälde, das Porträt des Hauses von Wiedekamer mit den schwarzen Fenstern, das in ihrem Hotelzimmer im Gasthaus Zur Schmiede hing. Ebuk sah den Gutshof vor sich, wie das Feuer aus den Fenstern zuckte. Nun hatte der Mann einen Schlussstrich unter die Vergangenheit seiner Familie gezogen. Die Tat war die Folge seiner tiefen Enttäuschung über seine Frau und seinen Sohn, der bald wegen Totschlags angeklagt würde.

Larissa und er stellten sich auf die Westseite des Turms und sahen dem Schauspiel des Lichts zu, wie das Rot immer intensiver wurde und die grauen Wolken von unten beleuchtete. Horizont und Wolken ließen nur noch einen hellen Spalt an Sonnenlicht zu. Die letzten Strahlen dieses Tages fielen auf eine Zeichnung, die ein früherer Besucher auf der Brüstung in die roten Klinkersteine eingeritzt hatte. Ebuk trat näher heran und fuhr mit dem Finger über ein Herz, dessen Spitze zu ihm zeigte.

»Hier ist ein Herz.«

Er zeigte ihr, was er entdeckt hatte, doch sie wollte es nicht sehen. In ihrem traurigen Gesicht spiegelte sich die untergehende Sonne.

»Wir werden weggehen«, sagte sie, »ich kann hier nicht

bleiben. Ich fahre mit Noemi ein paar Wochen nach Jamaika, dann kann sie ihren Vater treffen und sich ein Bild machen, wie er dort lebt. Es tut mir leid um uns. Ich habe wirklich Gefühle für dich entwickelt.«

Ebuk blickte über die riesige Stadt, über die unzähligen Häuser, die langsam grau und schwarz wurden, hinter den Fenstern brannten Lampen, die Autos, die über die Straßen krochen, hatten die Scheinwerfer eingeschaltet. Das war jetzt seine Welt, er musste hierbleiben. Am nächsten Tag würde er zurück auf die Polizeiakademie gehen und bald seinen Abschluss machen, dann begann sein Dienst als Kommissar. Larissa hatte ihn in ein Verbrechen hineingezogen, das er aufklären wollte, weil er glaubte, sie und ihre Tochter schützen zu müssen. Aber eigentlich ging es ihm mehr um seine eigene Vergangenheit, um seine Schuld. Es sollte nicht noch eine Frau für ihre Liebe zu ihm bezahlen müssen.

Sie umarmten sich lange und innig. Ebuk legte noch einmal die Hand auf das eingravierte Herz, das hier, ganz weit oben, fest im Stein eingesperrt war.

Nachwort

Im Sommer 2022 wurden einige Benin-Bronzen an Nigeria zurückgeben. Im Dezember 2022 war in Berlin der Manga-Bell-Platz eingeweiht worden, und auch die deutschen Verbrechen in Namibia, der Völkermord an Herero und Nama rückten verstärkt in das öffentliche und politische Bewusstsein. Doch was den Menschen in den anderen deutschen Kolonien in Afrika, in Kamerun, Tansania, Togo oder auch in Ghana angetan und was ihnen geraubt wurde, fand weiterhin nur wenig Beachtung.

Als ich Ende 2022 mit diesem Buch begann, dachte ich noch immer, ich würde mich mit dieser Geschichte um den Thron von Sultan Njoya mit Ereignissen beschäftigen, die abseits der allgemeinen Aufmerksamkeit liegen.

Doch dann stellten im Mai 2023 die Wissenschaftlerinnen und Wissenschaftler um Professorin Dr. Bénédicte Savoy von der TU Berlin und Professor Dr. Albert Gouaffo von der Université de Dschang den *Atlas der Abwesenheit* vor. Sie und ihr Team, zu dem auch Dr. Tsogang Fossi gehört, hatten im Rahmen eines Forschungsprojekts herausgefunden, dass in deutschen Museen und Privatsammlungen etwa 40000 Kulturgüter aus Kamerun lagern. In keinem anderen Land finden sich mehr Objekte aus Kamerun als in Deutschland, zusammengerafft in der Kolonialzeit zwischen 1884 und 1919.

Nur kurze Zeit später, am 11.6.2023, besuchte Mouhammad-Nabil Mforifoum Mbombo Njoya, seit 2021 der aktuelle Sultan und König der Bamum, das Humboldt Forum in Berlin. Im Beisein des Botschafters der Republik Kamerun und des Leiters des ethnologischen Museums sowie einer großen Gruppe begeisterter Menschen setzte sich der Sultan im Kamerun Saal nach 115 Jahren für einen langen Moment auf den Thron seines Urgroßvaters.

Das ethnologische Museum Berlin hat seine Texte zu »Mandu Yenu«, dem Königsthron von Bamum, inzwischen geändert:
»[...] Die Biographie des Throns lässt viele Fragen offen. Warum verschenkte Njoya den Thron? Warum behielt er die Kopie und gab das Original weg? Und ist ein Geschenk unter den ungleichen Machtbedingungen des Kolonialismus überhaupt ein Geschenk?«[*]

In meinem Roman habe ich das Attribut »schwarz« zur Bezeichnung »Schwarzer Menschen« großgeschrieben. Dabei habe ich mich an der aktuellen Selbstbezeichnung von Menschen mit afrikanischen, karibischen oder afro-US-amerikanischen Vorfahren orientiert:

»Schwarz wird großgeschrieben, um zu verdeutlichen, dass es sich um ein *konstruiertes* Zuordnungsmuster handelt, und keine reelle ›Eigenschaft‹, die auf die Farbe der Haut zurückzuführen ist. So bedeutet Schwarz-sein in diesem Kontext nicht nur, pauschal einer ›ethnischen Gruppe‹ zugeordnet zu werden, sondern ist auch mit der Erfahrung verbunden, auf eine bestimmte Art und Weise wahrgenommen zu werden.«[**]

* Zitiert nach Ethnologisches Museum der Staatlichen Museen zu Berlin. https://www.smb.museum/museen-einrichtungen/ethnologisches-museum/sammeln-forschen/sammlungsbestaende-im-fokus/mandu-yenu-der-koenigsthron-von-bamum/

** Zitiert nach: https://isdonline.de/uber-schwarze-menschen-in-deutschland-berichten/

Quellen

Für den fiktionalen Bericht von Sultan Njoya über seine Reise nach Buea mit seinem Thron habe ich einige der wenigen überlieferten wörtlichen Zitate von ihm verwendet und mich von folgenden Publikationen inspirieren lassen:

Patrice Nganang: *Der Schatten des Sultans*. Deutsche Übersetzung aus dem Französischen. Wuppertal 2012.

Christian Bommarius: *Der gute Deutsche – Die Ermordung Manga Bells in Kamerun 1914*. Berlin 2015.

Prof. Dr. Albert Gouaffo (Université de Dschang) und Prof. Dr. Bénédicte Savoy (Technische Universität Berlin): *Atlas der Abwesenheit*. DFG-Projekt »Umgekehrte Sammlungsgeschichte. Kunst und Kultur aus Kamerun in deutschen Museen«. Berlin 2023.

Léonora Miano: *Damen auf dem Thron*. Lesung im Humboldt Forum, Mai 2023.

»Bamum manuscript collection of the Archives du Palais des Rois Bamoun (APRB) in the Royal Palace of Bamum Kings in Foumban, Cameroon [c1896–1975]«, British Library, Endangered Archives Programme. Online-Zugang über https://eap.bl.uk/collection/EAP051-1.

Danksagung

Mein Dank gilt

Corinna Kaiser und Samuel Benke, die wie immer meine Texte als Erste lesen, die mich begleiten, mich unterstützen, mich kritisieren, die mir Mut machen, wenn ich nicht mehr weiterweiß, wenn ich mich frage, ob das, was ich schreibe, jemals publiziert werden wird. Es ist großartig, zwei so kompetente Menschen neben mir zu wissen. Danke!

Herzlichen Dank an Dr. Tsogang Fossi von der TU Berlin. Er hat meinen Roman auf Angemessenheit gelesen. Dr. Fossi ist promovierter Germanist und hat zahlreiche Monographien, Aufsätze und Beiträge zur Kolonialisierung Kameruns geschrieben, u. a. zur »Geschichte einer manipulativen Wegnahme« in *Atlas der Abwesenheit* 2023.

Lieben Dank auch an Claudia und Lukas von der Berliner Polizei, die mir über ihre Ausbildung an der Polizeiakademie berichtet haben.

Julia Dösch von der literarischen Agentur Kossack danke ich herzlich für ihren Einsatz für diesen Roman.

Meike Stegkemper und Daniel Kampa und dem gesamten Kampa Verlag danke ich besonders für deren großartige Unterstützung.

René Stein, dem Lektor, mit dem ich jetzt schon zum dritten Mal zusammenarbeiten durfte, danke ich für sein genaues Lesen und die guten kritischen Fragen.